Un indovino mi disse

占卜师的预言

〔意〕蒂齐亚诺·泰尔扎尼 著　　潜彬思 译

人民文学出版社

PEOPLE'S LITERATURE PUBLISHING HOUSE

著作权合同登记号　图字 01 - 2018 - 4296

图书在版编目(CIP)数据

占卜师的预言/(意)蒂齐亚诺·泰尔扎尼著;潜
彬思译.—北京:人民文学出版社,2018(2021.7 重印)
(远行译丛)
ISBN 978 - 7 - 02 - 014655 - 0

Ⅰ.①占… Ⅱ.①蒂… ②潜… Ⅲ.①游记-作品集
-意大利-现代 Ⅳ.①I546.65

中国版本图书馆 CIP 数据核字(2018)第 251911 号

出 品 人　**黄育海**
责任编辑　**朱卫净　潘丽萍**
封面设计　**汪佳诗**

出版发行　**人民文学出版社**
社　　址　**北京市朝内大街 166 号**
邮政编码　**100705**
印　　刷　**山东临沂新华印刷物流集团有限责任公司**
经　　销　**全国新华书店等**
字　　数　**249 千字**
开　　本　**890 毫米×1240 毫米　1/32**
印　　张　**11.75**
插　　页　**5**
版　　次　**2019 年 8 月北京第 1 版**
印　　次　**2021 年 7 月第 2 次印刷**
书　　号　**978-7-02-014655-0**
定　　价　**75.00 元**

如有印装质量问题,请与本社图书销售中心调换。电话:010 - 65233595

目　录

第一章
被祝福的诅咒

生活充满了机遇。在机遇初露端倪的时候，发现它们至关重要，但这往往很不容易。比如，我的机遇就带着一丝诅咒的意味："1993 年你有大难，很可能会死。那一年你不能坐飞机。别飞，就算一次也别飞。"一位占卜师这么告诉我。

此事发生在香港，我机缘巧合地遇到了那个老人。当时我听到他骇人听闻的断言后，着实吓了一跳，但也没为此惴惴不安。那是 1976 年的春天，1993 年听起来还十分遥远。尽管如此，我没有忘记这个年份，它不时地萦绕在我的脑海里，就像一个我还没有决定是否赶赴的约定。

1977 年……1987 年……1990 年……1991 年。十六年的时间如同永恒般漫长，尤其当你从知道的"第一天"开始展望。然而，就像所有我们经历过的时间（除了青春期），十六年如白驹过隙，匆匆流逝。很快，我发现已到了 1992 年年底。好吧，那么，我要做些什么？认真听从那个老人的警告，重新安排我的生活？或者，当作此事从未发生，无所顾虑地继续活着，然后告诉自己"去他的占卜师，去他的胡言乱语"？

当时，我已经在亚洲稳定地生活了二十多年——一开始在新加坡，然后去了香港、北京、东京，最后在曼谷落脚——我觉得对付这个预言最好采用亚洲的方式：不要抗争，坦然接受。

"所以你真的信了？"我的同行取笑我——尤其是来自西方国家的记者，这些人习惯从每个问题得到干脆的答案"是"或者"不是"，甚至不放过这样一个先天不足的问题。但我们不是因为对天气预报深信不疑才在阴天带上雨伞。下雨是概率，雨伞只是以防万一。如果命运已给了你征兆和提示，为什么还要再试探它呢？当轮盘赌的弹珠一连三四次落入黑色区域时，有些赌徒会指望统计概率，把所有赌资押在红色区域。我不一样：我会再次押黑色。小球不是在向我眨眼暗示吗？

而且，一整年都不坐飞机的想法本身就颇具吸引力。首先，也是最重要的一点，这是一项巨大的挑战。假装一个老人掌握了我的命运之钥，我被逗乐了，像是向未知的世界跨入第一步。我很好奇，沿着同样的方向再走几步，我会到达哪里。它或许能带我进入一段与往常完全不同的人生。

这么多年来，我都乘坐飞机旅行，我的职业需要我去往这个世界上最疯狂的地方。那些地方战火纷飞，革命爆发，可怕的疾病蔓延。很明显，我常常身处险境——飞机降落时引擎还在燃烧，或者一个机修工正挤在座位中间的活板门中，苦心修理无法下落的飞机起落架。

如果我不顾预言，继续在1993年坐飞机，我的焦虑肯定多过那些经常在空中飞行、被不安侵袭的人（包括飞行员）；但我会继续自己的生活路径：飞机、出租车、酒店、出租车、飞机。

那个神圣的警告（是的，"预言"和"神圣"①这两个词多像啊！）给了我一次（强制性地）改变我生活的机会。

预言不过是借口。事实上，在五十五岁的年纪，一个人强烈地渴望自己的生活获得一点诗意，以新鲜的眼光看待世界，重读经典，重新发现太阳升起，发现天上有个月亮，发现除了时钟的滴答声之外，时间还意味着更多。这是我的机会，我不能让它白白流走。

但有个实际的问题。我要停止工作一年吗？休假一段时间，还是撇开交通方式的局限性继续工作？和许多职业一样，新闻工作现在已被电子设备所统治。计算机、宽带解调器和传真机扮演着至上的角色。卫星传播的生动即时的电视影像已经创立了新的标准。纸质媒体不再专注于反思和关注个人，而是一瘸一拐地追逐电视媒体无法超越的速度（和浅薄）。

对于一个在亚洲工作的记者一时兴起决定一整年不坐飞机的想法，编辑们会有什么反应？对于一个记者的工作模式在 1993 年突然变成了 20 世纪初的样子——战争爆发时出发采访，到达时战争已经结束，他们会怎么看待我？

1992 年 10 月，《明镜周刊》的一位主编途经曼谷，我的机会终于来临。一天晚饭后，我直接向他讲述了占卜师的故事，没有太多拐弯抹角，并表示 1993 年不打算坐飞机。

---

① 原文分别为 indovino 和 divino。

"听了你的故事，我怎么还能要求你飞到马尼拉，报道他们的政变，或前往孟加拉国报道台风？做你觉得对的事吧。"他这样回应。实在是太棒了！我远方的编辑大人们！他们大概觉得我的任性可以创作出新奇的故事，给我们的读者别样的体验。

《明镜周刊》的做法令我如释重负，但我还没有最终决定是否付诸行动。预言在新年伊始便会实现，我想最后一刻再做决定。当12月31日凌晨的钟声响起，无论身处何方，我都会知道我将如何行动。

好吧，那一刻我在老挝森林。我的庆祝大餐是红蚂蚁煎蛋卷。没有香槟来迎接新年，于是我高举一杯纯净水，庄重地决定：无论为了什么理由，付出什么代价，坚决不坐飞机。除了飞机、直升机和滑翔机，我可以乘坐任何交通工具游历世界。

这是一个绝妙的决定，接下来的1993年是我度过的最不寻常的一年：我曾被预言死去，相反我却获得了重生。诅咒变成了祝福。我搭火车、坐轮船、乘车，有时候步行，穿梭在亚欧大陆上，我的生活节奏完全被颠覆。遥远的距离变回现实，我重新获得了探索和冒险的美妙滋味。

突然间，我再也无需匆匆赶往机场，用信用卡当场购买机票，然后以闪电般的速度到达目的地。我被迫以新的视角看待这个由不同国家组成的复杂世界，它们被大江大海分割，你需要在边境办理特殊的签证——虽然还是被称为"签证"，解释为用于"地面旅行"，听起来似乎这种旅行方式太过少见，因而对坚持以这种方式出行的人抱有怀疑。

从一个地方挪到另一个地方再也不是几个小时能够完成的事，而是需要花上几天甚至好几个星期。我必须避免犯错，因此在出发前，我都会仔细研究地图。飞机舷窗外壮美起伏的山脉都抛诸脑后，我开始设想旅途上可能会遇到的阻碍。

乘坐火车和轮船进行长途旅行令我重新找回了对"地球无限广阔"的认识。最重要的是，它引导我重新发现大多数人的生活。由于频繁的飞行，我们几乎忘却了他们的存在。这群人背负着沉重的行囊和幼小的孩子四处移动，然而，在他们以外的世界，人们高高在上地坐着飞机从他们头顶经过。

我不坐飞机的决定演变成一场惊喜不断的游戏。如果闭上眼睛，你会发现其他感官变得尤为敏锐，用来弥补视觉的缺失。抵制飞机产生了类似的效果：火车上的漫长时光和狭促的空间重新激发了我对细枝末节的好奇心。我前所未有地观察着周边的一切和窗外飞驰而过的风景。相反，坐在飞机上，你很快就学会不看不听：你遇到的人、交谈的内容总是无聊地重复着。飞了三十年，我几乎想不起任何飞机上认识的人。在火车上，或者至少在亚洲的火车上，一切恰恰相反：你跟原本永远不可能见面的人一起度过好几天，一起进餐，一起打发无聊的时间，有些人将令你终生难忘。

一旦决定不坐飞机，你就会发现飞机如何将狭隘的视角强加给你。是的，它们缩短了路途，这一点确实带来足够的便利，但是它们削弱了所有事物，包括你对世界的洞悉和理解。夕阳西下，你离开罗马，享用晚餐，然后小憩一会儿；破晓时分，你已经来到印度。然而在现实中，每个国家都有其独特的个性特征。我们需要时间做好充分的准备来迎接新的际遇；要想获得征服的喜悦，我们必须全力以赴。可是如今万事都易如反掌，我们不再获得任何乐趣。去了解是一种快乐，但前提是必须为之付出努力，了解一个国家正是这个道理最有力的佐证。捧着旅行指南从一个机场飞奔到另一个机场和沉浸在缓慢、疲惫的地面旅行中完全不同，后者慢慢渗透，让你了解它的脾性，火车将你和土地牢牢地连接在一起。

坐飞机出行使所有地方变得大同小异——它们之间仅仅相隔几小时的航程。由自然和历史造就的边境深深地根植于居民的意识，却在往返于开足冷气的机场的旅人眼里失去了意义，甚至恍若不存。对他们来说，横亘在国家之间的不过是坐在电脑前的警务人员，与新地方的首次照面不过是行李传送台，告别时的心情无非是冲往免税店的急切——如今所有地方都是如此。

轮船缓慢而又有礼貌地驶进河口，到达别的国家；远方的港口是旅人日夜期盼的目的地，它们有着不同的面貌和气息。曾被称为飞机起落场的地方与之类似。不过现在一去不复返了。现今机场有颇具诱惑的虚假广告——展示了它所在城市完美的一面，即使它处在这个国家的破败之地。它们有着千篇一律的设计，使用同一种国际语言，令你产生回家的错觉。其实，你只是抵达一个城市的郊区，还要离开此地，爬上巴士或出租车，赶往遥远的市中心。

火车站才是一个城市最真实的映射，它永远处于城市的心脏地带。火车站周边林立着大教堂、清真寺、佛塔或纪念馆。只有接触到这些建筑，你才可以说真正地到达一个地方。

尽管限制了飞行，我还是没有停止工作，而且总是能及时赶到目的地进行报道：柬埔寨的首次民主选举；中泰两国首条陆地交通线路（经由缅甸）的建成。

　　那年夏天，我也没有打破每年去意大利看望我母亲的惯例。从曼谷出发，我踏上古老的火车路线到达佛罗伦萨：超过两万公里，途经柬埔寨、越南、中国、蒙古、西伯利亚……从这段行程本身来讲，它没有丝毫特别之处，只是很久没有人这么做了。整个行程长达一个月，伴随着火车咔嗒咔嗒的前进声和不同国家的火车头各异的汽笛声，翻越那些在地图上看起来仍像地球小碎片的异国他乡。

　　我从拉斯佩齐亚返回东亚，这次带上了我的妻子安吉拉。我们登上老旧的意大利邮轮，踏上了一条伟大的经典路线：经过地中海、苏伊士运河、红海、印度洋、马六甲海峡，抵达新加坡。我们是船上仅有的两名乘客。除了我们，剩下的就是两千箱货物和十八名意大利海员。

　　如果没有占卜师的预言，我绝不会经历这些事，1993年也将如其他年份一般寻常，没有一件事可以像上述的经历一样标志时间的流逝。

　　一名记者的一生中会遇到多少伟大的故事？如果足够幸运的话，能有一两次。我已然拥有了此等运气：1975年春天我在西贡，共产党的到来结束了越南战争，越战之于我这一代人，就像西班牙内战之于海明威和奥威尔；1991年夏天，我正在苏联国土上，恰巧赶上了苏联解体。如果我真的足够好运，或许有一天，我还有机会目睹别的大事。不过在那之前，我必须继续培养好奇心，观察更隐蔽、更平常的事物。

除了不坐飞机，我还下了另一个决定，作为对这个游戏的逻辑性延伸。这一年我无论到哪里，都要找到当地最有名的占卜师，最强大的魔法师，最灵验的神使、预言家、先知，让他们推算我的未来，解读我的命运。

他们风格各异，每一次见面都像是一次全新的冒险。一路上，我从他们那里收到了许多警告和教我如何生活的明智建议，也获得了油、护身符、药片、粉末和药方，帮我躲避各种危险。我把所有这些东西都带在身上，到了年底，我都快被这样的小玩意儿、小瓶子和纸袋子压垮了。每一样物件都代表某种我必须避讳的禁忌：毋庸置疑，无论是宗教性的还是其他的，在每一种系统中，要想获得某种益处，那就必须作出牺牲，付出一些努力。我相信，这条原则几乎完美，但是从现实角度来看，我并不能严格地遵从所有的"职责"。

如果我遵守了所有的劝告和禁律，我的生活会比仅仅避免坐飞机要复杂得多。在印度尼西亚的一个岛上，我遇到一位巫医，他警告我，永远不要对着太阳小便。还有一个人告诉我不要对着月亮小便。在新加坡，一位女萨满嘴里振振有词地念着古汉语，忠告我不要再吃狗肉和蛇肉。一个预言家让我不要再吃牛肉，另一个建议我从此成为一个严格的素食主义者。乌兰巴托的老喇嘛看着干牛粪的火焰上缓慢燃烧的羊肩胛骨，从裂缝中解读我的旅程，然后递给我一小包喷了香水的干草。草料来自蒙古草原，遇到危险时可以拿出来闻一闻，跟嗅盐差不多。虽然我穿戴整齐，但是金边外的僧侣朝我身上泼了水，他曾经把同样的水泼到当地的癫痫患者身上。

大多数占卜师不过是个性鲜明的普通人，有一些是彻头彻尾的江湖骗子，只是为了谋生。但是，其中一些确实非常了不起，他们深谙世事人心，带着特殊的通灵禀赋，可以准确地读心，并看到常人不可探知的"创伤"。我时常思索，他们是否真的具有特异感知力。这可能吗？难道人类历经数千年，丢失了某种能力，恰好被他们继承？

世界的历史本身就带有各种预言和先兆，但是我们下意识地觉得那都属于过去，在西方世界尤其如此。然而，在亚洲的种种事件中，玄学几乎和经济、意识形态发挥着同样不可磨灭的作用。在中国、印度、印度尼西亚，我们称之为迷信的东西几乎存在于每个人的日常生活中。占星学、手相学，从一个人的面相、脚底甚至茶杯中喝剩下的茶叶解读未来，这些在人们的日常生活和公共事务中扮演着重要的角色，当然也包括巫医、萨满和风水师。新生儿起名、买地、股票抛售、修房顶、出行择日、宣战择日，都被这样的规则支配着，虽然这与我们的逻辑毫无关联。无数桩婚事的安排、无数栋建筑的规划和建造，都按照这些规则来执行。影响所有群众的政治决策也需要参考占卜大师的建议。

人类坚持不懈地追寻生命的意义，试图揭开它神秘的面纱，获得预知未来的窍门，来改变自己的命运。最初，汉字的出现不是为了人与人之间的沟通，而是为了与神交流询事。"我要与我的邻国开战吗？""这场战争能赢吗？"皇帝将这些问题写在一块扁平的骨头上，骨头由烧热的针穿凿后，放在火上烧炙。神谕就在骨头的裂缝中——有人知道怎么解读。这些刻着意形符号的骨头可追溯到三千五百年前，是迄今发现最早的汉字"手抄本"。

现代人仍旧不时地向神求助，尤其是东南亚华人。比如，他们投掷两块像大豆子一样的木头（筊杯）来获得上天的启示。如果两块木头的正面都朝上，那么答案是可以；两块背面朝上，答案是不可以；如果一正一反，就再投一次。

占卜老人的预言让我有机会学习人们寻求此种建议的各种方法，接触全新的知识领域，探究神秘的直觉世界。那些建议总是充满召唤力，但是我们很少把它当一回事。我研究迷信也是为了了解日新月异的亚洲：我想知道"神秘的东方"留下了怎样的故事，让几个世纪以来的西方人为之心驰神往。报纸上大肆渲染亚洲进入了高速发展的时期，下一个世纪是属于亚洲的世纪。用精算电脑上的图表看待世界的银行家和金融家为之振奋不已。然而现实中，亚洲不仅经历着经济的繁荣增长，还因急切追求某种发展模式而戕害自己。这种发展模式不是由它自己选择的，而是被唯利论的逻辑强加的，同样的逻辑已经无情地掌控了所有的人类行为。

人类用推土机将古城夷为平地，为千篇一律的"现代化"发展腾出空间；流行文化被无法抗拒的外来模式挤到一边，卫星把同样的故事传到遥远的缅甸丛林和蒙古高原。物质主义的可怖浪潮正在吞噬每一个人、每一件事。不过，亚洲的年轻一代已经开始反对这样的浪潮，抵制它所带来的巨大迷失，同时，植根于传统文化的古老信仰、宗教认同正在他们心中复苏。

或许全世界都在上演同样的剧目。社会群体越来越碎片化，自然世界从人们的日常生活中渐渐隐退，似乎所有问题都可以用科学来解决，死亡不再像过去一样是赞美诗一般的存在，而成为一种禁忌，脱离了人类生活。人们对自己的终点越来越迷惑不解，渴望获得平静、理解、友谊。因此，带着异域气质的东方再次成为许多西方青年追寻灵感的目的地。他们研究东方的宗教和仪式，希望探知在西方的学校和教堂不可能获得的答案。不像西方的伟大哲学家们，东方神秘主义、佛教和亚洲精神领袖似乎能够帮助那些年轻人，远离消费主义的桎梏、广告的轰炸和电视节目的绑架。西方的年轻一代成长于秩序井然、权利保障完善的社会，甚至连他们的欲望都有可能不是出于自己的喜好。如今，他们愈发有志于探索东方的精神脉络。

　　以前我在亚洲奔波，很多次看到欧洲人裹着僧侣标志性的橘色或紫色长袍，但是我对他们的故事并不感兴趣。这一年，我终于有理由停下来，倾听他们的故事。比如，我遇到一位旅人，他跟我一样，也是佛罗伦萨人，曾经也是一名记者，他跟随一位喇嘛遁入了空门。我还碰到一位年轻的德国诗人，他在曼谷南边的寺庙里过起了清苦日子，打坐冥想。他们都是这个迷失的时代的受害者。由于迷失，欧洲电话通讯录上，列出手相大师、占星师、预言家联系方式的书页越来越厚。他们的客户已不局限于轻信他人的女士，容易受骗、孤独或无知的人；这是我的另一个重大发现。这一年，我意识到，很多人跟我一样，对这个朦胧的世界充满好奇。你不会怀疑他们；他们只在我坦承认真对待我的预言时才会敞开心扉，向我讲述自己的故事。虽然这可能是老生常谈，但关于命运，关于好运或厄运，以及如何应对的问题，人们迟早都会产生。

后面便是我行走在地面上的神奇的旅行故事……或者说，我从来没有像过去十三个月一样不带翅膀地飞行。一年有十三个月？是的，我只能这么简洁地解释一下。

那结论是什么？"我从不找占卜师。我喜欢命运给我的惊喜。"当我在曼谷询问一位老妇人她多久找一次占卜师时，她神秘地回答。

对我来说，我的惊喜就是来自一位占卜师。他的预言仿佛赋予了我第三只眼睛，我借此看到了从未留意的地方和人群。它赠予我难忘的一年，从我坐在老挝一头大象背上的竹篮子里开始，在我坐在中情局前探员开设的佛寺中冥想时结束。

他的预言同时也把我从一场空难中解救出来。1993年3月20日，柬埔寨上空，一架联合国的直升机坠落，里面乘坐着十五名记者。其中一位是我的德国同事，他当时接替了我的职位。

第二章
未竟之死

对于神秘事物，我始终保持着漠然处之的态度。究其原因，和其他许多事一样，要归结于童年。事实上，这种疏离很早就产生了。

还记得她们在盛水的碗里放了一张某个士兵的照片，又在我头上覆上一块大毛巾，让我在黑暗中俯身坐在碗前，盯着水底那张晃动的半身像。我身边的女人们安静地坐着等待。

这是祖母的主意。她说，仪式需要一个纯洁的灵魂，显然我符合要求。那是1943年，降神会就在我位于蒙蒂切利的老家，佛罗伦萨的工人区进行。我们有个邻居，她叫帕尔米拉，那年冬天大撤退时期她儿子在苏联失踪了，我的任务就是探知她儿子的生死，以及那一刻他正在做什么。

我很乐意说，我看见他在一间木屋里享用餐点，周围是白茫茫的雪地。可我只能看见随着我的呼吸而浮摆的半身像上，那张严肃而不苟言笑的脸庞。这张黑白照让我想起索菲亚诺墓地大理石十字架上的照片，但我不会说出来。这一幕是我童年里最清晰的记忆，我清楚地记得，当她们把毛巾从我头上拿下来，默默倒掉碗里的水时，脸上失望的神色。帕尔米拉拎出相片，用手帕把它擦干。有一个女人说，如果失败，那有可能是因为我失掉了纯真——这不可能，因为那时候我还不到五岁。但谁知道呢？也许其实降神会成功了：帕尔米拉的儿子后来再也没从苏联回来。

自那以后，在我的人生中，我从未对那表象以外的未知世界表现出一丝超过好奇的情感，而那好奇也是再正常不过、带有怀疑色彩的；并且，出于本能，我总是能为发生在眼前的难以解释的事件找到某个合理的解释。后来，当我有了孩子以后，这种对理性解释的需要就更为迫切了，因为孩子们总是在任何时候都要求一个"解释"。

有一次，我带家人去德里庆祝我的四十岁生日（希望在印度种下象征性的种子，以便日后正式宣布定居于此的打算），一个老锡克教徒走近萨斯基亚和弗尔科。那时候他们分别是八岁和九岁。"愿意的话，"那老人说，"我能猜出你们祖父的名字。"他们满腹狐疑地给了他几个卢比，然后老人问了他们几个问题，随即在纸上写出字母 G，这让他们大吃一惊。G 是我父亲的名字 Gerardo 的首字母。我艰难地说服他们，这和印度众多"奇迹"（从把人活埋到绳子立起来）一样，背后总有个小把戏。他们很可能在回答他的问题时暗示了字母 G。不可能！他们很确定，老人至少会读心术。几年后，我们在泰国度假，发生了一件我们亲眼看到却无法用"把戏"来解释的事。

当时我们和老朋友塞尼及他女朋友茵一起住在皮皮岛上，塞尼是泰国记者。皮皮岛曾是个热带天堂，蓝海，白沙，竹草屋，直到它也被电器、传真机和带泳池的混凝土旅馆入侵。我们正要坐船去看威严神秘的洞穴，几个世纪以来当地人都在其中采集一种被中国人格外珍重的美食：燕窝。忽然，茵发现她把相机落在他们的小屋里了。"等一下，"她说，"我给塞尼打个电话。"电话？岛上可没有这种通信工具！茵坐到一边，把头埋在手心里，眼睛紧闭，就好像在奋力发起对话。几秒钟以后，塞尼在远处出现，就像一个正在穿越白沙的黑点。"相机！茵，你忘了相机！"巧合吗？肯定是。我的脑海中没有丝毫怀疑。

弗尔科却激动不已。小船、大海、神秘的洞穴，以及当地男孩用来采燕窝所攀爬的参天竹竿，这一切对他来说都索然无味了，因为他见证了通灵术存在的可能性。那天后来的时间他都花在"练习"上，到了晚上吃饭前，他宣布要去和妈妈建立通灵感应（他妈妈此前有事去了佛罗伦萨）。"妈妈现在在干什么？"萨斯基亚问他。"睡觉，"他答，"我看见她正在睡觉，周围都是蓝色的光。"此时的意大利刚过正午，我们家中不可能有蓝色的光，并且他妈妈从来不午睡。

然而一周过后，安吉拉从佛罗伦萨回来，告诉我们那天她恰好去了我们的乡间别墅，在亚平宁山区托斯卡纳的一个叫奥西格那的村子里。就那一次，她吃过午饭，在孩子们的房里小憩了一会儿，房间的窗帘是蓝色的。我有个会超自然感应的儿子？我会更倾向于认为这不过是恰好猜中了。

跟所有人一样，我听过、读到过成真的预言和超能力者（会飞，会飘浮，能看到过去，参透未来），但我并没有太在意。如果这些都是真的，那我们如何再过正常生活？如果命运已然写在掌心或星象里，那我们如何再像平常一样赶巴士，出现在办公室里，交电费？我们是不是该抛开现有的生活，全心全意投身于对这些现象的研究？可人们还是按部就班，火车照常行驶，信件照常来，报纸一天不落。我告诫自己，超自然现象不过是少数人捏造出来的，是歪曲的想象力的产物，和其他东西一样，不过是因为人们需要去相信表象之外的世界；我不必关心。就这样，我在亚洲生活的这么多年里都没有关注事物带有神秘色彩的一面。我拜访过寺庙和修道院，听过各种各样的故事，可从不允许自己被打动。每当我需要核实奇怪的传闻时，总能觉察到不合理的地方。我听过的故事并不符合现实。

旅居亚洲这么多年来，我从未测算过星盘或向那些数不胜数的占卜师中的任何一位请教过人生，因为对于他们我始终有一种骨子里的反感。孩童时期，战争刚过，吉卜赛人总会在我们门口逗留，请求给我妈妈看一卦手相。妈妈总会拒绝，插上门闩，说他们都是小偷，会给我们催眠，再把我们仅有的那一点财产抢走。妈妈的愤愤不平显然对我有着某种程度的影响。

在香港时，我本来也不想去找那位命中注定的占卜师。那时候我们刚从新加坡搬过去，在英租界我们遇到一个在上海相识的多年老友，他是 20 世纪 60 年代我在纽约哥伦比亚大学的同学。他的妻子是一位有名的电影导演，并且是云南最后一届军阀的孙女。她醉心于赌博，极其迷信。每隔一阵，她就要去澳门，和我一样成天玩二十一点、百家乐，尤其是番摊，一个再简单不过却让人沉迷的游戏。庄家把一碗纽扣倒在桌面上，再用一根象牙筷四个一组地移除它们。参与者要猜的是最后剩下的纽扣的数目：零、一个、两个还是三个？这游戏的魅力在于，你能从高处的栏杆边操作，下注和收取赌赢的钱都是通过一个用绳子吊着的柳条筐。

每次她去澳门，在乘气垫船之前都会向她的占卜师询问日子的凶吉。"他是香港最好的大师了。你应该去见见他。跟我一起去吧。"她说，终于说服了我。

他住在湾仔区破烂不堪、如蜂窝般拥挤的廉价租房区。为了通风，这些公寓晚上也大敞着，但有上挂锁的铁栅栏防盗。爬了好几段楼梯后，我们到了其中一个铁栅栏门口。地板上有个小祭坛，泛着红光，摆着一碗米饭和几个柑橘，是给保护神和先祖的供奉。我现在都还记得那沁人心脾的焚香。一张老旧的铁桌后面坐着一个中国人，年约七十，穿着无袖马甲，像僧人一样剃了发。他骨瘦如柴的手搭在几本旧书和一个算盘上。

老人给朋友算卦的时候，我就坐在一边。之后，他手指向我，用我听不懂的粤语说："我感兴趣的是他。"我不得不让步了。

他先用一根绳子量我的前臂，又用手摸索我的额骨，然后问了我的出生日期和时间，拨弄了几下算盘，望着我的眼睛，终于开口了。我猜想他无非会说些占卜师都用的那一套标准的含糊说辞，可以随意解释，皆成文章，好像橡皮圈那样可以随心拉扯。若是你想，总能自圆其说。他要是说"你结婚了，但你的生命中还有另一个女人"，我恐怕会想"哈，可能他指的是那个女人"。他要是说"你有三个孩子"，我可能会饶有兴味地想象自己在世界的哪个角落还播撒了一颗种子。可是，当我的中国朋友给我翻译时，进入我耳朵的这句话让我震惊不已："约莫一年前，你本会惨死，却以一笑捡回一条命……"确实，这是真的，但是这位我素未谋面的老人怎么能将只有我知道的一段往事描述得如此准确？我的中国朋友是绝对不知道这件事的。

那是在柬埔寨，正好一年前。4月17日，我在金边陷落的前几天刚好离开了柬埔寨，在曼谷昭披耶河（湄南河）边的东方酒店里享受着奢侈的和平与宁静。一想到我留下的朋友得以亲眼看到红色高棉政权进入金边的情景，我就后悔得咬牙切齿。没能和他们在一起对我来说是毁灭性的打击，我可不准备就这么心甘情愿地接受。我租了辆车，驱车到靠近柬埔寨边境的泰国城市亚兰，于18日早晨穿过边境的铁丝网桥。我脑中是疯狂、愚蠢和不顾一切的念头，我很肯定我能从这里找到去金边的路。我就这么徒步上路了。

路上成群的柬埔寨人和我擦身而过，惊慌失措，往跟我相反的方向奔逃；汽车载满了人和行李，喇叭嘶吼。他们都惊恐万状，一心逃往泰国。其中一个人还挥手示意我回头，但我没有理会。当那些红色高棉的人排成一列开始进城，我也才走到波贝的中心。政府军丢盔卸甲，慌忙逃窜，没有反抗，也没有枪击。第一队红色高棉军从我身边走过，对我视而不见。但第二队把我一把抓起，用枪指着我，把我推搡到市集广场的一堵墙上。他们口中似乎喊着："中情局！中情局！美国人！美国人！"然后准备朝我射击。

在这一刻之前，我一直以为柬埔寨游击队不过是战后被遗弃在路边或稻田里的尸体。这些是我第一次见到的活人：年轻，刚从丛林里出来，皮肤干燥，被尘土浸得灰蒙蒙，眼神凶狠无比，因为疟疾而发红。"中情局！美国人！"他们不停地吼着。我肯定他们马上就会射杀我，我会死得很快，感觉不到伤痛。我担心的只有我的家人，得知这个消息，他们会多么痛苦。出于本能，我把手伸进衬衣口袋，拿出了护照。我挤出灿烂的笑容，说："我是意大利人。意大利人。我不是美国人。是意大利人。"

游击队员身后的围观人群中走出一个肤色苍白的人，几乎是白人肤色（无疑是个当地的中国商人），他把我的话翻译成高棉语："我是一名记者，别杀我……等政府干部来，让他决定……我是意大利人。"红色军放下枪，把我交给一个年轻的游击队员看管，那人好奇地端详了我几个小时。他时不时地用大手枪的枪管划过我的脸、鼻子和眼睛。

太阳快下山的时候，来了一个年纪大些的游击队员，明显是他们的头领。他看都不看我一眼，和他的队员谈了好几分钟，然后转向我，用完美的法语跟我说，欢迎我来到被解放的柬埔寨，这是历史性的日子，战争结束了，我可以走了。

那天晚些时候，我再次得以躺在曼谷东方酒店华美凉爽的亚麻床单上。"要是有人用枪对着你，就微笑。"从那时起我就这么跟我的孩子们说。这差不多是我人生中少有的能教给他们的东西了。

这段遭遇对我来说远不止"人生中的一课"。一如既往，真正的恐惧稍后才会袭来。那以后好几个月我都做噩梦；那一幕总是以慢镜头重现，而且不是每一次都圆满收场。显然这次经历在我的生命中留下了深深的印记。

可这位占卜老人是怎么在他狭小霉烂的小屋里看到那个印记的呢？我若是被刀划伤了，或被子弹打穿了，皮肤上留下的伤疤所有人都能看见。但他是怎么看到红色高棉军在连我自己都不知道的内心留下的创伤呢？

看完我的过去，老人还讲述了我和五种自然元素的关系：火，水，木，金，土。"你喜欢木。"他说。这没错：只要有机会我都会在自己周围摆满木头物件，并且在所有味道里，我最喜欢檀香。"若是临水而居，你会非常快活。"这也没错：住在香港的时候，从我们的住所总能看到海，在意大利时，我们在奥西哥那的度假别墅里能听到山泉流淌的声音。

接下来我听到的，就是会支配我的人生整整一年的那句话。"当心了！"老人说，"1993年你有大难，很可能会死。那一年你不能坐飞机。别飞，就算一次也别飞。"他还说，"如果那一年你没有因飞机失事而去世，你会活到八十四岁。"

对过去事件的精准描述和对未来的准确预测之间本不应有什么关联，但显然前者会让后者愈发可信。因此，我后来也发现了，几乎所有的占卜师都采用这个套路，这让我没法忘记老人的预言。他对我过去的"猜测"没法用数学概率来解释。他讲了我和死亡擦肩而过的事情，而这件事情是没法对任何一个走进他在湾仔区的那间小屋里的人都适用的，没法轻而易举地自圆其说或被人抛诸脑后。这和对一个女人说"你有孩子"或"你没有孩子"不一样。我在波贝的经历绝对不属于平常范围之内。

倘若老人果真可以用他自己的方法获悉过去的真相，看到发生在 1975 年的往事，那么有没有可能他也看到了会发生在 1993 年的事？

这样说来，这个问题不是那么轻易就能被忽略的；花一年时间来寻找这个问题的答案对我来说有着无穷的诱惑——尤其是当时距离那昭示凶兆的 1993 年只有短短数天。

1992 年 12 月 18 日，我乘飞机从曼谷飞到万象。22 日，我搭乘一架狭小颠簸的中国制客机，到达琅勃拉邦，老挝国古老的王都。

第三章
幸福属于哪一边？

在赫尔曼·黑塞《流浪者之歌》一个优美的篇章中，悉达多王子（他很快顿悟，成为佛祖）静静地坐在河边。他突然悟到，如果不再丈量时间，那么过去和未来便是永恒的——就像奔腾的河流，不只存在于他所看到的那一段，它也存在于它的发源之地和汇入海洋的尽头。还未流到此处的河流便是明天，它已存在于上游；已经流过的河流便是昨天，但它仍旧存在于别处，存在于下游。

沐浴着金色平静的落日余晖，我高坐在琅勃拉邦的普西山上。山下狭窄奔涌的南康河和宽阔雄伟的湄公河交汇，浪花四起，令人心潮澎湃。我不禁想到了佛祖的顿悟。裹挟着泥沙的河水汇合、交融，如生活一般（包括我的）由众多支流交汇而成。过去、现在、将来似乎已不分彼此：它们同时存在于昼夜不舍的流动中。五十五年转瞬即逝，如同这壮阔的大河向前奔流，汇入中国南海。我在这个星球上剩下的时间已在喜马拉雅山坡上涌出，跟随我一起上路，进入同一条轨道，直到最后一刻钟都已被设计好。如果我能坐在比那座山更高的地方，就能够见到河流上下游更多景致。这是否意味着我能窥见更多的过去和未来？

我孑然一身。当一个人远离人群，被大自然包围时，思绪便突破逻辑的界限，想象漫无边际。荒诞的念头在理性的边缘蠢蠢欲动。是的：也许我们所说的未来早已发生，只是我们鼠目寸光，尚未发现。因此，有人可以"解读"未来，就像我们眼中的星辰的光芒，早已在太空中旅行了几个世纪。也许神秘主义的秘密就在于脱离时间的维度——不再以我们观念中的年、时、秒来论时间。

老挝是令我的思绪停止漫游的理想国度，因此将我抛掷在时间之外。多年来，这个国家本身就处在时间之外。老挝没有海域，层峦叠嶂的高山是它与中国和越南的天然屏障，湄公河把它和泰国隔绝。没有来自邻国的侵略、战争和压迫，老挝一直沉浸在古老隐匿的生活节奏中。即使日历已经翻到了二十一世纪，老挝人的思维还停留在他们自己的时代，无意离开。

近年来，泰国建造了通往湄公河河岸的高速公路，并无数次建议老挝人在湄公河上建造大桥，联通泰国的公路系统，直接通到曼谷，这样游客就能带着资金前往老挝。但是老挝人一直持怀疑态度。"不用了，谢谢。我们不需要大桥。"每一次，他们都这样回复，"我们要以自己的方式生活。"

遗憾的是，他们的生活方式已逐渐衰落。并不是老挝人突然转变了思维，而是在这个时代，这个国家处在了几乎没有选择余地的十字路口：追随带有破坏性的现代化，或者坚持自我价值，继续遗世独立。别人早就替他们做好了选择。商人、银行家、国际组织的专家、联合国官员以及世界上半数的政府都热衷于不惜一切代价取得"发展"。他们不约而同地信奉一种使命,跟不久前来到越南的美国军官无异,将越共占据的村庄夷为平地,然后骄傲地说:"要救他们,就必须先摧毁他们。"

同样的事也在老挝发生:为了将他们从落后中解救,新一代物质主义和经济至上的传教士正在摧毁老挝。其中最狂热的是澳大利亚人。带着美好的愿望,澳洲政府在湄公河上建造了一座雄伟的大桥。老挝人没有为此付出一分钱——但是付出了他们最后的贞操。出于对新事物和现代化天生的质疑精神,他们称这座大桥为"艾滋大桥"。

老挝的内心属于过去,只是不凑巧地处在中南半岛的中心,不得不活在现代世界的暴力中,并为之付出了惨痛的代价。为了支援越南南部的共产游击战,越南共产党开辟了老挝森林,就是后来著名的"胡志明小道";为了封锁这条路线,1964 年至 1973 年间,美国人秘密地向老挝投放炸弹,总数超过了二战期间在德国和欧洲被占区的投掷量:两百万吨。

即使是现今和平时期,由于地理位置的限制,老挝人也难以过上他们渴望的生活。他们被迫追逐"现代化",充当中国和泰国之间的纽带。

然而,一踏上老挝的土壤,你就能感受到某种特殊的诗意。日子缓慢悠长,居民洋溢着安静甜美的气息,你在中南半岛其他地方都找不到这种感觉。法国人对他们统治的民族了如指掌,如他们所说:"越南人种植水稻,高棉人站着观望,老挝人聆听水稻生长。"

1972 年春天,我第一次踏上老挝的土地。万象星座酒店狭小的阳台上，一位金发嬉皮女郎正在吸食大麻，浓烈的气味传到了楼梯上。见我向她走去，她轻声对我说话，仿佛在透露一个理解万事万物的秘密规律："记住，老挝不是一个地方；它是一种心理状态。"

我一直记着那句话。二十年后，我想在老挝变成"一个地方"（和其他地方一样，霓虹闪烁，钢筋水泥充斥）之前再看看它。我抓住了两个新闻由头："胡志明小道"的旅游开发启动仪式；新加坡至北京的高速公路建造。湄公河大桥竣工后，要在老挝境内打通去往老皇城琅勃拉邦的路径。这是亚洲最平静、最浪漫的都城，是古老的东方魅力最后的庇护所。

琅勃拉邦依旧和我印象中一样迷人，坐落在湿润翠绿的山谷中，被水墨画般的山峰包围。普西山上的众庙宇错落有致，在湄公河和南康河流域闪烁着永恒的光辉。

破晓时分，几百个僧人从寺院走上街头，接受跪拜在石子路两边的群众提供的食物，场面蔚为壮观。是的，就是那条街，注定要成为亚洲超级公路的一部分。幸运的是，有些当地居民终于鼓起勇气反对这项计划，老挝政府也声称会另择路径。那么，琅勃拉邦也能获救吗？希望渺茫。另一项计划无人反对，它将把现有的飞机起落跑道改建成大机场，迎接满载游客的大型喷气式客机。

旅游业的出现是多么丑陋啊！它是所有产业中最不幸的一种！它把整个世界退化成了一个巨大的操场、没有边界的迪士尼乐园。很快，成千上万的新时代侵略者、消费主义的战士将会踏上这片土地，用他们贪得无厌的相机、摄影机掠走最后的自然奇迹。

在亚洲某些地区，老人如果看到相机对着自己，会转过头，遮住脸。他们觉得相机会带走属于他们的一部分，并永远无法追回。或许他们是对的？难道不是因为成千上万的游客毫无节制地拍照，我们的教堂才丧失了神圣，我们的丰碑才失去了伟大的神光吗？

伟大的日本作家谷崎润一郎曾在一个感人的段落中写道，以古代日本在现代化进程中的逝去为背景，颂扬了营造美好氛围的荫翳及由此产生的传统和式建筑的灵魂。布达拉宫昏暗的内部也有同样的作用：你必须深入这座宏伟宫殿明暗交界的幽秘之处，在酥油灯摇曳的光亮中窥见妖魔的怪相和佛和蔼的微笑。

本世纪初，散文家皮埃尔·洛蒂带着朝圣者的惶恐来到吴哥窟，乘坐一辆牛拉的车，热情地拜访寺庙里的出家人。二十年后，库克旅行社忙着组织旅行团和废墟中的夜间舞蹈秀，并把几百年前的石头当作纪念品卖给游客。

1860年，为人类（也为游客）"发现"吴哥窟的那位仁兄因此付出了生命。很少有人知道，他的坟墓还在这里，在琅勃拉邦的东面。我计划前去悼念，向这位充满冒险精神的科学家表达我的敬意，我为他的故事着迷。他叫亨利·穆奥，是一名法国博物学家。中南半岛沦为殖民地后，他便在这里开始了一场旅行。他计划沿着湄公河一路北上，到达中国。出发前夕，他读到一个和尚十多年前写的文章，里面讲到他在暹粒市不远处的森林里看到了奇怪的废墟。

穆奥在一封信中写道，一天，他走在丛林中，嘴里哼着《茶花女》为自己壮胆，突然间，透过参天的树丛和厚厚的树叶，他感觉自己看到了两只……四只……十只……一百只石头眼睛正朝着自己微笑。我经常试着想象他在那一刻的感受，那一刻，他的旅程和他的死亡都已经值了。在吴哥窟的废墟中独自逗留了片刻后，穆奥继续向北走去。他经过琅勃拉邦，沿着南康河前进，但是刚过南豪村（Naphao），他就突然病倒了。10月19日，穆奥写道："我发烧了。"接下来几天，他的日记没有更新。直到29日，他颤抖着写下最后一行字："上帝啊，请怜悯我吧。"穆奥于1861年11月10日去世，时年三十五岁。

悼念穆奥的路程倒不麻烦：从琅勃拉邦坐半小时车到达班囊（Ban Noun），沿着陡坡向下走十来分钟，再沿着一条藤蔓丛生的小道朝上走。到达墓地的时候，我有一种穆奥就是在那一刻去世的错觉。周围的一切都没有变。河流依旧安静地呢喃，森林用千年不变的声音窃窃私语，远方，有一位孤单的女人背着柳条筐行走——她是这个时代的女人，也是一百三十多年前的女人，毫无差别。

穆奥就是在此地去世的，在南康河边的山脚下。他的同伴们将他安葬于此，仿佛就是为了不让现代社会把他带走。水泥砌成的坟墓后面，一棵高大的树像侍卫一样站立。左边，一丛高瘦活泼的绿竹像旗帜一样摇曳着。

意大利诗人乌戈·福斯科洛是正确的，他的诗歌颂扬了坟墓，给了我无限的启发。我常常对西方人周游世界时留下的简单、感人的生活踪迹心驰神往。我在死于异乡的旅人的坟墓前（澳门、清迈、长崎、横滨），试图感受他们的生活，追溯埋藏在简短碑文背后的故事，不知度过了多少时光。年轻的船长不到二十岁就被高烧击垮；年轻的母亲在生产时去世；同一艘船上的水手在几天内相继死去，很明显感染了突如其来的疫病。有时候是一位老人，墓志铭上是儿孙的悼词：他的一生堪为世人的榜样。还有冒险家、传教士、商人，都是些不知名的游人。

坟墓到底有怎样奇怪的魔力？除了骨头，它们是不是还掌握了更多秘密？或许，除了死者的记忆，这里还保存了他们曾经存在过的印记。或许，就连石头都渗透了他们的故事。穆奥的坟墓沉默、孤寂，被人遗忘在南康河边，它似乎想诉说什么。我的到来仿佛又带给它一丝生机。如果抛开时间的维度，过去的一切会不会一直存在于此，等待想被它感动、被它激励的过客？

我将老挝作为1992年的最后一站。如果我最终决定下一年不再飞行，那么我就可以很方便地从这里回到曼谷。来到老挝的第一刻，我就想到了许多新奇的点子。我试图研究这段旅程不同寻常的一面，继而发现了许多曾经不会注意的事情。突然间，所有事物仿佛都与另一个世界相连；我通常见到其社交面孔的人有了第二层本质，与我的兴趣相吻合。

在琅勃拉邦的最后一天，我乘坐小船沿着湄公河前往著名的坦丁洞，探访七千尊佛像。这些洞穴位于河岸陡峭的山坡上，战争时期，老挝共产党巴特寮占领了附近区域，并朝这些洞穴射击，那时候我没有成功到达进行报道。如今，大量雕塑被人偷走，卖给了曼谷的古董商，但我还是决定前去探访。我的未来不就像是湄公河一样一路奔流到了前方吗？我想一探究竟。

主洞穴里，　群老挝人正在一尊石佛前跪拜，询问自己的未来。我也跟着问了。过程很简单：双手慢慢地摇晃一盒小竹签，直到其中一根掉落到地面。每根竹签上都有个数字，对应一张写着小字的纸条。我的是第十一签，纸条上写着：

将你的箭射向巨人库潘（Ku Pan）。你一定能将他杀死。很快，你就没有敌人了，你的名字会传遍全世界。你的子民需要你，你必须接着帮助他们。如果你做生意，你会亏得一文不剩。你不会得疾病。旅行有益于你。

当时我没有多想。但是之后，当我在万象的法国大使馆参加圣诞晚宴，我又不小心从袋子里翻出这张小纸条时，突然间，它像一颗小火星一样点燃了熊熊烈火。这场正式的晚宴瞬间热闹起来，大家不约而同地开始谈论起占卜师、预言、魔法。每个人都有故事，都有一段经历。或许因为我们正坐在洁白的大屋子里，被九重葛和兰花围绕，窗外的秘密花园里树立着几尊古老的雕像，餐桌上的烛光摇曳跳动——又或者是因为欧洲和它的现代逻辑当时离我们无比遥远。我的小纸条仿佛打开了潘多拉的魔盒，大家开始坦白自己的经历。

"有一位占卜师改变了我的人生。"坐在我对面的那位美丽优雅的女士对我说，她看起来四十岁左右，刚从巴黎来。大学时，她不小心怀孕，不久，孩子的父亲（她的同学）就在一次滑雪事故中丧生。他们共同的朋友对她照顾有加，他们之间因此萌生了爱意。有一天，这位朋友的母亲找到一位占卜师。占卜师说："你的儿子将成为别人的孩子的父亲，他千万不能这么做。这会毁了他的一生。"
母亲将占卜师的话告知了那位朋友，他震惊了，并取消了婚礼。
"于是，"坐在大使夫人右边的男士接着说，"我成了孩子的父亲。"

听起来是一个典型的案例：母亲借占卜师之口说出了她无法对
儿子说的话，通过神秘学的威慑力，她得到了自己想要的结果。但
是饭桌上的其他人都感到吃惊，那位优雅的女士自己也对占卜师的
神力深信不疑。说到我的占卜师，所有人都同意我要听取他禁止飞
行的警告的决定。

破晓时分，我踏上飞机，飞往石缸平原。平原位于老挝北部
的山谷中，点缀着神秘巨大的石缸，有些高达两米多，上面雕刻了
精美的花纹。是谁制作了这些石缸？用来装什么？人类学家说，它
们可能是骨灰罐，由迁徙至此的古中国人建造，这些人现在已经绝
迹。然而，老挝人更愿意相信自己的传说。"这是盛酒的罐子，"他
们说，"由巨人建造。山顶有一张巨大的石桌，从古至今，巨人们
都在那里举办宴会。"但是从来没有人看到过那张石桌。
我在这一带待了三天。成熟的罂粟花渐渐脱落红色、紫色、白
色的花瓣，妇女们剪开果实，将里面珍贵的黑色黏稠液体接进碗
里。大山里的芒族人正在庆祝他们的新年。年轻人热衷于最流行的
运动：通过玩球来找配偶。每个村庄里，成排的姑娘穿着传统裙装
站在一排男孩子对面，双方一边来回传递一个布球，一边唱着当地
的小调："如果你爱我，就把球扔得高一点；如果你想要我，就打
扮得美丽一点。"

一名特殊的向导克劳德·文森特随我同行。他是法国人，五十岁左右，非常有教养，从少年时期就在老挝居住。他同一位老挝女士结婚后，就一直长居在此，即使1975年老挝共产党巴特寮掌握了政权，他也没有离开。战争时期，我们经常碰面，但是没有深入了解。对他来说，我就是众多刁钻的记者中普通的一员，像秃鹰一样，闻到了死亡的气息，便突然来到老挝。现在情况不一样了，克劳德想让我理解他是多么热爱这片土地古老而又美丽的灵魂。

　　经过一下午疲惫的探索，我们一起入住一家不通水电的小旅馆，我这才了解到克劳德的心意。他给我讲了几年前发生在他身上的事。

　　那是1985年的万象，一个星期天，克劳德和家人计划去湄公河边野餐。他的一个侄女对此欣喜不已，但是不巧，她突然发高烧了，家人决定将她留在家里。她很伤心，坚持"一定""必须"去。家人不得不把她带上。

　　他们在河边找了一处地方，大人们围坐着吃东西，孩子们则在水边玩耍。直到要回家的时候，他们才发现那个女孩不见了。他们到处寻找，还是没有找到她。绝望中，他们只能求助当地著名的女通灵师。她陷入催眠状态后，告诉家人："下星期五下午三点四十五分去河流的弯道。你们会在那里的佛塔前找到她。她身上会有蓝色的标记：一个在手臂下方，另一个在胸口。"家人按时前往，就在三点四十五分，那个孩子浮上水面，身上带着那两个标记。

　　克劳德说，那位女通灵师与河神进行了交流，请求用七只鸡和一头猪跟他交换孩子的遗体。但是这家人不知道怎么给河神送去许诺的牺牲品。克劳德不敢进行祭祀礼，免得带来麻烦。于是，他向一位官员寻求建议，得到的答案出乎意料。"你当然得做祭祀。你已经答应了河神，怎么能违背誓言呢！"他说，并提醒克劳德，战争时期，每一次巴特寮越过河流，最后一位战士都要回头向并不存在的同志呼喊。河神总是习惯性地带走最后过河的人，战士们希望通过这种方式骗过他。"现在，这个方法已经成了对所有过河战士的军事命令。"克劳德 [1] 最后总结道。

第二天，我们乘坐吉普车向北驶去。石缸平原附近是在越战中破坏最严重的区域之一。老城川圹事实上已经不复存在：在 B-52 轰炸机的地毯式轰炸下毁于一旦。新区风索湾（Phongsovane）到现在为止只搭起了杂乱的木棚屋。

为了躲避轰炸，这里的居民长年住在洞穴里。现在，他们在重建村庄，能找到的什么材料都用。巨型集束炸弹曾在空中爆炸，散落几百片危险的小饵雷，他们用炸弹的外壳做成围栏或家畜的水槽，火炮壳则用来集水。

"您贵庚啊？"在风索湾集市上，我冒昧询问一位女士。她疑惑地看着我。"你什么时候出生的？"我继续问道。"战前。"她回答。哪场战争并不清楚。记忆中，老挝一直处在战争中。

离风索湾三十英里外有一条分岔路：一条向东到达越南和荣港；另一条继续往北通往游击战旧城桑怒和中国边境。第二条路六

---

[1]　1996 年，克劳德在去琅勃拉邦途中被伏兵杀害。

英里开外就是塔姆皮乌洞穴，要去那里只能沿着一条小溪步行。洞穴附近的草地荒无人烟，地下某处还埋着一颗未爆炸弹。

陡峭发白的悬崖石壁中间有一个巨大的半圆形黑色洞口。草地上鲜花盛开，散发出阵阵幽香，但是与我们一道的老挝人不再前行，他们闻到了死亡的气息。剩下的人继续往前走，挤过一条杂草丛生的小道，走进那个洞穴。洞壁被大火烧成了炭黑色，布满白磷和凹坑，那是在一次大型爆炸中被飞溅的碎石撞击留下的。进入洞穴，你将走在一片狼藉——烧焦的厨具碎片、一台缝纫机、逝者的衣物布条。

这是战争时期人们栖居过的众多洞穴中最著名的一个。在这里，大山的腹腔内，B-52扔下的炸弹不会穿石而过。但是，1968年，亲美政府武装部队的小型机T-28发现了这个洞穴，用白磷火箭进行了直接轰击。石墙内的爆炸惊天动地。四百多人全部遇难，无人幸存。

离洞口三十米左右，洞穴开始下沉，我们只能靠手电筒的光亮继续往前走。很快我就意识到，我正走在人骨上——有些很小，可能是孩子的。一片死寂中，我仿佛能听到死者的呜咽声，隐隐约约，似乎隔着一层纱。我想着在这生死存亡的时刻，各方的不同心情：看到自己射中了靶心，飞行员大概紧张又兴奋；底下经历浩劫的人们，痛哭着爬向洞穴深处，再也没有出来。

一时间，我深受感触，我"感觉"到了那个瞬间。如此惨痛的灾难，如此巨大的哀伤，怎么会不在空气和泥土中留下痕迹呢？古人说"土地的圣灵"，不就是指在发生过特殊事件的地方，会有神灵或特别的物质长期停留吗？

下山的时候，我们遇到了一群孩子，他们正在砍一棵香蕉树的树桩，用作他们想象中的汽车车轮。"你们去过那个山洞吗？"我问他们。所有人一下子往后退，怔怔地盯着我，仿佛受到了惊吓。"没有！"他们喊了起来，"不能去那里！太可怕了，那里有'非'！""非"就是鬼魂。

在西方，这种洞穴被称作"烈士之墓"，人们会每年组织活动纪念殉难者。他们的故事会被编入教材，成为学生的榜样。然而老挝的历史不接受这样的故事发展。对他们来说，埋在那个洞穴里的不是他们的亲人，而是一些陌生的鬼魂，它们的哭泣、苦难、恐惧渗透了墙壁，老挝人避之不及。

他们的世界观中的因果关系不同于我们。就在我们到访前不久，一组美国专家花了几周时间，在石缸平原附近寻找战争中的失踪人口——被射中坠落的飞行员。他们在森林中开挖土地、收集碎骨，晚上回风索湾休息。老挝人没有对他们表现出丝毫敌意，甚至没有人试着让他们看看自己的孩子，至今，许多刚出生的孩子都因为四分之一个世纪前美军散播的化学物质而先天畸形。

来自风索湾的摄影师的妻子怀里就抱着这样一个孩子——三岁的小孩头颅巨大，小手粗短，五个手指都连在一起。"报应。"她将孩子的不幸归因为佛教中的因果轮回，认为这个孩子前世有罪。

从川圹去老挝南部的巴色还要搭乘飞机：常见的机型，配有驾驶员和副驾驶员各一名，共十七座，有一个行李隔间，包含机上唯一的洗手间。登上飞机，我发现机舱里堆着许多松松垮垮的蓝色塑料袋：过道上、座位上，甚至堆到行李隔间的天花板，堵住了紧急出口。我试着提起一个袋子：很重。袋子里塞满了肉类——猪肉和牛肉。万象的肉价是石缸平原的两倍，因此飞行员通过倒卖肉类来弥补微薄的工资。我记得，几周前，在一个北方的飞机场，俄罗斯人安东诺夫就经历了一场发动机故障。飞机无法起飞并燃起熊熊大火。所幸所有乘客都及时爬了出来，保住了性命。

松垮的货物堆堵住了每个救生通道，我不禁怀疑：谁能从这架飞机里走出去？我可不希望灾难来临的时候，我的肉体与这堆猪肉混在一起，再也没人分得清谁是谁。但是一想到美国人，我的担忧就消散了。我听说他们会把搜索到的疑似战斗失踪人员的残骸送往夏威夷的实验室，通过分析骨碎片来确认那是不是他们的战士。

天色渐黑，我们的飞机穿过厚重的云层和闪电，在陡峭的深绿色山峰间飞行。窗外的景致充满了原始的美感，但我无心欣赏。在一次次颠簸中，我对自己发誓，要是飞机在中转站沙湾拿吉成功降落，我一定要下飞机，然后坐船前行。终于，我如愿以偿。

湄公河平淡无奇，只有翻滚的泥浆时不时地打破水面的平静。我们在河流中间缓慢滑行，河岸两边恰好展示了某种对立状态：左边是老挝，村庄掩藏在影影绰绰的椰子树中，小船停泊在粗糙的竹梯下，油灯在静谧的夜晚扑闪着温柔的光亮；右边是泰国，充斥着霓虹灯、流行音乐和从远方传来的汽车马达声。一边代表过去，每个人都想打破身处其中的老挝人的平静；另一边代表未来，所有人都汲汲奔赴他们深信的前路。幸福到底属于哪一边？

12月3日，我身处三千英尺高的波罗芬高原的森林中，西边是湄公河，东边是安南山脉，南边是高棉平原。这是人类历史上受炸弹侵袭最严重的地区，因为所有物资补给都在此集合，它们经胡志明小道从河内运送至此，然后向柬埔寨或越南中心区转移。殖民时期的建筑、塔寺、村庄无一幸免，全部损毁。在美国人的炮弹无情的轰炸下，一切都被毁了。大自然也遭到破坏：森林变成灌木丛，至今你都很少听到鸟叫声。只有在少数几个红土肥沃的地方，日本和泰国公司开始恢复著名的咖啡种植业。

我在瀑布上方一间木屋中住下。瀑布的咆哮声震耳欲聋，我愉快地度过了除夕夜，彻夜未眠，心想神奇的1993年已经来了。红蚂蚁煎蛋卷恰如其分地标示了这个时刻。当我手表上的指针随意地摆过午夜，不坐飞机的决定立马变得坚定起来。随着我乘坐的小船沿湄公河缓慢下行，我的生活已经踏上了新的节奏。然而，我仿佛觉得自己正在做一件荒唐违法的事。在我之前的人生中，我的决定都是理智的，不像现在，完全建立在非理性的考虑上。我对自己的限制和要求完全失去了作用。

1993年1月1日上午，为了给我的决定增添一种象征性的祝福，我做了新年第一件事：骑大象。前往巴色的途中，我经过一个山谷，那里很久以前是火山口。青草长得很高，绿油油的，闪着银色光芒的植物羽絮时不时地被风吹起，在青草丛中翻滚。

象背上的椅子摇摇晃晃，并不舒服，但是它高悬于地面，让我得以从一个不同的角度观察这个世界。

第四章
曼谷的捡尸人

　　越过巴色，我坐上从对面的泰国边陲小镇塔凯过来接我的车。这段旅行我仿佛坐上了一台时光机：出发时我刚离开历史悠久而未经开发的老挝边境，几个小时后，我就被曼谷那俗不可耐的现代气息所包围。这儿肮脏、混乱，空气里散发着恶臭，更不用说水质糟糕，空气有严重的铅污染。在这里，每五个人中就有一个流离失所；每六十个人（包括新生儿）中就有一个携带艾滋病毒；每三十个女性中就有一个从事卖淫；平均每小时就有一个人自杀。

　　人们称这儿为"天使之城"，也许它曾经名副其实。过去，曼谷的房屋建在木桩上，道路是运河，人们划船来去。陆地上仅有的几条马路绿树成荫，繁盛的枝叶为悠闲的行人提供荫凉。镀金的宝塔尖顶俯瞰民居和宫殿，乃至王宫——二十世纪初，这位国王请来一位意大利建筑师为自己打造王宫大殿。

　　曼谷从来不是一座美丽的城市，但它曾不乏魅力，具有异国风情。热带的热浪有时简直令人窒息，但此时总会从海边吹来一阵清风，一路畅通无阻地穿过民居，最后到达湄南河。

　　曼谷长期以奢侈的恶习和未解之谜闻名。有血有肉的人每天进行无数精明的交易，在他们中间还存在着许多别的"东西"：它们是无形的，诞生于想象，诞生于人们的爱与恐惧。和这个地区的其他人一样，泰国人称它们为"非"：魂灵。

为了抚慰"非"，让它们保持安静，不至于对人们的日常生活产生影响，泰国人在城市的每个角落、每条街、每家每户门口都建造了纪念它们的神龛。人们纷纷献上食物、小木雕象、石膏舞女塑像、一杯酒、蛋糕、芬芳的茉莉花圈，等等。

无论是打地基还是挖井，泰国人都会第一时间建起一个祭坛，向大地之灵表达惊动它的歉意，同时祈求它在接下去的时间里保佑工程一切顺利。这些道歉和祈祷还会通过更换供物不断更新。若施工时不得不砍掉一棵树，人们会郑重其事地向其中的"非"请求对它斧锯相向的许可。

相传，在艾拉湾酒店旧址，大地之灵就对当地人的供奉十分满意，于是展现了各种奇迹。时至今日，其上的寺庙仍是曼谷香火最旺、最受欢迎的。它的一大特色是保佑人们生育男孩，数以千计的不育女性带着五花八门的供奉前来，其中一些还会在晚上围着寺庙半裸着跳舞。

然而，在过去的十年里，对现代化的渴望充斥了整个曼谷，大型建筑的施工把整个城市翻了个底朝天：运河被填平，变成毫无生气的柏油路；矗立几个世纪的树木被砍倒；古老街区的房屋被推土机一口气推平，代替它们的是由钢筋混凝土建成的摩天楼。土地被挖开、翻转、钻洞、粉碎，尽管还有人向"非"道歉，但如今的冒犯已严重得让许多"非"怒不可遏。整个城市挤满了这些看不见的

"非"，它们让人发疯，引发恐怖的灾难，以此来实施报复。至少，老曼谷人如此深信。

1990年9月，我们抵达曼谷还不到一周，就在市中心离我们住处不远的地方，一辆满载液化石油气的油罐车突然向右翻倒，从油罐中泄漏的死亡之云笼罩了许多车辆和房屋。要是此时一个火星引起爆炸，那恐怕上百人都会在瞬间被烧成焦炭。

又过了几个月，一个午后，突然传来一声震耳欲聋的轰鸣，我们看到港区方向升起一团浓浓的黑烟。那是一个化学品仓库发生了爆炸，数十人因此丧生。究竟是什么化学品至今仍不得而知，但自那以后，两千多名暴露在这致命空气中的人患上了无法解释的皮肤疾病和呼吸困难。许多婴儿先天畸形。

灾难接踵而来。最令人震惊的是一场发生在玩偶工厂的大火，活活烧死了一百九十名女工。为了防止盗窃事件的发生，管理层用挂锁锁住了每个出口，使那些女工无处可逃。

曼谷仿佛受到了恶毒的诅咒，就像一个被恶魔之眼盯上的城市。人们说它发展过度，高楼大厦的重量每年都会把土地向下压几英尺，很快就会被大海吞没。由于清凉的海风被新建的高层建筑阻挡，这里确实比以前更热了。还有水资源短缺。但最让政府官员和当地报纸的主笔担心的是什么？难道是穷人喝不上水吗？不，最让他们担心的是"按摩院"（在泰国，人们以此隐晦地称呼妓院）缺少足够的水让数量庞大的客人清洗私处。

每一起事故都有一个直接、显而易见、理性的解释：天然气爆炸，因为人们没有遵守安全规定；工厂成火灾高发场所，因为比起花钱采取防火措施，老板更乐意贿赂负责安全监测的官员。但"非"的解释不无道理，因为它道出了事情的本质，不只是在曼谷，而是在全世界范围内：自然在惩罚不尊重她的人，以及那些出离贪婪、破坏和谐的人。

在曼谷，我们搬进一栋至今住过最漂亮、最迷人的房子。它是混凝土带来的恐怖中保留下来的一片古暹罗绿洲，却没有一个供奉"非"的祭坛。

"这儿的'非'是活的，你可真得每天都摆上供品。"前一任租户提醒我们，他是美国作家比尔·沃伦。这儿的"非"是只食肉的大乌龟，几乎有三英尺宽，在这栋房子建成前这里是个池塘，它就生活在里面。

我喜出望外：这栋房子建在水上，正如占卜师建议的那样；至于乌龟，长期与中国人相处的我自然知道它是祥瑞的典型象征。传说中，龟可以活好几百年，所以中国人把刻有圣旨的石碑立在巨石或大理石龟的雕塑上。在中国的传统中，龟还有一个特殊的意义：它象征整个宇宙。龟壳的下半部分呈方形，象征天；上半部分呈半球形，象征天。龟被视作神圣的象征，便是因为它体内包含两者的统一，掌握时间与空间的要诀，进而拥有通晓古今的智慧。

我们住处的这只乌龟是人类发展之路上的又一个牺牲品。它曾生活在城市的运河系统中，度过了难以计量的岁月。此后，运河被填平，流经池塘的水成了死水，它就一直留在这里，哪儿都去不了。

我们到达后，这只乌龟选择躲藏起来。虽然我们以它的名义，把这里改名成"乌龟之家"，但它还是对我们避而不见。我们知道它就在某个地方——因为我们时不时地会丢失一只小鸭子，但它似乎不太适应与我们相处。同样，在"乌龟之家"上班的人开始一个接一个地抱怨自己身上的小病：园艺师咳嗽个不停；厨师脚疼得没法站起来；我的秘书则持续头疼。他们的亲戚中有人遭遇了交通事故，两人丧生。很显然，我们的到来打破了这里的平衡，我们需要想一个办法来恢复和谐。

有些泰国朋友建议我应该和安吉拉一起去觐见玉佛（曼谷所有"非"的"非"），然后告诉他，我们最近来到泰国，并会在这儿待上几年；还有些人建议我给"乌龟之家"做个驱魔仪式，这样就能摆脱所有可能依附于它的厄运。

我们不假思索地选择了前者。一天清晨，我们去了玉佛寺，在著名的大佛像前跪拜，这座大寺建在流经王宫前的河流边上。4月9日，安吉拉生日那天，我们请了九位僧侣来到我们的住处。他们手持一根很长的白色绳索，其中一位僧侣用这根绳索绕着我们的屋子和池塘围成一个圈。随后，他们唱起优美的祷文，将圣水洒向我们每个人和每件物品。最后，他们在正午前用完我们准备的斋饭，一如戒律规定的那样。

在那之后，或者确切地说，在一群蜜蜂来到我的花园，筑起一个巨大的蜂窝（给房子带来好运的标志）之后，一切麻烦终于告一段落。

但现在我将迎来艰难的一年。我曾以为，即使我行动缓慢，我也能搞定我的船。我简直大错特错。

曼谷是一个港口城市，每天都有上百条船在此停靠，每周当地报纸都会发行几次厚厚的增刊，上面写着所有船只的目的地和装货时间。我们开始打电话到各处询问前往菲律宾、越南、中国香港和新加坡的航班，也许找月亮还更容易些。我联系了船运的领班、董事长、总经理，最终却一无所获。我收到最有礼貌的回复是"对不起，我们不行，你可以试试别的线路"或者"我们曾经载过旅客，但现在……"，不可理喻。船不再运输货物以外的东西了，货物也最好用集装箱封好，可以用电脑控制的吊车装卸货。

　　为了坚持整个计划，我开始把占卜师的话和一年不坐飞机的决定告诉大家。这强调了我的决心，但最重要的是，这引起了许多泰国朋友的同情，他们突然表示"得到了理解"。我如此看重占卜师的预言，说明我和他们拥有相同的思维方式，也代表我已经接受了亚洲文化。他们感到很受用，纷纷表达了帮助我的意愿，尽管只是提供意见和建议。我最常听到的话是："别担心，试试消灾！"

　　消灾背后隐藏的含义是，命运不是不可避免的：我们必须视占卜师的预言为一种警告，或是一种对事物发展趋势的预示，而不是武断的判决。假设一个占卜师告诉你，你将身患重病，或是你家庭中的一员会在短时间内去世，你该如何应对？不必惊慌，你只需要向寺庙添香火，帮助不幸的人，放生被囚禁的动物，收养孤儿，捐钱建佛塔，给穷人捐棺材，这样你就能避开灾难。显然，当我们消灾时，需要这个领域的专家告诉我们消灾的途径、数量和对象，完成这些之后，一个人的命运需要被重新审视，或者交还给本人。命运是可以讨价还价的，你永远都可以和上天达成一项协议。

尽管我得到了许多建议，却很难回答这个简单的问题：谁才是曼谷最好的占卜师？我感觉，每个人都想把最喜欢的占卜师留给自己。他们也承认，最好的占卜师不在他们最喜欢的那几个里面，而要从别处寻找。泰国人说，最好的占卜师在柬埔寨，柬埔寨人说在印度，中国人说这方面蒙古人无人能及，而蒙古人则相信藏族人是最优秀的，等等。每个人都意识到了环绕着他们的相对性，似乎都想把可能性寄托在别的地方。一个爪哇人会说："啊，要是我能去见见乌兰巴托的占卜师就好了！"这样他就会永远寄希望于在别的地方肯定能找到通往幸福的钥匙。

　　我的情况就简单了：我在曼谷，只想找个当地的占卜师。我想在迎来禁飞年之前确认我的命运，让人再次解读我的未来。毕竟，自从我遇到那个香港的占卜师之后，我没有再咨询过任何人。

　　由于我在泰国的学徒没有一个可以给我推荐占卜师，我想起了我的朋友苏拉·西瓦拉克沙。他是泰国屈指可数的哲学家，曾两次获诺贝尔和平奖提名。作为一个虔诚的佛教徒，他一直坚定地反对自己国家抛弃传统的做法，从不放弃任何一个机会来声讨那些他认为已经背离佛教之道的人。泰国政府不喜欢他，由于他激烈的言辞，他还被指控犯有欺君之罪（世上没有其他地方还留着这项罪名），他也因此在监狱中度过了一段时间。上次他被逮捕时，我去探望了他的妻子，以为她会为此忧心忡忡。但她丝毫没有！因为她咨询了一位占卜师，他向她保证，苏拉再过几天就会被释放。事实也的确如此，他甚至说出了具体的日期和时间。我打算就去咨询他。

　　我知道他住在哪儿，也知道他失明了。我需要一个翻译，但我不想带我的秘书，或任何对我有所了解的人，因为他们可能会（即使是无意识地）透露有关我工作和家庭的线索。于是我打电话给一个为差旅商人提供秘书的事务所。我假装成一个住在东方酒店的客人，在酒店的大堂约见了我此行的同伴。来者是一个五十岁上下的女人，微胖，戴着一副大眼镜。得知此行不用翻译合同条款和商务会谈后，她显得十分高兴。

占卜师住在唐人街的正中心。一个穿着镶金白色制服的司机开着东方酒店的奶白色豪华轿车，载着我缓慢地穿过一条羊肠小道，来到美妙却又混乱的沃拉扎地区。这里仍是曼谷最热闹、最有活力的地方——上千家出售五金制品、水泵、窗帘、钉子、棺材、糖果的商店依然如故，感谢上帝；壁龛里供奉的香和药店里的香油一起散发出无数种香气；扎堆的游客遍布大街小巷，他们穿着黑色短裤，把上衣拉到肚脐眼，好像故意让它和空气接触，激发所谓的"气"。

占卜师住在错综复杂的巷子最深处，我们只能下车步行前往。我们最终到达占卜师的家，可那不大能称为"家"：穿过一道面向街道的铁栅栏，我们进入一个比一般的房子和商店大两倍的房间，神明和物品就这样共用一个空间。房间的一头，一堆米袋中间有一张破旧的铁桌。铁桌后面，一个失明的老人坐在一张藤椅上。与其说坐，他更像靠在椅子边缘，做着足底按摩。中医认为，足底与各个器官相连，关键在于找准穴位。他的眼神空洞，瞳仁的位置白白一片，就像一直在翻白眼。桌上放着一只小茶壶、一盘象征繁荣的橘子和一个空的龟壳。整个房间充满从角落的祭坛散发的焚香味，那里供奉着许多镀金的木雕、神像和祖先雕像。我们看到占卜师的雕像大都高举着一把宝剑，好像在保护失明的他。一个穿着绿色丝质睡衣的老女人，也许是他的妻子，刚在一张圆桌旁吃完饭。她用柳条盖盖住装剩菜的罐子，坐到洗碗池前的凳子上，开始洗碗。

占卜师好像并不急着办正事，缓缓低语了几句。我的助手为我翻译。他问了个常规问题，我也用常规的方式回答："我出生在意大利的佛罗伦萨，时间是 1938 年 9 月 14 日晚上八点左右。"

他看上去很满意，掐指做起奇怪的算术。他仰视天空的眼睛突然亮了，好像发现了一个会引起我注意的大秘密。他的嘴里念叨着没有意义的话，我一个字也听不懂。一个穿着白色睡衣的女孩跑进来，递给占卜师的妻子什么东西，又很快跑了出去，临走还不忘双手合十，向祭坛上冷冰冰的雕像表达敬意。好一会儿，周围只有墙上旧时钟的滴答声。在我看来，占卜师就像在记忆中搜索着什么，并且找到了。

终于，他开口了。"你出生那天是周三！"他郑重宣布，好像这一招会让我吃惊。（没错。厉害！要是在几年前，他只靠记忆算出来或许能糊弄许多人。时至今日这就没那么稀奇了，我的电脑几秒钟就能完成）他试图取悦的举动确实值得称道，但我已经失望，兴趣大减。我心不在焉地听他说："你拥有精彩的人生、健康的体魄、活跃的思维以及糟糕的性格，"他接着说，"你有时会大发雷霆，但很快会冷静下来。"这些话适用于每个坐在他面前的人，我暗暗想道。"你的思想从不停歇，你一刻不停地思考问题，这不是好事。你对人慷慨。"这也适用于几乎每个人，我心想。

我在桌上放了一个小型录音机，同时也在不停地记笔记，但我怀疑这是在浪费时间。这时，我听到翻译说："你小时候病得很重，要不是你父母把你送到别人家里，你可能已经死了。"这重燃了我的好奇心，因为我小时候确实身体不好。当时正处在战争年代，我家很穷，吃的东西也很少，我有肺病、贫血、甲状腺肿胀。"你七岁到十二岁时，学习成绩很好，但经常生病，还搬家了。你十七岁到二十七岁时，被迫半工半读；你很聪明，能解决各种难题，现在已经无需为生活担心，因为你学了工程学。从二十四岁到二十九岁的这段时间，是你一生中最抑郁的时光。在这之后一切都有了好转。"

　　我小时候是经常生病，但我并没有十七岁就开始工作。我们也没有搬家，但二十四岁到二十九岁确实是我一生中最糟的时候。当时我在奥利维蒂公司上班，每天都在考虑辞职，却又无计可施。至于工程学，事实上我学的是法律。

　　我没有信服。这像是一个占卜师的话总有几条能说中的典型例子。我有些走神，目光被他正在抚摸龟壳的手吸引，耳畔不断传来他关于我命运的细语，就像一台电脑在筛选信息。显然他全凭自己的大脑进行着计算，但他真正的过人之处也许是本能。正因为他看不见，不受那些使我分心的事物的干扰，所以能全身心地感受眼前的人。也许本能告诉他我在走神，因为他突然停止了念经般的口吻。

　　"我有个坏消息要告诉你。"他说。我立刻警觉起来，难道他要提醒我不要坐飞机吗？"你永远不会富有。你不愁吃穿，但永远不会变得富有。这是肯定的。"他斩钉截铁地说道。

我差点笑出声来。这儿是唐人街的中心，所有人的梦想都是一夜暴富，而最恶毒的诅咒无非他说的这句话了。对这里的人而言的确如此，但对我而言根本不算什么，我从来没有把赚大钱当作我的目标。

那什么才是我的目标？我自问，继续和这位盲人进行无声的对话。如果我不想变得富有，那我想变成什么样子？就在答案逐渐明朗的时候，他也通过他那台无形的电脑道出了我的心声："出名。是的，你永远不会富有，但在五十七岁到六十二岁之间，你会出名。"

"怎么出名？"我出于本能脱口而出。

翻译还没来得及把我的话翻译完，他已经抬起手，咧嘴一笑，对着空气做出敲打打字机的手势："写作！"

绝了！盲人可以猜到任何坐在对面的人都想出名，但他怎么知道我会通过写作出名？打个比方，为什么不是出演电影？是我说漏嘴了吗？我指的是精神上的交流，不是实际的语言（毕竟我和他的语言差了十万八千里），而是令……看到的人理解的肢体语言。

也许在我问"怎么出名"的时候，我的内心深处已经无意识地给出了答案，并在心中做了敲打字机的动作。有没有可能占卜师"读"到了这个手势，并立刻学样做了一遍？还有其他解释吗？

他察觉到我又提起了兴趣，于是继续说："七十二岁前你的人生一帆风顺。过了七十三岁，你就得休息了。等到了七十八岁，你就不能参与任何生意上的事了，否则会亏损得精光。如果你想尝试新的事物，或者想搬到另一国家，务必在明年实施。"

我从来没想过做生意。至于搬家，我知道在印度定居一直是我的愿望，但在 1995 年 5 月之前是不可能实现的，因为我和德·斯皮格的合同，还有我在"乌龟之家"的租期都要到那时才结束。到那时，如果一切条件都妥当，我也得考虑多方的因素。所以我无论如何也不可能明年搬去印度。

"要小心，今年你的健康会受损。"盲人说。接着他停了下来，掐指算了老半天。"不，不对，最糟糕的已经过去了。去年 9 月初你就度过了最糟糕的时期。"

话说到这份上，我只好把我来这里的目的和那个占卜师的预言和盘托出。盲人听了爆发出大笑，说："不，当然不是。1991 年才是最危险的一年；你在飞机上遭遇生命危险。"他说得没错。现在回想起那年夏天我为了我的书《晚安，列宁先生》飞往苏联时乘坐的航班，那可怕的经历仍然让我忍不住发抖。

我一度产生一种失望的感觉。也许是因为我试图通过不坐飞机来回避的危险在他眼里却不算什么。就像我之前告诉自己的那样，我意识到我会为了给一件事一个合理的解释而轻易颠覆已有的观点。

我们谢过盲人，付钱之后便离开了。我们在小广场找到了穿精致白制服的豪华轿车司机。"那么……"翻译看着我说。我无言以对。盲人说的最奇怪的话是，小时候我的亲生父母把我送到别人家里，不然我早就死了。他说这话得冒多大的风险啊！绝大多数人都不会有这种经历，我就没有。或许有过？东方酒店的轿车在人流和车流中缓慢穿行，而我的思绪早就飞到了九霄云外。

毫无疑问，我是我母亲亲生的。否则我怎么会有她的酒糟鼻，我的女儿又遗传了同一特征？但同时我也不得不承认，我和我所成长的家庭一直格格不入。我很小的时候就已经意识到了这一点，我的亲戚也不例外，他们经常和我父亲开玩笑说："那个孩子，你是从哪儿捡来的？"

盲人说得不准确，但他偶然指出了更深层的事实。我们需要对这些话进行诠释，关注自己肉体以外的部分，并探寻这部分从何而来。就我的情况而言，它的确来自"别人家"，即决定我的鼻子、眼睛的形状，甚至特定手势（随着我年龄的增长，我发现这一点越来越像我爷爷）的基因以外的来源。

我父母一生的经历没有过多地影响我至今为止的人生。他们都出身贫寒，属于极其平凡的人。他们沉着、接地气，永远把生存放在第一位——从不蠢蠢欲动，从不冒险，从不标新立异，而我一生都在追求新鲜事物。我母亲的家族都是农民，一生都在为别人种地；我父亲的家族在一个至今都没有名字的采石场做切石工。几个世纪以来，泰尔扎尼家都在为佛罗伦萨切凿铺路石，据说他们也为佛罗伦萨的碧提宫提供切好的石头。他们的家族里没有一个人好好上过学，我父母分别是两边的家庭里第一个勉强学会读写的人。

那么，我探索世界的渴望，我对印刷品的迷恋，我对书籍的喜爱，以及我迫切想离开佛罗伦萨、去旅行、去世界另一头的愿望都源自何处？我身处别处的渴求从何而来？显然不是来自我的父母，因为他们扎根在自己出生、长大的城市，一生只离开过一次，那是他们去普拉托度蜜月——离米兰大教堂只有十公里。

我的亲戚中也没有人可以给我提供启发和建议。我唯一感激的就是我的父母，为了让我在小学之后继续学业，他们甚至吃不上饭。我父亲挣的钱永远支撑不到月底。我还记得，有时母亲会牵着我的手去帕拉祖洛的当铺，用她嫁妆中的亚麻床单换钱，其间还得小心翼翼，生怕被熟人认出来。我们连笔记本都买不起，我的第一条长裤（灯芯绒的，夏天和冬天都适合穿，我们初中规定每个人都要有一条）是分期付款的。每个月我们都得去店里还款。如今已经很难想象，但当时穿上裤子的喜悦我后来再也没有体验过。

长大后，我深爱我的家庭及其历史，但从没有归属感——如同我真的是被收养的。我的亲戚对于我去上学颇有不满，因为我没有像他们那样早早地赚钱养家。我的一个伯伯每天晚饭前都会来我家，说："那个游手好闲的小子今天做了什么？"接着他会开些过分的玩笑伤我母亲的心："要是他一直这样下去，将来一定会比安尼巴莱更有出息！"安尼巴莱是我的表哥，也姓泰尔扎尼，确实颇有成就。他从童年起就开始清扫大街，用铁锹和耙子清扫电车轨道上的马粪。

为什么我十五岁就逃离了家，开始在全欧洲洗盘子的生活？为什么我刚到达亚洲就深深地体会到家的感觉？为什么热带高温没有让我感到厌倦？为什么我盘腿坐下时不会感到不适？难道这是异国的魅力？还是因为我迫切地想离开那个让我的童年饱受贫穷折磨的环境，越远越好？也许吧。也许盲人是对的，如果他的意思是我有某种东西（不是受之父母的身体，而是别的什么）来自另一个源头，它让我对自己上辈子可能生活过的地方产生一种怀念和思乡之情。

我陷在东方酒店轿车的后座里，任由这些想法在脑海中盘旋，时而从客观的角度思考，好像这些想法不属于我。我不禁自问：这是否意味着我相信转世说？在这之前我都没有仔细考虑过这个问题。但它为什么不能是真的呢？何不把生命看作一场接力赛，某种非实物、难以界定的东西，记忆的集合，生活在别处的体验，像接力棒一样从一个躯体转移到另一个躯体，伴随死亡与新生，一路成长、扩大，搜集智慧，通向所有生命的终点——用佛教的话说，大彻大悟？这就解释了我为何和泰尔扎尼家的人格格不入，也解释了盲人说的，我儿时被别人家收养。

我们经常有这种不可思议的体验：某件事明明第一次发生，却感觉已经发生过；抑或某个地方明明第一次踏足，却感觉已经来过。这种似曾相识的感觉究竟从何而来？来自"前世"？那肯定是最简单的解释。如果有"前世"，那我当时又在哪里？也许是没有混凝土、没有摩天楼、没有高速公路的亚洲的某个地方。所以我才会在看到曼谷灰暗、毫无生气的道路滑过车窗，因为成千上万的汽车排出的尾气感到窒息时陷入沉思。

我的翻译住在曼谷郊区，我提出送她回家。我们的车驶上一条我不认识的高速公路。"这一带很危险，"她说，"总有人死于非命。你看到那几辆车了吗？"在一个桥墩的阴影中，我发现两辆奇怪的面包车，上面写着一段泰语，几个身穿蓝色工装服的人站在附近。"他们是捡尸人。"翻译说。这是我在曼谷第一次听到这个词，它背后的故事比名字更让人感到阴森恐怖。

民间传说认为，当一个人死于非命时，他的灵魂就不会安息。如果他死时遭到分尸、斩首、碾压或撕成碎片，那他更难以瞑目。除非立刻举行特定的仪式，否则他就会加入游魂大军。这些游魂和邪恶的"非"一起，构成了今天困扰曼谷的最大难题。因此，"捡尸人"的工作就显得尤为重要。他们是来自佛教团体的志愿者，在城市中巡逻，收集死前遭破坏的尸体。他们在集齐尸体的所有部分后，会举行超度仪式，让亡魂不再影响活人们的生活。

除了蓄意谋杀和自杀，交通事故产生的亡魂显然也不在少数。所以佛教团体会把面包车停在这个夺走无数生命的道路盲点，保持高度警惕，把收音机调到交通频道，时刻准备在听到事故通报后赶往现场。他们真的会争分夺秒，因为这份工作有利可图，以至于慈善团体间形成一种竞争关系：所有团体都希望收集更多的尸体，从而得到更多的捐赠。原则上，最先到达的人有权收集死尸，但不同的团体间还是经常会争抢一具尸体。有时，他们甚至会搬走尚且奄奄一息的人。为了宣传他们各自的功绩，各个团体会举行特别展示会，展出受害者断头、断手的血淋淋的照片，以此来向公众施压。

那一晚，曼谷在我眼里就像一个无路可逃的城市。尽管"捡尸人"狂热地争抢尸体，愤怒的"非"却仍在不断增加。它们无法安息，只能在城市游荡，制造各种灾难。泰国军方的最高指挥官徒劳地向曼谷泼洒了数千瓶圣水，试图驱散盘旋在这座城市之上的恶魔之眼，但只怕这座"天使之城"早已被天使遗弃。

第五章
再见，缅甸

1月，我听说缅甸政府开始在泰国城市清迈北部的大其力边境邮局发放签证，以"发展旅游业"。你需要把护照留在边境，支付一些美元，之后可以享受三天的自由时光在缅甸游玩，最远可到达掸帮省内古老神秘的城市景栋。

这显然是当地军官为了获取更多硬通货凭空想出来的法子，但是正合我意。我恰好需要不通过坐飞机就能得到的写作素材，而这个主题颇为有趣：几乎半个世纪都没有外国人成功进入的地区，突然间向外人开放。此前作为一名记者，我被拒绝入境；现在我竟能假装游客再次踏足缅甸。

大其力的缅甸居民或许还没有在电脑系统中设置"危险人士"名单，所以我和安吉拉，还有法新社的老同事查尔斯·安托万·德·尼西亚特打算一起去碰碰运气。可惜我们带回的是一个悲伤的故事：军事独裁下的政治犯因强制劳动而不断死去。我们带回的照片中，年轻人戴着镣铐，在河床上扛树桩，砸石块。多亏这次短暂的旅行，我们得以吸引公众视线，不然这场闹剧将不为人知。我是碰巧来到缅甸发现了这件事——或者说，因为占卜师说我不能坐飞机。

身为一名记者，有个观念从来没有停止困扰和吸引我：没有被报道的事件如同不存在。世界上发生过多少次屠杀？多少次地震？多少次沉船？多少次火山爆发？多少人被迫害、折磨、虐杀？如果没有人去观察、记录、拍照，这些事情就像从未发生过，这些遭遇就无足轻重，被历史遗忘。只有被人记录，历史才能存在。令人悲伤，但这就是生活。每一次对事件的描述都能在记忆的土壤中播下一颗种子，或许正是这样的想法令我执着于我的工作。

泰国的湄赛和缅甸的大其力由一座小桥连接。当我和安吉拉、查尔斯·安托万一起跨越这座小桥的时候，我再次感到欣喜若狂，我将走上鲜有人踏足的土地，也许我又能发现什么新鲜事。这里曾是一片禁土。据说进入缅甸境内十几米就有一家海洛因提炼厂。用好的望远镜，你可以看到以前的英语警告："外国人，别靠近。任何人经过这里都有被枪杀的危险。"现在，同样的地方用金色大字写着："游客！欢迎来到缅甸！"

由此可见，缅甸也向人类的共同命运屈服了。三十年来，它试图通过保持孤立、自行其是来拒绝变化，结果以失败告终。似乎没有一个国家能够做到。从甘地的印度到波尔布特的柬埔寨，所有权威主义、国家特色非资本主义发展的试验都没有成功，有的甚至令几百万人陷入苦难。

缅甸的试验有个好听的名称，称作"佛教社会主义"，出自尼温将军。他于1962年上台并执行军事独裁统治。他试图让缅甸远离正在泰国扎根的美国式物质主义。于是，尼温闭关锁国，开始实行商业国有化政策，将政敌送入监狱，宣称只有这样才能保存缅甸文明。他的想法在某种程度上是正确的，最终也为他的独裁赋予合理性。在尼温的治理下，缅甸确实维持了自己的文化个性。传统复苏，宗教兴旺，四千五百万群众也没有受到工业化、城市化的影响，盲目模仿西方人的生活方式。泰国就是通过这种方式快速发展，同时也带来了负面影响。

仰光政府不愿意让太多外国人"污染环境"，因此审慎地发放签证，每个人只给七天入境时间。去过的人都感觉，这个国家从未受到外部世界的影响。缅甸是古老亚洲一块迷人的地域。在这里，男人都穿"笼基"——当地人编织的围裙；女人吸方头雪茄——强劲的手卷绿色雪茄，而不是万宝路；人们依旧执着地信仰佛教，优雅的古寺仍旧用来祭奠祈福，而不是变成博物馆供游人参观。

现在，传统的缅甸也即将消逝。执政四分之一个世纪后，尼温将权力转交给了新一代军人。随之而来的是更加粗暴凶残、更加肆无忌惮，也更加"现代化"的独裁统治。

你只需走上大其力的市场，就能看到如今是仰光主人的新一代将军已经放弃"缅甸路线"的伪装。他们结束这个国家的孤立状态，接受了催促他们几十年的发展模式。这种模式也一直在催促老挝、柬埔寨、越南，即泰国模式。

大其力失去了它独有的缅甸风格。这里有十四家赌场和无数的歌厅。海洛因交易几乎没有限制。最大的餐厅、两家迪斯科舞厅和第一家超市都由泰国人经营。缅元并不用作交易，甚至在市场里人们要的都是泰铢。

军队和警察负责签发旅游签证，兑换美元，安排吉普车、司机和翻译。我自然地认为指派给我的翻译是一名眼线，于是给了他三天带薪假期，以摆脱他的盯梢。市场里，一个五十岁左右的男人跟我搭讪，他看起来更加可信。他是克伦人——缅甸的少数民族，对缅甸人怀有敌意；同时也是抗议者，习惯西方的思维模式；他的英语很流畅。能碰到安德鲁（这个名字是美国传教士给他取的）算我走运，因为他简直是一座信息和知识的宝库。

"为什么这里的山都光秃秃的？"离开大其力后我问他。

"泰国人把树都砍了。"

"那是谁的房子？"到了第一个村庄，我看到几幢新式的房子在年久暗沉的木房子中间鹤立鸡群。

"这些家庭都有女儿在泰国卖淫。"

"那些车呢？"

"是从新加坡去中国的车。佤联军现在不做猎头者，成走私犯了。"

"走私海洛因？"

"海洛因只是一部分。他们在跟南边真正的毒枭坤沙竞争。"

我们驶进山区，这里看起来就像掩藏着几千个神话故事。以前的地图中，这片区域被标为"掸邦地区"。12世纪，一批中国人为了躲避战乱来到这里。整片区域就是一个多元人类社会的活的博物馆。除了掸邦人，还有几十个别的族群在这里生活，他们有自己的语言、风俗、传统以及农耕和狩猎方式。著名的族群有克伦人、苗人、佤人等。第一批欧洲探险者见到如此多的族群，着实感到震撼。

巴东族中的长颈族女人，就像以前的中国女人裹小脚，是亚洲奇异风俗的典型代表。即使今天，长颈族人还以脖子的长短来评判女人的美丑。出生后，每个女孩都会在脖子上套上巨大的银项圈。到了适婚年龄，她们的脖子会长到四十至五十厘米长，由一叠银色项圈支撑。

几个世纪以来，掸邦人一直抗拒缅甸人统治他们的意图，保持独立。19世纪末，英国人从印度来这里扩张殖民地，承认掸邦首领的政权，让他们管理乡村地区，这片区域被称为"千棵香蕉树王国"。

1938年，殖民地官员莫里斯·科利斯来到掸邦，并试着向英国民众介绍这个充满奇迹的王国，他后来成了一名作家。拥有三十二所寺院的景栋令他十分惊奇，他很迷惑，为什么在伦敦从来没有人听说过这个地方。莫里斯写的书《日落之王》(指代掸邦的管理者)与缅甸西部的国王"黎明之王"相呼应。该书是旅行者对那个未经外部世界污染的国家最后的证明，那里的生活保持了几个世纪，古老的仪式、封建制度一直延续。我的向导就像一本五十五岁的书似的引导着我。

前往景栋的路还不如马车道，差不多三米宽，坑坑洼洼，建在悬崖旁边，但是看得出来是新建的。

"这条路是谁造的?"我问安德鲁。

"你很快就能见到他们了。"安德鲁意识到我们不是普通游客，但是他并不在意，反而怡然自得。

开了几公里后，安德鲁让司机在路边的一堆木材旁停车。刚下吉普车，就听到灌木丛中传来奇怪的当啷声，就像锁链拖动的声音。是的，是铁链。约二十名瘦骨嶙峋的男子脚踝上戴着镣铐，衣服破烂不堪，布满灰尘，有人还在瑟瑟发抖。他们一起疲倦地前进，像一只巨型蜈蚣，肩上扛着一根长树干。他们脚上的镣铐还连着腰上的另一副镣铐。

两名押犯人的士兵举起来复枪示意我们不能使用相机。

"别担心。他们是传教士。"安德鲁对士兵说。他递过几支烟，获得了他们的信任。

囚犯们放下树干，停了下来。其中一个说他来自勃固省，另一个来自曼德勒。他们都是在五年前的大规模民主游行中被捕：政治犯，被判强制劳动。

面对这样的暴行，你会无所适从，感到有义务在心里记下，偷偷地拍几张照片，又要提防，以免给这些可怜人带来更多麻烦；然后你发现根本没有时间怜悯他们，说一句出于基本人性的话。你蓦地发现自己在看向一个痛苦的深渊，想象它究竟有多深，你指着铁链，只想到说："这些……"

"我戴了两年。再过一年我就能摆脱它们了。"勃固来的青年说。他比较幸运，穿着一双破旧的袜子，勉强减轻了铁链和皮肤的摩擦。其他人没有这样的保护措施，脚踝上布满伤痕。

"有人得疟疾吗？"

"很多。"曼德勒来的青年说，然后机械地转向他身旁一名脸蜡黄浮肿、不停颤抖的男子。那名男子骨瘦如柴的手上都是斑点，像是烧伤后的痕迹。这些囚犯（总共约一百个）住在不远的营地里。很快我们就见到了他们的同伴，一样戴着镣铐，在河床上砸石块。依然有武装士兵在一旁监视，禁止我们停留。

从 1988 年政变开始，政府大肆屠杀游行者，逮捕了领导民族斗争的英雄昂山素季。仰光的独裁者一直制造恐怖，将任何政治异见扼杀在萌芽时。成千上万人被捕，尤其是年轻人，都变成强迫劳动力，充当军队的搬运工。政治犯和普通囚犯一起被关在这个无人知晓的热带集中营。

"像这样的营地到处都是，"安德鲁说，"私营企业需要劳工建造马路，就去监狱要人。如果犯人死了，他们就再回去要一批。"他听说，为了建造从大其力到景栋这条约一百六十五公里的公路，总共死了几百名劳工。

我们在一百六十五公里的公路上行驶了七个小时，到了景栋，我们才明白这条路的作用：这是缅甸通往未来的道路。虽然建设的初衷是为了增加政府收入，与和它目标一致的邻国（中国和泰国）建立纽带，但是现在这条公路有了自己的使命，服务于各个人群。以前的游击队现在开始种植鸦片，通过这条公路运输毒品；以前的杀手佤联军现在通过这条路走私汽车、玉器和古董；泰国黑社会通过这条路运送年轻缅甸女孩，壮大卖淫队伍。多亏了缅甸的封闭，目前还没有艾滋病肆虐，所以泰国的卖淫场所亟需缅甸女孩。她们通常只有十三四岁，人数高达几千人。1992 年底，百来名女性查出艾滋病阳性，立马被遣送回家。据传，缅甸军方通过注射士的宁将她们处死了。

日落时分，我们到达景栋。在狭窄的峡谷和千篇一律的山峰间经过无数令人疲惫的上坡下坡，我们的视线从未获得远眺的机会，享受片刻放松。突然间，一片辽阔清新的山谷出现在我们面前。山谷中央矗立着白塔、木屋，高大的雨豆树撑开墨绿色的树冠，在雾气中显示出剪贴画似的轮廓。在落日余晖中，背后的雾气散发着粉色的光芒，之后渐渐变成了金色。景栋就像一个回忆中的梦境，缥缈、无形，是超越时间的幻象。我们在此停车。或许，从远处，我们看到了几百年前的景栋，传说中的四兄弟抽干了覆没整个山谷的湖泊，建造了城市，矗立第一座佛塔。那里保存着佛陀经过此地留下的八根毛发。

镇上已到了晚饭时间。透过商店敞开的大门，我们可以看到每个家庭都围坐在餐桌边，他们的狗儿守在门口。油灯在墙上投射出巨大的影子，墙上粘贴着照片、日历、宗教画。街上没有车流，空气中尽是夜晚安静遥远的呢喃。

一座佛塔前的空地上正举办集市。人群围在小乙炔灯点亮的货摊前，有的购买糖果，有的在用大颗的骰子赌博，骰子上画的不是数字，而是各种动物。孩子们扑闪着大眼睛，透过人缝观看大人向庄家递过赌资。倒影中，三尊巨大的挂着羞赧微笑的铜佛像脚下，几名佛教徒正聚在一起冥想。几个盘着长发的女人在路边点起火，烹饪甜甜的竹筒饭。

景栋没有激动人心的建筑——没有让人印象深刻的纪念碑、寺庙或王宫。它触人心弦的魅力在于它的气氛、安宁，在于没有压力、挣脱了时间的生活节奏。

觉得这样的状态很迷人是一件奇怪的事吗？担心它的消逝是很荒谬的想法吗？从表面看来，近期亚洲并无大事。除了极少数的地区，整片亚洲大陆结束了战争，迎来和平——甚至是各种主义的和平。每个地方的人都在谈论经济发展。这片古老多元的土地即将屈服。入侵的特洛伊木马便是"现代化"。

我为这片大陆如此欢快地选择"自杀"而感到悲痛。但是没有人讨论这个话题，没有人反抗——至少没有一个亚洲人反抗。过去，当欧洲人敲响亚洲的大门，从炮舰上发射炮弹，试图打开港口，获得租界和殖民地时；当士兵洗劫烧毁北京的圆明园时，亚洲人还在奋力抵抗。

越南人从法国军队踏上领土的那一刻就开始了解放战争；战争持续了一百多年，直到1975年西贡沦陷后才结束。中国人在鸦片战争中顽抗，最终屈服于外国人更先进的坚船利炮，将自由交给了时间。

日本却表现得像条变色龙。从表面上看，它完全照搬了西方人——从学生的校服到大炮，从火车站建筑到国家理念，但是骨子里，它试图变得越来越日本化，不断地向民众灌输日本民族的独特性。

亚洲国家一个接一个地摆脱殖民压迫，赶走了西方殖民者。不过如今，西方人又从窗外爬进来，最终征服了亚洲。这次我们没有攫取领土，而是控制了亚洲的灵魂。我们没有任何计划，没有任何具体的政治意图，而是靠现代化的概念慢慢毒化，目前还没有解药。我们让亚洲人深信，只有现代化才能拯救他们，而走上现代化的唯一道路即是西方人的道路。

西方人把自己当作人类发展的唯一榜样，已经令几乎所有还未进入"现代"的人充满自卑感——连基督教都没有获得过这样的效果！为了拥抱西方模式，无论是日本、泰国还是新加坡，亚洲国家都抛弃了自己的个性，照搬西方或进行本地化模仿。

复制"新式"和"现代化"演变成一场没有解药的高烧。在东南亚农村，无论是印度尼西亚还是老挝，稍有繁荣的迹象，人们就会将当地的优质材料替换成合成材料。茅草屋顶已然过时，瓦楞铁皮屋顶开始流行，人们不在乎房子会像烤箱一样热，也不在乎雨季室内的雨声像鼓点般震耳欲聋。

至今，没有一种亚洲文化能抵挡这股潮流。不再有原则或理念来挑战这种"现代性"。发展是一种教条；不惜一切代价取得进步是一道无法驳斥的命令。亚洲甚至不再质疑这一发展道路及其道德和后果。

这里甚至没有像嬉皮士一样的人，意识到"进步"是有问题的，并大声疾呼："让世界停下来，我要下车！"然而问题仍然存在，每个人都要面对。我们都应该（时常）扪心自问，我们正在做的事情是否真的改善并丰富了我们的生活；经过巨大的改变，我们是否失去了生活应有的最重要的本能：快乐。如今的夜晚，是一家人围坐在餐桌边聊天，还是安静地坐在电视机前消磨时间更快乐？我很清楚，如果我们真的提出这个问题，他们会说在电视机前更好！正因为如此，我希望看到至少像景栋这样的地方，能由一位哲学王、一位得道高僧、一位有远见卓识之人来统治，愿意寻求一条"隔离而后停滞"与"开放而后毁灭"之间的道路，而不是现在掌握缅甸命运的将军。讽刺的是，正是一个独裁政权保存了缅甸的独立身份，现在另一个独裁政权要摧毁它，并把迄今为止逃脱了贪婪风尚的国家变成泰国的丑陋副本。也许他们也只是希望"发展"。如果他们掌权，也只能让人民拥有自由选择权，最终让他们别无选择。似乎没有人能够保护他们免受未来的影响。

景栋的夜幕降临，永恒的夜晚，古老、黑暗而又沉默的夜色。空气中只剩下保存着佛祖八根毛发的伟大佛塔顶部幽幽的铃声。在铃声的指引下，我们借着月光爬上了山顶。几近满月的光芒为白色的建筑物镶上了银边。我们找到一扇敞开的门，于是坐在金山寺美丽的花卉瓷砖上，和僧侣畅谈了几小时。那天下午，几辆卡车载着许多非常年轻的新手从农村来到这里。他们由家属陪同，靠墙睡在大佛脚边的地板上。大佛带着神秘的微笑，在火光中闪闪发光。这些大佛虽是雕像，却披着橘色的僧袍，仿佛活人为了抵挡窗外吹来的夜风。这些新人都是十岁左右的小男孩，剃了光头，裹着亲戚为他们准备的藏红色新毯子躺着。未来几年，佛塔将成为他们的学校——学习阅读、写作和信仰，同时也学习传统、习俗和古老的道义。

我心想，这些孩子在寺庙的简朴教育中长大，伴着耳边的铃声，有佛陀和宽容的教师引导他们，而在曼谷这样的城市里长大的孩子，需要用面巾罩着嘴巴去上学，以避免吸入尾气，用随身听塞住耳朵，用摇滚乐淹没交通噪声——他们的成长过程是多么不同啊！不同的条件一定会创造出不同的人。哪种更好呢？

僧侣热衷于谈论政治话题。他们都是掸邦人，憎恨缅甸人。其中两人是坤沙的支持者，他是毒枭，但现在也是这个受压迫民族"解放"事业的斗士。

1948年，在英国人的施压下，掸邦像所有其他少数民族一样，同意成为新独立国家缅甸联盟的一部分。英国人承诺，如果他们愿意，可以在头十年内分离。但缅甸人利用这一点加强了对掸邦的控制。脱离联盟国变成泡影，自此掸邦与缅甸之间就一直保持着战争状态。在这里，仰光军队被视为占领军，当然他们的表现确实如此。1991年，数百名缅甸士兵占领了景栋的中心地区，将宫殿夷为平地，声称这里需要建造一家旅游酒店。事实是，他们想消除掸邦独立的象征。宫殿里住着城市建立者最后的直系后代，他的王朝已经延续七百年。宫殿的老照片还在人们手中秘密流传。

我们离开佛塔时，离黎明还有几个小时，但景栋的主街上，一群特殊人物的无声游行已经开始。他们排成单列，似乎是从一本古老的人类学书籍中走出来的：妇女挑着长杆子上的大篮子，由木制支架支撑在肩膀上；男人背着一串串倒挂的鸭子；更多的妇女用舞步配合杆子的运动。这群人穿着不同颜色和不同款式的服装：阿卡族女子穿着迷你裙、黑色紧身裤，戴着镶满硬币和小银球的奇怪头饰；长颈族女子戴着支撑脖子的银项圈；苗族女子穿着红色和蓝色的刺绣紧身上衣；男子则举着长长的步枪。这些山民是来这里排队参加即将在六点开场的亚洲最后一个激动人心的集市。

我们坐在蜂蜜茶屋的木凳上吃早餐——非常油腻的油炸馅饼，是一个年轻人在沸腾的油锅里赤手捞出来的。我们将它蘸着炼乳吃。人行道上其他桌子边坐着士兵和商人，安德鲁看到其中有一位朋友，他是卢阿部落领主的儿子，安德鲁邀请他加入我们。人们继续列队前往集市。我们看到一些穿黑衣的男子，每个人贴身的竹鞘里都插着一把大砍刀。"那些是佤族人，野蛮的佤族人。"安德鲁的朋友告诉我们，"他们的大刀永不离身。"

我请求安德鲁和他的朋友帮我找一位占卜师。占卜是缅甸人广泛实践的技艺。据说位于中国和印度（占卜的两大源泉）之间的缅甸人特别擅长将两个邻居的神秘智慧相结合，他们的占卜者法力无边。迷信在整个地区的历史中发挥了巨大的作用。由于缅甸国王渴望暹罗王的七头非常罕见而又有神力的白象，引发了历时近三百年的战争，结果是暹罗都城被摧毁，暹罗人不得不建立新的首都，即今日的曼谷。

即使在近代，占星学和神秘主义的仪式在尼温的生活和独裁统治中也至关重要。抵达缅甸后，我注意到的第一件事情是缅元以特殊的面额发行：四十五，七十五，九十。这些数字都是三的倍数，尼温认为非常吉祥，中央银行必须按此发行。

就像泰国人，缅甸人认为命运不是不可避免的，即使预测到不幸，也是可以改变的：可以通过积累福报，也可以通过引发与预期灾难相似的事件，相当于满足命运的要求。尼温是这项技艺的大师。他曾被告知缅甸很快就会遭受可怕的饥荒。他不失时机地发出命令：三天之内，所有政府官员及其家属必须只吃一种由香蕉树苗制成的难喝的汤。他的想法是，通过自主发动饥荒，他们会避免真正的灾难——这场灾难确实没有成为现实。

另一次，一位他信赖的占星家告诉他，要警惕一起重大危险的事件：右翼可能突然起义颠覆他的政权。于是尼温发布命令，每个人都必须立刻靠右行驶，而不是延续英国统治时期的习惯靠左行驶。整个国家陷入混乱，但这场"右翼起义"成为一种新风尚，演绎了预言，并避免了真正的反抗。

1988 年，那位占星家又警告尼温，缅甸正处于一个巨大灾难的前夕：首都的街道将流淌鲜血，他将被迫逃离缅甸。不久，成千上万的学生被屠杀，仰光的街道真的血流成河。尼温担心预言的第二部分也会成真。他必须找到出路，占星家建议：缅甸语中的动词"逃离"和"飞行"与英语一样是两个相近的词。如果穿上像过去的国王一样的服饰，骑上白马，他就可以飞到缅甸最偏远的地区。再简单不过了！他找到一匹木马（真马太危险了），把它涂成白色并抬上飞机。身着古代国王的服装，他坐上马鞍，飞到缅甸国境的四角。战略成功了，尼温没有被迫逃离。他仍然是幕后有号召力的人物，是新独裁政权的最高领导人。

新的统治者也有他们的占卜顾问。不久前，一位占星家警告一位将军，他很快将被暗杀。他立即下令公开宣布他死亡的消息，因此再也没有人试图杀死他。

显然，饥荒、右翼起义、驱逐总统和暗杀企图没有发生的原因是（我该怎么说呢？）它们本来就不会发生，而不是得益于预言而避免了。但这不是亚洲人（尤其是缅甸人）生活的逻辑。前科学本身就是创造。事件一经宣布就存在了。这个事件虽然还未发生，但比已经发生的事件更真实、更重要。在亚洲，未来比过去重要得多，比起历史，人们在预言上花了更多精力。

在曼谷，有人告诉我，景栋曾经有一座天主教堂，可能还有一些意大利修女住在那里。我们在黄昏时上山去了教堂。夜晚的灯光在石膏圣母像脚下燃烧，年轻的缅甸修女在食堂里清理晚餐后的几排桌子。我告诉其中一个我是谁，她立马跑开了，喊道："这里有几个意大利人！快来！快来！"从木楼梯上走来两个身材矮小的老妇人，脸色苍白，兴奋不已。她们穿着宽大的灰色修女服，戴着坚挺的粗布面纱。她们欣喜若狂。"这真是奇迹！"其中一个不断重复。另一个说着我无法理解的话。一个九十岁，另一个八十六岁。我们留下来聊了几个小时。她们的故事和她们在景栋的传教使命，都是现代人不再讨论的话题。也许因为故事主角有特殊的身份，而当今世界似乎对美化平庸和人人都能模仿的平凡人物更感兴趣。

这个故事始于本世纪初。教皇认为掸邦人已是高度文明和虔诚的达摩追随者，难以令他们改变信仰，但是该地区充满灵性的原始部落还有改变信仰的机会，因此将基督教种子播撒在这片佛教的土壤。1912年，第一位传教士抵达景栋。他是梵蒂冈外国传教士学会的博纳塔神父，是米兰人。他只带了一点钱，但足够买下景栋仅有的两座可以俯瞰全城的山峰之一。这是景栋人用来吊死强盗的地方，因此这片土地毫无价值：太多"非"游荡在这里。

很快，其他传教士加入了博纳塔的队伍，并在很短的时间内建造了一座教堂和一座神学院。1916年，第一批修女从米兰或米兰附近地区到达景栋，她们隶属圣母马利亚修道会。这些教徒成立了一所孤儿院和一所学校，之后又建了医院和麻风病院。岁月流逝，景栋陷入了该地区的政治动荡，好几支军队陆续入侵：日本人、暹罗人，最后是缅甸军队。但意大利的传教教会一直存在。

如今"灵魂之山"没有任何变化：建筑物都在那里，保存完好，并接收了许多孩子。博纳塔神父于1949年去世，和其他传教士一样，他再也没有回过意大利。他被安葬在教堂后面的墓地里。五位意大利修女留了下来：三位在医院里，最老的两位和新修女一起留在修道院里。

"我刚来的时候，晚上不能出门，因为附近有老虎出没。"年纪最大的吉斯帕·曼卓尼说。她自1929年以来一直留在景栋，从未回过意大利。她的意大利语很不流利。她能听懂我的问题，但大部分时间都用掸邦语回答，由一个年轻的卡伦族姑娘翻译成英文。

吉斯帕出生在瑟努斯科。"那是米兰附近一个美丽的小镇。我总是徒步去米兰，因为家里没有钱。"她的父母是农民，有九个孩子，但七个儿子都夭折了，只有她和她的妹妹幸存下来。

维多利亚·昂加罗于1935年来到景栋。"那天是2月22日。"她说，就像别人记住结婚纪念日一样准确，"那时人们拥有的东西很少，但是活得更幸福，因为没有如今这样悬殊的贫富差距。"

天主教堂很快成为该地区所有不幸之人的避难所。跛子、癫痫病患者、精神病患者、被丈夫抛弃的女性、患有腭裂的新生儿（当地人认为畸形是新生儿前世罪恶的标志，一般会抛弃婴儿）能在这里找到食物和住所。现在，这群人负责照看花园、饲养动物、在厨房帮工，并喂养二百五十名孤儿。

天色已晚，起身离开的时候，我问两位修女有没有我可以效劳的事情。

"有啊，为我们祈祷吧，那样我们死后也能去天堂。"吉斯帕说。

"如果你们不能去那里，"我说，"那天堂肯定很荒凉！"

她们大笑。所有新修女也一起开怀大笑。

走到大门口，吉斯帕拉起我的手在我耳边低语。这次她说的是完美的意大利语，带着北方口音："替我向所有瑟努斯科的人民问候。"然后她犹豫了片刻，"但是，瑟努斯科还存在吗？在米兰附近？"

我很高兴地给出了肯定的答复。

下山时，我感觉自己仿佛目睹了奇迹。看到那些坚信某事并一直坚信不疑的人，看到过去的意大利的幸存者，是多么鼓舞人心。是距离令她们保存完好。

本世纪初出生在瑟努斯科或意大利其他地方的贫穷农民家庭的孩子，是无法拥有太多梦想的：他们的选择非常有限，这意味着他们的"命运"是既定的。今天几乎每个人都有许多选择，可以追求任何事物——没有一件事情是"命运既定"的。也许这就是人们对生活的意义越来越迷茫和不确定的原因。

瑟努斯科的孩子不再成批地死去，如果被问及"你长大后想成为什么人"，任何人都不会回答"缅甸的传教士"。但他们今天的生活比那些一度可能以这种方式回答的孩子更有意义吗？景栋的修女毫不怀疑她们生活的意义。

我的人生意义是什么？像其他人一样，我经常自问。当然，我并非"天生"就是记者。小时候，我的亲戚经常问我这个愚蠢的问题，似乎所有国家所有年龄段的所有孩子都会被问到。每次我都以不同的答案惹恼他们，最后我还发明了一些根本不存在的职业。我将继续找寻这个问题的答案。

三天过去了，安德鲁和他的朋友还没有帮我找到占卜师。也许安德鲁新教徒式的成长经历令他有点犹豫，也许那两个最有名的占卜师确实去城外为别人"咨询"了。终于，在最后一个晚上，我们发现其中一个占卜师在花园里和他的孩子打羽毛球。但是他婉言拒绝了我：他只在冥想后早上九点半到十一点半提供咨询服务。我试图说服他为我破例，但他不为所动。他曾发誓遵守此原则以"避免成为欲望的牺牲品"。他说，如果违反誓言，他将失去所有能力。他的坚持比他可能告诉我的任何话语都要有力。

返回边境的途中，我们再次看到了戴着镣铐的因犯。这一次，我们有所准备，设法给了他们几件衬衫、一件毛衣、一些香烟和一把缅元。

回到边境，他们归还了我们的护照，上面没有签证印章。从官方证据来看，我们从未离开泰国，从未进入缅甸。出租车迅速将我们带到清莱市。我们在一家崭新的超现代酒店度过了一夜。在那里，年轻的泰国服务员穿得像旧时暹罗的宫廷仆人，为穿着短裤和丛林夹克、如同探险者一般的西方游客服务。第二天，他们将乘坐空调火车前往大其力。他们将在一个被称为"金三角"的拱门下拍照，参观一座名为"鸦片之家"的博物馆，并购买一些在欧洲也可以找到的缅甸小饰品。

为了活跃气氛，一位与酒店签订了半年期合同的法国哑剧演员，戴着礼帽，握着手杖，模仿查理·卓别林在餐厅的桌子之间走了一圈，走到电梯前，又在酒吧的客人中间转了一圈。在目睹戴着铁链的囚犯、僧侣和砍头的男子之后，我无法想象比这更荒谬的事情。

第二天早晨，安吉拉和查尔斯乘坐飞机，两个小时后到达曼谷。我花了四小时乘坐巴士前往清迈，然后在火车上度过了一整晚。复杂，不舒适，但是遵守计划的想法仍然很有趣。我记得小时候，上学途中，我会尽量不踩在石板之间的裂缝上。如果做到了，我就能在考试中表现出色，或者写出一篇好文章。我已看到世界其他地方别的孩子也做过这件事。也许我们每时每刻都会有一种本能的需求来为自己施加限制，测试自己解决困难的能力，从而告诉自己，我们"值得"理想的结果。

想着我一生中与命运下过的那么多次赌注，很快，我就到达巴士站，接着是火车站，最后终于到达曼谷。

第六章
寡妇和碎陶罐

难以避免的是，我开始生出疑虑。随之而来的是我"另一个自己"熟悉的声音，准备好质疑每一个定论。疑问最初浮现于我以记者视角开始调查占卜师和迷信的话题时。我坚持不坐飞机也许只是在浪费时间？我是不是屈从于最愚昧和荒唐的直觉了？我是不是像个容易上当受骗的老妪一样？一旦我用常理去看待它，它就显得无比荒谬。

我决定走访泰国国际占星联合会的秘书佩鲁特将军。他年纪六旬左右，相貌尊贵，清瘦而笔挺，粗密的灰发修剪得和僧侣一般短。我进屋的时候，他递给我不是一张而是若干张名片（这在亚洲越来越常见），每一张都写着不同的通信地址和电话传真号码。

"为什么是泰国'国际'占星联合会？"我开了个头。

"我们也给外国学生用英语开课；去年我们收了两个澳大利亚人。"

沾上"国际"二字看来也没什么难的，我心想。我在脑海里想象那两个人，现在正在澳大利亚的某个小镇，身披在世界神秘学重地泰国留过学的荣耀光辉，靠替人占卜混饭吃。

"而且，"佩鲁特将军接着说，"我们还和多个国家的占星组织保持联系。尤其是德国的那个。"

"德国的那个？"

"在这一领域，德国人可是走在最前沿的。他们很成功。我本人也在汉堡学习过。"他的确去过。多年以前，这位尊贵的绅士（事实上是一位泰国皇家军的步兵上将）曾经是大名鼎鼎的联邦国防军指参学院的干部。上午他参加军事课程，晚上则在当地占星研究所学习星相。

退役后，他全身心投入自己的两个宝贝作品之中：一个是占卜学校，专门致力于传播"德国的方式"；还有一个是"占星业务"公司，通过结合占星学与经济调研来预测股市动向。"系统已经全面计算机化了。"将军不无骄傲地向我解释道。客户需支付一笔入会费，以及"占星业务"举荐的所有投资项目所得的百分之五的利润。

我与这位占星师将军在暹罗占星学院本部一座建于世纪初的气派宽敞的木制别墅里见面。地板是抛光柚木，开放式游廊有巨大的吊扇缓缓转动来通风。房子的选址尤为可取，位于古曼谷之风保存完善的街区中心。学院对面是大神庙，相当于泰国的梵蒂冈，乃是"教皇"的居所，或"佛教寺庙堂"之首。

我一大早就到了。人行道两边摆了几十个卖宗教玩意儿的小摊，有对付邪恶之眼的好运护身符，诸神和很久以前德高望重的教士的小雕像，还有高度写实的木雕阳具，被认为可以增加男性魄力、让女人生出男孩。

泰国人对于神秘力量有着极大的信仰，因而这些贩卖希望和驱魔玩意儿的小市场是整个国家里最五花八门且获利最高的。没有泰国人不佩戴护身符或其替代物就出门。许多泰国人在粗金项链上挂满这类收集品。泰国人会花大把钱购买一个灵力强大的护身符，或文上可以驱赶危险、吸引好运的文身。身体上任何部分都可能有文身：据说一位女子近来嫁给了一位家世显赫的男子，就是因为她在维纳斯之丘①上文了某种奇特的贝壳文身。

　　我和占星师将军在学院大厅交谈的时候，隔壁传来老师们给全国各地慕名而来的学生上课的声音。就连占星学都受到了民主化进程的影响。最初占星学是一门宫廷学问，只能由国王学习或者为国王进行。关于星相的知识和秘密是权力的工具，只能为少数利益集体独有。现在，占星也成了对所有人开放的商品。当今泰国王朝的开创者罗摩一世就是一位精湛的占星师，他预言其死后一百五十年泰国将发生一场重大的革命。看哪！那一年，革命果真发生了：1932年，不受宪法约束的专制君主在知识分子和革命派贵族的起义要挟下被迫成为宪法意义上的君主。

　　"现任国王普密蓬，他是个优秀的占星师吗？"我问道。

　　"我不能说任何与我的国王有关的事情。"将军回答，避开这个在当今泰国仍是禁忌的话题。这里流传着太多未解之谜，太多口耳交传的预言，泰国人是不能跟外国人讨论王室的。将军甚至拒绝承认众所周知的事实：正如其历届前任，普密蓬国王也有自己的占星

---

① 女性下体的隐私部位的委婉说法，来自古希腊女子剃除阴毛的化妆术。

团队，正是他们决定国王何时在公众面前出现，并安排国王的一切会面。

　　学院有一个小花园，疏于照管但差强人意，里面有一窝新生猫仔和几只癞皮狗，几件在晾晒的衬衫，还有一只正从干涸的喷泉里饮水的水泥塑的鹿。沿着游廊摆着几张小桌子，每张桌子边都坐着一位手相大师，拿着一个巨大的放大镜研读着递到面前的手掌；或是一位占星师，在方格纸上算算画画，描述过去，预测未来，或只是给专心听讲的妇人指点迷津。

　　就算有想弄明白"亚洲之谜"的正当理由，我是不是也和这些人一样？接受了忌乘飞机的训诫之后，我是不是和前来获悉星相的妇女一样，妄图遵循某些限制或禁令来获得好处？

　　我停下来观察一个女人。她不仅带来了女儿，还带来了女儿的未婚夫，显然想请大师审查一番再考虑要不要接纳他为女婿人选。大师占卜时，所有人都屏气凝神地观望。

　　将军告诉我，就在这一天，泰国最有名的一位预言家刚好来到了学院。这位女大师能结合多种方法进行预测，但她最擅长的是看体相。将军问我有没有兴趣见一见。

　　"当然。"我出于本能说，脱口而出的瞬间恍然意识到占卜可以轻而易举地成为毒品，一个人可以一辈子听这些泛泛之谈，问同样的问题，每一次都带着崭新的好奇心等待答案。这就像在赌场上把赌注押在黑色还是红色上，偶数还是奇数上：玩的次数越多，越深陷其中，永不厌烦地等待命运非此即彼的裁决。赌输的人相信自己马上就会翻身，占卜也是如此：听了无数荒谬的陈词滥调之后，也许只会碰到一两个真切而又引起兴趣的答案，但我们仍然幻想能够遇到最有天赋、永不出错、全知全能的人。会不会就是下一个？

女人年近五十，膀大腰圆，腿短，头发乌黑，皮肤白皙。显然她有华人血统，但我并未提及这一点——我不愿挑起一场她可能会从中得知我的身份和国籍的对话。我一言不发地坐在她对面，等着她发问。

她坐了几分钟，似乎在祷告，双手胸前合十，嘴里咕哝着什么秘语，微微颔首，双目紧闭。这之后，她聚精会神地凝视我的脸，让我作微笑状，说是想观察我的嘴角弯曲的样子。她摸了摸我的耳朵和额头。最后，她让我站起来，撩起我的裤边，审视了一番我的脚和脚踝。

这是一套古代中国的占卜系统，让我颇感兴趣，因为在众多占卜法中，它显得最为清楚明白。若端详人的身体，能够得出很多信息。如果说有一本书能够读出某人的过去——也许还能估摸一点未来，那绝对是人们出生以来就穿着的躯壳，而非基于星相和生辰之关系的占卜手册。同年同日同时出生的人并不共享同一个命运，并且几乎不可能在同一时间死去。他们也不会有同样的手相。但有着相似体貌特征的人的确经常有相似的脾性、气质和缺陷。所以，通过人体来读取命运不无可能。

从面相读取命运兴起于中国的医疗行业。医者不允许触摸病人，尤其是女病人，因而医生只能通过"望"来诊断病情，尤其是观察病人面部。几个世纪过去，中国人积累了无数的病例经验，因而有了一套面相结论。比如，脸颊上的红点代表心脏机能病变；左眼下的皱纹表明有胃部疾病。同样，所有富人的鼻子都有特定的弧度，当权者下巴有痣。由此产生了命运是刻写在人体上的想法：我们只需要懂得怎么观察。

中国人通过看耳朵得知一个人的性格，看前额知其三十二岁以前的命运，看眼睛知其三十二到四十岁的命运，鼻子则昭示四十到五十岁的命运。眉毛彰显情感生活，嘴唇揭露人生最后年限的好运或厄运。嘴角折皱随时间变化，显示志向和现状。我认为这些不全是无稽之谈。身体真的可以成为出色的指标。到了一定年龄，我们的长相难道不是受我们自己影响吗？我们的双手难道不能揭露整形手术意图抹去的过去吗？

我对这个女人能从我的脸、脚踝，尤其是右边眉毛下的小黑痣看出什么，着实兴味盎然，但她开口的第一句话就让我大失所望。

"你的耳朵暗示你很大方。"（讨好"病人"的常用开场白，我心想）"你的兄弟姐妹都指望着你。"

"不对——我没有兄弟姐妹，"我大声回应，"我是独生子。"

她不为所动。"如果没有兄弟姐妹，那就是你的亲戚。你的耳朵表明你的很多亲戚都依靠你。"（是，也不是，我暗想，已经开始对这套说辞听之任之）

"年轻的时候你没钱也多病，但三十五岁以后这两方面都顺风顺水。你很幸运，因为你身边一直有可信的、帮助你的贵人。"

"的确。我结婚三十多年了。"我说。

"是的，而且你娶的是第二次恋爱的对象，不是初恋。"（一点都不对——既不是初恋也不是第二任，但至此我已经不再期待听到有

意思的话了，所以不想反驳她）

"你的耳朵表明有一天你会从父母那里继承一大笔财产。"我那可怜的说谎的耳朵呀！从我父母那里（我父亲几年前就去世了）不能指望得到任何财富。如果我现在问我母亲（八十五岁得了老年痴呆的老太太）"妈，你把钱藏哪儿了"，她肯定会抬起手，带着一副知晓内情的灿烂微笑（然而她永远不可能想起来），说"就在那儿……在那儿"，绝对自信地在半空中比画着。好吧，"那儿"的宝藏就是我所有将继承的遗产了。或者，我是不是应该换个方式阐释"遗产"，认为它不止指财产？

女人继续说："你家里有一个专门拜谒神和先祖的地方。你这样做很好。别停。"（啊，有意思的来了。在亚洲人家里，尤其是中国，都有个类似的地方，通常是个小祭坛；不需要预知能力就能够想象这一点。这就等于告诉一个虔诚的基督徒："你家有十字架。"但是这个女人明白我是个外国人，很有可能不是佛教徒，也没有祭祀祖先的习惯。可是她仍然这样说——并且说中了。我家的确有这样一个地方，经年累月才有的。我先是迷上了中国南方人放在家族祭坛上的镀金香樟木雕像，然后在澳门买了几个。过了一阵子，看着它们像饰品一样被摆放在我的书架上，我不由得觉得它们很可怜，失去了应有的祭坛，因而失去了它们存在的意义。于是我开始在旁边供香。后来在北京，我隔三岔五光顾鼓楼旁边的一家二手商店，淘些农户拿来卖的玩意儿。有一次，我看见一个漂亮的木雕祭坛，就是中国家庭用来供奉祖先的那种，我便买下了它。在澳门买的小雕塑终于有了一个家；家父过世后，他的照片就憩息在当时供在祭坛正中间的一尊佛像的双腿上。从那以后，每天我都燃一炷香，在这小小的仪式中纪念我的父亲。他的骨灰安葬在佛罗伦萨一个巨大的公墓里。清一色的墓碑面面相似，你会在小径与过道间迷失。我从没想过去那里。对我来说，父亲在我家，在那座中国祭坛上）

"你在泰国住的房子是一个让你感到高兴的美丽的地方。只要你还在泰国，就一直住在那儿吧。"

她又一次打量我的面庞，陷入沉思，然后说，我守不住钱财。（好吧，至少这一点我承认）她说我经常很幸运，有直觉力，总能在岔路前选择结果最好的那一条，还说我身边总是出现对的人。她还说我的嘴唇表明我心中没有遗憾，因为我总是做自己想做的事。"你会长寿。"她宣称。然后她凝视我的痣。"啊，这是你好运的标志，但是也表示你会死在国外。"她略微停顿，补充说，"毫无疑问，你会死在异国他乡。"

她问我还有什么问题，我努力思索，想起秋天我新书的英文版和德文版即将出版。那是关于我在苏联解体时穿越苏联的漫长旅途的故事。

"想确保这本书发售成功并且热销，我应该做什么？"我问她。

她聚精会神地思索，然后用确凿无疑的口吻说："书必须在9月和10月间发行；不应该过长或过短；要有彩色封套，但颜色不能太鲜艳；最重要的是，书名中必须有一个人名，但不能是女人的名字。"

我大笑出声，暗喜弗拉基米尔·伊里奇是男性。我的书名叫

《晚安，列宁先生》，并且封套在很早以前就定好了，是柔和的淡雅色调。

最后她说："别忘了必须向佛祈祷，在祭坛上供奉你的先祖。只有做到这些，你的书才会成功！"

她没有向我收款，只要求我向协会捐一笔钱。

我花了几天时间思考自己不坐飞机的决定，试图找出背后真正的原因。不可否认，我想以此为契机尝试不同的东西，改变一成不变的日常生活。但是，难道我没有想过靠执行占卜师的禁飞令来避免他笃定的空难吗？这是肯定的，但我羞于承认。

我意识到，尽管旅居亚洲多年并且适应其生活，在心智上我仍然扎根于欧洲文化。我仍然没有从认知中抹去欧洲人对于"迷信"的根深蒂固的轻蔑。每当这一感觉浮现，我都会提醒自己，在亚洲，"迷信"是生活的重要组成部分。我告诉自己，无论如何，很多今天看来荒谬的行为可能原本有某种逻辑，只不过时间让我们遗忘了它。比如针灸：的确有用，但无人能说明为何。风水学起初基于对自然的细致考察：我们现代人对于自然知道得越来越少了。

在汉语里，"风水"意味着"自然之力"，风水专家懂得形成自然的基本元素，能够判断元素之间互相的影响。他可以评估一条河流的走向、一座山丘的位置或一座山峰的形状，对于城市、房屋的兴建以及坟墓的挖掘可能产生的影响。奇怪吗？一点都不。即便是我们，在计划盖房子的时候，也会考虑采光和环境湿度。

多个世纪以来，风水对于中国建筑起着决定性的影响。中国古代天朝的居所都基于风水的考察，从西安古城到中国文化流散圈的皇家建筑，包括越南的皇城顺化。皇家陵墓也是如此，从中国的第一位皇帝秦始皇，以及他声名远扬的兵马俑大军开始，陵墓修建的位置就极其重要。位置好、"气"顺的陵墓能使亡者灵魂不死，为后代带来福祉。相反，位置不祥的陵墓则会给子孙后代带来无穷无尽的灾难和厄运。

中国人从来不是形而上学家，他们从不相信超验神迹。对他们来说，自然就是一切，他们从自然中汲取全部知识和信仰。即便是他们的文字（由意象构成）也是基于自然，而非我们的字母系统遵从的抽象准则。在任何一种欧洲语言中，如果我们约定从现在起，"fish"（鱼）表示马，"horse"（马）表示鱼，那么语言仍然是成立的。但是在汉语里这样的置换难以想象，因为鱼的汉字就是参照鱼的形状发明的，马的汉字也是按着实际的马来写的。

西方人认为上帝是自然的缔造者，很久以来都将自然界和神的世界区分开来。但对于中国人来说，二者不可区分。神和自然是一个概念。占卜因而成为一种宗教，占卜师同时是神学家和祭司。中国人（和大多数亚洲人一样）从来不曾为宗教与迷信的区别而困扰，就如同他们从未提出科学与非科学这个典型的西方式议题。比如，世代以来中国人从事星相占卜，却从来不曾疑惑其依据是否"科学"。在他们眼中，占卜灵验就够了。

我起初收集这样的故事是为了写一篇有关迷信在亚洲的重要性的文章，但也为了打消自己的疑虑，并且说服自己出于一个毫无理性的原因更改自己的生活轨迹也并非无理可循。但这难道不是我周围人生活的真实写照吗？尤其在泰国，屡见不鲜。

在泰国，重要的政治宣言往往选在吉利的日子发表，在经济局势或国土安全的问题上，政治家常援引占星师的话来安抚舆论。几个月前，总理才把左眼下方的一颗黑痣点掉，就因为他的占星师说这颗痣会带来霉运。

1991 年 2 月，差猜在一起军事政变中下台，但在伦敦流亡了若干个月后，他安然返回曼谷居住。即便在那场政变中，神秘力量也起了重要作用。夺权的将军们不久前才去缅甸进行了一次秘密旅行。他们在仰光市的一座寺庙献祭，1988 年缅甸那次成功的政变前，也在这座寺庙献过祭。之后，为了避免泄露"元气"（不触碰泥土，一直走在红毯上），将军们搭车、乘直升机、乘飞机，最终成功抵达曼谷总指挥所。在那里，他们满载"元气"，发动政变，最终成功。许多人认为这是拜缅甸的元气所赐。

政变一年后，已成为总理的苏钦达将军下令朝一群游行示威者射击，死亡达数百人，直到国王出面调停才平息此次危机。苏钦达将军等到特赦令才辞职，他和其他大屠杀责任人因而不受任何法律制裁。苏钦达表示几百人的死亡不能归咎于他：那是游行者的因果报应。大多数泰国人接受了这个说辞，但死亡惨重却无人受刑的事实让一小部分民主党人难以平息愤懑。为了伸张正义，他们选择了黑魔法。

一个周日的早晨，王宫正前方的皇家田广场上，举行了一个诡异的仪式。苏钦达将军以及另两个军事集团将军的名字和肖像被放在一口旧棺材里，部分遇难者的遗孀正在乞讨用的破碗里烧胡椒和盐。棺材、寡妇和破碎的陶器是厄运和灾难的象征，所以这个仪式是为了召唤邪恶之眼附身三位将军，彻底杀死他们。

将军们如热锅上的蚂蚁，惊恐万分。苏钦达去找一位高僧改名换姓，这样邪恶之眼就无法附身于一个已经不在的人；另一位将军也在一个法师的建议下换了镜框，剃了络腮胡，又吃了一片金叶子来让自己信服大众；最后一位将军接受了手术，除去了会给自己带来厄运的几道皱纹，并且为了保险起见带着他的情妇到巴黎开起了餐馆。

绝不会有历史书（尤其是外国人写的）写下这个版本的曼谷大屠杀和军事政变。但这是大多数泰国人经历的历史。

我与巴黎远东学院几位学者的会见大大鼓励了我坚持这一亚洲迷信研究计划。这是学院有史以来第一次在泰国召集全部学者召开的学术会议。我去听了他们的学术展示会，意外地发现其中几位学者也在做我一直以来就感兴趣的课题。

冥冥之中似乎有什么告诉我，我做了正确的决定。

第七章
僧侣的梦

世界上真的存在偶然吗？我开始相信，很多"偶然"发生的事情实际上是我们选择的结果：一旦从不同的视角看待世界，我们就会看到自己曾忽视而认为不存在的东西。简而言之，偶然是我们自己造成的。

2月底，一位高僧来到曼谷进行闪电访问。在他停留的几个小时里，他在杜斯特塔尼酒店二十一楼的外国记者俱乐部举行新闻发布会。在大批记者到来前，他呼吁释放在缅甸民主运动中被监禁的女英雄昂山素季。他谈到了善良、爱心、纯洁的心灵和平静。

他的讲话令我失望。离开房间时，他带着亲切的微笑向我走来，仿佛我们是熟人，我感到很不自在。他双手合在胸前，当我以同样的方式报以礼节性的问候时，他抓紧我的手腕并摇动几下，表达了最温暖的祝福。

"他一直那么接地气、那么简单吗？他说话像一个乡村神父。"我询问一个快步跟在他身后的僧侣。他穿着一件帅气的紫色僧袍，上边镶着红色和黄色的边，与普通的僧侣无异。但他有一张西方人苍白的脸，近视，戴着小眼镜。整场发布会我都在观察他，因为他纹丝不动地站着，带着祥和的微笑聆听高僧的演讲，就好像这是他听过的最真实、最美丽的语言。

僧侣仍旧平静地微笑着，回答道："伟大也可以表现为简单。这就是高僧的伟大之处。"

他的英语很完美，但从他的口音中我听出他不是盎格鲁-撒克逊人。

"不，不，不。我是意大利人。"

"意大利人？我也是!"

这不是偶然的会面——我一直在寻找这个男人！他叫斯特凡诺·布鲁诺里，五十岁，出生于佛罗伦萨，曾做过记者。二十年前，他成了一名藏传佛教僧人，名叫戈隆卡嘛常畅。太多巧合了，这根本不是偶然！他平常住在加德满都的一个寺院里，但他的导师们（这个词激起了我的兴趣；有导师指引一定很有帮助——我很久都没有导师了）准许他来泰国。他需要治疗因极其严格的素食而引起的胃炎。我们的住所旁边有一家很好的医院，他可以进行所有必要的检查。因此，卡嘛常畅住在了"乌龟之家"。

我们一起度过了三天，从早到晚都在谈天。我们的生活有如此多的巧合和相似之处，虽然没有说出口（因为这种巧合太明显了），我们几乎可以猜到对方经历过什么。我们仿佛照镜子一般，似乎很容易成为朋友，了解彼此。

我们都离开佛罗伦萨，走遍了世界，并于1971年抵达亚洲。我和安吉拉一起，带着两个手提箱和两个孩子，虽然没有工作，但我决心成为一名记者。他也带了一个外国妻子，但没有孩子，而且在工作方面他已经处于危机。他更像是"在路上"，人们曾用这个词来形容那些没有明确目标、从欧洲旅行到亚洲、随意搭车的人。通常这样的人最终会消失在印度寺庙、果阿邦或巴厘岛的海滩上，或者在一家救世军青年旅舍中患上肝炎。常畅的故事把他带到了尼泊尔。他说，在加德满都，他的内心发生了变化。他离开妻子，进入一个寺院，并在一段时间后皈依，由高僧亲自任命。

从那时起，他似乎就卸下了生活的负担。他没有多余的财产，生活节奏完全按照寺院的日常安排，所有的决定都由他的导师们为他做出。他们决定他是否可以研究新的冥想方法，他的母亲是否可以前来看望他。一年前，他们给了他一笔资金，准许他在槟城的一个佛寺过冬。

我们很快就谈到了我在香港遇到的占卜师。事实上，我决定听取警告在一年内不坐飞机的确缩小了我们之间的差距。像他一样，我的思维和经历的事情已经跟佛罗伦萨毫无关系。我已经走上了亚洲道路，所以他觉得我更能了解他。

他说，具有强大冥想力量的僧侣当然可以看到未来，但这不是他们打坐的目的。他们不愿意说出他们看到的事情，因为不想被人当成怪胎。像佛陀和基督那样真正顿悟的人不喜欢为了说服不信的人而表演奇迹。这种能力显然是真实存在的，但他们只在绝对必要时才会使用。

我一直很喜欢一个故事：佛陀来到一条河边，人们要求他从河上走过去。他指着一艘船说："坐船过河更简单。"

说起他的僧侣生活，常畅乐了。他仿佛在诉说一个别人的故事，从佛罗伦萨人的角度观察一名变成藏传佛教僧人的西方人：这种角度很奇特，具有矛盾冲突。他告诉我，第一年非常辛苦。他的身体因长期吃素而变得虚弱，经常生病。有一件事他从来没有习惯过，而且随着时间的推移越来越难以忍受，那就是凌晨三点将僧侣唤醒的长长的喇叭声。"如果是贝多芬或者巴赫的乐曲，你会很高兴地起床，但是那'卟——卟——'的一成不变的单调音符，日复一日，令我极度紧张，破坏了我来之不易的对世界的疏离感。"他几乎愤怒地说。

即使在谈到他的宗教选择时，他的语气也是超然的。"佛陀说我们应该质疑所有事情，质疑导师，甚至佛陀。"他似乎在为某件深度不确定的事情进行辩护，这件事在这么多年以后仍然令他困惑。我发觉他谈论自己导师的方式很奇怪。他评价其中一个说："当然，他非常超前，他的冥想时间已经超过两百年。"他接着评价另一位他想见的导师："他年仅九岁，但前世是一位非常伟大的人物，这一世很可能是他的最后一世。"

我有很长一段时间生活在中国佛教徒中，他们中的大多数人都自然地认为一个人会经历漫长的轮回转世，每次都变成某种生物；但这个想法从来没有真正吸引过我。常畅也将轮回视作理所当然，通过和他的谈话，我至少理解了这个信念的基本概念。我们的存在仅仅是一系列生生死死中的一个环节。每一次新生都会带来前世的精神道路的趋势和可能性；这是我们的业力。我们背着这个包袱继续旅行，有时候向前走，有时候向后走。包袱中的智慧与每个人必须从头开始积累的日常知识毫无关系。即使一位伟大导师转世，他也必须再次学习火会燃烧，人会淹死在水中，等等。

与常畅（我以这个名字称呼他，表示我认可他的愿望）聊天像经历了一场旅行，虽然我们一直坐在"乌龟之家"的阳台上。我就像是从正常生活中放了一次假。

"但是你肯定不能相信严格意义上的轮回，"我说，"世界人口不断增加，每分钟有几百万人出生。他们由谁转世而来？"这个问题平庸而又乏味，好比要求圣人通过创造奇迹来证明上帝的存在。但常畅没有创造奇迹——他远没有达到这个境界。他学习了无数的禅修技巧，向伟大的导师求教，曾在洞穴里隐居过几个月，但他悲伤地承认自己并没有太多收获。

"你的目标是什么？"我问道，"像你这样的僧人有什么梦想？"

我第一次听到这个词："Satori。"

"什么意思？"

"顿悟的一刻。你超越一切的时刻。"

"一个时刻。你还没有到达吗？"

没有，他说，就像承认一次重大的失败。我想知道，为什么二十年的努力、牺牲、忠于那么多誓言、多年的沉默、严寒、粗茶淡饭、黎明可怕的号角声，竟然只换来如此微薄的收获。常畅告诉我，他知道有个僧人练习两年就顿悟了——在加利福尼亚州沿高速公路行驶时骤然发生的。

早晨，常畅会坐在我们池塘上的小木亭里，闭着眼睛静静地冥想，一动不动。远远地看着他，我不能摆脱他的存在传达给我的不快。他的肤色与他的长袍形成鲜明的对比；当他盘腿坐在地板上时，我感受到了相同的矛盾。一个西方人穿着亚洲的服装，似乎有些不协调，不合时宜。我想象有一天，当他被名义上的喇嘛弟兄包围，没有人讲他的语言，没有一丝家乡的气息，常畅或许会感到非常寂寞，比任何时候都更孤独。我心想，他是否会在生命的最后怀疑（或许他已经开始怀疑）自己是在追求别人的目标，妄想一种甚至不属于自己的幻想。

二十年前，斯特凡诺·布鲁诺里经历的危机很明了，迟早会以某种方式影响每个人。一旦你开始提问，就会发现其中一些问题并没有明确的答案，特别是那些最简单的问题。你必须出去寻找它们。去哪里寻找？他选择了最小众的方向，充满艰辛。也许他是被异国情调吸引，被陌生人吸引。对他来说，那些外国话很新奇，比耳熟能详的母语更有意义。"顿悟"所承载的不仅仅是"天恩"。

然而，如果当初那个佛罗伦萨青年选择了一条属于他本土文化的道路，成为方济会修士或耶稣会会士，如果他加入卡马尔多利修道院或维纳修道院，而不是一座尼泊尔的佛寺，也许他会找到更熟悉、更适合自己的出路，也不会如此孤独。至少他可以避免凌晨可怕的号角声！他和我一样是异国情调的受害者吗？是因为渴望寻找世界的尽头吗？毕竟，我完全可以在意大利做记者，这片土地和亚洲一样神秘，拥有许多未被发掘的故事。

常畅离开时，我们感觉彼此认识的时间远远超过三天。他相信，在那次新闻发布会上，我们是再次找到了对方。对于"再次"的说法，我有点难以接受，但我也相信是许多因缘际会把我们联系在一起的，我愿意继续追寻这种缘分。谈论他的生活让我再次看到了自己的生活。与他交谈后，我第一次开始认真看待冥想。我已经看到了通过冥想训练后的心灵与力量（包括预言的力量）之间可能存在的联系。我第一次听到有人谈论冥想的技巧，并被鼓励亲自尝试。或许听起来很奇怪，但事实就是如此。我曾多次看到过超验冥想课程的广告，听说过年轻人前往泰国南部的寺庙参加冥想。但是我都不以为意。它似乎属于另一个世界，一个由寻找解脱的怪异边缘人物组成的世界。我觉得这与我没有丝毫关系。

常畅和他的经历一起再次将这一切带到了我面前，让我觉得它或许与我有关。离开"乌龟之家"时，他的肩上挂着一个半空的紫色麻袋，好像给我留下了一串白色的石头（或面包屑？）以向我指明探索新世界的方向。

我们约定在印度见面。多年来，我总觉得我的未来在印度。原因很简单。爱与失望、无尽的小烦躁和伟大的信念混合成一种毒药，折磨着所有在境外落脚却发现自己无法全身而退的人。对我们来说，印度已成为解毒剂。

我本想在1984年搬到印度，但没有成行。之后又过了许多年。在我原本想去印度的原因之外，又多了一个更重要的理由：我想看看充满灵性和狂野的印度能否抵制席卷全球的令人沮丧的物质主义浪潮。我想看看印度能否解决困境并保持其独特性。我想看看在印度是否还存在着超越西方现代化贪婪竞争的人文种子。

生活在亚洲，我一次又一次地告诉自己，没有一种文化能抵挡现代化，能以持续的创造力表达自我。

哪种亚洲文化保留了自己的创造力？哪些仍然能够自我再生，树立自己的模式？高棉文化在八个世纪前与吴哥文化一起消逝，然后被再次杀死；越南文化只能以政治独立来界定自己？而巴厘岛文化现在包装成了旅游文化？

印度，印度！我对自己说，以不断地保护我对这块最后维护灵性的土地的希望——也许只是幻想。在印度，仍然有很多疯狂的事情发生。在印度，美元尚不是衡量伟大的唯一标准。因此我计划去印度，去见我逃亡的佛罗伦萨同胞常畅。

一位香港富婆来看望我。她在曼谷见她的上师，据说他"境界高深"。他属于国际派，家在纽约、巴黎和伦敦，一群富有且美丽的女拥趸经常出席他的活动。他扮演上师，女人负责买单，为他购买机票，安排他的生活。"他由一位伟大导师转世，不能为琐事困扰。"这位善解人意的女士说。她是心甘情愿的受害者——或许就像常畅？

藏传佛教已经在全世界广泛传播。上师各处定居，从瑞士到加利福尼亚，取代了曾经以异国情调征服欧洲的瑜伽士。他们那些曾是秘密的教条已变成畅销书。他们在全世界范围内有成千上万的追随者，同时被一小撮富有的世俗女修行者精心照顾。贝尔纳多·贝托鲁奇的电影顾问小佛也是这样的年轻导师，他是一位伟大上师的转世灵童。

上师们由喜马拉雅山峰的神话做背书，同时又代表精神灵性，为那些追求救赎的人提供完美的借口。由于文化的迷失，人们失去了天生的怀疑精神。

我也是这种现象的受害者吗？这就是为什么我花了几天时间和常畅聊天？这就是为什么我听从了不坐飞机的警告，并接受了会见新占卜师的邀请？

那位为我翻译的女士帮我约好会见她的僧侣占星家。于是，某个下午，我再次假装自己只是途经曼谷，安排与她和她的朋友在东方酒店的大堂见面。

她的朋友开着沃尔沃，来自中国，是泰国医院医疗设备的进口商。她快五十岁了，虽然体形走样，但是可以看出年轻时很美。难道她缺少爱情？我观察后得出结论。想到这儿，我有点乐了，我也可以通过观察成为一名占卜师，与她谈论她的过去和未来。

我们上桥穿过昭披耶河。到了曼昆区，我们终于驶出两旁堆满垃圾和破烂小房子的肮脏的水泥路，进入一条狭窄的小巷。前行大约两百米后，我们到达一座宁静的佛寺。这座简单朴素的佛寺完全由木材建造而成，长长的宿舍屋檐下镶嵌着漂亮的镶板，大窗户外晾着僧侣的橙色长袍。热浪令人窒息，但两棵大树为建筑周围带来了清新的空气。

我们探望的和尚坐在柚木地板铺就的宽敞阴凉的露台上，周围摆放着咖啡罐、茶壶、小茶杯、托盘、卫生纸卷、香烟盒和两把扇子。一对年轻夫妇正在服侍他，应该是他的亲戚，不时地以虔诚的手势向他传递物件。同时他们不停地为一个几个月大的婴儿扇风，它正叼着奶瓶安稳地睡在两本超厚的占星书籍和一个象限仪之间。

和尚约莫五十岁，有个漂亮脑袋，胸前和手臂上都有文身。他不停地喝茶，抽烟。泰国佛教非常宽容。一般的和尚都禁止使用麻醉品，大多数佛教徒也将烟草列为禁品。但泰国和尚不一样，他们认为香烟和茶叶是漫长的日子中快速消除饥饿的最佳手段。预读未来也是违规行为；实际上佛陀本人也反对预言。但是泰国人遵循他的一个门徒莫吉拉纳的传统，他在佛陀死后立即使用通过禅修和学习佛陀所获得的力量开始占卜。

　　和尚用灿烂的笑容迎接我们。那是中午，他刚刚吃完一天中最丰盛的一餐，直到第二天黎明的早餐时间，他才能再次摄入固体食物。我那翻译的朋友跪行到和尚面前。她曾来过一次，但没有透露自己的名字。她的丈夫是这位和尚的忠实门徒和常客，她想瞒着丈夫让同一个人预测自己的未来。

　　会见持续了大约一个小时，但是令人惊讶的时刻立即出现了。"你丈夫有很多情人，你应该起诉离婚。"和尚说。女人笑了起来。我的翻译向我解释，这些情人确实存在，她的朋友已经暗中安排了离婚。她只是怕她丈夫拒绝签署离婚协议，或因此要求获得财产。

　　"你必须离开与丈夫共同居住的房子，去别处住。如果你在十月份搬家，一切都会很好。"和尚说。翻译小声对我说，她的朋友已经买了一套自己的公寓。

　　"一旦你住进新房子，"和尚继续说道，"你必须做出选择：要新的丈夫或者大笔的钱。记住：如果有了男朋友，你永远都不会变得富有。"

　　"大师，"那个女人说，"帮我做一亿泰铢的法事，我给你买一辆奔驰！"为了表明她很真诚，她从包里拿出一个精致的电热水瓶，非常隆重地向和尚双手奉上，并在地上磕了个头。

剩下的部分平庸乏味；最后，我在美丽的木地板上睡着了。我的翻译完成她的咨询后叫醒了我。轮到我了。

我在纸上写下了我出生的日期和时间。不是佛罗伦萨时间——晚上八点，而是换算成了曼谷时间，下午两点。说实话，我从来不知道我精确的出生时间。我只记得我母亲说是"晚饭前"。

和尚进行了一些复杂的计算，查阅了象限仪和一本厚厚的书，并且在一张白纸上用圆珠笔画了个正方形，又在里面画了几个圆（显然，是我的星盘），然后画上星座。他又问了我更多问题，说他必须验证我给他的出生时间是否正确。他需要知道我过去的某些信息来正确预测未来。似乎书上的每一页都有不同类型的命运，在开始之前，他必须确保他正在阅读正确的一页。

"你很富有？"

"不，"我回答，再次为一个事实所震撼：无论是和尚还是盲人，金钱似乎是所有占卜师最执着的关注点。

"但数字说你是。"他坚持说。我告诉他，小时候我家非常贫穷，战争期间我们没有足够的食物，而且我的母亲有时制作带有木屑的奇怪"蛋糕"。

僧侣做了个鬼脸，又一次观察星盘，说："你过去做过大宗生意，有一次损失了数百万美元。"

"不，我从来没有做过生意。在我的生活中，我买东西从来不是为了再次卖出。"我说。

他看起来很困惑，有点失落。"也许你的出生时间错了。可能早了半小时？"他犹豫了片刻："或者四十五分钟？"语气中带着歉意。

"很有可能，"我说，"也许1938年意大利的时间是按9月份算的，所以佛罗伦萨和曼谷之间的时差会增加一个小时。"这让他振奋了起来。

"接下来请告诉我哪些说对了，确保出生时间是正确的。你已经结婚很多年。"（确实，我们终于找对方向了）"你的妻子比你强壮得多。"（很难承认，但是的确如此）。"你是作家或记者。"（这也说中了？）"你很聪明，是一个真诚、直白的人。"（这个嘛……）

我告诉他这些差不多都符合，他很高兴。"那么请记住，"他说，"以后遇到占星师，不要说你出生在晚上八点，是七点，或者七点一刻。"然后他继续预测。

"你身上有个保护层，你的敌人伤害不了你。至于金钱……"（又来了！）"……你总会有些钱——有时多，有时少，但你永远不会变穷。你很聪明，你的幸运数字是'五'。你的生活充满高低起伏。有时候你处于世界之巅，有时很低迷。如果你计划在今年做一些特别的事情，那就坚强一点，去做吧！这是美好的一年。"（我确实有个不坐飞机的计划。）"1990年和1991年并不是特别好的年份。"（错了，1991年特别棒，我走遍整个苏联，写了一本书……）"但是未来的岁月将会非常精彩。"

"大师，你觉得我的未来有危险吗？"我问道。

"很好的问题，"他说，"没有。我没有看到。"

"几年前，有人告诉我 1993 年是危险的一年，我不能坐飞机。"

和尚盯着他的白纸看了又看，斩钉截铁地说："不，绝对不是。过去，是的，你好几次陷入危机，但现在不是。你还有其他问题吗？"

"我最适合居住在亚洲还是欧洲？"我问道。

他变得很放松，毫不犹豫地说："你在哪里都可以生活，除了你出生的地方。"（你是对的，亲爱的和尚，佛罗伦萨是一个安全的港湾，但不是我可以居住的地方，至少现在不是）"你最好四处游历，如果长时间待在同一个地方，你的大脑就会停止工作。"（很对，每当我到达一个全新的地方，我就会处于最佳状态；好奇心是我最大的动力）

此时更多女性来到寺院，她们带着礼物虔诚而恭敬地走上木楼梯。我的时间到了，但我又问了一个问题："如果我想改善生活，应该作出什么改变？我应该换妻子或者工作吗？我应该停止穿白色的衣服吗？"

和尚开怀大笑，坚定地告诉我要保持原样。无论如何，我不会改变什么，但我很高兴我们的结论一致。

会见结束。我们鞠躬，将卦资恭敬地放在大书本下，然后跪行后退到楼梯。

当我们走出和尚的视线，两个女人互相拥抱，然后叽叽喳喳交谈起来，翻译只向我转述了一部分。她们对这个人的神力和他关于离婚和赚钱的建议兴奋不已。我意识到，事实上他也没有讲到别的事情。所有占卜者都一样——无论他是不是和尚！对他们来说，重要的问题都涉及物质方面——与他们的客户保持一致，金钱是客户最大的痴迷，是活着的唯一目标。

我们从唐人街驱车返回曼谷。这里有数千家小商店，每家店铺的柜台或收银台后面都是中国人。令我感到震惊的是，我见过的占卜师中没有一个用过"幸福"这个词——仿佛这是不存在或无关紧要的事。或者可能无法实现？对很多人来说幸福并不重要，真是奇怪。

我看着沃尔沃车上的那个女人，想到她愿意为了成为百万富翁而放弃爱情，想到她承诺向和尚以一辆奔驰的形式回馈自己的一部分财富。

泰国人缺乏商业和竞争意识；他们很贪玩，比起上班，更热衷于娱乐。在曼谷敲响锣鼓，你会看到泰国人迈开舞步；吹响笛子，一群人就举起双手，摇曳臀部，开始跳舞。他们最喜欢的表达是"Mai ping rai"，意为"没关系""没事""为什么要担心？"风把你家屋顶吹走了？Mai ping rai。一下雨，曼谷的街道就积水？Mai ping rai。这个城市不适宜居住了？Mai ping rai。

对比泰国人的态度，中国人以其天生的实干精神获益匪浅，成为这座城市的主人。中国人最重要的节日是农历新年。这三天并没有正式成为法定假期，但曼谷会陷入停滞。街道空空荡荡，银行关门歇业，因为控制着城市大部分经济活动的中国人放假休息了。

目前，东南亚其他国家或多或少都存在同样的现象。如果有一天，该地区的所有华人都待在家里，关上店铺不去上班，那么印尼人将没有汽车可开，没有香烟可吸，没有白纸可写；菲律宾人将没有船在万千岛屿之间横渡；日本人的锅里将没有虾。大部分正在建设的摩天大楼都将成为烂尾楼。整个大陆都将摇摆不定，因为散居国外的华人才是驱动东南亚经济奇迹的动力。

我突然觉得这是一个很精彩的选题，回到同样的话题创造一个全新的故事。这个故事将带我从泰国到马来西亚、新加坡、印度尼西亚。只要我有耐心，不坐飞机就可以抵达这些地方。

第八章
预防艾滋？生大蒜和红辣椒

到了晚上，"乌龟之家"总算得以享受舒适和清闲。白天，环绕我们四周的摩天楼让我们终年晒不到阳光，但到了晚上，随着我的园丁卡姆辛点起藏在树枝间的灯笼、池塘周围的火炬，以及在象头神伽内什和佛陀塑像前的煤油灯，整个房子重新恢复温暖、静谧和它特有的热带魅力，正是这些特点让我们在经历了日本五年的苦行，受尽寒冷和压抑之苦后，最终被吸引到了这个地方。

我们刚到达这里的两个星期里，我和安吉拉都像疯了一般地工作，为所有物件寻找适合它们的位置：每件家具、每尊塑像、每个花瓶、每个神明、每幅挂轴、每个淡黄色的丝绸灯罩，只要可以为这个地方提供氛围的东西，都不例外。不久之后，这项工作就告一段落，随着时间的推移，房子的氛围变得越来越好。它就和我们一样：年老却又具有生活的气息，充满这么多年来在亚洲经历的一切。每个物件背后的故事都会被我们铭记，至于物件本身，我们认为自己不过是它们的临时监护人。

这座房子被《建筑文摘》描述为"热带混凝土丛林中一片璀璨的绿洲"。但这篇文章不会告诉你，这儿的白蚁正在啃食横梁，木质地板摇摇欲坠。被推土机、挖泥机和混凝土搅拌机驱赶的老鼠遍布整个社区，在这里它们找到了最后的避难所。晚上，它们在阁楼上制造出尖锐刺耳的噪声，经常把我们吵醒，仿佛一队骑兵在楼上暴动——它们似乎欢乐地把那里当做自己的新家。不过幸运的是，我们的房子里还有许多松鼠，所以当有客人看到芒果树树枝上一闪而过的诡异阴影，或是听到我们正在修建的树屋的稻草屋顶上传来沙沙声而受到惊吓时，我们都会说："别担心，只是松鼠。"嗯，它们唯一的区别是，松鼠有可爱的蓬松尾巴，而老鼠则有又长又尖的头。

但老鼠是致命的。它们被我投喂的鸟食吸引，悄悄进入鸟舍，并杀死了一些我最漂亮的收藏，包括一只我称之为"朋克夫人"的戴胜鸟和一只"童话鸟"——一种鲜艳的绿胸八色鸫，你会直接在格林童话的插图中看到这种鸟。我们也不会忘记可怜的卡拉斯，它是一只夜莺，无论何时，每当我吹起口哨，它都会用我听过的最婉转动听的咏叹调附和。

还有哆哆，一只印度八哥。我们买下它的时候，它还很小。每当黎明时分，我们俩会盖在一条大毛巾下，我在黑暗中耐心地教它说几句意大利语。它会模仿电话铃声、狗叫声和其他鸟叫声，但它主要还是说泰语，比如："如果你爱我，为什么不告诉我呢？"在一个风雨交加的夜晚，它的笼子被吹倒，掉进池塘里，它就这样被淹死了。

宝利，我们宠爱的家养狗，出生于香港的太平山顶，曾经在北京陪伴了我们五年，又随我们前往东京，在那里又生活了五年。当我们搬到曼谷时，它已经老得几乎动不了了，也很少吠叫。而我们需要一只看家狗，于是收养了一只被遗弃的小奶狗，它被装在一个纸板箱里，放在停车场里我们的车下面。

过去，安吉拉会躲在亲水平台的蚊帐里阅读和写作，一待就是几个小时。一开始，"乌龟之家"的动物接连死亡，给她带来了极大的愤怒和悲伤。她想讨回公道，或者至少是秩序，但最终接受了自然界残酷的现实。此后，每当大乌龟吃掉刚孵出来的小鸭子，老鼠啃食鸟儿，鸟儿啄死被笼子里的面包屑吸引来的小麻雀时，她总是这样安慰自己："这儿可不是玫瑰池塘。"

池塘、花园和动物时时刻刻提醒我们，人类需要自然环绕周围，并观察学习自然的逻辑，最终享受身在其中的乐趣。如果一个孩子在城市中心长大，感受不到动植物生活的韵律，他如何能成长为一个身心健全的人呢？人类从未像今天这样远离大自然，这也许是他们所犯的最严重的错误。

曼谷糟糕的交通环境让人不得不放弃社交的念头。与住在市区的人共进午餐往往意味着下午五点左右才能到家；收到使馆用餐的邀请意味着必须提前两小时出发。当我在池塘的另一边建起自己的工作室之后，我成了曼谷极少数几个可以在几秒钟内完成从家到办公室通勤的人之一。因此，我拒绝所有吸引我走出"乌龟之家"的诱惑，并反过来用"乌龟之家"诱惑那些我想见的人主动上门来找我们。

我禁飞一年的故事很快就在这个地区的记者中间传开了，人们最普遍的反应是善意的嫉妒。当这个话题在晚餐中被提及时，人们往往都要分享自己的故事，其中一个是来自当时居住在香港的《华尔街日报》记者克劳迪亚·罗赛特。

克劳迪亚的家乡在巴尔的摩。20世纪30年代，她的祖母成了寡妇，家中一贫如洗，还要抚养三个孩子。在那个年代，药店会出售彩票，祖母有一天梦见自己中了十六号。她把自己的梦告诉了隔壁的邻居，那个邻居便敦促她把所有的钱都拿来投这个号码。她照做了，最后真的中奖了。这给她带来了一笔可观的金钱，一夜之间改变了她的人生。从那以后，她不停地向人谈论她那惊人的预感。许多年后，她的三个孩子中的一个，也就是克劳迪亚的父亲，回到他长大的地方，再次遇到了那个隔壁的女邻居。女邻居告诉他，她当时之所以建议他母亲买彩票，是因为他母亲的朋友们正好有一笔钱要给她，但因为他母亲生性要强，如果直接给她，她是绝对不会接受的，所以当他们听说了这个梦之后，便一起筹了一笔钱，把它交给药店老板。接着，药店老板把这笔钱给了她，告诉她中奖号码就是十六，和她梦见的一样！

我坐火车出发前往马来西亚和新加坡之前，"乌龟之家"迎来的最后一位客人是我在《明镜周刊》的同事乔辛姆·霍兹根。3月初，联合国柬埔寨过渡管理局（UNTAC）邀请欧洲各主要期刊派出记者，目的是让欧洲舆论关注联合国在柬埔寨的和平进程，以准备5月底在柬埔寨举行的选举。由于该方案包括搭乘直升机参观军事设施，所以为了不让我陷入两难的境地，《明镜周刊》在汉堡的编辑部决定派出乔辛姆·霍兹根来完成这个任务。这是他第一次踏足中南半岛，我邀请他和几位刚刚从柬埔寨回来的同事共进晚餐。第二天，他搭乘飞机出发前往金边，我则背着我的背包前往华兰蓬火车站，满脑子都是我关于海外华人的写作计划。

我一直对火车站充满兴趣。我可以花上一整天时间坐在火车站的一个角落里，观察周围的芸芸众生。在火车站，你可以比在其他任何地方都更好地观察到一个国家的精神、国民的精神状态和他们的问题。只要在华兰蓬站观察半个小时如潮汐般起落的人流，你就可以对今日的泰国有更好的了解，而不是靠阅读学术论文。来自北方的火车源源不断地运来成千上万的人，绝大多数都是年轻人，其中又以女孩居多，全都充满了对美好未来的希望。她们离开自己位于农村地区的家乡，只拿着一包衣服和一张单程票就前往首都寻找工作。

每列火车一到站，站台上就有人等着招建筑工人。他们提供每天大约一百泰铢的工资和工地的露营床。最漂亮的女孩则会被招去妓院工作。之后是双方按部就班地提供合同，谨慎的犹豫，口头成交，最终坐上站外无数皮卡中的一辆离开——这一切都只发生在火车到站后的几分钟里。人群中可以看到一些年幼的孩子，他们看上去比其他人更手足无措。尽管警察全身戴着徽章四处巡逻，也会对着他们挥舞手枪，但这些孩子最终也会在警察的眼皮底下找到工作。理论上，即使是泰国，也有反童工的法律，但在实践中，就和亚洲其他许多地方一样，没有什么是真正违法的。

我的南行列车预计将在十点二十分准时出发。泰国铁路体现了高效的公共行政，也促进了国家的快速发展，并且如同佛教和君主制，仍然是这个古老社会的凝聚力的来源之一。火车离曼谷越远，火车站里的人越多，这给人留下一种军事化社会的印象。在这儿，无论是学生、邮递员、摩的驾驶员还是检票员，每个人都身穿制服。同样身穿制服的乘务员身上戴满徽章，简直让人误以为他是一位空军司令，天知道这些徽章分别来自什么活动。整趟旅行就像一场持续进行的宴会，每个车站都有无数摊贩拿着装满当地特产的箩筐上下列车。

我的一天一夜都在旅途中度过。到了晚上，我在车轮发出的哐哐声中安然入睡。大约凌晨五点半，那位空军元帅乘务员把我叫了起来。整个车厢弥漫着陈腐的气味。我没刮胡子，由于昨晚和铁路警察喝得酩酊大醉，舌头干燥得就像一张我们喝的湄公（一种泰国的威士忌）酒瓶上的砂纸。我不禁想道，也许一年这样的旅行是疯狂的。但我只要走下列车，吸入一口清晨特有的清爽空气，就能再次燃起热情：我正在也拉！在我的一生中，我还能有多少次机会踏足这个地方？

我想起常畅和他让我冥想的建议。也许这趟一个人的旅行就是我的冥想。从日常生活中解脱出来，除了自己的良知外不用对任何人负责，我的内心恢复了平静。轻率的念头浮现，愉快又稍纵即逝。我的内心深处感到无比高兴。我在车站外的一个摊位喝了一些汤，然后出去散步。

也拉就像其他许多城市，没有什么值得谈论的大人物。主街两边都是商店，店的布局千篇一律：一楼用于销售，二楼则用于生活起居。这些店的老板都是华人，说起我们坚韧强大的中国人，他们在刚抵达这里时身无分文，如今却已经拥有自己的商店。他们穷尽一生来追求一种被他们自身的文化所鄙视的目标，并以此来赎回自己。

我的第一个目的地是勿洞，地处泰国和马来西亚交界处的一个小山脉上。这个天然屏障将半岛一分为二，同时也划分了两国的国境。我和另外五名乘客共同搭乘一辆出租车。我们从亚拉出发，在短短两个小时的时间内行驶了八十六英里。其间我们经过肥沃的红土地，在橡胶和菠萝的种植园中穿梭，随后驶上一条盘山公路，在浓雾中，壮丽的岩石山峰若隐若现。

勿洞曾被称为一个满是间谍的危险小镇。但现在一切都变了，这里给人的第一印象非常舒服。镇上的入口处有一块漂亮的市政标志牌，上面骄傲地宣称："勿洞以美丽的风景而闻名。"其他的标志牌也都用英文写成，为游客指明前往公园、体育场，以及（也许出于一些不可告人的原因）监狱的方向。此外，主广场上一个巨大的红色信箱形状的纪念碑无时无刻不在向游客提醒它的存在，据说它是世界上同类雕像中最大的。

即使表面上的旅游宣传波澜不惊，有一点还是会让游客大吃一惊，那就是理发店的数量。在这里，理发店多如牛毛，每隔几米就能看到一家，而且他们关心的显然不仅仅是胡须和头发，这从它们奇特的名字就能看出来——"欢愉理发师"或是"性感理发师"。

我之所以来到勿洞，是为了寻找一个曾经在游击队中待过的人。尽管我来的时候毫无头绪，但结果比我预期的要容易。我入住的酒店的搬运工带我找到了一位摄影师，那个摄影师带我去了一个家电店主那里，那个店主随后打电话给他的一个朋友，他的朋友便骑着一辆摩的把我接到了一家卖传统药品的药房前。药房的窗台边摆满了延年益寿的晒干菌类和瓶装的绿色药膏。一个小时内，几个华人轮流接手，最后把我带到了吴先生面前。吴先生是一个中年男子，身材瘦小，但气宇不凡。

吴先生曾经在游击队担任医生，一做就是二十年。随着游击队在 1987 年投降，他成了勿洞最著名的药剂师。得益于他常年生活在丛林中的经验，他也是唯一一个对附近山区里的植物、根和树皮的疗效了如指掌的人。

吴先生给我倒了茶，还给我看了他的家庭相册，里面有他和他妻子在游击队时的照片。他建议我应该去游击队营地看看，离这儿只有五公里远。他关了店后，我们一起出发了。

第二次世界大战结束之后，马来西亚的游击战就开始了。到了1957 年，英国政府终于承认马来西亚独立，称之为马来西亚联邦。

傍晚时分，我在勿洞市中心漫无目的地散步。随着太阳落山，数量庞大的鸟群一下子飞过来，仿佛遮住了阳光，它们的叽喳声合出震耳的噪声，甚至淹没了酒吧的音乐。成千上万的鸟儿就这样在街上的电线和电线杆上露宿了一夜。

同样令人印象深刻的还有妓院门口来来往往的马来人。每个黑漆漆的窗户上都贴着告示，上面的字小得几乎无法辨认："不戴避孕套有感染艾滋病的风险。"我去了其中几家，他们的装修都大同小异：一个如同在酒吧的柜台，塑料椅子上坐着许多女孩，还有一些小房间，供情侣休息。使用房间一小时的租金从一百二十到两百泰铢不等，女孩陪伴一整天的租金则介于一千至一千五百泰铢之间。

"要戴避孕套吗？"我问道。

"如果你不想戴的话，只需多付一点钱。"

就这样，艾滋病如燎原之火一样蔓延开来。一个二十五岁的女士正带着一个三岁左右的小孩在她脚边玩耍，她向我解释说，勿洞的理发店里有大约三千名女孩，其中许多来自北方（用她的原话说，"她们皮肤更白，所以马来人更喜欢她们"）。最近有几百人被赶走，因为她们还不满十六岁。但如果我对她们感兴趣的话，她也只需要打一个电话到附近的宿舍即可。

门外，我遇到了一个高加索人。他在人群中显得非常显眼，是我在镇上看到除了我以外唯一的西方人。他似乎非常安静，我问他在勿洞做什么。

斯科特，十六岁，是一名来自加拿大的高中生，参加了由勿洞扶轮社和他居住的安大略省的一个城市赞助的交流项目。他很高兴地说，在加拿大的人一定想不到他最终来到的是什么地方。他和镇上最著名的人住在一起，那个人也是当地妓院老板中生意做得最大的。

我们去了一家中餐馆吃饭，斯科特在那里遇见了他的老师。她来自曼谷，是一名三十五岁左右、受过良好教育的女士，她被派往南方工作，以此作为对她左翼主张的惩罚。晚餐结束时，我问她是否知道勿洞有好的占卜师。她回答说是的，虽然她自己没有去过，但她听说确实有一个技术精湛的占卜师住在城外。据说他是黑魔法专家。她提议由她带我过去，于是我们约好第二天在学校门口见面。

老师骑着一辆摩托车来见我，我爬上后座就出发了。大约五英里的路程后，我们到达占卜师的家，位于一个老旧生锈的加油站后面。占卜师在楼下一间有水泥地板的大房间里接待了我们。房间另一头，他的妻子和两个漂亮的女儿正在准备做饭。他身材瘦削，眼神尖锐，看上去五十岁左右，坐在一张带有麦加图案的垫子上——他是穆斯林。在他面前，四个女人围成了一个半圆。

其中一个看起来很富裕，每根手指上都带着一枚戒指，脖子和手腕上缠着几条金链；其他几个人则看起来很谦卑。这位女士抱怨她的生意不顺，女孩们没有客人光顾。她确信有人把恶魔之眼放在了她的理发店里，所以带着三个女孩来让魔法师检查。"这些女孩都是逃婚出来的。"老师在我耳边低声说道。

看看这几个可怜的小家伙，不难看出她们为什么没有人光顾：她们的外表就是恶魔之眼的具体体现。一个矮小、肥胖、肮脏，一个高挑、苍白、瘦如竹竿，最后一个则单纯让人感到沉闷。即使是最绝望的马来人，也不会被她们吸引。

占卜师问女士是否带来了所有必需品。她说是的，然后从包里拿出一只小鸡、几个鸡蛋和一些像野柠檬的坚硬绿色水果。占卜师转向我说，他将花半小时左右来处理这个客人的事务，并为让我等待而道歉。我很乐意留下来观看。

一只模样俊美的黑猫在门槛上来回踱步，撩人地蹭着那些女人在觐见占卜师前脱下来的鞋子。在这种黑魔法的氛围下，这只猫恶魔般的眼睛很快让我想起了恶魔之眼和它带来的不幸。但据我所知，没有人真正证明过这一点——进一步说，对于不幸及其象征物的认知会随着当地文化和看法的不同而大相径庭。例如，我们西方人总是认为，蛇是可恶而又危险的生物。与它们面对面时，我们的本能反应总是要杀死它们。然而对于亚洲人而言，蛇是一种超自然的存在，蛇掌控所有元素，是宇宙各个平面的主宰。它翱翔于天际，隐踪于云端；它游于水中，又遁于地下；它无所不能，在所有地方都畅通无阻。对于亚洲人来说，蛇不是危险和死亡的象征，而是保佑的象征。佛陀正是在七头蛇那伽的阴影笼罩下进行冥想。

鸡蛋拿去煮熟，绿色的柠檬整齐地放在占卜师面前一个精致的银盘子里，女士握着小鸡放在胸前。她就保持着那样的姿态，闭着眼睛，聚精会神。魔法师嘴里念着与我同行的老师也无法翻译的公式，她能告诉我的只有当仪式结束时，鸡蛋会被吃掉，柠檬会被丢进水里洗掉恶魔之眼，小鸡则会被释放。

远处响起一阵隆隆的雷声，随之而来的是一场猛烈的暴雨，带来了冲击和解放，让我们从热带的炎热中暂时得到缓解。雨水倾覆而下，魔法师的房子后的树几乎都难以辨认。

老师告诉我，在勿洞这样的城市，她的工作十分艰苦，随处可见的妓女并不比她的学生年长。她接着说，这种特殊理发店的存在毒害了这里的方方面面，腐败主宰了所有的社会关系，警察自己也会参与强奸和勒索。在这种充斥着暴力、性和金钱的环境中，根本无法培养出正常的年轻人。她还说，这个城市的学校禁止提及艾滋病，原因是地方政府也参与到利益分享中，因此不想干涉妓院的工作。

魔法师终于结束了他的仪式。那只可怜的小鸡从窗口扔了出去，自由地奔向森林，但在滂沱大雨中，它显得无精打采，无力地张望着四周。小鸡的主人付了钱，和她的三个女孩一起离开了。

艾滋病仍在我脑海中挥之不去。当我在占卜师面前坐下后，我问他对艾滋病有什么看法。他承认，毫无疑问这是一种可怕的疾病，但他通过观察那些理发店的女孩，已经学会了如何分辨艾滋病患者。"她们一靠近，我就能感觉到。她们身体里着火了，正在燃烧，但她们的外表冰冷而苍白，皮肤没有血色。"但他还说，没什么可担心的。他确信传染病只会在同一种血型的人之间传播，而且说到底，艾滋病是一种可以轻易避免的传染病。

"通过戴避孕套吗？"

"不，通过吃生大蒜和红辣椒。"他斩钉截铁地说道。

接着他开始专注地看着我，没有问我任何问题，不想知道我来自何处、生于何时何地，没有看我的手，也没有做任何计算。终于他缓缓地开口说话了，老师就在一旁翻译。

"你是一个经常旅行的人，但你还是最喜欢住在乡下。"（真是个聪明的家伙！如果让我想象逃避现实的景象，我脑海中就会出现我们在亚平宁的房子，前面有草地，后面是栗子树林。这就是平和）"你是一个不看重金钱的人，同时也永远无法紧紧握住金钱。"（说得对，但我是不是脸上就写着这个？）"你总是赚多少就花多少。你总是很受女性的欢迎，但你对她们都没有兴趣。"（说得太棒了！）"你生来忠诚，对你的妻子忠贞不渝。当你和妻子说你要娶第二个妻子时，那都是骗她的，你其实并不想要。"（我想这发生在所有占卜师身上，每个人所说的都反映了当地的文化和价值观。例如现在我身在一个穆斯林地区，男人可以合法地拥有几个妻子。我的占卜师把我当成穆斯林对待，就好像之前曼谷的盲人把我当成华人，把没法发财当成最糟糕的消息）

他继续给我提出富有当地特色的建议："如果你确实下决心要娶第二个妻子，那就娶一个寡妇吧。"（他说的话就好像在劝我进行某种慈善行为一样。）"但无论如何，你都不会一直陪她走下去。你不吸烟，但你喜欢辛辣的食物。"（对）"你对气味十分敏感。"（对）"无论走到哪里，你都不会选择冒险。如果你还有自己的护身符，那很好。如果是佛陀，那就再好不过了，它将保佑你。"（也许他看到了我戴在脖子上的佛陀）"你还是一个非常真诚的朋友，总是十分幸运。如果你去买彩票，肯定会发财。但问题是你从来不买。"（的确，我从未买过一张彩票，但也许我是该考虑买了）"你的幸运数字是八十八、一和十九。只要买这几个数，你就一定会赢。"（要是勿洞有这样的博彩店，我一定要去试试我的运气！）"你永远都对未知事物充满兴趣。不久之后，就会有人给你提供一份重要的工作，但你会拒绝它，因为你向往简单的生活。"（我毫不在乎什么重要的工作，但也没有人会提供给我。如果有，那他一定是疯了！）"你经常咳嗽。"（并不）"你要多吃米粉。你还应该在右手上戴一些绿色的东西，最好是无名指。是的，比如中国人戴的镶有翡翠的那种。"（我一向讨厌戴戒指，甚至是我的婚戒。它由我祖父母的婚戒里的黄金重新熔炼制成，还在内侧刻有"安吉拉"的小字。我只戴了几个月就放弃了）

当那印有我妻子名字的戒指在我的脑海中一闪而过时，他就继续说道："你的妻子身材很胖，有丰满的乳房和臀部。"（可怜的安吉拉，亏她还每天早上坚持练习瑜伽！）"你可以沉迷于运动，因为你十分健康。如果你想养猫，那必须是三色猫：白色、黑色和棕色。"（这可有点难找，我想）"如果你实在找不到那样的，那就要全灰的。此外，你的车也一定得是红色或芒果色。你现在住在一条小巷的尽头，靠马路右边的房子里。"（正确，"乌龟之家"就是这样）"如果你真心想要得到什么东西，你总是会设法得到它。但你的思维又像个孩子一样，你总是喜欢说出真实的想法，仅仅只是享受说出来的快感。你的性格不稳定，总是大起大落。你还喜欢侧身睡觉，尤其是往右边睡。"

我感觉他可以一直这样说上好几个小时，而我已经开始感到厌倦，于是直截了当地把那个香港占卜师的话告诉他。他不假思索地回复道："不，不，你可以随心所欲地坐飞机，但仅限下午，早上不行。今年对你来说是艰难的一年，可以说是流年不利，但你不会遇到任何大的风险。"他用一种歌唱般的节奏继续说道："在你的一生中，你被指控过好几次，其中有两次被送进了监狱。"（哈，这可真有意思！）"第一次是在你三十五岁的时候。"（是指我在越南那次吗？那次我没有真正意义上被捕，但我被驱逐并被指控为间谍）"第二次是在你四十六岁的时候。"（完全正确！）

听到这个占卜师说得如此准确，能够对上我所经历的事，我高兴极了。这就好像在玩一个押韵接龙游戏，以"moon"结尾的必须用"June"或者"spoon"来接，有时候一个韵必须从中间拆开来接，而有时候它们搭配得十分完美。

我意识到这正是我们对占卜师做的事。他一说什么，我们就立刻绞尽脑汁在自己的经历中搜索相关信息去迎合他的话。从中我们获得快乐，就好像在写诗。突然间，生活本身变成了一首诗，因为有些韵律给我们生活中的事实赋予了意义。押韵给人慰藉。

但是，究竟是魔法师猜出了我生活中的事实，还是我们让自己知道的经历与他的话如拼图般吻合，他只是假装算到了？

他接着说："你下一次被捕会是在六十一岁的时候，因为一个和你工作有关的问题。但你没法逃离这场牢狱之灾，而且总的来说你还会很喜欢这次经历。"（不算错）

我问他是否真的相信他能看到别人的过去。他说是的，但其实他可以更准确地看到未来。例如，昨天他就预见到今天会有一个外国人前来拜访。至于如何预见到的，他回答说通过看自己的手。

我接着问他是否知道意大利，以及他对这个世界现状的看法。他回答说："我只能理解我身边的事情。"

我很喜欢这个占卜师。他的占卜没有使用任何特定的方法。他不用星盘，不做计算，不看手相，仅仅是"感受"眼前的人。很显然，接触过数千人后，他发展出了一种不寻常的解读能力。在这个社会中，女孩从十三岁就开始卖身，教师被禁止说任何和艾滋病相关的话，警察都是黑社会，他却提供了别样的服务，同时担负神父、社会工作者、医生和心理咨询师的工作。他没有伤害任何人，恰恰相反，他提供建议，安慰人们，施加禁忌，让所有在勿洞的人都能更有勇气和信心摆脱自己的不幸，抓住更好的生活。所有的这些，也只收取非常小的一笔金额（三十泰铢）。

我问老师是否也愿意让占卜师帮她看一下未来，但她坚决地拒绝了。她的一个朋友曾经和她深爱的男人订婚，但在即将结婚时，她和她的母亲去找一位占卜师，被告知这场婚姻是一个错误。在那以后她离开了她的未婚夫，从此郁郁寡欢。

雨渐渐停了，天空重现美丽的大块云朵和金色的阳光，还有远处少量浓密的黑色雨云。带着恶魔之眼的女人放生的小鸡爬上了一颗椰子，一只大蟾蜍爬到了靠近门口的地方。旁边香蕉树和木瓜树上沉甸甸的果实被洗刷一新。

我离开勿洞的时候是清晨。镇上所有的扬声器响起国歌，学校和警察局前升起泰国国旗，交通停滞，人群驻足行礼。

一离开勿洞，我就体会到自己已不在泰国了。村庄里清一色是清真寺，男人们身穿纱笼头，戴穆斯林小帽。人们在路边放牧，山羊就这样卧在沥青马路上，让出租车司机不得不提防不撞到它们。泰国的氛围渐渐消散，没有边防哨所、警察或是检查区，没有明确的区分和限制——除了马来西亚建立起来的护栏。首先是一道铁丝网，然后是另一道，接着是几道大门，再之后就是几百米畅通无阻的区域，就好像缓冲的无人地带一样。最后你会在另一边看到边防警察和海关蓝白相间的建筑物。

我在障碍物中间穿行，直到我到达一个小屋，透过小屋的窗户，一个女人正瞪着我。她戴着一块蓝色面纱和一副厚厚的眼镜。她说话时彬彬有礼，但态度冷淡，她问我要去哪里以及打算在马来西亚停留多久，最后给了我两个星期的签证。整个过程的气氛令人感到不安。"携带毒品将被判处死刑。"一个重要公告上写着，顶端还画着骷髅图。

二十年前的马来西亚去了哪里？那些身穿纱笼、总是显得太小的胸罩和紧身蕾丝上衣的女人呢？这些完美地反映了大自然的丰富色彩和美妙身形去了哪里？被禁欲主义全部抹除了吗？在边防哨所，所有的警察和海关官员都是马来人，而愿意带我去下一个城镇（高乌）的出租车司机则全是华人。

从边境到高乌不到十英里，我的司机争分夺秒地向我介绍我刚踏足的国家存在的问题："他们掌握了权力，而我们则是二等公民。想想吧，如果我想买一套公寓，要付十万令吉。但如果是他们买，就只要付九万令吉。这可是同一套公寓啊！你觉得这公平吗？他们拥有的特权，我们什么都享受不到。他们叫自己土著人，土的儿子，但这土有什么两样？我们也一样在这里出生，和他们没有任何区别。如果真要说的话，真正的土著人应该是最早居住在丛林里的原住民才对。"

我只是刚来这里不久，但他好像已经确信我知道他嘴里的"他们"指马来人，并且能够理解在马来西亚，最大的悬而未决的问题就是种族问题。确实，种族决定了你的朋友是谁，你的敌人是谁，你做什么工作，哪个医生给你看病，哪个兽医给你的宠物看病。种族还决定了你住在什么地方，你上哪所学校，你和谁结婚，你死后葬在何处。马来人掌握了政治权利，华人则有钱。这个种族隔离制度没有在任何法律条文中提及，而是深深地根植于过去二十年的实践中。在华人眼里，情况似乎很不公平，但在马来人看来，这是维护社会平衡的唯一手段。

最早的时候，马来西亚的居民都是住在丛林里的"原住民"。几个世纪后，马来人来了，接管了这个地方。大部分华人来到这里的时间都只有一百年左右，当初英国人迫切需要劳动力来开发这个国家丰富的自然资源，因此给予了中国人自由移民的权利。在英国政府的鼓励下和中国人一起来到这里的，还有印度人。

当英国承认这块土地独立时，他们特地留意避免种族人数差异过于悬殊。1957年马来西亚联邦独立，华人占总人口的百分之四十，马来人占百分之五十。马来西亚拥有大量的自然资源和财富，似乎可以让所有种族和睦相处。但现在种族之间的矛盾激化，华人变得越来越富裕，而马来人则越来越多。如今华人只占人口的百分之三十二，马来人占百分之六十二。

路上我们必须经过几个检查站。如同在边境一样，这里的警察和士兵也都是马来人。"他们在搜查武器。"出租车司机说道，"在泰国你可以买到各种武器，许多黑社会都会专门去勿洞买。"

"就像艾滋病一样？这也是从勿洞来的。"

司机有些惊讶："勿洞没有艾滋病。那是一个干净的小地方，女孩们都很嫩。艾滋病只在曼谷和芭堤雅这样的大城市才有。"看来艾滋病仍在蔓延。

不久我们就到了高乌。当我去换钱并思考怎样前往槟城时，我注意到这里每个人都说普通话，看来槟城实际上也是一个中华城。我在那里停留了几个小时，只是四处逛了逛。由于这是我第一次也是最后一次踏足这个城市，我想我应该在这里停留一会儿。啊，高乌！我看了一眼地图，它只是一个小点而已。

做了禁飞的决定后，我得以重新支配时间。我有时间停下来，环顾四周，反思自省。没有人在等我，为了和一个中国老人聊天，即使错过去槟城的巴士也让我十分高兴。老人告诉我，在鸦片垄断的年代，他的父亲经常去那幢现在已经是邮局的房子里购买自己所需的剂量，然后在当天剩余的时间里吸鸦片。他还告诉了我他的故事。他曾经在日本侵略期间被俘，随后被送往桂河，参与修建臭名昭著的"死亡铁路"，最终他是为数不多的生还者之一。

在无所事事中让时间流逝也是一种乐趣。我记笔记，和人聊天，让自己的思维徜徉。我慢慢意识到，我重新认识了旅行、踏足新的地方和认识新的人的乐趣。作为一名记者，我经常需要来到一个地方，采访几个人，写点什么东西，之后又马上离开。但是为了了解情况，仅仅和部长、将军或专家交谈是不够的，因为他们无论如何也只会说出他们必须说的话。最重要的应该是和他们共度一段时间，让他们谈论其他事，然后等待他们进一步补充。只有这样他们才会不小心说出真实想法，回答没被问到的问题，这也是其他一切事物成功的诀窍。我已经厌倦了为了寻找用于填满栏目的引文而四处奔波的日子。

现在，我的旅途缓慢而又愉快。我重新获得闲暇，让我慢慢地观察，真正地了解一个地方。通过从泰国徒步跨过边境来到马来西亚，我感受到两国之间的许多分歧和紧张局势。当然，我可以在其他什么地方读到这个情报，但那样我不会亲身经历任何事件，没法看到斑斓的色彩和人的表情，也听不到实际的声音。

我喜欢现在这样的旅行。旅行是一门艺术，必须以一种轻松的方式，饱含爱与激情地进行实践。我现在才意识到，尽管我常年因为工作乘坐飞机四处奔波，我却一直没有发现这门艺术——我唯一关心的艺术！

安吉拉家里有一则关于她祖母的轶事。她祖母是出生在海地的德国人，受过良好的教育，通晓经典文学和名著，会弹钢琴，善于社交。在佛罗伦萨，就在她八十六岁即将撒手人寰之际，她说道："我这一生都做了些什么？无非是一些对话！"我想如果在生命的最后时刻有机会这样回顾一生，我希望我能说出："我旅行过。"如果有一个坟墓，我希望有一块有凹槽的墓碑，供鸟儿喝水，上面有我的名字、生卒年和"旅行者"一词。

从巴陵到北海的距离大约是五十七英里。我与其他人合乘的出租车经过了许多大型棕榈油种植园。四周景色美丽，绿意盎然，井然有序。有时在大量植被中间，我们会看到种植者的白色小屋。一切都是那么自然、茂盛。

乘坐渡轮从北海到槟城岛的路程一如既往地令人享受，之后我遵守当地风格，叫了一辆华人踩的人力车到达东方酒店。我已经好几年没来这里了，但重回这个地方还是让我产生了回家的感觉。当我打开147号房间门的时候，一股熟悉的气味扑面而来，发霉的地毯、浴室里消毒剂的味道都让我无比怀念。那些声音也如同往昔：海浪撞击花园尽头的石堤发出的响声；乌鸦的啼叫声，它们有的停在棕榈树林里，有的停在岸边指向远处海平线的黑色大炮上。

东方酒店就像一个睡美人，尽管效率低，但令人感到愉悦。这里有许多服务员，大多是印度人。他们用破旧的扫帚在开放的阳台上来回扫，但蚂蚁不为所动，继续前进，白蚁则啃食着老旧的木头。我点了一杯柠檬茶，最后端上来的却是一杯咖啡。

下午我听着大海和乌鸦的声音，把我的笔记输入电脑，并阅读了一位早期的英国总督写的情书（从未寄出）。我感到很开心。尽管孤单一人，但我发现孤单正是一位了不起的伴侣。

第九章
疯狂的彩虹

第二天早上，我无意中等待的消息传来了。《新海峡时报星期刊》躺在塑料袋中，挂在我酒店房间的门把手上。内页上只有几行字，3月20日发自金边：

> 联合国驻柬埔寨的一架直升机坠地，机上二十三人全部受伤。机上人员包括联合国特派团邀请到柬埔寨的十五名欧洲记者、三名国际官员和五名俄罗斯飞行员。直升机在降落到吴哥古庙附近的暹粒市的过程中失去高度控制，翻转几次后从约五十英尺高的空中跌落到跑道上。目前没有人员死亡，但一些伤员脊柱受损，病情严重。联合国特派团命令所有苏联制造的其他MI-17型直升机在完成对事故的调查之前暂停飞行。

读到新闻的第一刻，我毫无感觉。然后我瞬间体会到一种狂喜。我感觉好像已经读过自己的死讯，却为自己还活着而欢喜。我有一种与人分享喜悦的冲动，想对第一个经过的路人说："你看到了吗？你看到了吗？"但周围没有人。黎明初晓，酒店里空无一人。

所有可以打电话的人（在曼谷的安吉拉、在欧洲的孩子们）此刻都在睡梦中。我的脑袋里涌出了一千个问题，各种零碎的想法不断升腾。我想到了香港的占卜师，猜想坐在那架直升机上的人是谁——可能是替代我的同事乔辛姆·霍兹根。我心想我多么幸运。我想去机场乘坐开往金边的第一班航班。现在预言已经实现了，没有什么可怕的了。不是？这次事故不是进一步的警告吗？这一年还没有结束。

我着迷般不断重读那段文字，仿佛它们有什么魔力。然而，最终，那似乎也只是一条普通的新闻，寥寥几行，描述了一件另一个世界的事情，与我无关，与新西兰证券市场崩盘、孟加拉国刮台风、菲律宾的渡轮沉没之类的新闻无异。现在我关心的是我必须做的事情，如何与《明镜周刊》取得联系，如何帮助霍兹根。就是这样：当你有义务在身、必须办正事的时候，你会将情绪暂且放在一边。保持实际的必要性可以防止你被情绪压倒。这就是为什么人死后有那么多仪式。如果不必考虑葬礼，如何着装，使用什么样的音乐，那么失去亲人的悲伤将是无法忍受的。每个人都有分散注意力的方式。

那天是星期天，曼谷办公室休假。但是我电脑的通讯录里有一位德国医生的手机号码，他是金边联合国医院的负责人。伤者肯定送到了这里。

《明镜周刊》的霍兹根？是的，他在这里……等一下，我去他的床边。"几秒钟后，乔辛姆接起电话。他一听到我的声音就大叫："去你的占卜师！看到了吗？他是对的，该死的！"他的腿摔断了，脊髓受到压迫，但是可以痊愈。他告诉我，直升机的后旋翼突然停止运作，飞行员失去了控制。飞机撞击地面后，油箱渗漏，几个同事发现自己已被汽油浸透。幸运的是，现场没有出现火花。

我又打了几个电话，然后出去散步。穿过皮特街的庙宇，我有一种感谢神灵的冲动。我买了一把线香，插在好几个祭坛上，心想这一页算是翻过去了。

事实并非如此。直升机的事故一直在我脑海中盘旋。我不能把它看成是预言的兑现，也不能把它看成是一次单纯的巧合。我不断提醒自己，在理性世界中，每个预言都是半真半假的，直升机可能会，也可能不会坠毁。但我很难放松心情，并接受这次事故只是简单的统计概率问题。

直到那一刻，占卜师的预言都像是一场游戏，而我不坐飞机的决心也是一场和自己的较量。现在，游戏结束了。这不再是一桩理论上可能实现的事。有些东西正在凝视着我，让我感到害怕。这一次没有人给我建议。对幻想或恐惧的主观预测完全无用，因为这个消息是客观事实：直升机已经坠毁。

这证明占卜师是对的吗？他"看到"了什么？"看到"？我内心最深处绝不希望如此。我喜欢把这种超自然现象看作一种可能性，而不是确定性。我想坚持自己的怀疑，不想成为信徒。我所有的生活都避开了信仰，当然不想说服自己接受这种信仰。通过接受占卜师的预言、决定不坐飞机，我想为我的生活添加一点诗意，而不是另一个绝望的理由。如果这次事件证明命运已经安排好一切，那么生活就没有任何意义。为什么还要活着？

自年初以来，我特别关注飞机坠毁或紧急降落的报道。每次我都自问是否原本会乘坐此次航班。答案总是否定的。但是这一次？在柬埔寨！我很有可能乘坐。我本应该乘坐那架坠毁的直升机。毫无疑问。那它的坠毁是我的错吗？我突然感到一阵内疚。我的朋友——《世界报》的克劳德·波蒙蒂以及《明镜周刊》的摄影师艾拉·查普莱都受伤了，还有可怜的霍兹根，他顶替了我的职位。就我而言，我因一则预言而没有与他们一起飞行是不忠的行为。是的，但是如果我也在飞机上，现场是否会产生火花将所有人烧毁？我的思绪已无法控制，不停遐想。

到了槟城，我想起一位在此居住的老朋友。他来自一个中国家庭，在世界各地接受过教育，声名显赫，在亚洲几个国家的发展中都发挥着重要的作用。我们曾在美国一起学习，拿过同样的奖学金，并且多年来都保持联系。我打了个电话，巧的是，他正好在家休息，不久前刚去丛林探险，寻找一种罕见的棕榈树。

他派司机开一辆旧的蓝色奔驰来接我。穿过槟城，我可以发现有些人试图拯救和保护这座城市，而另一些人则啃咬着它宁静朴素的优雅，试图将其现代化。一部分殖民者在老住宅区建造的别墅恢复了昔日的辉煌，在郁郁葱葱的绿色花园中透出白色的墙垣。另外一些则发生了"转变"——当地人的说法就像是在描述宗教信仰的改变。一栋楼成了肯德基快餐店，另一栋则变成一家高级夜店。三分之一的房子正在被拆除，在一块大招牌上，艺术家画下了即将新建的公寓的样子。

朋友童年时的家十分老旧，但气势非凡。墙壁破败得需要重新粉刷，扶手椅上盖着床单，门廊下的纸灯笼已经撕裂，架子上积满灰尘，还有许多亲戚留下的物品；但这些无法掩盖住宅坚实、宏伟的气质。它建于20世纪20年代。朋友的父亲从英格兰购买了瓷砖，由于他是一名医生，他将医神埃斯科拉庇俄斯的象征（两条蛇缠绕在一个医护人员身边）雕刻在楼梯的精良木板以及主客厅的栏杆上。一个房间里收藏着数十张巴厘岛绘画，另一个房间里则安放着来自婆罗洲的木制雕像；一楼摆满了来自巽他海峡的船模和一堆堆美丽的干棕榈叶，每张都套上了透明信封。客厅里有一架大钢琴、两把大提琴和一架竖式钢琴，朋友用竖式钢琴弹奏巴赫的乐曲，因为"巴赫的时代使用的就是这种乐器"。花园里建有大型鸟舍，里面饲养了许多色彩斑斓的热带鸟类，他对鸟类可谓精通。

房子为富裕的大户人家所建，但是现在空荡荡的，只有几个看护人员负责打理。总之这个地方有些诡异，诡异之处就是我的朋友林昌杰。他是建筑师、植物学家、音乐学家、音乐家、艺术赞助人、散文家和鸟类学家，这栋房子是他的避风港。他将钟爱之物收藏于此，不时地回来放松享受。

经过多年打拼，他事业有成，将大部分工作留给了年轻的同事。他是一个聪明而又富有文化的人，但是深陷绝望之中。他发现自己努力工作带来的"发展"走向了错误的方向，加剧了环境破坏，使人们变得更加悲惨。他对公共生活感到失望，所有的决定都依据金钱来衡量，没有人再有勇气追求理想，只关心自己的钱袋子。

他说，世界各地的城市都在衰败，占据它们的不再是原住民，而是越来越多的过路人和淘金者。即使槟城保护区的推广也是为了错误的目的：吸引游客。

昌杰似乎一直在等一个人，向他毫无保留地倾诉，而不被当成一个疯子。我很理解他！他的绝望也是我的。看到传统文化被外来的庸俗风潮和观念侵蚀、压垮，难道不沮丧吗？

昌杰曾在巴厘岛有一所房子，以前常去小住。现在他再也不去了。他说，如今，即使在那里，人们也举行着不知其含义的仪式，参加着不知其缘由的庆典。"他们通过死记硬背扮演自己的角色。彩虹天堂变味了。"

最近，他因研究棕榈树经常出入丛林，开始对马来西亚原住民感兴趣——现在只有少数群体幸存下来。在森林中生活了几个世纪，马来原住民掌握了丰富的自然知识，他们的巫师是伟大的植物专家。但现在他们也被现代化所吸引。他们正在离开丛林，成为城市居民，几代人积累的知识正在消失。巫师正在死去，没有流传下他们的秘密，因为年轻的一代都没有兴趣去了解他们的秘密。毕竟，当你希望的一切都在城市时，掌握了丛林知识又有什么用？对昌杰来说，这是一种折磨。

我也看到，古老的智慧在我的世界中消失。当我还是孩子的时候，每个家庭中都有人了解草药，知道去树林里的什么地方找寻它们。我的外婆曾经制作治疗咳嗽的苦味混合物，并将热石膏涂在我的胸部以治疗支气管炎。到我母亲那儿，知识已经失传：她更愿意去找药剂师。如今，谁还会根据月亮的阴晴圆缺来判断什么时候移植一棵树，它的根部会健康成长？或者什么时候砍下一棵树，虫子不会吃掉它？

科学已经被放在无上的位置，一切不科学的东西都显得荒谬可鄙。因此我们抛弃了无数可能为我们服务的仪式。在意大利奥尔西尼，有个人用斧子或镰刀砍伤了自己，他跑去找阿尔盖罗。阿尔盖罗做了十字架的标志，并念了一串他父亲教他的咒语。然后他抚摸伤口，血立刻止住了。有个叫乌巴尔多的人得过两次带状疱疹，他已经能"标记"这种病，从而治愈其他人。他会用针刺破手指，在感染区域用自己的血液画个圈，同时默念某种祷告词，于是"火"传递完毕。我亲眼看到过整个过程。现在即使在奥尔西尼，每个人也都选择去医院，会"标记"的人变得越来越稀少。

传说圣弗朗西斯曾与鸟类沟通过。在他的时代，这种行为是非常特殊的，但几十万年前可能稀松平常。也许每个人都可以理解动物。也许他们也可以感受到某些事件的发生。澳大利亚土著居民肯定保留了一些原始的技能：否则他们怎么做到在酋长死前几天出发，准时抵达他的葬礼？

我的思绪回到了直升机上，于是问昌杰："你相信命运吗？"

我以为他会笑出声来，他却说："我们来看看吧。"他开始观察我向他伸出的手。

"你注定要过一种与众不同的生活。这一点我们是相似的。看。"他向我展示自己的手，"我们的掌心中都有一个大 A。是的，两个有天命的人。"然后他停下来，好像很尴尬。

"继续。"我说。

"我试图获得力量来告诉你我看到的东西，又不会破坏我们的友谊。"

"继续。"

"你的手掌清楚地表明你不是一个知识分子。你是一个感情丰沛的人，但没有多大智慧。"

"当然。我很清楚这一点。"

"外人看到你的房子、你的书房，都会认为你是一个专注于独立思考的人。但是恰好相反，你是一个行动者，更看重实践。你从来不依靠逻辑做事，而是凭直觉。你的情感生活有着剧烈的起伏。"

"你从哪里学会看手相的？"

"肯定不是来自书本。它们都是二手知识。和风水一样，手相学中也有神奇的、神圣的东西。你必须感受它，无法从书本上学习它。"

我认识昌杰多年，但对他的这样兴趣一无所知。以他的藏品、他的植物、他的鸟类、他研究的棕榈树来看，我一直认为他是一个倾向于科学的人。但是现在他在跟我说魔法！和很多人一样，他认为世界还有人类未知的一面。

我每天至少与来自大学或商界的人约见三次，每次会面结束时我都会询问槟城有没有出色的占卜师。

"占卜师？我讨厌他们！"一位历史教授反应激烈。他刚刚为我讲述了英国人入侵前的马来西亚历史。他告诉了我一个故事。小时候，有个印度人经过他家，说服他的母亲让他看手相。"你有无法治愈的疾病，"他说，"你会在一年内去世。"母亲崩溃了。她什么都没对家人说，但从那天起她就不正常了。她曾是一位坚强忠诚的中国女性，竭力照顾自己的丈夫和孩子。现在，她开始出门打牌，不再做别的事。没有人明白为什么。当她向丈夫坦白那则预言后，他非常理解并让她按照自己的意愿行事。时间飞逝：一年、两年、三年。她没有生病，更别说死亡了。与此同时，她已经习惯了新的生活方式，并继续那样活着。二十五年后，她死于心脏病发作。"幸运的女人！"我说，但教授不认同。他的童年被这个故事困扰，母亲从不在家，父亲一直在努力偿还债务。

我从一名经济学家的妻子那里得到了线索。"占卜师有啊。漆木街有一个非常出色的占卜师。他在时尚裁缝店后面的屋子里。"她说，"他是印度人，名字叫卡卡。"

漆木街位于老槟城的中心。低矮的白色门廊下有一排商店——杂货店、香氛店、裁缝店和理发店。店名都用红色或黑色文字巧妙地涂在街道的柱子上，我毫不费力地找到了"时尚"裁缝店。但卡卡已不在那里。他搬家了，就在不远处，裁缝（也是印度人）提出带我去找他。这是对我表示礼貌，也是对命运的逢迎。去的途中他告诉我，他也时常向卡卡咨询。

我沿着狭窄的楼梯爬到二楼。玻璃门后面是干净整洁的接待室。两位粗壮的印度女士和一位高大优雅、胸膛宽阔、香气十足的绅士坐在蓝色的仿皮扶手椅上，吃着干豆子。我意识到这是午餐时间，阴暗的房间为滚烫的沥青路上的行人提供了一个愉快的避难所。

"我一直在等你。"那个男人边说边站起身来。我还没有说过一句话，但是占卜师的自我介绍真完美！他把我带到办公室里，坐在一把硕大的经理椅上，我隔着办公桌坐在他对面。

我报了出生日期、出生国家，他在纸上做计算，最后的诊断是："你的幸运数字是八。这是你生命中非常重要的数字。确保你的房屋号码、电话号码和车牌号码中有这个数字，或者所有数字总和为八。这样你一定能保持幸运。另一个数字是五。你的幸运石是祖母绿。"

然后他抓起我的左手细看。"你的家族中所有人都能长寿，你也一样，因为你有两条生命线。第二条生命线能保护你。比如，如果您经历了车祸，那么汽车将会毁坏，但你将毫发无损。四十岁时，你会因朋友出卖你而面临困难；五十五岁之后，你将有七年辉煌岁月。你很快就会做以前从未做过的事情，而且会成功。如果买彩票，你能中奖。"（我选择相信这一点！）"你年轻时得过一种疾病，差点去世。"（十八岁时在疗养院度过的那一年？）"你现在应该开始冥想了。"（常畅也这么说）"这样做，你将能够看到未来，并有能力治愈别人。"（我不介意）"你已经拥有这些能力，只需要加以训练。如果你去了一个从未去过的地方，但有似曾相识之感，那是因为你过去世去过那里。你已经活了好几世，非常有趣。"

"什么过去世？哪里？"

卡卡说，有些专业人士可以看到过去世的细节，但他只能大致概括。"你已经活了好几世，快要达到更高的状态，那就是……"

"上师的状态？"我毫不客气地说。

"是的，很有可能。问题在于你的热量太高；你一定对性生活非常积极，这会让你失去活力。你会暴躁易怒，有时甚至令人无法忍受。老年时你就会变成那样。"他说，好像在惩罚我的不敬。

"十六岁的时候，你谈了两次恋爱；结局都不愉快。如果你在二十四岁以前结婚，就会离婚；如果在二十八岁时结婚，婚姻美满。"（错了，但我什么也没说）"你赚钱很容易，但很快就会流失。"（还是这句老话）"如果你想存下钱，必须在右手的中指上戴一个金戒指。小小的金戒指就可以了。手掌上的纹路暗示你有三个孩子。如果没有，那是因为母亲流产了，可能没有告诉你；否则，那你还有机会拥有三个孩子。"（这就是我需要的！）

卡卡拉起我的双手，观察了手指和指甲。"你特别健康，"他说，"没有便秘的问题。如果有，请不要吃药——只吃水果和蔬菜。"（完美的建议）"无论如何，对你来说最重要的事情是开始冥想。"

卡卡很聪明。大部分言论都以"如果"开头，为自己留下了后路。那是他的诀窍，发现这一点后，我就不再对他说的话产生丝毫兴趣。

"你的手掌表明有人给你留下了一大笔遗产。如果没有，你就会中彩票……"

"卡卡，"我打断了他，"你相信命运吗？"

"是的，但命运只是一种趋势。手中的线条是预示，它们表明可能发生的事情。看看我的手。任何看手相的都会说我有心脏病，一位吉隆坡的著名同行曾在多年前告诉我，我会在五十二岁时死去。我现在已经六十五岁了，即使我死了，也不是因为心脏病。"

卡卡研究了他能找到的所有医学书籍。他已经知道什么原因会导致心脏病，多年来减肥、锻炼，吃大量的生大蒜，过着非常规律的生活：六点半起床，早上八点到晚上七点待在办公室，全年如此。"我不会因心脏病而死！"他说，用拳头捶了捶胸口，"我不会因心脏病而死，因为我的手纹已经给了我警示。"

我告诉他，占卜师警告我不要坐飞机，而且我本来应该搭乘的直升机坠毁了。我的手掌说了什么？我真的会死在那架直升机上吗？

"当然不是！"卡卡自信地说，"你手上有两条生命线，如果你在那架直升机上，你会毫发无损地下机。事实上，如果那架直升机上有三四个人的手掌像你一样，它根本不会坠毁。永远记住，在危险时刻，第二条生命线会救你。"

我希望多年前我还在越南的时候就知道这件事。那时候我被深深困扰，生怕在哪一片稻田里，会有人开枪杀死我。我可以看到那颗子弹，我可以闻到它。我从来没有告诉过任何人，但是这个想法折磨着我。有时候，因工作、好奇心，或只是我与同事的竞争意图出去采访，我真的不得不鼓起勇气。是的，勇气：它是什么？我一直认为它是克服自己难以言喻的恐惧的力量。

那些年，我有一位同事，他是杰出的澳大利亚摄影师尼尔·戴维斯。每次我赶到前线，都会看到尼尔已率先到达，脖子上挂着白色毛巾和他的老宝莱克斯相机。他不惧战争。在西贡的最后几天，有一次，一架飞机试图轰炸总统府，高射炮开始疯狂轰炸。大教堂周围的广场和屋顶上成千上万的子弹如暴雨般下落，我们四处奔逃。只有尼尔站在那地狱中继续拍摄。十年后，在曼谷一场政变失败期间，一名装甲兵将他的宝莱克斯相机误认为枪，于是向他开了枪。尼尔将相机设置成自动模式，放在面前，从而完成了他最后一部戏剧性的影片：他自己的死亡。

我问卡卡，他是否相信手相是一个人命运的最佳指南。他说是，然后补充说："但是你必须理解手相师说的话。"

他告诉了我一个中国富商的故事。卡卡读了他的手相并告诉他："你的手纹暗示你有两个妻子。如果现在没有，以后可能会有。"男人迫不及待了。他立刻回到家中，把家人聚集在一起，宣布他将和自己的秘书结婚，因为手相师建议他这么做。整个家庭陷入不安，他们便去找了卡卡。卡卡只能打电话给他，向他解释说，"你可能有"并不意味着"你必须有"。他说："如果我告诉你，你的手上暗示你会死于火灾，你会怎么做？跳进汽油箱？还是随时准备一个水箱来扑灭任何可能发生的火灾？"他最后说服了这个男人维持目前婚姻。

卡卡说，手中的暗示并不是一成不变的；它们会随着时间的推移发生变化，你的命运会随之改变。如果我开始冥想，会亲眼看到手掌的变化。我觉得这不可能，但我什么也没说。

我顶着烈日走回酒店。此时是热带人民的午睡时间。人力车夫翘着双脚睡在乘客座位上，印度裁缝趴在柜台上打盹，中国人在商店昏暗的内间休息。

我对占卜师的探访越来越令人失望。他们口中的命运都是一连串庸俗之事。他们之中真的有人有超能力吗？香港的老人有超能力吗？我摒弃了这个想法。

卡卡说的所有事情中，唯一令我感兴趣的是他的冥想建议。我绝对不会在中指上戴戒指。致富丝毫没有吸引我。如果变得富有，你不得不和富人做朋友，但是正如我前段时间发现的那样，富人很无聊。另外，有钱人始终担心失去财富，我不需要这种忧虑。

然而，我与这些人物的接触中也有一些令人愉快的事情。当他们回顾我的家庭、健康、爱情和财富时，我被引导着去思考这些我很久没有考虑的问题。在我这个年龄，谁还会真的思考自我？谁会停下来认真问自己，是否想要第二个妻子、第三个孩子，甚至是右手中指的戒指？我们专注于日常生活中的问题，几乎没有退一步好好审视自己的余地。有多少幸福的已婚人士会对自己的处境感到满意？我们花越来越少的时间来思考我们拥有的东西。谁又会去思考死亡？对于我们西方人来说，死亡已经成为禁忌。我们生活的社会被广告产业的乐观重塑，死亡失去了地位。它已被放逐，从我们中间流放。相比之下，我见到的每一位占卜师都让我再一次将目光投向死亡。

在我的人生经历中，死亡发生了何等变化！当我还是一个男孩时，有人死了就意味着会有合唱典礼。所有邻居都会出手相助。死亡是可以向人展示的。大门开着，大家都能见到死者，因此每个人都熟悉死亡。现在，死亡是一种尴尬的存在，它是隐藏的。没有人知道如何面对死亡，如何面对死者。死亡的经历越来越稀少，很多人可能在自己生命的终点都没有目睹过他人的死亡。

如果为我观痣的曼谷女人是对的，那么我将在异国他乡结束我的生命。多么可惜，如果一个人能在出生的地方死去，他熟悉那个房间的气息、门的嘎吱声、窗外的景色，他会走得更加安心。死于父母和祖父母去世的地方、子孙出生的地方，死亡的忧伤也会减轻。

离开槟城，我将前往吉隆坡。我本来可以从北海站乘坐快车，但那样太过仓促，所以我决定沿着半岛缓慢而下。一辆与别人合拼的出租车把我带到了怡保市。据说，这里盛产马来西亚最美丽的女人和最富有的中国人。

一百多年前，怡保只是一个大农村。它的名字来源于马来人用来制造毒箭的木头。然后英国人来到这里，发现土壤里富含锡。之后发生的事情谱写了马来西亚的历史，引发了当今的问题。

提取锡需要人力。马来人并不喜欢在矿场工作，所以英国人决定接收任何可以到达怡保的移民。1879 年，怡保有 4,623 名马来人、982 名中国人和 1 名英国人。到 1889 年，那里有了 10,291 名马来人、69 名英国人、44,790 名中国人。就这样，怡保几乎变成了一个中国城市。好些移民家庭因锡致富，成了当今政府（由马来人控制）必须考量的经济力量。

1993 年的元旦，除了坐飞机的禁令外，我还给自己下了第二道禁令：无论在哪个国家，都不要住在一般的现代酒店里。

在怡保，我找到一家每晚五美元的旅社：肮脏，乱丢烟头，每层楼都有一个祭台。消防通道堆满了杂物，所有房间都有好几张床。但是怡保也在经历现代化。我去参观了城里最古老的庙宇，发现它刚刚用混凝土重建过。我去看了石灰石山上的石窟，当地第一批佛教徒曾在那里居住。我发现这些石窟也已被水泥覆盖并点上了霓虹灯。山谷里的雕像簇新闪亮。被香烛和时光熏黑的旧雕像已经不在了。

夜幕降临时，我乘巴士抵达吉隆坡。

酒店的地毯很脏，饭后的盘子还留在走廊上，淋浴房没有帘子；但至少我不用像隔着水族馆的玻璃一样看待世界。我打开窗户，让吉隆坡所有的声音和气味涌入房间。

酒店的业主和所有员工都是中国人。唯一的马来人是门童，负责帮助客人搬运行李。

就在这时，一辆侧三轮摩托车在酒店前停了下来。骑手脱下头盔开始工作。短短几分钟内，他把跨斗变成了一个迷你餐馆，有两个小煤气炉和一张桌子，桌子上的小盘子里装满了诱人的特色菜。人们停下来，选择了肉丸、章鱼片、肝片、香肠和鸡翅串串。他将这些串串放进锅里煮，然后装进盘子，浇上红色、黄色或橙色的调味汁。顾客站着吃完后，根据手中的空串数量付钱。整个过程干净、迷人、有条不紊。小贩是中国人。我在街上看到的都是中国人，忙忙碌碌地为各种事奔波。

第十章
马六甲的呢喃

等到夜幕降临，沿着墙壁静静地行走，爬上一座山，安静地坐在古老的石头上，你能听到马六甲的呢喃。它是一阵低语，像微风，但你还是听得到：那是历史的声音。马六甲就是这样：充满死亡气息，充满死者的耳语。他们用中文、葡萄牙语、荷兰语、马来语、英语、意大利语，还有一些再也无人使用的语言低吟。语言并不重要，因为再也没有人在意马六甲死者讲述的故事。

马来西亚西海岸的马六甲是一座充满历史故事的城市，浸泡在血液里，到处播撒着骨骸。这是一座非凡的城市，全世界一半的种族在这里相遇、战斗、相爱和繁衍；不同的宗教聚集，互相接受并融合；强国将它视作利益争夺的首要之地；今天，现代化发展无情地扼杀了所有的多样性、所有的冲突，在钢筋水泥的洪流中，创造了让大多数人都能感到舒适的平庸的一致性。

九年前，一位风水专家说，三宝山（意为"中国山"）是这个城市的肺，如果没有它，马六甲就会窒息。要不是这番论断，这个城市最具历史性和浪漫色彩的地方也将移交给投机建筑商和推土机。五个多世纪以来，马六甲的华人将死去的同胞安葬在这个平缓斜坡上。这里阳光充足，能望到海。墓地的大小和豪华程度各不相同，但都刷成了白色，一样圆润，就像母亲的子宫，完全暴露在"宇宙气息"中，为去往另一个世界的人带去生机，为留下的人带来好运。

我到达马六甲的那天是清明节，灵魂的节日，中国人蜂拥至山顶向祖先致敬。人们挤在坟冢周围，拔除杂草，放下一束束鲜花，点燃蜡烛和香火，整齐地摆放好米饭、橘子和一大堆金边钞票，以便死者自取享用。

马六甲是一位年轻的马来王子在一次狩猎旅行中停留而建立的。他以矗立在河口的巨大的马六甲树命名了这个地方。1409 年，在伟大的航海家郑和的领导下，中国人首次登陆。当时的中国正处于鼎盛时代，能够建造可容纳七百人的船只，发明了火药（但只用它来制作烟花），并寻求与亚洲其他地区的外交和贸易关系。马六甲小港是一个理想的基地，但中国人不是想征服它，只想获得居住权，停泊船只并装卸货物。为了获得这些特权，他们给了当地统治者五百名适婚女孩，其中一位还是公主。

到十五世纪末，马六甲成了东方最大的商业中心。几大洲的产品都在那里交易，人们从世界各个角落来到这里。除了马来人和华人之外，还有波斯人、阿拉伯人、古吉拉特邦和羯陵伽国的印度人，以及非洲人和神秘的琉球人。琉球人还远航至日本。有人计算当时在马六甲使用的语言：共八十四种。

1511 年，葡萄牙人抵达马六甲。与中国人不同，他们是征服者。阿方索·德·阿尔布克尔克从果阿起航，率领十八艘军舰和八百人的舰队攻击这座城市，并放火杀戮。苏丹设法逃脱，但他的宫殿被夷为平地，国库被洗劫一空。三艘装载着阿尔布克尔克打算送往里斯本的战利品的船在从马六甲起航后不久就遭到突如其来的风暴袭击。这些战利品至今仍然安静地躺在海床上。传说里面还有苏丹藏在城市秘密隧道中的黄金，真假仍是一个谜。人们甚至不确定隧道是否真的存在，但几个世纪以来，马六甲的孩子们都得到了同样的警告：如果他们发现入口，千万不能进去，因为从来没有人能活着回来。

葡萄牙人统治了马六甲一百三十年，那是这个城市的辉煌时期。它不仅是重要的贸易中心，也是基督徒征服东方灵魂的起点。欧洲来的传教士在马六甲的方济会神学院休憩停留，扫除长途旅行的疲惫，恢复体力，并为接下来的活动做好精神上的准备。此后，他们远征澳门和长崎，千方百计地进入封闭高压的中国和日本，立足传教。

其中最有名的上帝使者是西班牙耶稣会会士圣方济各·沙勿略，他于1545年抵达马六甲。他在这里展示了神迹（包括令一名已经去世三天的女婴复活）并通过预测葡萄牙人在数百英里之外的海战中取得胜利来宣扬自己的天赋。此外，他还在各种场合警告水手不要登上即将沉没的船。他于1552年在广东珠江河口的一个小岛上去世，可能是得了疟疾。他在亚洲好几个地方为基督教传教奠定了基础，包括印度尼西亚马鲁古群岛、菲律宾和日本。

沙勿略遗体的故事可以在东方神秘故事中占有一席之地。在他去世的小岛上，没有船能将他的尸体带回基督教国家，所以人们将他的遗体和石灰放进一个简单的棺材并埋在地下。两个半月后，一艘葡萄牙船驶过。沙勿略被挖掘出来，令人惊讶的是，遗体完好无损。水手们称它为奇迹。遗体到达马六甲后，城市中的瘟疫突然停止。沙勿略被埋葬在山上俯瞰海港的圣保罗教堂。九个月之后，他又被挖掘出来并被带到果阿。遗体仍然完好无损，一位葡萄牙贵妇把一只小脚趾切下来作为信物。圣方济各·沙勿略的奇迹和尸体没有分解的故事很快就传到了梵蒂冈，人们请求将他封圣。教皇要求人们给出证据。1614年，他的坟墓又被打开，右臂被切断并送往罗马。

1622年，沙勿略被封为圣人，但对他遗体的切割并没有结束。几个世纪以来，除了一个大脚趾外，其他所有脚趾都消失了。1951年，他的左耳被切走。遗体剩下的部分现在留在果阿，每十年在邦戈索大教堂展出一个月。一根臂骨在罗马，另一根臂骨在澳门的路环教堂。

最近，这座教堂的神父是意大利人马里奥·阿昆斯塔贝斯。1949年前，他在中国传教，之后去了越南，我在西贡北部的孤儿院遇见了他。1975年，他被赶走。他留在了这块最后的基督教土地上，照顾麻风病人。每当做完弥撒、祝福信徒后，他都会举起双臂，面对教堂敞开的大门，说道："回去吧，撒旦！"

几乎只有马六甲自己没有圣骨。几个世纪以来，这里也没有纪念他的雕像。1953年，主教从意大利订购了一尊雕像，将其放置在俯瞰港口的山顶上。三个月后的一个晚上，附近的木麻黄树枝在雷雨中断裂，正好砸断了雕像的右前臂——正是他的遗体被截取的部位。自此，这尊雕像一直保持残缺。

马六甲的黄金时代于1641年结束，葡萄牙人被荷兰人击败并驱逐。荷兰人又被英国人打败，1942年英国人被日本人暂时驱逐，1957年马六甲独立，加入后来的马来联邦，他们才永远地离开。他们都留下了古迹、坟墓、记忆和传说。

马六甲是个与众不同的城市。我每到一个地方、每遇到一个人，就会听说一些奇闻逸事。一位受过大学教育的妇女告诉我，马六甲人不让他们的孩子在日落后去海滩玩耍，因为他们会被侏儒绑架。

"侏儒？"

"是。没有人见过他们，但是所有人都知道他们在那里，因为他们会留下香味。"不久前，一个黑魔法师在椰子树里发现了一个偷来的孩子。他的嘴里塞满鸡粪，是侏儒给他吃的，他们不知道人类吃什么。"报纸上也报道了这件事。"她向我保证。

我向人打听这里的传统美食，有人推荐了葡萄牙旧区的一家餐厅。我正对着配有土豆、洋葱、黑橄榄和生大蒜的优质煮鳕鱼大快朵颐时，主厨在我旁边坐下，问道："先生，你需要保护吗？"

迈克尔·塔克希拉是葡萄牙裔马来人，他是一名天主教徒，七十六岁，曾在英国军队服役，后被日军俘虏。战争结束后，他被派去与游击队作战。他很小的时候就结婚了，和他的妻子南希共有十七个孩子，其中十四个活了下来。二十年前，南希告诉他，她的肚子再也无法承受了：再生一个孩子就会爆裂。于是他们顺从教会的规定，决定再也不过性生活。迈克尔告诉我，他因而有能力治愈别人并将他们从魔鬼的掌控中解救出来。他会使用一个小小的木制十字架，那是他的教区神父从罗马带来的，他曾去罗马朝圣。

"当然，"我回答说，"一个人总是需要保护。"

迈克尔把十字架放进一杯水里，低声祷告，将玻璃杯越过我的头顶、胸口和双手，并总结出我没有任何问题，魔鬼从未进过我的身体。

最让我感兴趣的是他的婚姻故事。"你的婚姻是真爱吗？"我问道。完全不是。他的母亲为他选择了南希。他们结婚前，他只见过南希一次。他说他们一起过得很愉快，到现在还很亲密。

我们西方人是否在对自由选择的崇拜中，放弃了传统中的智慧——包办婚姻？这在亚洲仍然如此普遍。

把我带回城里的出租车司机阿里是马来人。他和妻子已经有四个孩子，并计划再生几个。"富人赚越来越多的钱，穷人生越来越多的孩子，"他说，"但穷人更幸福，因为他们有时间和家人在一起。富人永远无法做到：他们总是很忙。"

"你们的婚姻是真爱吗？"我问道。不，阿里也接受了包办婚姻。他的父亲是巴士司机，与女孩的父亲（一个市场摊贩）定下了这门婚事。

"看了第一眼后，我们就互相讨厌。但是我们无能为力。即使在婚礼上，我们也无法忍受彼此。爱情始于第一个孩子，从那时起，爱意越来越浓。"

亚洲人的原则是正确的吗："爱上和你结婚的人，不要嫁给你爱的人"？

我请求阿里带我去找一位印度占卜师，迈克尔说可以在杂货店集聚的地方找到他。

"他？他是个傻瓜。他根本不会预测，"阿里笑着说，"如果他连自己的命运都不能预测，怎么能预测别人的命运呢？他已经在那把椅子上坐了三十年，每次雨季来临，他都会跑着寻找避雨的地方。如果他能预测，至少会准备一把雨伞吧。不，不，我只相信自己已经发财的占卜师。"

我放弃寻找印度人，转而去找李先生。这是个不容忽视的人物！三年前，他预言阿里有一天会拥有自己的出租车，不用再开别人的。看看！他现在有一辆奶油色的奔驰，搭配红色的内饰！

李先生是典型的中国人，他母亲在海南岛怀上了他，之后他在马六甲出生，三岁时成为孤儿。小时候，他在城里的一家餐厅打工，很快成为酒类推销员。为了判断一个人是否可信，是否值得借钱给他，是否有可能逃款，他花五十美分买了一本小书，学习从身体特征推断一个人的个性。他因此暴富，声名远扬，大家都觉得他是魔法师。

"这已经成了一种习惯，"李先生说，"每次见到一个人，我都会趁他们不注意，看他们的手。有时候，你只需要一个征象就能了解他们，让他们信任你。"他解释说，虽然手部和脸部会泄露部分信息，但真正的命运轨迹藏于脚底。他说，那里可以找到命运的永恒标志。手上的线条会随着时间而改变。

我刚脱下鞋子，李先生就说我父亲已经去世，而我母亲还活着。

"确实如此。你怎么知道的？"

"简单。从你大脚趾的形状可以看出来。"

"但是我父亲还活着时，它也是相同的形状。"

"是的，但它的形状告诉我，你母亲的生命线非常强，会比你父亲多活许多年，从你出生的那一刻就注定了。"

然后，他借助放大镜详细地检查了我双脚的脚底。他告诉我，我是一个简单的人，没有侵略性，但是我拒绝听从别人的意见，只相信自己的观点。他说我二十四岁就结婚了，这是我的幸运。

李先生说得都对，而且他没有让这听起来像是一个巨大的发现，令人产生好感。据他所说，一切都写在我的脚底。跟别人一样，他说我永远不会发财。他不能看出我有几个孩子。他说，生育控制已经干扰了预测。

我告诉他香港占卜师的话，问问他的看法。他又仔细研究了我的脚。

"是的，"他说，"你的人生中确实有危险。有时很严重，特别是今年。但你不必担心，因为你有痔疮，出血会拯救你。"

事实不可否认。但他的解说呢？无论如何，这给了我安慰。

马六甲还有一个活着的鬼魂：葡萄牙人曼努埃尔·华奎因·平塔多，他曾是该市的教区神父。作为一名业余历史学家，他一生都在马六甲度过，收集有关他同胞的资料。几年前，罗马决定将马六甲从葡萄牙传教士手中要回，赠予法国，平塔多拒绝离开。他住在郊外的一间小屋里。起居室里放着一尊他从教堂带来的圣母像，他在那里做弥撒。房子的其余地方摆满了旧报纸、书籍和地图。

听说我来自佛罗伦萨，平塔多神父从他的文件中找出一封信的复印件。这封信是佛罗伦萨的年轻人皮耶罗·斯特罗齐在阿尔布克尔克远征马六甲的前夕写的，落款为 1510 年 12 月 20 日。这位年轻人描述了战斗的危险、敌人的毒箭、"死亡常伴左右"，并请求他的家人为他祈祷。他总结道："如果安全返回，我希望能从这次航行中获得两千金币。"金钱，即使在那种时刻，关心的也是金钱！

我请平塔多神父给我介绍一个能带我参观这座城市的人。他给了我一位女士的电话号码，她来自一个传统的马六甲家族，曾帮助他进行历史研究。

我们约在圣彼得教堂前见面，并一起度过了一整天。她是贫穷的葡萄牙人后裔，他们在被荷兰人征服后无法前往其他地方或返回葡萄牙。几个世纪以来，他们保留了自己的传统，使用自己的语言——葡萄牙语、马来语和荷兰语的混合物。他们被称为"克里斯顿人"，在马六甲大约有两千人。

和她共处，走的每一步都有关于死亡和鬼魂的故事。城市中心的房屋和纪念碑全部涂成了红色。英国人占领马六甲后，摧毁了堡垒和其他大型的葡萄牙古迹，但是保留了荷兰建筑，为了区分它们和英国人自己的建筑，他们将荷兰建筑涂成了红色。这个传统保留了下来，因而马六甲的市中心被称为红场。

"是的，血红色。"克里斯顿女士说。1942 年至 1945 年日本占领期间，一千名马六甲公民被斩首、捅死或烧死，以震慑其他人。她指向一个旧钟楼，那里装了全新的日本精工钟，是来自东京的礼物。但是，死者对日本人的存在并不乐意。晚上，你可以经常听到他们抗议的悲叹声，她说。

我们经过班达山，离堡垒很近。这里搭建了一大群木棚，每个木棚外都挂着一个小笼子。"他们是印度尼西亚移民。"我的同伴说，"他们来这里工作，但他们知道这附近有邪恶之眼盯着他们，所以带来杜鹃花保护自己。"

我们在马六甲俱乐部吃饭的时候，那个女人给我看了她戴的戒指。"我戴着它来见你，"她说，"我见陌生人的时候总戴着它保护自己。"戒指上有一只青蛙。"青蛙的脸必须朝外，晚上六点再把它转向里面，"她解释说，"青蛙丑陋、令人讨厌，但如果你关心它，友善地对待它，它会很感激，它会通过保护你并给你带来财富来报答你。所以青蛙是好运的象征。"显然这是问她是否认识好的占卜师的时机。不是问她，她是一名天主教徒，而是问她的妹妹，是的，她的妹妹是马六甲著名女魔法师的追随者。

第二天，我与三个女人同坐一辆小货车前往镇郊。除了姐妹俩，另外一个是她们的马来朋友，也知道许多奇怪的故事。

女魔法师生活在一个小型的单层住宅中，附近没有一棵树。房子造型与周边的那些雷同，都有用铁丝网围着的小花园、蓝色瓦片屋顶和白墙。我们走进一个类似于接待室的房间，灰色水泥地板，摆设了塑料扶手椅和塑料花。一面墙上挂着一张毛绒地毯，勾勒出麦加的风景。女魔法师是马来人，一个虔诚的穆斯林。她坐在桌子的一头，地面微微高起；她的左边坐着一位友善的老人。桌子上铺着一块塑料花布，还有一部移动电话——在整个亚洲是地位的象征。

她被称为"诺姐"：精瘦，头发又细又疏，眼睛凹陷，脸型偏长，皮肤几乎透明。她穿着一条绿色拖地长裙和及膝罩衫。她四十二岁，在甘榜长大，从未去过学校。她很小就结婚了，经常被家暴。在其中一次殴打中，她撞到脑袋并失去了知觉。醒来时，她发现自己拥有了超能力，能"看到"一些东西。她已经离开了她的前夫，嫁给了身边这个友善的男人。他也是魔法师，现在担任女人的助理。

其他的客户都是女性，坐在扶手椅上等待。一切都公开、大声地进行着，就像一场群体忏悔，每个人都参与了提问、评论和惊叹。

诺姐用异常专注、讽刺的眼神看着我。我觉得她正在考验我，于是我目不转睛地盯着她。她不需要知道我的出生地点和时间；只问了我的名字，之后练习了好几遍，终于读出"蒂齐亚诺"。她闭上眼睛，重复念了大约十遍我的名字，速战速决。然后她非常专注地看着自己的手掌，就像穆斯林祈祷的样子。（"对她来说就像看电视一样。"她丈夫解释道）

最后，她开口了，恍恍惚惚地说道："蒂齐亚诺，今年你开始了一些很特别、非常特别的事情。"（我对她这种表面上的准确性感到惊奇。然后我突然想到，如果我去马来西亚开了一家新工厂，她的话似乎也很适用）"你有一项非常特殊的使命。当它结束时，你会到达高位。"

我的三个同伴笑了起来，两姐妹的朋友忍不住说："你是间谍吗？你是谁？"

诺姐继续说："多年来你一直在寻找某样东西。现在你已经找到了，你知道我在说什么。你知道你的使命，你明白我的意思。"她告诉我，很快我会遇到一个能够指引我的人，他能启发我，然后我会取得巨大的成功并成名。

我问她是否在我的"使命"中看到了任何危险。

她还在恍惚中，看起来有点开心，然后突然一阵紧张。她握住我的手开始审视（我的电视节目，我心想）。然后，她勃然大怒，开始尖声说一些我无法理解的事情。最终翻译如下："1993年是你开始相信上帝的年份。"（我出现在她面前这件事本身就能解释她的论断）"你踏进我家后，你就安全了；这是你新生活的第一步，这一步将带给你好运。"

诺姐疯狂地打手势，一只手像剑一样直指天空，另一只手横向移动，好像在切断某人的喉咙："从现在开始，你想要的一切都将属于你，因为你受到了保护，因为你已经找到了你在追寻的东西。"我心想，当然，我已经找到了愉快的生活节奏，有更多的时间环顾四周。在我看来，这位女士已经达到了标准。我想到阿纳托尔·法朗士的评论："所有的翻译对那些翻译它们的人来说都是合理的。"这些魔法师的模糊声明也一样：它们对那些想相信它们的人来说是合理的。

她告诉我可以坐飞机，但我过去的生活一直处于危险之中。（好吧，我这个年龄的人应该都经历过危险）她说我能活到八十岁以上。然后她问我两个孩子的名字。

"男孩叫弗尔科。"我说。流程是一样的：诺姐重复念了这个名字十几次，盯着她的手，然后说弗尔科非常聪明，他是一个"pintar"。（我的同伴对这个词感到惊讶，但不知如何翻译）"pintar，pintar……"诺姐重复道，并补充说弗尔科会在艺术上取得成功，但他必须小心那些没有道德的朋友。至于萨斯基亚，诺姐说她非常坚定，会嫁给一个我也很喜欢的富翁。（太孝顺了！）她会有一个孩子，过上安逸的生活。

听到这个女人念我孩子的名字，我感觉向她透露这些信息是个错误。我告诉自己，这是一个禁忌，并问她安吉拉（她不喜欢占卜师，也不想听到有关他们的事）的生活怎么样。我很幸运。诺姐说，安吉拉非常敏感，不要伤害她，如果不被尊重，她可能会爆炸。"像对待金子一样对待她，"她说，"和她谨慎相处，就像一碗沸腾的油，不要让它溅到你的手上。"对任何人来说都是好建议。

此时，我的同伴们想满足自己的好奇心。"蒂齐亚诺还有别的事吗？他有情人吗？"其中一位问道。

诺姐看着自己的手回答道："蒂齐亚诺是一个外向型的人，他喜欢与人交往，尤其是女性。很多女性敬仰他，有些甚至爱上了他。但他不会利用这一点。他无法背叛家人。"

她们都笑了，我也笑了，我就像透明人一样被人看穿了。

我的占卜让每个人都心情愉快，向我推荐诺姐的女士坚持认为她的姐姐（我的克里斯顿女向导）应该咨询一下。克里斯顿女士是天主教徒，她认为占卜是犯罪，但她仍然屈服了。流程保持不变：名字，手中的电视，恍惚。但答案与我的完全不同。

"你的问题很严重，"诺姐毫不犹豫地说道，"你的丈夫一直不忠，现在他有一个特别喜欢的情人。有位朋友从你这里抢走了一大笔钱。前段时间有人把邪恶之眼放到了你身上。你已经克服了大部分，但仍留下一些痕迹。我感觉到了。这是你的问题的根源。"

女人非常惊骇，开始哭泣。这一切都是真的。她的丈夫一直有别的女人，她委托共同投资的朋友令她损失了两百万马来币。解决方法？每天在她的浴室里放鲜花、喷香水。诺姐的丈夫给出了这个方案。

诺姐将我们送到门口。临走时，她对我说："你很快就会完成你的使命。既然你已经看到过一次，你还会再次看到。"我们带着这个神秘的预言走了。

姐妹中的一个负责开车，另一个还深陷在惊骇中。她说，有段时间她知道她必须做点什么，但她很害怕。她甚至害怕自己有超能力。例如，有一次，她走过一家酒吧，她的丈夫经常在那里过夜。她说："我希望那个地方着火。"第二天，她就听说它被烧毁了。

其中一位女士想到了"pintar"的翻译。这个词的意思是"天才"。

我住的酒店肮脏不堪，但是我喜欢那里宽敞的房间、高高的天花板和木制的楼梯：每样东西都很破旧，但是承载了过去。前两个晚上我睡得很好，大床上铺着木棉床垫和塞满茶叶的硬质枕头。但是第三天晚上，我做了一个噩梦。我梦见自己在一个满是楼梯的地方，不同肤色的人爬上去又摔下来。我试图抓住他们，但是我只有两只手臂，根本不够用。突然间，所有的楼梯都开始震动，像发生了地震，然后坍塌在人们身上，也砸到了我。我醒了过来，发现床真的在震动。黎明到来，酒店隔壁的建筑工人开始工作。戴着黄色头盔的工人围在推土机周围，推土机正将贪婪的钢齿钻入地下。一辆巨型起重机正在为古老的马六甲市中心的一幢新建筑物吊起铁桩。

第十一章
装了空调的岛

　　每个城市都有展示自己的方式，将最好的一面摆在人们面前。新加坡的门面是机场。机场是它化过妆的脸，是它的橱窗和名片。人们在那里到达和离开，他们真的不需要看到其他事物，机场已经展示了新加坡的一切精髓：它的高效、清洁、有序，它作为亚洲最大消费品超市的地位，尊贵体面。

　　然而，机场的魅力在我身上失效了，因为我是从陆地来的。和所有不受欢迎的人一样（身无分文的背包客、马来移民散工和可怜的俄罗斯商人），我从新加坡的后门入境：经由马来西亚陆地。这也是1941年12月日本人到达新加坡的路径。那时候，新加坡以为每个人，甚至潜在的入侵者都是从海上来的；大海是它与世界的纽带，大海是它的财富，它朝着大海的方向准备了最强大的防御。但是这些防御完全没用。日本人只需从后方潜入即可避开大炮。我也以同样的方式避免被新加坡诱惑：我看到了它清晨凌乱皱巴的脸，不加雕饰，毫无准备，出其不意。

　　新柔长堤是连接新加坡和马来西亚的人造脐带，强调了这个虚荣的城市岛国只是马来半岛的小小附属之地。这里没什么特别的，没什么了不起的。我在黎明时分靠近新加坡。火车窗外，一片血红的太阳光下，四座高大的烟囱向空中喷吐着黑烟。铁路沿线铺排了三根巨大的铁管，向城市输送用水，使之保持活力；高速公路上挤满了汽车和摩托车，通勤客在生活成本较低的新山市居住，在工资更高的岛上工作。新加坡看起来就像亚洲的其他任何地方，棚屋、垃圾堆、生锈的铁皮、一片片植被和杂草——大自然的残迹等待被再次改造。

我在火车上看到的第一批新加坡人就像我多年前所知的那样：塑料凉鞋、黑色短裤和白色T恤，完全就是1971年我来到这里时听到的第一个故事主角的模样。一位医生的病人中有个穿着黑色短裤和背心的老人，简单而谦逊，蹲在候诊室的扶手椅上，他的背心卷到了肚子上方。医生以为他是个穷人，总是少收他的钱，有时根本不收，直到有一天他看向窗外，发现老人爬进一辆梅赛德斯，还有司机为他服务。他掌控了整个城市的大米生意。

对我而言，老人一直是中国侨民的缩影：自信但不起眼，强大但保守谦虚，害怕引起别人或统治者的嫉妒。现在这样的人不多了。中国新生代穿着所有能带来安全感和能获得（他们自认为的）尊重的东西。新加坡也是这样。因此，它渴望展示自我，从机场开始展示所有闪亮和现代化的事物。

不过，这里的火车站还有我喜欢的破旧气息。火车站于20世纪20年代建成，完全由彩色橡胶铺砌，可消除噪声。旧时安静的优雅变成了简陋破旧的平静，这个地方已不再流行。很少有新加坡人来这里；许多人甚至不知道它的存在。在这个时代的新加坡，旧车站已经没有用武之地：它是一种尴尬的存在，就像一个穷亲戚。

我们下了火车，不得不排队一小时等候护照检查。警察坐在发臭的小隔间里，周围满是厚厚的名册，有些近一英尺厚，里面有新加坡所有"敌人"的名单。没有电脑，每位乘客都经过人工检查。对于填写表格和回答问题，一群俄罗斯人表现得尤为勤奋，他们竭尽全力讨好无动于衷的海关官员。

对我来说，回到新加坡就像是去寻找初恋。那是1965年，我第一次闻到了热带地区的气息，第一次感受到了那里的热量和色彩。在那里，我意识到即使在异国他乡，自己也能惬意自如。我只待了几天，但印象很深。1971年，我来这里长住。我离开奥利维蒂，在纽约研究中国，学习汉语，后来又去华人居住的国家生活。我们在新加坡待了四年。萨斯基亚在那里学会了走路，弗尔科第一次上学，而我写完了我的第一本书。

我在新加坡还有朋友和熟人，但我没有告诉任何人我要过来。我想独自重温这座城市，构筑自己的印象，最重要的是可以自由地写作，不必担心我的朋友会因我陷入困境。此外，我想成为一个初到者，了解新加坡的新面貌，以及许多外国人发现的非凡之处。

我花了很长时间才意识到，在我离开新加坡的十五年里，这个城市已经变得面目全非。到处是新的街道、新的天桥、新的花园和广场。连居民也大不一样。我在巴士站看到的乘客都很优雅，衣着整洁；但没有人说话。我注意到越来越多的神经紧张的人，就像在日本一样。大概是由于热带地区热量不断减少，印度人的热情善良、马来人的性感自然，以及悠闲的节奏已经全部消失了。

就连热量本身都消失了。我记得新加坡是炎热的，有时几近灼烧。午饭后的一个小时，即使在我家的树林里，空气也是潮湿滞重，蝉鸣声震耳欲聋，我们常常躺在风扇下等待海上的暴风雨或微风为我们带来清凉。然而，现在的新加坡实在太凉爽了。酒店、商店、公共建筑、办公室、餐馆、地铁、出租车、医院、屋子、汽车里都是冰凉的。显然，现在的新加坡只能呼吸空调里吹出的冷风了。整个岛屿似乎都在一个巨大的钟罩下，过着人造、高效的生活，与赤道的炎热和大自然失去了联系。女人不再穿轻薄的衬衫、花裙子和真丝长裤；新的民族服装是夹克衫、短裙、长筒袜和连裤袜，与伦敦和纽约无异。

从前，新加坡是一个充满各种气味的城市——霉味、潮湿的泥土、新鲜水果、烂蔬菜、炒大蒜、烂木头的气味。这些也都消失了。

对于我这样的游客，新加坡首先向我展示的新加坡人自然是出租车司机，但是最初印象非常糟糕。

"请带我去亚历山德拉公园。"

"你去见朋友吗?"

"不是。"

"你住在那里吗?"

"不是。"

"那你住在哪里?"

"很远。"

"你来新加坡购物吗？"

"不是。"

"做生意？你在这里待几天？"他坚持问了一路。

出租车司机像警察一样爱管闲事，追问不休，也是现在的新加坡平庸的写照，似乎没有任何冒险和个性化选择的机会。我只看了看出租车上的仪表盘、纸巾盒、玫瑰味的除臭剂、出车记录表以及依法贴出的一系列通知，就觉得毛骨悚然。有一张牌子上印了司机的照片、名字和驾照号，另外还有一个号码，如果你想举报司机，就可以打这个电话。另一张牌子给出了车轮的重量，最高承载人数和行驶速度。还有一张牌子上写着"忠于新加坡"。

我最大的担忧是如何继续我的旅程。我想乘船去雅加达，但是很难实现，原因我也很清楚：船只运载货物。太荒谬了。作为世界第二大港口，新加坡口岸停满了船舶——各种旗帜、各种吨位、各种类型。这些船正在等待装卸货物后起航，其中几艘无疑将开往我向往的印尼港口。但没有一艘船会接受我这个乘客。最后，我设法与一位承诺帮助我的新加坡港务局官员商议；然后他问我乘船旅行的真正原因是什么——这是典型的新加坡人。

新加坡是游客的天堂，但必须是新加坡想要的游客。只要你不是在寻找一艘船，你可以在这里找到所有东西，并发现它比其他任何地方都便宜，因为新加坡是一个自由免税港：二十四小时内制成的西装、珍贵的玉石、时髦的眼镜、泳衣、最新的唱片、最小的相机、最强大的音响、最轻的个人电脑。所有商场都塞满了各种商品。新加坡是伟大新宗教的伯利恒（耶稣的降生地）：消费主义、物质享受和大众旅游的宗教。这个宗教无需大教堂或清真寺。酒店是它们的寺庙。到目前为止，亚洲各地几乎都是如此。人们不再用绚丽的宫殿或宝塔来证明城市的优雅，而是选择了酒店。酒店是城市生活的中心，人们在这里会面、思考、享受、放松、消遣。酒店将以往咖啡馆、教堂、广场和剧院的功能融为一体。吉隆坡和香港，首尔和曼谷，都是一样的。而在新加坡，一切都比其他地方更胜一筹。

我在佛罗伦萨度过了我生命中的第一个十八年，从未踏入过一家酒店。但在亚洲，你总是会出入酒店。你在酒店预约会面、用餐、庆祝节日和生日、举办婚礼。你去酒店游泳、购物、跳舞。新亚洲的富裕青年几乎不知道除酒店以外的任何事情。对于他们中的许多人来说，散步意味着从一家酒店走到另一家酒店，途经大型购物中心、大理石路面和塑料树。是的，新加坡位于赤道，处于丛林的边缘，但环顾四周，你看到的最茂盛的植物都是人造树木。它们不需要雨水，只需偶尔掸一下灰尘。

我很快意识到，我压根不了解这个新社会的规则、礼仪和禁忌。于是，我邀请了外交部（办公室位于某酒店的第三十九层）某重要官员的秘书一同喝茶，请她帮助我寻找船只，并询问她所知最好的占卜师。我们在一家大酒店的大厅见面，我请服务生向我的茶壶中倒点热水。"对不起，先生，我们的茶是不可续的。"一位非常年轻的女服务员回答说。多么惊人的表达！只有新加坡人才能发明出来：不可续的茶。

一天，在市中心，我经过一家公司，根据办公室窗户上的牌子判断，该公司提供专门在新加坡和印度尼西亚之间辗转的海运服务。我走进去，表示想乘船去雅加达，突然我的周围形成了一个真空：主管正在开会，销售经理正在外面吃饭，其他所有员工装聋作哑，埋头于电脑背后。我的朋友 M.G.G. 皮莱曾告诫我："在新加坡你会被怀疑。没有人相信不坐飞机旅行的人；在商务舱里，没人会相信不住一流酒店且不用信用卡付款的旅客。"他是对的。那些假装看不到、听不到我的职员心中的疑问显而易见：他是恐怖分子吗？

　　这个禁忌无数的社会中，从男人留长发到嚼口香糖都被禁止，人们只推崇一种正确的行为方式，面对任何情况都是统一的反应，大家最不可接受的是偏离规范。所有人的社会责任皆是帮助他们的邻居得体行事，而不是鼓励他与众不同。我只是个过客，但连我都感觉到被人们（"接受我的建议：乘飞机去！"）或者看不见的规则不断引导。在新加坡的每个地方，你都会听到从酒店、电梯、自动扶梯、地铁或灯柱上隐藏的扬声器用金属声发出通知或提醒。你到处都可以看到告示给出劝告（"勿把艾滋病带回家"）或强加禁令（"禁止在桥上钓鱼""禁止随地吐痰"）。还有一些愚蠢的警告："注意你的头！前面有低矮树枝。"你会在河边剩下的几棵古树下行走时看到。对于那些看不懂的人来说，有几张小图画出了树枝打到头部的场景。

　　为了将公民塑造成系统想要的样子，还有一系列的"运动"——保持排水沟清洁；植树；浇花。我到达的时候，那里有一场"健康"运动,当地一家公司的一千八百名员工已经承诺通过一个月不使用电梯来保持健康。

即便如此,新加坡还是精彩无限!从我每天晨跑的福康宁山眺望,新加坡是一个梦幻般的城市,透明的摩天大楼倒映着天空中的云,还有完美无瑕的花园,马路上从来没有交通拥堵。大学是令人愉快的地方:舒适的大道,阳光充足的超现代图书馆,色度各异的绿草地和运动场与茂密的树木交错相生——多么辉煌的存在。斜坡上不同颜色的草皮错落搭配,树枝弯曲的曲线恰好不影响过路的汽车,一切都安排得极致完美。但我只需开口跟人交谈,便立马陷入绝望。

"我们的学生质量很高。他们受到了国际化教育,政治素养完备。他们知道何时发言,何时保持沉默。"某大学研究所所长告诉我。他认为这是成熟的标志。一瞬间,我开始讨厌起图书馆里的花坛、树木、美丽的草坪和图书馆里的阳光。

我一直在钦佩与厌恶、好奇与恐惧之间不断摇摆。"这就是未来,而且奏效了。"我在沮丧时告诉自己。

一天晚上,我和一个印度人在一家露天餐厅用餐。他在新加坡出生并生活了一辈子。隔壁桌的中国顾客把他当成外国人,而把我视为"同胞",只因为我说中文而他不会。尽管他用英语和马来语(理论上仍然是岛上的官方语言)说"我是新加坡人",其他人还是坚称他是华人。

人们只要知道历史就能理解这一点。在过去的一个世纪里,大批中国人离开了国土。他们登上船远渡重洋，很多时候并不能顺利到达目的地。他们逃离了饥荒、战争和贫困。留在身后的祖国遭到殖民者的羞辱，被鸦片侵蚀，被各种争斗撕裂。他们不是达官贵人，也不是诗人。他们是劳动力：苦力。苦力的中文意思是"艰苦的力量"——完美的表达，用两个简单的汉字总结了绝望人民的处境。

像所有移民一样，这些中国人只有一个梦想：金钱。有了金钱，他们就可以购买他们所在国家的统治者的保护，可以保住自己的性命。这些没有任何文化的人来到南洋，带来了他们村子里的传统和神灵，但是很快就被金钱和物质文化所取代。

李光耀的伟大功绩是深深理解这一切，并在这个苦力扎根的城市岛国中实现了所有中国移民的梦想：拥有一个安全的避难所，一个可以养育孩子的地方，一家能够储蓄的银行。

事实上，今天的新加坡，一切都是西方式的——从建筑到教育系统，从地铁到起重机，从电脑到铅笔刀；在新加坡，甚至最具中国特色的算盘也被计算器所取代，人们只渴望佩戴皮尔卡丹皮带和劳力士手表，用万宝龙钢笔写作，开奔驰车。

李光耀坚定地完成了所有这些工作，排除了所有阻碍发展的事物，破旧立新。城市中央街道乌节路上曾有个印度寺庙，据说是岛上最古老的寺庙。由于阻挡了地铁线路，它被坚定地拆除。

新加坡的警察数量占总人口比例是全世界最高的，但是你根本看不到警察。交通管理是自动的。闯红灯？摄像机已经记录了车牌号，车主将立刻收到罚款通知。出租车在高峰时段进入市中心需要缴纳税款：每次汽车经过控制点时，电子眼都会自动从磁卡中减去金额。

最后，我接到了一家旅行社的电话。有一艘客船开往雅加达。对方问我是否感兴趣，回答是毫无疑问。这是一艘游轮，内部改造成了带轮盘赌和百家乐赌桌的大型浮动赌场。太棒了！似乎为我量身定做。好梦只持续了几天。对方又打电话通知我行程已取消。

我感觉自己被囚禁在新加坡，但我还是想留下来。随着时间的流逝，我变得越来越暴躁。

"带我去荷兰公园。"我对一位出租车司机说。

"你要去吃饭吗？"

"不是。"

"你来自哪个国家？"

"非洲。"

"怎么会？你是白人！"

"非洲有白人。"

"你的职业是什么？"

"我专门谋杀问太多问题的出租车司机。"

他惊讶地看着我。他说他只是在履行自己的职责：一场对游客的礼貌活动刚刚启动。我注意到他戴着两个戒指：一个镶着蓝色石头，另一个镶着棕色石头。"我已经戴了二十年。它们让我免受各种坏运的伤害。"他说。看到我很感兴趣，他又向我展示了项圈上的小白球。"椰子珍珠。"他告诉我。万分之一的椰子中会藏有一颗珍珠。"一个马来原住民给我的，非常有效。"为确保各种保护措施有效，他还必须遵守某些禁忌。

突然间，我开始讨厌这样的谈话、这些脖子和手上的小饰品，以及随之而来的禁忌。我对自己在这些问题上浪费时间感到反感。所有之前看起来充满诗意和趣味的东西都让我感到荒谬、愚蠢、羞耻。我觉得自己掉入了陷阱，快把自己逼疯了。我有冲去机场的强烈冲动，乘上飞机前往雅加达，结束这场陆地之旅。

是吗？我真的想恢复正常的生活吗？回归逻辑？回归到创造新加坡的逻辑？我犹豫了。乘坐飞机就意味着缩短了假期。

那天晚上，一位著名建筑师邀请我共进晚餐。他刚从孟买回来，在那里与印度建筑师和知识分子参加为期两天的会议。他很惊讶：整场会议没有一个人谈及金钱，也没有谈合同。也许我想搬到印度的想法是对的。

晚餐时，我提到了我的交通问题，袒露自己有时确实受够了遵循占卜师的指示。坐在桌子对面的老太太说："明天我要去找我的占卜师。如果你想一起过来问问她的意见……"

于是，第二天，我坐上了去仰光路的车，就在实龙岗路附近。我身边坐着的就是那位活泼精干的中国老太太。她出生于亚洲的大都市上海，此时刚过八十一岁生日。"那里有很厉害的占卜师，是的。"她说。当她还很小的时候，一位占卜师警告过她："如果你留在上海，那活不到二十五岁。"她听从了对方的警告。她是一名舞台演员，跟着剧团来新加坡旅行时留在了这里。她遇到一个富裕的当地青年，与他结婚并生了三个孩子。她从未回过上海。

她担心的是她的房子。她和丈夫一起幸福地生活了五十五年，但自从成为寡妇后，她觉得自己不再拥有好运。投资失败，生意无果，她想搬离现居的房子。所以我们正前往探访一位著名的读牌人，她对那位女占卜师深信不疑。占卜师曾建议她不要回上海，哪怕短暂的停留都不行："否则，那个旧预言将立刻成真。"

我们在一座象征幸福和长寿的古寺前下车。读牌人在佛堂旁边的房间里。她身材肥胖，面容美丽宁静，挂着愉快的微笑，厚厚的及颈短发向后梳起。宽大的棕色衣裤上面印有黄色和蓝色的花朵，看起来七十岁的样子。她坐在圆桌旁，面前摆着一副陈旧的牌，牌面上的数字已经很难识别。我的同伴让我先来。

女人让我抽出一张牌，然后问我的出生年月。

"1938年。虎年，"她说，开始把牌铺开，"去年是猴年，对你来说很不顺利，猴子喜欢逗弄老虎。去年你甚至处于危险之中。你知道吗？但从下个月开始，危险都会过去，你将开始第二次生命。你生命中最美好的时光。你的人生一直很顺遂，但是五十五岁生日之后会变得辉煌。太精彩了。因为你属虎，会慢慢变成真正的老虎。现在，你还只是一只大猫。你做的一切都是为了别人，为自己做的很少。如果出现老鼠，人们会求助于你，你就会前去捉鼠。如果没有老鼠，别人就不会找你。"

女人说着一口美丽的中文，简短的话语就像格言。

"你走到哪里都能交到朋友；人们喜欢你，但你对别人不太感兴趣。你最关注的是你的家人。你有两个孩子，一个男孩和一个女孩。"（太棒了！）"你只结过一次婚，一辈子都只有一次。你妻子是什么生肖？"

"属兔。"

"不错。兔子越老越漂亮，你妻子就是这样，"她咯咯地笑，"婚姻很稳定，因为老虎和兔子合得来。你是生于黑暗的老虎，因此，你要照顾好你的孩子，为他们寻找食物。你比兔子更像母亲。"在她口中，十二生肖指代的动物可以用来描述人物的性格，我觉得这很有趣。

女人不停地看着我和她面前的牌。"你很快就会去新的国家生活，那里的人会慷慨地帮助你。"（她指的是印度吗？）"你警觉、聪明，对所有事情都有自己的看法，你不需要听取别人的意见来形成自己的观点。你的祖父是一个好人，小时候对你帮助很大。"（嗯……他是我唯一熟悉的爷爷，与他一起散步的记忆对我来说尤为珍贵。帮助？也许散步也算吧）

"你有什么想问的吗？"

"我想换工作，做一些与现在完全不同的事情。"我说。

"如果你真的想换，请在八月份的稻米节之后行动。然而，换工作是不明智的。你对现有的工作已经十分熟悉。你能拿到一份工资。如果你换工作，就会失去工资。最好不要换。听取我的意见。"这番富有中国特色的实用性言论比她的读牌技术更令我震惊。

她再次洗牌，将牌列成好几排，每排八张。"这个月你一定要小心。尽量不要在海里游泳，因为海龙不会保护你。你可以在游泳池游泳，但不能去海里。五月以后，哪里都可以游泳。另外，不要进山。接下来两个月都不要去山里。记住我的话！上个月，一个日本人来找我。我建议他不要去海里游泳，但他说他必须这样做，因为他是珍珠渔夫。我刚刚得知他淹死了！"（谁知道这是不是真的，但这种故事总是极具说服力）"小心点。四月仍旧很危险。"

"我能成为一名政治家吗？"我问她。

"不能。你跟政府不投缘。你倾向于反政府。"（她说中了！）"但是，你的工作已经令你变成了半个政治家。"（我没有提过我是记者）

她再次洗牌，然后将它们排成十字形，再排成圆形。"现在听仔细了：不要吃龟肉和蛇肉，你会长寿的。六十岁的时候，举办一场盛大的派对并邀请你所有的朋友，你可以活到八十三岁。如果你再小心一点，甚至能活到八十八岁。"

所有其他等待的客户都充满好奇地聆听我的命运，当我结束并把座位让给我的中国同伴时，她们大笑起来。

读牌人告诉她尽快搬离现在的房子：她丈夫的死亡令这个房子陷入了不稳定的状态。如果她继续留在那里，一切都会对她不利，她很快就会病入膏肓。我的同伴坚信不疑。

当她陪我回到酒店的时候，我才发现她的姓氏和一个政界要人一样，他是李光耀的亲信。"他是你的亲戚？"我问道，期待她回答"不是"，然后准备改变话题。结果恰恰相反："当然，他是我的儿子。"她说。我暗自感到高兴。

第十二章
两千年前的声音

斯坦福·莱佛士爵士于 1819 年选择新加坡作为东印度公司的大本营是绝对正确的。该地区的每艘航船都必须经由新加坡，以避开季候风。新加坡的地理位置是它的财富，今天仍然如此。新加坡是世界上最大的海事中心之一，但是非常脆弱。

只需要一条横跨马来半岛最狭处克拉地峡的运河，所有往返于欧洲、泰国、中南半岛、菲律宾、中国、日本之间的船只都可以省去数百海里的航路。如果这条运河被切断，新加坡很快就会变成一座死城，就像那些在美国淘金热中发达又死去的人一样。李光耀和他身边的人都认识到了这一点，已经开始为新加坡的另一个角色做准备：亚洲的信息技术之都，世界上第一座真正全能的"智慧城市"。

"啊，你对奇怪的事情感兴趣吗？今晚去慈忠坛，你会看到有趣的事。"

大约二十年前，我结识了一位名叫 T. K. 孙的建筑师。我偶然遇到他，便与他交流了一番。他一直在从事教学和建筑，慈忠坛是他设计的。"将是非常独特的经历！"他说。

这座寺庙原本是一个古老的道教圣地，位于新加坡北部。由于它挡了现代化建设的道，已被拆除。作为补偿，政府给道士另拨一块土地，建造新的寺庙。寺庙的设计进行了比稿，T.K.孙的方案脱颖而出，大师邀请他一起讨论。大师要求孙进行调整：屋顶不许指向人或任何其他建筑物，整个寺庙中不能出现直角。T.K.孙同意了：毕竟，大师是两千多年前去世的道教圣人的化身。

我的出租车司机说现在大家都称之为"玻璃莲花寺"，我一见到它，便明白了其中缘由。慈忠坛立于一个工薪阶层住宅区中央——一排排房屋的外观一模一样，只有前面喷涂的数字不同。这个不落俗套的超现代建筑包裹在蓝色的光线中，看起来真的像一朵花，奇迹般地从沥青中绽放开来。重叠的屋顶向上卷曲到天空，是这朵花的花瓣，支撑屋顶的柱子是花的茎。屋顶全由玻璃制成。柱子之间没有一面墙，整个建筑物矗立在八角形的白色大理石平台上，看起来是透明的。因此，寺庙就像一个巨大空旷的空间，向明月清风敞开。太美了！建筑物中心是祭坛，无数油灯点燃，火焰在天花板的窗格中反射并无限复制。祭坛上供有猴神和两尊道教圣人的雕像。右手边的圣人是一个留着长白胡子、笑脸盈盈的老人，他就是黄老仙师，早于基督一百年在成都附近生活。他的神灵会在每周四晚上降临这座郊区的庙宇，从不懈怠。

几十个人在等待。一名五十岁上下、穿着火焰色丝绸长袍的肥胖女人坐在祭坛前的巨大红色椅子上，椅子的扶手雕成了龙的形状。她闭着眼睛，坐得挺直，一动不动。她是灵媒。她的两名助手身穿红色衣服，在她周围徘徊，她们端着一碗茶、一叠绿纸和一支毛笔。人们依旧肆无忌惮地随意交谈，这种交头接耳的场面在中国寺庙随处可见。

圣坛协会的秘书上前寻问我是谁、来做什么。从他的名片中，我发现他身任多职，还是新加坡酒楼餐馆业公会的主席和扶轮社的社长。我告诉他，我和其他人一样，是来跟大师交流的。他没有反对，但警告我不要过于接近灵媒——最轻微的接触也可能会使她跳出恍惚的状态。唯有两个助手可以触碰她。

我坐在大理石长凳上。时间飞逝。秘书告诉我，寺庙本身就是黄老仙师创造的神迹。是他设计了慈忠坛，完成了每一个细节设计和所有的工程计算。"难以置信，不是吗？一个两千年前的人竟如此现代化！"他赞叹道。我没有告诉他T.K.孙是我的老熟人。我心想，毕竟奇迹听起来才是好的故事，随着岁月的流逝，它将一直流传演绎，逐渐成为唯一真实的版本。

几天后，我打电话告诉T.K.孙我很喜欢他设计的慈忠坛，他想到了另一个关于撒满道士的故事。慈忠坛建成后不久，黄老仙师的神灵按惯例每周四来此一游，道教协会在那位萨满妇女的指导下组织了一次中国之旅，去看看大师生活过的地方，并寻找纪念大师的原始寺庙。在成都，没有人可以帮助他们。没有人听说过慈忠坛。那个女人命令所有人上车，告诉司机朝某个方向前进。他们行驶了两个多小时，到达一个农村。那里的居民也不知道那座寺庙。萨满道士恍恍惚惚地走过田野，走到一片旷野。她指着地面，那里有一些古老的建筑残片——这就是寺庙的遗址。之后，他们在不远处找到了大师曾经打坐冥想的洞穴。

我不想问一个连我自己都不想被问到的问题："你相信吗？"如果他说是，我会把他当成傻子。如果他说不，我就会感到抱歉。总而言之，如果这样的故事是真实的，人们会活得更开心。

最后，我终于和与拉杰玛尼坎见面了。如果我因提前离开新加坡而没有见到他，我会遗憾万分。每个人都告诉我，他是真正的占星师，严肃可靠。他与政府的某位重要政治家交好，有时其他政府成员也会向他咨询。

在电话中，拉杰玛尼坎的秘书问我是否知道自己确切的出生时间。"八九不离十吧。"我回答。"不行，"她坚持道，"你必须提供精确的时间，否则没有任何意义。"我不得不打电话给安吉拉，她正好在佛罗伦萨。在维琪奥宫的出生和死亡登记办公室，职员在1938年的原始登记册中找到了时间：下午七点一刻。令人难以置信的是，曼谷的僧侣根据我的过去猜测的出生时间是对的！我不是出生于八点，而是三刻钟之前：对占星师来说差异巨大。

拉杰玛尼坎住在通往机场的印度街区。他的住处很简朴，墙上挂着印度教众神的照片。他在一个小巧干净、气氛宜人的书房接待了我。拉杰玛尼坎坐在桌子旁，身后放着一堆旧书。他像印度南部的所有泰米尔人一样精瘦黝黑，但是气质优雅。他穿着一件挺括的袍子，白得耀眼，前面有两颗金色小纽扣，外面披着一件白色纱笼。他戴着厚底眼镜，笑容可掬，手上拿着一张纸和一支笔，不断地进行计算。他的存在令人既畏惧又安心，因为他看起来毫不虚伪，也没有为了迎合顾客而惺惺作态。他说话带有南方口音，不时地点点头。墙上挂着一个古老的德国摆钟，每刻钟都会敲响报时。

"你出生于帕拉尼星的第四相，"拉杰玛尼坎开始说，"所以你受行星之王——木星的影响最深。在西方占星学中，你是处女座，月亮双鱼座。这是一个良好的组合，因此你聪明、能干、独立，喜欢辩论。你可以学习法律。"（太棒了！我确实学了法律）

他停了下来，仔细检查他的笔记。他对我一无所知。我向他的秘书提供了出生信息，在此基础上他准备了一个封面画着精美传统图案的文件夹，纸上用红笔和蓝笔画了我的星图和一些笔记。他抬起头来，开始猜测。

"你是一名占星师吗？"他问道。

"不是。"

"但你有成为占星师的潜力。不然你就是作家、记者或研究员。人们可以信任你，相信你说的话。有一天，你会突然获得一笔财富，老年的你非常富有。你的思绪永远不会停止，它永远在活动，你能驾驭它。你直白、真诚，无法欺骗任何人。你注定会成名，有可能声名大噪。你将活到九十四岁，但你生命中有两个关键时期：一个在五十九岁到六十一岁之间，另一个在七十七岁。那些年必须远离水。不要做跟水相关的事。不要去航海，不要游泳。你必须特别警惕水的时期是 1997 年 8 月 8 日到 2000 年 8 月 11 日之间。"（那时候我恰巧想去香港）

"你的生活中仍有许多变化，但一切都将变得更好，因为你生命中最美好的时期还未到来。"（这是我第二次听到这个论断）

"五十七岁那一年会发生翻天覆地的变化。聚光灯将照耀着你。1995年12月2日将开启你生命中最美好的时期。你所做的事情会极具影响力。财产方面你很幸运，你会变得富有，这也是你生命中第一次发生这样的事。目前为止，你的钱来来去去，但是五十七岁之后，这种情况会发生变化。目前你正处于转型期，充满了不确定性。"

拉杰玛尼坎说话的同时，我的卡带录音机转动着，我的手机械地记下笔记，脑袋里却在不断玩味着他说的话。我觉得他基本上是对的。并不是我期望拥有比曾经更好的生活，但是最好的时间还未到来的想法似乎符合一定的逻辑。活到现在的年纪，你尽到了你的职责，你有了孩子，你努力工作。你扮演了你选择的角色，完成了你被分配到的任务。你做了应该做的事，创造了自己的个性。最后你获得了自由。我不是指因为退休获得自由。对我来说，变老意味着变得更加直言不讳，更加不受约束，意味着能够说出自己的想法，并将时间花在我认为重要的事情上，即使他人并不认同。当你年纪变大，你可以以年轻时无法接受的方式享受自由。你可以生活在普通的模式之外，生活在社会规则之外。难道我还没有开启这样的模式吗？我甚至已经在向占卜师咨询。三十岁的我绝不会这么做！这个男人启发了我。

"你母亲的生命特征很强烈，她能长寿。但是你父亲的迹象很微弱，非常虚弱，他应该已经去世了。"（确实如此）"你已经结婚很长时间，但是注意你的婚姻。如果它持续了这么长时间，那是因为你的妻子有强烈的婚姻迹象。如果按照你的星盘，你的婚姻早就结束好几次了。你的问题在于不能对一个人保持性忠诚。对你而言，性很关键，并且支配着你的态度。你在性欲方面就像一头大象。直到去世，你都会对性爱保持强烈的兴趣，这将导致你陷入某种困境。从你的性情来看，你会拥有好几个妻子，甚至是在同一时间。你是否再婚将取决于你妻子的星盘。但是，如果你能和现在的妻子保持婚姻关系直到六十二岁，那么此后的婚姻将非常完美。三十二岁的时候，你遭遇了婚姻危机，濒临破裂。"（并不符合，但如果说真的有危机，那是在 1977 年）

"你应该有三个孩子：一个比较虚弱，另外两个很强壮。"（是的，现在我已经学会解释这些话术：一个孩子由于太虚弱，从未出生过）"两个强壮的孩子分别是男孩和女孩。你的名字有一种光芒。这个名字不是来自你的家人，而是来自你自己。你不时面临健康问题，你将不得不在五十九岁至六十一岁之间进行手术，而另一次手术则会在六十五岁至六十六岁之间进行。过去你一直在旅行，未来也不会停步，直到你死去。"

拉杰玛尼坎仿佛在朗读一本书，有些页面似乎与其他人为我读过的书相似。事实就是如此，这就是为什么占星学具有特别的吸引力，尤其在专家解读的时候。它呈现出一种确定性，这是其他占卜方法所缺乏的。占星学中有文本、规则和措施。一旦有了出生日期和时间，你只需知道如何正确运用该方法，考虑所有变量，最后得出结论。由此，占星师读出的信息总有相似之处。随着不同人重复这些信息，他们的预测的可信度越来越高。

拉杰玛尼坎从文件夹中取出一张纸，上面有手写的数字。这是我未来几年的详细星座运势。"1994年4月18日到1995年3月14日之间，你必须搬家去另一个国家生活。"（看来我必须离开曼谷）"从1995年3月14日到1997年8月8日，你的开销很大，不过没有负面影响。但请注意……从1997年8月24日到2000年，你的生活将发生很多变化。这个时期土星也将对你产生影响，你能获得极大的权力。如果你想进入政界，应该选择这个时期，能够获得成功。这也是你必须关注自己健康的时期。如果你想参加竞选，你必须在1997年8月8日宣布你的候选人身份，你将一路高升。"（我最多能竞选香港外国记者协会的主席。我想在那里度过1997年的夏天）

"你将拥有异常幸福的晚年。你的幸运数字是五、三和九。五和三是绝佳的。你的幸运石是祖母绿。"（槟城的卡卡也这么说：他们翻到了同一本书的同一页？）"还有黄宝石。你有什么问题吗？"

我问他是否应该去印度。"当然，但你必须住在印度北部，而不是南部。"

"最佳时机是什么时候？"

"当然是在五十七岁生日之前。最好在你五十六岁之前。"（这意味着1994年9月之前：不可能。我们与"乌龟之家"的租约将持续到1995年5月，并且我不确定《明镜周刊》是否会把我送到印度。无论如何，就算有机会去也不会有两年之长。我告诉自己，必须为报纸做点贡献来获得机会）

他对我的婚姻的描述令我倍感震惊。"我应该另娶一个妻子吗？"我开玩笑地问道。

"那不是问题所在。无论你是否愿意，你生命中都会有另一个女人出现，因为你是一头大象，不会只有一个女人。你的另一弱点是，很多时候犹豫不决，又无法执行对自己的承诺。但请记住：你生命中最美好的时光还未到来。"这句话给了我慰藉。

我喜欢这个男人。他是我见过的所有占卜师中最超然的，从未流露出企图取悦或奉承我的样子。他没有说"我发现了问题，但我可以帮助你解决"。他什么都没提，就像在朗读一本只有他能打开的书，朗读的内容不含他的个人观点，好像我的生活与他无关。他超然的态度极具说服力。

现在，我已经知道，这些总是在谈论他人生活的人，若发现别人对他们的生活感兴趣，会由衷地感到高兴。我让拉杰玛尼坎讲讲他自己的故事。他毫不犹豫地答应了。那天恰好是周六，平日里他可没那么多时间。他答应见我也是因为我很坚持，并且他有空暇。

他出生在印度南部的泰米尔纳德邦，刚过七十三岁。他的父亲和祖父都是占星师。占星学主导了他的整个人生。"你们外国人说印度占星学有六百年的历史，只因为你们直到六百年前才意识到它的存在；但它已经被实践了数千年。印度人并不在意，也不自吹自擂，但印度有一些古籍沿袭了更早以前的古书，描述了如何在各个时代制作星盘。在我们的时代，即从五千九百九十五年前开始，我们以一个人的出生时间制作星盘；在前面那个时代，是以第一次性交的时间为准。这决定了一个人的命运。"

拉杰玛尼坎说，占星学是一门基于数学计算的科学。关键是计算必须精确。例如，知道一个人出生地的日出时间非常重要，因为这会影响他的命运。他也说，各种计算应该根据一个人所处的文化、社会环境和时代来解释。

根据拉杰玛尼坎的说法，有些古籍预测人类会登陆所有的行星，也有人预测未来一千年内世界各地区将发生的洪水、地震和其他灾难。他说，曾经印度人还可以根据这对夫妇在受孕时的姿势来确定孩子的性别。他说，由于熟知行星的规律和影响，他们在建造寺庙时能够计算出石头最容易被抬起的时刻。全都是传说和神话。我心想，或许其中也有一点真实的成分。

拉杰玛尼坎从十二岁开始对占星学产生兴趣。他阅读了父亲的书籍，但他的父亲并不赞成。他说，学占星得不到回报，要在英国殖民统治下的印度取得事业成功，必须去上学。为了迫使他去学校，父亲还打了他。一天，一名善雅信（放弃世俗物质生活的流浪者，只系一条缠腰布，靠慈善救济生活）路过他们的村庄。善雅信看着拉杰玛尼坎的手掌，告诉他的父亲，这个小伙子不会遵循他的意愿学习，但即便如此，他也能在其他种姓、部落和种族中出名，他会坐在轿子上四处溜达，娶一个乳房上带痣的女人。

"这一切都成真了。"拉杰玛尼坎说。他在家附近的一个村庄学习了占星学。1938年，他移民到新加坡，被这里所有种族和宗教的人熟知。至于轿子，他笑了，他现在开一辆沃尔沃。

"有痣的妻子？"我问道。

这件事发生在日本占领新加坡的时候。所有未婚的年轻人都被围捕并派去建造被称为"死亡铁路"的泰缅铁路。所以拉杰玛尼坎必须立刻结婚。媒人给他介绍了一个完美的人选，但她没有那颗痣。时间紧迫，媒人继续搜寻，终于找到了符合条件的女孩。于是他们顺利结婚。就在他们的金婚纪念日前夕，妻子突然去世，拉杰玛尼坎因此病倒。"我唯一遗憾的是，我没有和她一起走，"他说。这个例子又一次证明了爱情不是出发地，而是终点站。

我问拉杰玛尼坎他是否计算过妻子或他自己的星座，是否能够预测到他自己生活中的事件。

"占星家就像医生。如果他自己生病了，需要手术，就必须去找别的医生。"他说。在善雅信之后，他从来没有找别人为自己占卜预测，因为他受到了杜尔迦神的指导和保护。说着，他的眼神转向图片中一个坐在老虎身上的女神。

他告诉我好几个由于他的提醒而使客户避免危险的故事，也有一些客户没有听从他的预测的案例。我觉得最好的故事是拉杰玛尼坎本人——如此坚定安详，对解读别人的生命之书如此自信。

我向他表示感谢，并留下了装有卦资的信封。我几乎是踮着脚轻轻走出他家。这个男人给我留下了深刻印象。

他也令我饥肠辘辘。我在附近找到了一家工薪阶层的廉价餐厅，便进去坐在桌子边。巨大的空间里铺着水泥地板，有好几个摊位，每个摊位后面都有一名中国人在烹饪自己的特色菜式。顾客盯着沸腾的锅进行挑选。我吃了一碗美味的米粉，上面浇了豆芽和薄薄的鸡肝片。

整个社区无可挑剔：干净整洁，平整的草坪，修剪妥帖的树木，清理过的排水沟，看不到任何纸屑和烟头的街道。人们低声说话，以避免互相打扰。

我想乘船去雅加达的所有尝试都失败了。离开新加坡的唯一方法是乘坐渡轮到最近的印度尼西亚岛屿民丹岛，再从那里找船去雅加达。我别无选择。当我结清账单、背起背包时，感觉得到了真正的解放。

　　甚至连出租车司机问我为什么要乘坐渡轮、我在新加坡住了多少天、我买了什么，都丝毫没有影响我即将离开那个空调小岛的欣喜。在前往吉宝码头的途中，出租车经过我曾居住多年的房子，但我不敢下车去看。我担心它已被塑料改造、毁坏、重建，或者像计算机内存中的文件一样被"删除"。我想将曾经的新加坡留在记忆中。

第十三章
不要面对太阳

　　我一直期待着从新加坡乘船出行，感受大海带来的焕然一新的自在感。但是，我的愿望泡汤了，吉宝码头并不是我想象的那样。它就像一座太空站，全电气化运转。我的渡船呈流线型，宇宙飞船一般，行驶起来平稳且速度极快。为了让乘客能享受冷气，船舱是全封闭的。在新加坡，似乎连大海也被循环利用，静静的，好似这里的人们往水里加了染料，才有了如此壮美的碧玉般的海水。

　　船驶过圣淘沙。在我印象中，它是个贫瘠荒凉之地，而现在的它已然是热带天堂，更准确地说，是热带天堂的复制品。那里有从印尼船运过来的纯白沙子，崭新的酒店周围种上了成百上千的棕榈树，凭空建出"古"英式木堡供那些不明真相的游客缅怀二战。

　　我是船上唯一的一个外国人。除了几个新加坡籍的华人，其他乘客都是从印尼过来的华人——地方居民首都一日游。我挤在中间的一排椅子上，准备读新加坡《海峡时报》上一篇充斥着溢美之词的文章：讲的是亚洲的"经济奇迹"，连博学多闻的西方人也没弄明白原因。

　　我能切身感受到这个奇迹带来的影响。从船离港的那一刻开始，我便被刺耳的嘈杂声淹没：各种电视剧里的音乐、号叫、口哨声，配合武斗暴力场景，充斥着谋杀、刺杀、绞杀的血腥画面；其间歌曲以及电游发出的嘟嘟声不绝于耳。我旁边坐着一位三十岁左右、穿金戴银的妇女，她沉浸在自己的游戏中，对她儿子戳我耳朵的粗鲁行为不管不顾。旧时那谦卑的着装（白衬衣和黑短裤）已不复存在，取而代之的是花衬衫、传呼机、手机、裤后袋里的梳子、饱满的钱包以及满身的金饰。每个人脑子里都有个"项目"，要用水泥建点什么。

在我另一边的男人很快就他的"项目"侃侃而谈起来。他正和几个中国亲戚、一个新加坡兄弟以及几个日本的投资商合伙建造岛上第一个大酒店——我们即将踏上那个岛屿；未来打算还要建造至少八个这样的酒店。"我们想把槟城打造成亚洲的夏威夷。"他指着远处说道。其实，我只看到远处一排漂亮的棕榈树，而他已经能瞥见鳞次栉比的摩天大厦了。

之前我都没设想过槟城的样子，初次看到便觉这个地方极美，天然去雕饰，还未被现代化的浪潮破坏。船停靠在旧码头，我们踩着一块长木板下了船。街道狭窄，两旁是两三层的小楼房，没有一户人家安装空调。我在清真寺对面的旧旅馆里要了个房间，雇了个上门服务的翻译和司机。我们将一起度过好几天，所以我计划和他们一起吃个午饭，熟络熟络。雇司机时，我完全没在意他的车是什么样的，当他开来时，我惊呆了：那是一辆早已过时的雪佛兰小汽车，用电线固定着车身。

"我们算是走运的，"翻译诺丁说，"在廖内群岛甚至还有在美国已消亡的车。"

槟城是廖内群岛中的一个岛，在苏门答腊岛和爪哇岛之间，占地面积是新加坡的三倍，有二十五万左右的人口。廖内群岛盛产石油及其他自然资源，是印尼主要的原油供应地。槟城这座岛本身也拥有大量的铝土矿沉积岩，但已被荷兰和日本大肆开采。

这座岛的首府叫做丹戎槟榔，人口约九万，华人占绝大部分。跟其他地方一样，他们控制着几乎所有的商店和商业活动。

我们去了一家中式餐厅，据我的两个同伴说，这是岛上最好的餐厅了。我们围坐在一张漂亮的木桌旁，眺望着海。所有可点的食物都在下面的一个大缸里：各式各样鲜活的鱼虾螃蟹。你站在高处往下看，挑选中意的食材，然后一个男孩用网兜捞起来，放到篮子里，送到厨房烹饪。一段时间过后，只见鱼骨贝壳"飞越"栏杆，被浪潮卷走，重新回归大海。

旅行者的游记很少涉及人们的饮食。可是在亚洲，食物仍旧是增添旅行趣味的重要项目。食物品类繁多，烹饪过程简易而色香味俱全。每一道菜都有自己独特的效用：这个对肝脏好，那个能促进血液循环；这种水果燥热，那种又偏凉性；还有很多食物能滋阴补阳，关于性，不管哪个地方都一样在意。

性的话题也一直主导着我们的谈话内容。诺丁告诉我，在印尼使用一些马来词时要特别注意。印尼语和马来语实际上是同一种语言，只是有一些词在两国有着截然不同的意思。例如，"aqua"这个词在马来表示"水"，而在印尼就含有其他的意思。一周前，槟城的足球队在吉隆坡停留，他们要了"aqua"，不一会儿，一群异装癖出现在他们面前。

诺丁说，他名字的意思是"宗教之光"。这里的宗教显然是伊斯兰教，但它是伊斯兰教在印尼的一种变体。也就是说，它非常放任自由。诺丁来自苏门答腊岛，是巴塔克人，他为此十分自豪。巴塔克人分为四个部落，诺丁是卡诺部落的。他告诉我，如果他们部落有未婚女孩死去，按照习俗，人们会放一只香蕉在她棺材里，"与她在黄泉路上作伴"；独身的男孩逝去后，人们则在他棺材里放上一节中间有洞的竹子。

每个民族似乎对于造物及人类起源都有自己的神话传说。诺丁分享了巴塔克的版本。一天，猴子们意识到树上已然没有足够的空间供它们活动。猴子猴孙太多了，以至于它们无法在枝头跑动、纵身跳跃。因此，他们决定，一半的猴子得去地上生活。在我看来，这真是对造物的有趣解释。但是，要是哪一天我们发现地上与当时猴子的境遇一样，我们又能把一半的人口安置到哪里呢？

雪佛兰小轿车司机是一个人高马大的小伙子，看起来像个海盗，长发披散在肩上。他告诉我，正是因为性，他才不得不离开家乡。他来自苏门答腊岛西部的村子，那里还保留着严格的女族长制：女人管理掌控一切。如果一个女孩看中了一个男孩，她只需去男孩家里，跟男孩的母亲提亲，可怜的家伙连拒绝的权利也没有。所以，我的司机只能逃离村子，因为看上他的那个女孩太可怕了。他们村里还有一个规定，女人可以随时摆脱当初自己选择的男人：她只需要把男人的黑色穆斯林帽挂到前门外。之后，她就恢复自由之身，可以另嫁他人。

对司机来说，逃到槟城是一种解脱。他们那个地方有很多年轻男人也都这样做，以至于女人们对他们越来越不满。

而我对此感到特别高兴。诺丁和司机的讲述为我展现了截然不同的一群人——未被同化的他们仍旧按照自己的方式生活，有自己的抱负和关注之事，而非老想着如何发家致富。两位同伴对各岛女性的描述让我兴趣盎然，她们的个性及优缺点千差万别。据他们说，亚奇特区的女人最不忠诚，拥有阿拉伯人、葡萄牙人和印度人的多种品性特点；最好的是爪哇女人，她们的私处有块额外的肌肉，而且她们的谦恭有礼是别人无法企及的。要是有个爪哇女人不小心踩到你的脚，她会频频表示歉意，感觉她继续用踩过你的脚走路都是罪过。

我问他们，岛上有没有发生过什么奇怪的事情、有没有巫师。答案是"当然"，并且数量不少。只是在廖内群岛，精于巫术的巫师被称为明师。在这个岛北岸的一个村子里有一位非常强大的明师，司机小时候就听说他了。他的声音足以让人震颤。但是，他们说，如果我对神秘事物感兴趣，得去林加岛，乘船需要五小时。那是一个神秘之地，曾是苏丹的首府，现在那里的所有人都拥有特别的法力，连鱼都会说话。岛上还残存着某个古文明的遗迹，可无人知晓此遗迹的任何信息。这样的地方正合我意。

诺丁打了几个电话后，我们便出发去找一个中国人，他有船能载我们出海。但当我们找到他时，天色已晚，已不宜出海，何况海上一场风暴正在酝酿之中，只能再等一天。眼前我能做的只剩拜访明师了。

我们在环岛沥青公路上行驶了一个多小时。诺丁说，这条路是军队修建的。接着，我们转入一条红色的土路，这条路通往一块宽阔的原野，原野上椰树星罗棋布。老旧的雪佛兰颠簸不已，吱嘎作响，不过他们好像一点也不担心。司机说，明师住在人烟稀少之地，因为他需要安静，才能集中精力冥思。我当时心生一念，要不我也找个静谧之地独处，为成为宗教头头或自创一门教派做准备。明师有一门绝活是治疗疯症，如遇疑难杂症，他须斋戒数日，聚合足够的神力才能将病人体内的疾病祛除。

树木逐渐浓密起来。在漂亮的灌木丛中坐落着一座小木屋，墙面蓝色的油漆已斑驳，应该有些年头了。门前挂着"欢迎光临"的牌子。一位身着纱笼和黑背心、头戴一顶老旧油亮的帽子的老者坐在门廊边。几只瘦骨嶙峋的小公鸡在他脚边打闹；几个小孩怀抱小狗崽站在那儿，静静地看着。

这个人左眼瞎了，整个眼珠全是白色，无任何神情；右眼却神采飞扬，弥补了左眼的缺陷。他示意我们进屋——一间大屋子。我们围坐在一个大木桌旁的长凳上，一缕和风从窗户吹进来。墙上挂着一些爪哇女舞者的图片和印尼重要人物的肖像：苏加诺、苏哈托以及一些我叫不出名的人。一个小祭坛上挂一些穆斯林白胡子圣人的画像。一盏乙炔灯悬挂在屋顶作照明用。明师的屋子没通电，所以没有电视机。

他一直没有跟我讲过话，我意识到我该主动介绍自己。我说，我自远方而来，久闻其法力强大，到这儿是想请他帮忙看看，是否有人也在我身上放了邪恶之眼，未来有没有什么须特别注意，今年飞机出行有没有危险。

"好!"他说，"我会给你一切你所需的保护。"事实上，他的声音没有让我震颤，但那声音浑厚、坚定且深沉。他的助手上前为我们添上了几杯甜茶，司机带我去看了看专门为需长期治疗的病人准备的病房。明师解释道，我需要进行专门的检查才能确定我是否遭遇邪恶之眼。据我观察，他说话时喜欢把手抬起来，马六甲海峡的那位女巫师也是。不过，他的指甲较长，里面藏污纳垢，特别是小拇指。

他带着我穿过门帘，走进一间阴暗无窗的屋子。门帘是贝壳做的，一动便发出清脆悦耳的叮当声。夯实的泥土地上有一个草垫子，我们俩盘坐在上面。明师点燃三根蜡烛，草垫子的中间有五面镜子分别朝向不同方位，还有一些鸡蛋。明师的右边还有一篮子鸡蛋。

"你叫什么名字?"

"蒂齐亚诺。"

他念叨了好几遍我的名字，随后开始用洪亮的声音诵读一段长长的连祷文，其间我只听懂了"真主安拉"以及偶尔出现的我的名字。明师已经能熟练地说我的名字了。他从一个纸信封里拿出放大镜，一边继续祷告，一边仔细地逐个观察镜子。最后，他自信从容地告诉我，我身上没有邪恶之眼，我无须担心。不过他还是会给我一瓶特别的药油防身。他从一块布下取出一个小瓶，在烛光下金光闪闪。瓶子一打开，屋子里立即弥漫着一股强烈的香甜气味。他把瓶子放到嘴边，像是要啜唾沫。但他只是使劲地往瓶子里吹了一口气，可能是要将其灵魂或是他代表的神灵灌进瓶子里。他盖上瓶盖，高举在空中，再递给我。感觉这个东西异常珍贵。一旦我感觉到危险，我可以擦点油在额头上。把油随身携带就没人能够伤害我。如果有人想枪杀我（因为，这正是我可能遭遇的事），在最后关头，子弹会卡住，枪手的手臂会变弯，枪口会朝向地面。有了这个神油，无论我到哪里都会受人尊重，化险为夷。要是谁想造次，他很快会发现他们是在挑战一个强大的存在。军政高官也会得到这一讯息。只是，我必须牢记一件事，明师没有停顿，但放慢了速度，以便诺丁能一字一句翻译给我听："绝对不要朝着太阳撒尿。记住，绝对不能。撒尿时千万不要面朝太阳，否则，神油的法力便会消失殆尽。明白吗？"

明师双手交叉。我看着他脏脏的长指甲和那只黯淡无光的眼睛。突然间，在昏暗的烛光下，那只眼睛似乎能看见了。他开始诵读一长串祷文，其中有我的名字和曼谷、香港、伦敦、巴基斯坦、雅加达、印度、欧洲、美国、澳大利亚、纽约、亚洲、德国、罗马等词。城市、国家和大陆的名称随机交替出现，他来来回回念叨了几分钟，声音渐强，直至结束。在所有我可能踏足的土地上，我都能受到这个强大存在的庇佑。

仪式结束。我们走出暗室，回到桌子前，我开始问他一些其他的事。比如，他是如何发现自身强大法力的？不，他是不会回答这种问题的。要是我早上来，他可能会全盘托出，但此刻吉时已过。他也有自身的禁忌，一旦打破，身上的法力就会消失。他只告诉我，他的名字是伊斯梅尔，七十七岁了，战后从爪哇来到槟城生活。他是神坛画像上那些圣人的后裔。那些人非常了不起，他说，这群人可以根据意愿隐身。他不行，但他可以停住射过来的子弹。也正是因为这样，岛上很多年轻人在服兵役前都要来找他开光。他可以让他们变得刀枪不入。

明师善言辞，这可能才是他们这个群体中大部分人的真正本领吧。他还提到，他和那位曾经领导印尼走向独立、后任印尼总统至1967年的国父苏加诺同宗，有着同一个曾祖。他还说，苏加诺身赋强大神力，而他自身的神力也来自苏加诺。一旦苏加诺的汽车、飞机燃油耗尽，他只需要将尿排进油箱，引擎便会继续运转。还有一次，他的第四任妻子想再婚，但是苏加诺在结婚当晚现身在她的面前，这场婚事也就不了了之。知道苏加诺还没死吗？当时下葬的只是他的雕像，真实的他仍活着，在印度尼西亚四处游走。明师对此深信不疑，不过，就某种意义来说，他也没错：苏加诺虽在1970年亡故，但至今人们似乎都能感受到他强大的存在，甚至比他任总统时更甚。随着时间推移，关于苏加诺的传说越发玄乎，连接任他的苏哈托在执政三十年后仍须顾忌这位已故之人——仍游走于群岛、无所不能的苏加诺。

程序员丢了硬盘，会去求明师开示哪里能找回；警察会寻求明师的支持，帮助追踪盗贼或确认凶案嫌犯的身份；政府高官在批准重要文件前同样会咨询明师，即便这些文件已经通过金融专家的审查认可。最近，一群汽车修理师宣称，他们能通过魔力修复车上的凹陷，既快速又省钱，远低于市场价格；世界银行驻雅加达的代表曾将他的本田车送到他们那儿修理。这些人都来自苏加诺的出生地比尔他，如那位明师，他们也宣称自己是从苏加诺那儿获得的法力。

我问明师，他怎么看待人类登月的事实。他再次抬起那双满是污垢的手说道："这不会是真的。人是不能去月亮上的。月亮是神所创。人们的想象可以天马行空，但人是不行的。人类有着自身的局限性，而我们必须敬畏这些局限性；如若不然，可怕的事将会发生。"我不得不表示赞同。

我们前方的桌子上摆着一个小塑料封袋，里面装着各色的药，这些药在任何一个亚洲超市都能见到。"你信现代药物吗？"我问道。他相信，他自己也会服用，并且也会向病人推荐一些治疗生理病痛的药品。问题在于，他说，这些药物根本不能治疗因巫术所致的疾病。这些疾病只能诉诸更强大的魔力来治愈。比如，疯症由巫术引起，这些药物根本没有治疗作用。人们起先会选择在城里的医生那里治疗，无计可施时便会来寻求他的帮助。给我们沏茶倒茶的男孩插嘴说，很多被亲人带来看病的女人，来时被可怕的恐惧感及抽搐缠身，经过两三天的治疗，她们离开时镇定平静。

"这并不是我的功劳，"明师说，"是神通过我实施了法力。"

很快到了结账的时候。司机曾告诉我们这是不收费的，除非客人对服务满意，自己留下些东西。我问诺丁，他建议我支付等值于二十美元的报酬。我自言自语道：这笔钱不少啊，但如果神油真起作用的话……要是我不来这儿，以飞机问题为借口探察这群人的内心，也没法给人留下感激、友好的印象，这对我还是有好处的。

在确保没人注意的情况下，我小心地掏出一袋卢比，攥在手里，微微地鞠了一躬，然后伸出右手，左手支撑着右手手腕处——这在亚洲是必要的礼节姿势。明师以同样的姿势迎上来，我们的手握在一起，当他觉察到这些钱的时候，他的脸明朗起来，露出满意的笑容。

返程的路上，诺丁讲述了他和一位明师的故事。1979年，在他回槟城带游客游览附近的蜜蜂岛的两年后，他开始生病，身体逐渐虚弱，伴随头痛，晚上还经常呕吐。医生给他开了药，可他身体状况还是越来越糟，最后走动都成问题。他的妻子请来一位明师，她是个女人。明师给他冲服了一些药剂，身上贴了一些叶子。三天过后，"宗教之光"诺丁身体康复。要解释？明师说，是蜜蜂岛上的居民把邪恶之眼加诸于他，因为他们嫉妒诺丁会说英语，能把游客招到岛上，利用岛上原住民获利，而原住民自身却一无所获。那位女明师施了一些相反的魔法，邪恶之眼就消失了。但是，她也提醒诺丁，余生须更加敬待他人，若无必要，勿扰他人，须将所得之财与相助之人分享。

诺丁谨遵明师建议。嗯，我们又能说什么呢？

诺丁伸手够他的钱包，从钱包里抽出一块薄如纸的铁片，上面有一些文字。这是他的护身符，他须经常随身携带。其实，这只不过是个提醒人的物什。每次诺丁看到这个东西，应该都会忆起明师曾告诫他"勿扰他人"。可能直接在手帕上打个结也能达到同样的目的，但是这样就缺少些许神圣的意味、奇妙的色彩。诺丁也给自己定了一套关于接触此物的禁忌：如厕前须将护身符取下；不食用任何非清真方式宰杀的肉。这一切都提醒着他应尽的义务。

我再次想起我的那位明师，他是第一位不主动提钱的预言师，贫或富，皆身外之物。我也没听到过关于明师贪财的言论。

我们沿着海岸往回行驶，原本威胁海岸的强风暴没有出现，但天色还是有些暗沉；海是那样湛蓝、波澜不惊，令人心旷神怡。海水从近海的浅绿渐变成天边的灰黑。狭长的沙滩边长着一排椰子树，离水边一百码的地方，渔民正热火朝天地扎堆搭建小屋，不过九月季风一来，这些小屋也就没了，要到明年四月才会重建。年年如此，代代如此：建房居住，晾晒渔网，直至海浪带走小屋。

"渔民都是马来人，捕的鱼卖给中国商人，整个海岸都是这样。"诺丁说，"如果渔民没捕鱼，中国人就借钱给他们维持生计，待以后捕到鱼的时候再连本带利归还。马来的渔民不时地胡作非为，攻击中国商店。这里发生过小规模的屠杀。"他轻描淡写地描述着，与说季风如何破坏小屋的语调一样平静，好似屠杀这种事也不过是季节性"活动"。

1965年的大屠杀由军方发动（也就是后来苏哈托借助夺权的那群人）。但是，民众，尤其是小岛上的民众利用这次运动，找中国人报仇算账。短短几天，超过五十万人被杀害，其中大多数暴行发生在宁静的、天堂般美丽的巴厘岛。

当晚，我们在当地市场就餐，那里的小摊众多且各具特色。在乙炔灯下，海鲜、肉、蔬菜以及各式各样的鱼琳琅满目，一眼望去，色彩斑斓，形态各异，空气中也弥漫着极强的杂味。中国厨师端着大锅，像玩杂耍一样，锅里的油腾起火焰。成群的乞丐和流浪狗围聚在小摊后面。突然桌下出现一个小男孩，主动要求帮我擦鞋。"一次擦一只鞋。"诺丁警告我说，"如果你把两只鞋都给他，他会立即顺走并卖掉，而你只能赤脚了。只给一只的话，他也没啥用，他只能乖乖地擦鞋。"

诺丁在人群中发现了仅有的另一个白人，这个人似乎是这个岛的老熟人。诺丁示意他来我们桌。"他对林加岛上的事无所不知。"诺丁引荐说。这位迈克先生是澳大利亚人，之前是摄影专业的学生，现在四十岁左右，几年前来到印度尼西亚，意外发现了林加这座岛。从此，他便沉醉其中，无法自拔。

"为什么是林加呢？"我问道。

"林加是班扬人的首都。你知道他们是谁吗？"

"不清楚。"

"班扬人是无形人，你明白吗？我们是有形人。"迈克边说边用手触碰我的皮肤，证明它是固体有形的。"但是，你得明白，班扬人是非固体的。你懂吗？岛上有很多班扬人，但没有人能看到他们。我们和他们各自生活着。只有极其偶然的情况下，我们才可能与他们联姻。曾经有一个有形人，就如你我一样，娶了一位班扬人。这种情况会有，但概率极低。我就认识岛上一个娶了位漂亮的班扬媳妇的男人，他只须在每周四与班扬姑娘同床，其他时间都是自由的，甚至还可以再娶一位媳妇。"

我入迷地听着。周围的人还是老样子：做菜、吃喝、乞讨，各自忙碌着。刚才那个小男孩正在擦我的另一只鞋子。迈克一脸严肃地说着班扬人的事，跟别人聊股票时的情景没什么两样。我发现这些故事妙不可言。

"如果这个人在周四忘了履行这个约定，"迈克继续说，"班扬姑娘就会报复，并且从此不会现身。过去，林加岛上的人举行婚礼，班扬人都会前来参加，并且会出借他们的金盘子，让主人装盛饭食宴请宾客。然而，有一次，有个客人起了私心，将一个盘子藏了起来。自那次后，班扬人就不再参加婚礼。而同时，林加岛上神秘三峰中的一座突然裂开。这座山是圣山，只有四千英尺高，却从来没有人能翻越。"

迈克说，有不少人宣称他们到过山顶，但只隐隐约约记得他们是怎样做到的。他还知道，有一个妇人生了很严重的病，医生都宣布她熬不过。在死神快降临时，她吐出了一些奇怪的草药之后康复了。她说，她被七个班扬姑娘抓走，带到了山顶上，让她在山上的原野上吃了一些草，再把她带回来。就这样，她得救了。

"班扬人，"迈克继续道，"他们身边的东西都是干干净净的。如果房子脏了，他们再也不会居住。这群人很友好，也想帮助有形人，但是，他们也希望别人能尊重他们的一切。如果你到森林里砍掉一颗原本属于他们的树，你就会在里面迷失，找不到回家的路。"沉香树就是属于班扬一族的。这种树可以用来制造世界顶级香料，几个世纪以来中国人都一直来这里购买。所有的沉香树都是他们的，那些未经许可就擅自砍伐的人将会遭殃。他们只许可那些善待森林的人：他们只砍伐低矮的树丛，还会将林间空地清理干净，他们敬畏自己的居所。

"但你们怎么区分班扬人呢?"我问。

"很简单!"诺丁抢着回答。他一直在听我们的对话,认为这最正常不过。"你只需观察他们的上嘴唇,"他边说边指着自己的嘴唇,"他们没有像我们这种分界线,也就是鼻子下面那道小沟。他们的上嘴唇是平的。"

午夜时分,市场里仍人头攒动。在回旅馆的路上,我被之前没怎么注意的一些东西给吸引住了。熙熙攘攘的人群中有一大群疯子:古怪肮脏,胡子一大把,头上留着一撮撮打结的长发。其中一个来回踱着步子,手里拿着一个袋子,不时地盯着地面看,好像丢了什么东西似的。另一个忙着吟咏连祷文。其他的一些拖着装满垃圾的塑料袋。还有一个斜倚在邮筒灯上,似乎在等着谁。

"你是谁?"当我快步经过时,他用一口标准的英语问道。

"你又是谁?"我不自觉地回答。当时光线太暗,我没法看清他的脸。当我想凑近一点看他的上嘴唇是不是平的时,他快步跑开了。

第十四章
传教士和魔法师

　　每一个地方都是值得发掘的宝地。你只需给自己一点时间，去茶馆闲坐，漫观来往行人，在市场一角驻足，去理发。此刻，某种思绪涌上心头，可能是一个词、一次会面，或是你刚认识的某个人的朋友的朋友。很快，你会发现，这个最无趣、最微不足道的小地方其实就是大千世界的缩影，是窥探生命的一扇窗，是透视人性的舞台。

　　我在丹戎槟城稍作停留，仅为了乘船离开新加坡，这里是必经之地。我只打算待几天，一找到去雅加达的船就离开。然而，我慢慢地喜欢上了这个小城的生活，我完全可以在这儿住上好几周，好好地探究那些我感兴趣的人或物。丹戎槟城在地图上很难找到。我也是在一连串的巧合下才登岛的，而这所有的巧合始于香港的一位占卜师。

　　某天，我一大早就起床，跑步半小时，之后便找地方吃早餐。就是这样，我见到了老杨。那时，他刚刚把饭馆的门板一块块地取下来。他点燃一支烟，准备扫地。起先，他装作没看到我；亚洲人都这样，好像他们坚信不能和外国人交谈似的。我用中文招呼他，他吃了一惊，不过也放下了戒心。

"我也是中国人。"我说。

"中国人？"

"对啊！我是少数民族——意大利族。"这个玩笑从来没露馅。中国是个大国，汉族人口占绝大多数，此外也有不少的少数民族：蒙古族、藏族、维吾尔族、哈萨克族、傣族、回族、苗族……那为什么不能有意大利族呢？

老杨是典型的华人下南洋潮中的一员。他的父亲来自广东省，19世纪末来到槟城，当时的他除了身上穿的汗衫和短裤一无所有，只能在一个铝土矿以做苦力为生。当他有了一点积蓄后，从他家乡的村子里"捎"来一个妻子，之后生养了五个孩子。老杨是老大，所以留在槟城照顾父亲，同时接管父亲开的饭馆。相反，他的两个弟弟和两个妹妹在20世纪50年代被送回中国接受教育。在那个年代，东南亚国家中，成千上万的年轻华人以及穷困移民的孩子回到祖国。当时的中国已经解放，上大学已不再是富人的专属权利，而是面向所有人，学费全免。对于散居在外的华人来说，这是一个让孩子接受中国教育的绝佳机会。

我们正谈着，老杨的儿子走了进来。他是一位商人，移民的新一代。他与几个新加坡的姻亲合资组建了一家公司，买卖岛上的地产。他的皮带上别着BP机和"雷朋"的眼镜盒。他的梦想？移民。哪里？"任何一个人均收入高于这里的国家。"他答道。不出所料！

老杨和小杨生长在槟城，但对这个地方没有任何眷念，与当地人没有真正地联结。

对于槟城，老杨说："这个地方非常不错，可以自由自在地做买卖。如果生意惨淡，我们还可以投靠马来西亚的亲人，或者向新加坡的亲人求助。"这就是华人的思考方式，不管他们在世界的哪个角落。他们居住的国家于他们而言，就像是棋盘，他们只是在其中玩了场游戏。

印度尼西亚有一点九亿人口，华人仅占百分之三，但是，这个国家百分之七十的贸易都在他们手里，全国最好的五个工业集团和主要银行也是华人持有。从肥皂等生活用品到水泥等工业用料，从香烟到椰油，一切几乎都是出自中国公司的产品。甚至槟城这座城市也几乎被华人掌控，他们控制着大部分往来槟城与附近岛屿的船只，新的发展项目都有他们的份儿。这座城市的第一家卡拉OK酒吧是华人开的；还有妓院，打着发廊的招牌，隐藏在这座城市。

在槟城，我对散居在外的华人有了全面的了解。他们坚韧、顽强、勤劳，时刻准备着接受别国的护照移居他乡，只要这个政府能够给予安全和庇护。华人挣钱的一个方式就是盖房子，建造一个钢筋混凝土的世界。在这方面，中国人走在世界前端。目前，他们的影响力已扩大至整个亚洲。当今时代，这些流散在外的华人正将注入大量资金，将中国沿海城市建设成他们心中的模样。

晨跑的时候，我看到小山山顶上有一座天主教堂。诺丁告诉我，那儿的神父是个法国人，在那儿至少待了十年。显然，我得找他聊一聊。

当天下午，我步行去了教堂。教堂自古以来便是平和、有序、清净之地，一排排长木椅整齐有序，告示牌上记录着团体和信徒的祈祷次数。这与喧嚣难闻的城市呈鲜明对比，对此我非常喜欢。但令我失望的是，神父不在，他去另一座小岛上修养了，两周后才回来。我正准备转身往回走，一位教士在后面叫住我："如果你愿意，我们还有一位来自荷兰的神父。"我在一个清新漂亮的房间等了一小会儿。阳光倾泻进来。一位高大优雅的男人出现在面前，他五十岁左右，一头金色长发，身着白色衬衣、棕色长裤，脚穿皮革凉鞋。跟我一样，威廉神父只在槟城作短期停留。他来自更南边、靠近爪哇的一座小岛——邦加岛。当初，荷兰人为了锡矿，用新加坡换取邦加岛。真是亏本的买卖！

威廉神父已将群岛中的大小岛屿走了个遍。在他看来，每个岛的情形几乎一样：华人人口在每个地方都占少数，却是那个地方最有魄力、最积极、最富裕的群体。他说，他们与当地人的区别显而易见。一天，印尼人出门捕鱼，成果颇丰；他欣喜万分，回到家便歇网享乐一段日子。而一个华人如果捕到很多鱼，他会想：现在是旺季，而我发现了一个捕鱼的绝佳水域。于是，他卸货后再一次出海，捕获了更多的鱼。威廉神父认为这是种族之异，非人力能改变。

我提到有人跟我说过班扬人的故事。当然，他也说，班扬人在他们的岛上也挺出名，但是林加是他们的首府。

那么巫术呢？

"在那里，巫术就是现实世界。"他特地强调自己的立场，以防我跟其他无神论者的态度一样。"如果你不了解它，也没法透彻地了解印尼。巫术无处不在，它对人们生活的影响远胜于其他任何东西。"

威廉神父战前在荷兰出生，1960年以传教士身份来到印度尼西亚。后来，他一直留在那儿，为了彻底解决签证及居住问题，他直接入了印尼国籍。"作为受过教育的欧洲人，我刚来的时候认为这是迷信，一点也不能接受。但随着时间的流逝，我逐渐对它持敬畏态度。我一直铭记于心。即使你可能会误解我，我也要告诉你，我信这个。巫术中也存在着一些深刻、本真的东西。我的一些教区居民说他们是穆斯林或基督徒，可那都是表象。实际上他们都深信另一样东西，对巫术有强烈的认同感，不过因此也更真实。"

"你见到某个人，觉得他挺不错的，而面对另一个人，你却说你受不了他。这是为什么呢？"他问道，"其实在这个过程中发生了一些无形的交流。你怎样解释爱？我们已然认为这是理所当然，不再追问，可是问题依旧存在。为什么他对那个女人一见钟情？这是目前为止我们仍未解答的问题。"

一个神父竟然在探讨情爱的话题，真是不可思议。我曾经也留意神父在其他场合谈论爱情，好像他们比普通大众了解得更多似的。也可能的确如此，也许他们在这个问题上思考得更深、更透彻。

"会不会……"我问，"这些都是一种高级智慧，没有人知道其根源在哪里，但相关的技法被保留传承？就像针灸：它的确有功效，但没人知道其原理。"

他认为，这也是一种可能。"我爷爷知道三种祈祷词。他曾在我们看牙医前念这些祈祷词，帮忙暂时消除牙痛。相信我，那真的起作用了。当然，我也是一名神父，也知道那些祷词，但要是我说出来，就没任何作用，为什么？可能是因为我不相信它们。在我居住的岛上，人们一旦摔断胳膊，而医院太远没法及时就医的情况下，家人会抓一只黑鸡，在桶里舂成浆糊。然后，把它敷在胳膊上，四天后胳膊就痊愈了。有时，骨头没恰当地正位，手臂依旧有点扭曲，但是断骨愈合了。这又要怎么解释呢？为什么用黑鸡而不用白鸡？我不知道，但我亲眼所见，它确实起作用了。"

这位传教士兴奋地说着，激情澎湃。他不是要说服我，感觉是要再次令自己信服。在亚洲，他说的这些故事你早晚都会有所耳闻，你听听也就忘了，因为你根本不相信。但现在，说这些话的是一名教士，一位终身研究神灵的人，一位有着三十多年相关生活经历的人。

正如我的感受一样，威廉神父也自然地感叹世界正慢慢同化，丧失了原有的多样性。那正是最初我们迷恋亚洲的原因。"真是可惜呀，连巫术也快绝迹了。"他说，"人们越来越多地使用西药治疗。电视将世界呈现在眼前，每个人都想跟他人一样。可悲，但事实如此。"

他顿了一下，好似在组织合适的言语将其思考良久的问题说出来，但太难了。"我意识到，我正处于一种奇怪的现象之中，他们逐步向我所在的文明靠近，而我逐渐融入他们的文明。我为此感到很内疚。我是一名神父，来这里是为了宣扬我的信仰。可是，我反而对他们的信仰生出浓厚的兴趣，着迷于他们的世界，那表象之下的真实世界，由伊斯兰教、佛教甚至我们自己的基督教所创的世界。"

我完全理解他的感受。

与威廉神父的谈话一直萦绕在我耳边。第二天，我外出跑步，远远望见山顶上的教堂，白色的钟塔格外醒目。我顿时心生愉悦，与它有了联结，因为那里曾有位传教士，为巫术所迷。

诺丁外出去见有船去林加岛的中国人，迈克也找好了向导。然而，临行前，一切准备就绪之时，我改主意不去了。我来岛第一晚听迈克聊班扬人的故事，他们的形象便深印脑海，我更愿意信以为真。再多听多看，只会更失望。

我甚至不想再见到迈克。诺丁告诉我，他正安排带澳大利亚的团体去林加岛，并且，他已经印好传单，上面打着广告"探险失落的帝国"。所以，林加岛正慢慢变成旅游胜地。班扬人（我确信）会出现得越来越少。

我决定离开，第二天早上六点，开往雅加达的游船将按时在基江港停靠。基江港是这座岛的主要港口，离槟城十九英里。买票并不容易，但诺丁通过贿赂一位代理人拿到了票。同时，我听闻的一些事令我毛骨悚然。许多渡船船体是采用玻璃纤维制成的，船体很轻，根本无法经受住海上的汹涌波涛。甚至没人遵守最基本的安全条例：超载两三倍的乘客人数，没有足够的救生衣及救生筏，安全出口总是被乘客或行李占用……可是我没得选，能买到票已经不错了。再说，所有的占卜师都说我能活到八十岁。

然而，当晚我并不好受。淋浴的水龙头老是关不紧，水一直不停地滴着。在我半睡半醒之际，我似乎看到这座城市遭遇可怕的龙卷风袭击，船出不了港。很明显，我正在找理由不去。我用毛巾把水龙头包起来，又睡过去，但一直做梦：梦中，我到了乡下的居所，但找遍了所有地方都没找到我的靴子。我本打算去露营的，但没了靴子，我就没法离开屋子。我极其失望，到处找靴子，但始终没找到。

我一下子醒了。这个梦是潜意识在明确地警告我：不要开船，船会沉的！我回想了一遍我听过的所有关于不祥预感的故事。但什么是"不祥的预感"呢？完全偶然。我们之中有多少人至少一次因为"不祥的预感"而改变自己的计划，我们拒绝搭飞机、拒绝上车，可是什么也没发生。飞机没坠毁，车也没出车祸。可是，一旦有人错过火车，而刚好火车上发生爆炸事件，人们就会说，"不祥的预感"起作用了。

失眠助长胡思乱想。我辗转反侧，脑子一团乱麻，难以入眠。我八十岁之前真的不会死吗？当然，命运安排我明天不要上那艘船的。正因为这样，我才会做那个警示性的梦。我的思维乱七八糟。我告诉自己，命运是无解的，无论你是在某个地方提前知道自己的命运，还是走一步看一步，都一样。每一个决定都可以看作是自由选择，抑或是命运的安排。

这会不会是俄狄浦斯预言的真义？切实存在于我们文化中的东西？预言家告诉俄狄浦斯的父亲拉伊俄斯："你的儿子将来会杀你，并且成为他母亲的情人。"为了避免此等恶事发生，拉伊俄斯将他的儿子俄狄浦斯抛到很远的荒野之中。正因为这个举动，回归的俄狄浦斯在不知情的情况下，杀了自己的父亲，成为亲生母亲的情人。如果拉伊俄斯不把预言家的话当回事，那什么也不会发生。预言不差毫厘地成了现实，只因他当真，用尽全力阻止预言所说的后果发生。所以，命运是无法避免的，预言是重要的组成部分：有些事，人们自己会尽力避免，但预言可以促成。雅典人明白这一道理，早在公元前5世纪就已全部说明。时至今日，我们得从头开始，重新理解。

我设想了一场海上风暴，船在顷刻间翻倒，像石头一样沉入大海。我想起当天诺丁告诉我的一个故事，他青年时曾是一个渔民。他的祖母曾教导他，一旦大海波涛汹涌、震慑到你，你必须准备两个新鲜鸡蛋，一只手拿一个，然后祷告几声，闭眼，精神高度集中于求生。最后，将两个鸡蛋分别扔进浪涛里，一个朝前，一个朝后。诺丁说，他曾多次这样做过，每次都灵验了。但是，这大半夜的，我到哪儿找两个新鲜的蛋啊？

透过窗户，我看到清真寺那颗霓虹星星，真是丑极了。心思跳跃到了其他地方：星星，星象。公元前5世纪的星象有多好啊，才能有如此多的伟人降生：雅典的苏格拉底、伯里克利、柏拉图，波斯的琐罗亚斯德，印度的佛陀，中国的老子、孔子。这些人前前后后百年间现世。现代，有更多人降生，可没有哪一个能与以上人物比拟。为什么？难道问题在于星象吗？

凌晨四点，一阵敲门声响起。预约的出租车准备出发，我没法再逃避了。管他什么不祥的预感，我的雅加达之行已开始。车朝着公园驶去，天黑漆漆的，伸手不见五指。这辆车老旧得不行，各种部件用铁丝装配固定。车行驶到空旷的乡村路上，一群武装人员拿着手电，将路堵了起来，并示意我们停下。是警察还是土匪？"警察。跟土匪没两样。"司机回答。他奉上一包烟之后，我们便被放行。

我们又行驶一段路后，车噼啪噼啪、呼哧呼哧地响起来，最后喀的一声，彻底熄火了。它"死"在了我们手上。司机打开引擎盖，用铁丝摆弄了一阵，但他想尽办法，都没能把车给"救活"。他面露担忧之色，但当他看到我正开心地笑着，便放松下来。他点燃一支烟，坐在引擎盖上。

现在，天空中飘着大团大团的灰色云朵，带着红边。一颗孤零零的小星星逐渐变暗。我高兴得不行。这似乎证明了我拥有强大的力量，能把车的引擎弄坏。现在，雅加达我去不了了，如果那艘船确实沉了，我一定要换工作，成为巫师！

我乘坐摩托车回到城里。当天下午，那艘船的姊妹船将在基江港靠岸，前往目的地苏门答腊岛上的棉兰城。这也是不错的选择。我终于可以乘船一睹马六甲海峡，从那里回程也更方便。

另外，我仍有时间去拜访槟城最年长的明师。

那位明师住在特里克拉海滩边的村子里，距离基江港约十九公里。木屋建在桩上。瘦削的他坐在地上的旧垫子上，困难地呼吸着。他的妻子倚靠在墙边，看起来比他年轻得多。这是他的第二任妻子。两个孩子在精致的木地板上与猫嬉戏。老人自豪地告诉我们，年龄稍大的孩子已经读完整本《古兰经》。

老明师不知道自己准确的出生时间，但是，他知道他的孙女们都已结婚生子。从他的后代来看，他推算自己至少百岁。而且屋前的椰子树是他看到父亲亲手所植，而今已亭亭如盖、巨大无比。

他的家族一直住在这儿，周围的土地都归他们所有。并且，他们一家一直是那一带的明师。我认为，"地主"和巫师真是集权的完美组合。事实也如此。"人们结婚，"百岁老人说，"都必须到我这儿来祈求祝福。否则，婚姻不会长久，难以相处。他们的米会腐烂，且总是有石子掺杂在里面。"

他身上的法力是他结婚当天从父亲那儿获得的。"法力只传给自家人，并且是值得信任、不以法术害人或谋私的人。"老人说。他父亲将法力传给了所有儿女。

明师身体虚弱，坐直对他来说非常吃力，但他特别健谈。他一生都在用法力帮人们找回失物——不管是弄丢的还是被小偷偷走藏起来的。但是，其法力主要用于治愈鬼魂引起的病症。"鬼魂中最棘手的是惨死的及被处死的，这座岛上有很多。"他说，"最开始是荷兰人在岛上大肆屠杀，后来日本人也做了同样的事。这是一座奇怪的岛，充满邪恶灵魂。"

我问他，如果明师有如此强大的法力，为什么不用来抗击荷兰殖民者，阻止日本的侵略？

"我们有一句老话：'巫术不过洋'。"他答道，"那意味着我们不能对其他大陆的事件施加影响，也意味着外国人的灵魂是未知的，我们没法控制。特别是欧洲人，要在他们身上施加法力非常困难。"

然而，在战争时期，他曾目睹多起非凡卓绝的壮举。有的明师能在日本人的枪口下救人，让其消失不见。老明师发誓，这是他亲眼所见。两个孩子显然震惊了。这个故事仍将在下一代中继续传颂。

我问老人，关于班扬人，他知道些什么。他确实了解：他们居住在山林里，是人，不是鬼魂。

我一直担忧的风暴终究还是来了，大雨滂沱，带来些许凉意。一阵柔和温润的清风从门窗吹进屋里，老人开始咳嗽起来。他说，自生病起，他就丧失了法力。他治愈的最后一个案例是一个二十出头的年轻人，他的肚子突然变得越来越大。他说了一些祈祷语之后，把一些草药交给了年轻人，让他一天服用三次。过了一个月，年轻人的身体恢复正常。这种病是什么引起的呢？明师说，这个年轻人偷东西了。过去也发生过类似的事情。有些人偷了邻居家的菠萝，会突然发现自己的肚子不断胀大，看起来像怀孕一样。他们的肚子里其实满是菠萝！同样的事情也发生在偷椰子的人身上。

对于拥有土地的明师来说，这无疑是一种阻止潜在偷盗的机智方式。但这难道不也是人们对于公正与和谐原始诉求的体现吗？

或许以后我再也没机会见到一位垂死的明师，所以我冒昧地问了一个问题。从我进屋起，这个问题便萦绕于心。"你怕死吗？"我问。

"我不知道……我只知道我一生中见识过各式各样的灵魂，有一头长白发的老妇人，有动物的灵魂，还有趁渔民捕鱼时侵犯其身心的水鬼。我看到过如此多神奇的事情，并期待见识更多……即使是过世之后。"他回答。

他的妻子忧心忡忡，担心我也是个邪术专家，专门来盗取他的秘术。从她的立场来看，她没有错，我向她道歉。我该走了，老人觉得遗憾，主动要为我祈福。再来一次也无妨。

司机把车停在地区医务室前，主管整个地区的医生刚好在那儿。他对明师有什么看法呢？他说，人们相信他们，那就够了。他用一些常见药可以在几天内让病人退烧，可是明师几分钟就可以搞定。比起来医务室，人们更喜欢找明师帮忙。在入职当天，他自己也曾前去向明师致敬。"他拥有这片土地，所以他扼制这儿的鬼魂。这里的逻辑与我在大学里学到的大相径庭，但它依然是一种逻辑。所以我应该怎么做？我在这里工作，我得信人所信。"

我到港口时，开往雅加达的船刚离港，晚点整整十个小时。一个妇人站在饮料摊前绝望地哭泣。她在游船停靠时段去槟城购物，回来的时候跳板已全部移除。她所有的行李、文件以及资金都在那艘船上。印尼国家船运在基江港的负责人正严厉地训斥她不遵守纪律。他说，他们公司对此事不负责，她必须自己处理这个问题。之后，他突然变得非常友善，主动要借她钱买飞往雅加达的机票：如此，她便可以先于船到雅加达，拿回她的东西。然后，她可以汇款还钱。"这不是船运公司的问题，是个人的问题。我得对这里的一切负责，即使是个人的问题。"他温和地自嘲道，并向我使了个眼色。

他戴着一副黑框眼镜和一顶毛毡帽檐的帽子，帽子上面有一条金色的穗带，看起来有点像海军上将的帽子。几缕小胡子下是宽口大白牙。他叫埃弗特·宾唐，已航行去过世界各个角落。他说着殖民者的语言——荷兰语，却对它表示不屑。"他们殖民了三百多年，留下了什么？只有棕榈树！"他指着远处的一排棕榈树说，树冠在蓝天的映衬下美丽极了。他的英语也非常棒，对各国女性非常了解。意大利女性华美，西班牙女性魅力无穷，法国女性职业，而北欧的许多女性看起来有些恐怖。"她们的皮肤——那白皮肤让我有毛骨悚然的感觉。"他说。

要是他能帮助所有人，那他能否帮我一个忙呢？我手里有一张前往雅加达的船票，但想去反方向的棉兰城。"没问题。"他说。四周已经聚集了不少看热闹的人群——有码头工人、旅客、摩托车司机、士兵以及胖胖的警察，他们腰间别着的手枪锈迹斑斑。他面向围观群众宣告："这个人不仅是我们公司的客人，更是我们国家的贵客。所以，得上红毯。"他忙活着将一卷红毯在我脚下铺开，所有人笑了起来。他拿走我的票，叫了一个助手过来，耳语了几句便走开了。

我喜欢这类人：他们好自夸，似蹩脚演员，甚至有时坏坏的，但是基本都是热心肠。我喜欢他们创造的戏剧性气氛，他们有计谋，与来去匆匆之人耳语，成卷的现金经手，然后拍拍你的肩，邪魅一笑，转动着双眼，伴随着威胁的手势。

1939年，埃弗特·宾唐出生在西里伯斯岛^①。1957年，他跟随一群极右翼的游击队员进入丛林，一起反抗苏加诺总统的左翼政权。1962年，他受到特赦，被编制进突击队，派往西里安查亚^②压

---

① 印尼苏拉威西岛的旧称。
② 旧名"西伊里安"，新几内亚岛（伊里安岛）东经141°以西部分。

制分裂分子，之后接到政府命令去西里伯斯岛。"我对那个地方了如指掌，"他说，"我熟悉那片区域，知道每一条路。"他解释道。他后来娶了一个苏门答腊的妻子。如此"混搭"——他这样形容自己的婚姻，繁衍了"八个真正的印尼人"。

埃弗特·宾唐告诉我，他是个新教徒。他凑到我耳边："我们这个群体虽然小，但前途无量。""作为印尼人，我们坚信'和平共处五项原则'，这已足够。第一条是'所有的印尼人必须信神；第二条是……'说到这儿，他卡住了。"很庆幸，四周的人群中有个刚放学的小男孩，剩下的几项原则他脱口而出："人道主义，团结一致，民主精神，社会主义。"

"对！"他接话道，"社会主义也在其中，因为我们不想要美国那种放任的自由主义。但重要的是，第一条要我们信神，可并没有说明是哪个神。这意味着，印尼是个多宗教的国家，不只有伊斯兰教，你明白吗？"他说着，眼睛露出一丝狡黠，"我们是一个群岛国家，由大大小小一万三千六百七十七个岛屿构成，有一点八六亿人口，都坚信'和平共处五项原则'。印尼一定会是一个伟大的、非常卓越的国家。"他热情高涨，"并且，不要忘了，外国朋友，太阳从我们这边升起，东是东，西是西，二者千差万别。你们西方人老是理性为先，经常忘了倾听自己内心的声音。但是我们……好了，不说了。总之，太阳从我们这边升起，因为我们拥有所需的一切：我们有土地，有居民，有资源。"之后又补了一句，"即使我们又懒又蠢。"他大笑道，"外国朋友，看看这里的太阳，你就会明白一切。挪威每年有一半的时间看不见太阳，在我们这儿，每天日照十二小时，有日出日落时的壮丽美景。在挪威，此般丽景根本没有。太阳绝对不会从西方升起。绝对不会。所以，外国朋友，请记住：未来属于这里。"

太阳，他口中的太阳，马上就要呈现明信片般壮丽的日落美景，火红的天空映衬着棕榈树起起伏伏的轮廓。船到了，甲板的喇叭大声地播放着忧郁的印尼歌曲。这是一艘漂亮的黄白相间的大型游轮，上面挤满了人，他们如潮水般慢慢地在踏板上移动——身穿浅色纱笼的漂亮姑娘，穿着蜡染衬衣、戴着黑色帽子的小伙。"槟城……槟城……槟城。"出租车、摩托车和小巴车司机大声吆喝着揽客，拽来往游客的胳膊、行李或其身边的小孩，让他们乘坐自己的车。噢，对，这就是东方，不错！

此时，我想起了新加坡。我才离开几天，但感觉已过去几个世纪。对我来说，这个地方非常美好：这是一个简单、真实的世界，人们拥抱、推搡，当面解决问题，而不是通过电脑。语言和动作浮夸，但却有着更多情感，少了条条框框的约束。在这里，一个曾经杀过人的爱国的"哲学家"经理可以在港口的报摊前大方地请别人喝酒，其中有他的朋友、助手、一位错过船的女士以及我这个外国人。

我拿着新的船票登上了船，朝着棉兰城前进。

第十五章
为航船喝彩！

　　船上的生活确实有趣。这艘船出自三十年前德国汉堡的造船厂，甲板是木质的，船舱有舷窗，此外还有餐厅、球室、酒吧、清真寺和教堂。总之，它有一艘船该有的样子，但更像一座待人探索的小城。你可以漫步，从船的一头走到另一头，从一层爬到另一层，还可以站在栏杆边远眺地平线，扫视游客中有趣的人，与他们聊聊天。

　　我们的船在长满棕榈树的荒岛间穿梭。太阳的最后几缕光缓慢掠过海面，海天一片古铜色。此景似乎有些神圣感，乘客站在甲板上，静静地欣赏自然之美慢慢流逝。穿着蓝色制服的水手、穿着白色制服的长官，以及穿着黑裤和带铜纽扣的红马甲的乘务员都静静地站在那里。

　　很快，祷告的时间到了。之后，便是晚饭时间。

　　船真是个绝妙的发明！当然，也有人告诉我，船早晚会因为"市场问题"消失，人们不再愿意为船买单。这就是我们世界的运转方式，我们剥夺了自己的一大乐趣。可能到最后，我们甚至可以不需要上帝的杰作——女人。要是哪天我们找到让试管婴儿更廉价的方法，男人可以不需要女人，也不用经历九个月的漫长等待，自己繁衍后代。要是某天我们发现爱也没"市场"了，那么男人可以在有预设程序的机器那里满足人的任何欲望，还可免受传染疾病的威胁——这机器除了钱什么都不需要。

为船喝彩！它投入大海的怀抱，海浪轻抚着船身，哗啦作响，船身轻晃。此时，船似乎有了灵魂。让我们把它作为爱的象征保留，让最后的浪漫主义者快乐，让忧郁的人得到治愈。让那些不堪生命之苦、被生活扼住喉咙而轻生的人来一次乘船旅行。试想，那得节约多少药物——安定和百忧解也无用武之地了。

晚饭后，我走出船舱，到了船尾，躺在木质甲板上，仰望星空。我的视线开始模糊，一种感觉涌上心头：多亏那位占卜师，我才能重新审视旅行的乐趣以及人生的意义。所有的焦虑随风消散，过去的日子似乎也没了痛苦的痕迹。我倾听别人的故事，享受着周围发生的一切，有闲暇整理思绪，反思生活。时间和沉静——必要且自然的两样东西，如今却成为只有少数人才拥有的奢侈品。这也是抑郁症增多的原因。

就我来说，抑郁始于日本。那里的生活马不停蹄，各种职责压身，人与人之间的关系紧张艰难。我从没有（或者说，我觉得自己从没有）一点时间停下来喘口气。每时每刻都为自己没能做更多的事而心怀愧疚。我每天一起床就感觉肩负着整个世界的重量。有那么几天，只要看到门口成堆的报纸，我就会反胃。

日本的整个社会都被约束着，人们生活在其中，根本无法自然表现。在那儿待着已令人压抑不已，更何况我还经营着自己那不同寻常的"生意"——新闻。作为外事记者，常常需要现身于各种戏剧性的场合。但没有人能年复一年地目睹各种事件（失败的革命、未破的案子、破灭的希望、棘手的问题）而泰然处之。越南、柬埔寨，总是有人死去，总是有人逃亡。慢慢地，人们会觉得万事皆无用，公正的时代遥遥无期。最后，在我看来，同样的文字，一遍又一遍地重述同样的困境、屠杀，以及受害者的遗容和幸存者的泪水，文字已丧失其意义。字字句句听起来都像空话、废话。

在这样的情况下，人感到压抑再正常不过。对于仍清楚生活落差的人来说更是如此。当我们环顾周遭，发现没有任何人和事能鼓舞我们；当我们的世界陷入低能及廉价物质主义的怪圈，没有了目标，没有了信仰，没有了梦想，抑郁成了正常的表现。人们再也找不到一个伟大的东西来瞻仰，一个优秀的指导者来效仿。

漫漫历史长河中，人类不乏真正的领袖来引领前进的方向。现今，我们到哪儿找一个伟大的哲学家、画家、作家、雕刻家？浮现在脑海中的仅有的几个名字，都是宣传和营销的结果。

比起其他行业，政治圈里的平庸之辈特别多，西方尤其明显。这得"归功于"民主，不过现在的民主与其最初的要旨相去甚远。曾经，它意味着投票决定是否参加与斯巴达的战争，一旦参与，可能会没命。如今，对于大多数人来说，民主仅意味着每四年或五年现身一次，和大多数人一样，在纸上选出某位候选人——正因为他得取悦选民，所以必然是个普通、平庸之辈。如果有一个真正杰出的人横空出世——有着非同寻常的思想，视角独特，不以承诺幸福来取悦选民，那他也不会当选，不会得到这"大多数人"的支持。

那么，艺术这一感知伟大的捷径呢？艺术甚至也失去了帮助人们理解事物本质的功能。音乐似乎只为耳朵而非心灵创作；绘画总是让人不忍直视；甚至文学也越来越市场化。谁还会读诗呢？诗歌的美丽早已被忘得一干二净。但是，诗歌与爱一样，能点燃人们心中炽热的情感。它胜过威士忌、安定或百忧解，因为它可以升华灵魂，让我们以更高的视角看待世界。如果你感到孤单，比起看电视，读诗更能慰藉心灵。

安吉拉说，如果要消除本世纪的一个发明，她将选择电视，甚至比原子弹都靠前。她也不全错。电视弱化了我们的注意力，钝化了情感，阻碍了交流，成了获取信息的主要方式，甚至是唯一的途径。然而，电视所呈现的再虚幻不过了，所有的事件和情绪都成了具体的景象，导致人们难以被感动，或是义愤填膺。电视抛出太多信息，留下无知的我们自己去辨别。它分散我们的注意力，帮助我们消磨时间。可是，它真的是我们想要的吗？

你看得越多，就越明白我们的生活方式失去了意义。每个人都在拼命奔跑，但要跑到哪里呢？努力奔跑到底为了什么？很多人都赞同，在追逐物质的过程中，我们失掉了最原始的趣味。但谁又有勇气喊出："停！我们一起换种生活方式吧。"如果有人这样做了，很多人会把他当成疯子，而这些人自己却倍感消沉。当迷失于森林或沙漠时，我们定会竭力自救，寻求出路。这种进步虽然能让我们更长寿、更富有、更健康、更漂亮，却与快乐背道而驰，那我们为什么不能自救呢？

所以，抑郁成为常见的疾病一点也不奇怪。从某种程度上来说，这也挺鼓舞人心的，因为人们内心深处仍渴望人性。

在拥挤喧闹的东京的最后五年，我感觉自己像中毒一样，并且只能自己疗伤。我关闭新闻社，把书和家具打包寄到泰国，刮了胡子，如朝圣者般去了趟富士山。在圣洁的山顶，我写完了关于日本躁动个性的最后一篇文章，之后便隐居到茨城的深山老林。整整一个月，我只能与我带去的狗（宝利）说话。我阅读几个小时，听风撩动树叶沙沙作响，观赏蝴蝶翩翩起舞，享受静谧时光。过去的岁月，我一直关注越南、柬埔寨、共产主义、日本威胁论、孩子的未来、家庭、朋友、世界。终于，我有了闲暇时光。大自然，奇妙的大自然接纳了我，让我重新振作。

回到欧洲，我去一位名医那儿看诊。"如果你不时地感到这个世界太压抑，吃一片这个。"他边说边给了我一些百忧解。自那时起，那盒药便一直伴随着我，走到哪儿带到哪儿，和我的护照、支票簿和驾照放在一起。我一直没打开过。随着时间的流逝，它似乎成为一种护身符，恰如明师给的神油，或是新加坡萨满道士给的绿色纸条。我一点也没想过它在未来某一天可能会有用。

黑暗中，船继续向前突突地行驶着。我盯着夜空，贪婪地呼吸着夜晚新鲜的空气，感觉整个星空都在自己的心里。如果那被称为抑郁的潜伏着的怪物想现身，它将没有容身之处。为船喝彩！

临近午夜时分，我们的船经过新加坡。远眺之下，那座堪称完美、气候闷热的城市在地平线上成为一道模糊苍白的光影。

我是船上唯一的西方人，因此我的出现引起了其他乘客的注意，其中有个上了年纪的中国人，他发现我也会中文，便主动带我去向另一个中国人卖弄。那是个高瘦、外向的印尼青年。他凑过来，照惯例问道："你来自哪里？"我很快反问："请告诉我，你信明师的法术吗？"被如此一问，他尴尬得大笑起来，亚洲人经常这样。

　　片刻之后，他便跟我分享他的经历。在十五个兄弟姐妹中，他是老大，有五位已经因病（胃病、热症、哮喘）去世。突然有一天，家里的一大笔钱不见了。他父母怀疑是那个捡来的儿子兼仆人偷拿的。我的年轻朋友和他妈妈一起去明师那儿寻求帮助。明师在他们面前摆了一只碗（真像我小时候在佛罗伦萨的碗啊）。碗犹如一个电视屏幕，出现了一些画面。他们看见那个男孩进房间拿走了钱。他们与那个男孩对峙，他承认并归还了钱。

　　"有没有可能是你和你妈妈把你们的怀疑投射在碗里的水上？"我问他，"如果是一个陌生人拿的，你们还能在水中看到吗？人应该不能臆想一个陌生人吧。"他面露惊讶之色，无法理解我为什么还没明白。

　　过了好久，我们的船才开始穿过马六甲海峡。这是我在吉隆坡时特别渴望看到的。但是，马六甲海峡看起来一点也不像真正的海峡：放眼望去，目光所及只有一边海岸，大部分时间，两边的海岸都看不见，让你有种在茫茫大海中航行的错觉。

　　船上的第三餐起，我开始有些厌烦宗教上的包容：我们几乎每天都以寡淡无味的白菜土豆汤填饱肚子，配上一大盘白米饭以及一小块炸鱼。看来，所有印尼人都被要求信仰一种神，提倡尊重各类众神，一点也不利于船上的饮食。

我们准时到达苏门答腊岛东部的巴拉望①，船上的大喇叭又开始大声播放同样的忧郁曲子。码头边停靠着锈迹斑斑的船，船上飘荡着不知名的国旗，准备装运该岛臭名昭著的财富——橡胶。

巴拉望到棉兰市中心有二十多英里，我坐上摩托车牵引的拉车便出发了。这次，我感觉自己的第一印象没错：苏门答腊岛挺富裕的，不过穷人也很多。一路上，我看到肥沃的棕榈树种植园。在尘土与成堆的塑料袋中，坐落着种植工人那充满恶臭的窝棚。这群人在哪里定居，教堂便会应运而生。我一时兴起，想数一数一路上到底有多少座教堂，很快我就数不过来了。所有教派的教堂都有。同样，这也是市场要求的结果：因为法律规定每个印尼人必须信仰一种神，商人趁机开发灵魂上的商机。有浸信会教徒、神赐派、福音主义者、基督再生论者，等等。就政府而言，传教士越多越好。

我在棉兰城待了四天，计划约见一些有名气的中国人，与其他地方一样，他们都把握着这里的经济命脉。不过，在开始工作前，我去了一趟印尼国家船运的办公室。我问负责人，那艘我没上成、从棉兰开往雅加达的游船怎么样了。他疑惑不解地看着我："什么

---

① 印尼苏门答腊岛第一大城市棉兰的海港。

都没发生啊，先生。为什么要这样问呢？"

所以，那艘船没有沉，我的预感是错的。这样也好，不然我可能一直充满着对未来生活的恐惧。虽然这样说，人还是会怀疑这就是一个不好的预感，一旦这种预感最后证实是对的（千分之一、万分之一，甚至百万分之一的几率），必然会加重人们的疑虑。举反例倒是简单得多，不过也没什么意思。这跟占卜是不是很像？

我游玩的这段时间里，斯里兰卡的总统拉纳辛哈·普雷马达萨被炸弹炸死了。这极有可能是刺杀印度总统拉吉夫·甘地的泰米尔猛虎组织干的。众所周知，普雷马达萨的团队里有一些著名的占星师及神秘学专家，其反对者甚至在议会上直接谴责他依赖这群人来决定国家相关决策。难道这群人里没有一个人警告他吗？没有一个人提醒他吗？有。我读的棉兰报纸上说，有个不属于总统常规团队一员的占星师曾去看他，并提醒他在4月14日到6月初要格外小心。他说，那段时间总统不能出行或在公共场合露面。他是对的。但其他一众人呢？总统经常咨询的那群人呢？那些在年初说总统今年会身体健康、财源滚滚、幸福一生的人呢？跟轮盘赌一样：总有一些玩家将赌注压在幸运数字上，可是，每一轮的胜者你都无法预估。

棉兰城于我也是一大宝地，在这里我可以抓住很多线索，听一些有价值的故事。在棉兰，一个华人向我展示了一张张阿辉家族的老照片。实际上，张阿辉是这座城市最初的建设者。19世纪末，他身无分文地从中国到了棉兰，在很短的时间内，他便拥有八百处地产、十五座种植园、一家银行，垄断鸦片生意，还有一座现已废弃，但仍富丽堂皇的房子。1908年，张阿辉娶了一位年仅十六岁的漂亮姑娘；他于1921年去世。去世前几年，他热衷于公益，建设医院、学校、庙宇。这张照片是1927年拍的，照片中间是窗户，二十多个家庭成员按长幼顺序依次排好。第一排有个个子高出许多、表情恬然自若的白人青年。

"这个人，他是谁？"我问道。

"一个意大利人，说来话长。"他说。我花了两个小时才听完他的故事。他名叫彼得罗·毛里奇奥·伦戈，1899年出生，是一名网球运动员、自行车手兼赛车手。当时，他在日内瓦的一间夜酒吧跳舞，在那儿认识了张先生年轻的遗孀——她每年都要带着得了结核的孩子去瑞士，那里的空气更优质。1927年，伦戈来到棉兰当她的"秘书"。这位优雅的绅士奠定了整座城市的流行基调，他将骑行介绍到这里，并组织举办了岛上第一场自行车赛。1959年，五六十岁的他结识了一位非常靓丽的爪哇姑娘，与其结婚，婚后改信伊斯兰教。

如今，伦戈已去世多年，但我有幸找到了他那位爪哇妻子以及两个女儿，其中十八岁的女儿刚刚获得"棉兰小姐"的称号。她们拿出一些旧时的相簿、书信以及剪报。又一位自由自在、具有冒险精神的意大利人远离家乡和祖国，满世界跑。我欣喜不已。

这个华人还告诉了我一个不太寻常的寺庙，它由一些素食的尼姑管理。为了延续传统，她们中的每个人会领养两个小女孩。这些尼姑有预知未来的能力，其中一个可以通过花园里摘的花瓣预知未来。如此特别之地，我怎能错过？

一路走来，我根本看不出这是一座寺庙。在印尼的华人无权保留自己的华人身份：他们被禁止在公共场合说中文，不允许教自己的孩子中文；他们必须取一个印尼名字，放弃原有的中文名字；同时，他们不允许立中文牌子。因此，天福寺的烫金汉字被安在了高高的外墙后面。我一踏进寺庙，一股浓郁的古中国风映入眼帘。其间香火旺盛、青烟缭绕，祭坛上供奉着各类神祇的雕像，院里种着花草，混凝纸做的老虎脚下燃烧着十几支小红烛，还有一个炉子供虔诚的信徒烧纸钱。

连尼姑也是旧时的打扮：身穿粉色丝质的宽松衣裤，长发在脑后绾成圆髻。那位将为我占卜的尼姑坐在一张高高的方桌前，脸色苍白，不过很漂亮。她让我去花园摘一朵花，我摘了一大朵有黄色花蕊、白色花瓣的雏菊。她接着问我的生辰及出生地，看我的面相和手相。然后，她将花瓣一片一片摘下，在她面前依次摆开。她说，如果我在三十八岁之前没做过任何手术，那么在六十岁的时候会遭遇一回；我至少可以活到七十岁，再结次婚，生养第三个小孩，那将会是个儿子。可能我看起来有些焦虑，她又加了句，第二次婚姻不一定是正式的，有可能她是我的"小老婆"、情妇。我现在还不认识这个女人，不过会在下个月认识。也就是说，花瓣显示，我一定会有两个妻子，除了现有的一儿一女，我还会有第二个儿子（就我已有一儿一女而言，她确实说对了）。

至于工作方面，她说，我一开始就选错行了（非常正确，比起修理打字机，我更适合打字）。直到三十岁，我才开始从事自己喜欢的行业（又说对了）。三十八岁才有所成就（嗯，半对半错）。

她还告诉我，在五十九岁那年，我要格外当心，因为会遇到特别大的障碍。（又是那年，我还想去亲眼见证香港回归中国的场景呢）在六十四岁到六十六岁之间，我要避免去危险之地或战场。（是什么让她认为这是一种可能？）在这段时间里，也有一个困难等着我。

财富方面，她说的与其他人告诉我的相差无几：财富会从我指间溜走。她的建议是在左手的中指上戴一个金戒指。不过她告诉我不用特别担心，因为我会老来富裕，给三个儿女留下一大笔财富。她或许是从花瓣里看出这些的，但极有可能是跟其他给我占卜的人一样，看了同一本书上的同一页内容。

她又说，今年对我来说是幸运年，会发生一些新奇的事，包括我即将见到的"小老婆"。我被这个一直坚持说我会有"小老婆"的尼姑逗乐了，于是开玩笑道："那有没有可能就是你呢？"她微微一笑，结束了此次谈话，并为自己可能冒犯到我表示歉意。她配合手势，对着花瓣说了几句祈祷语，然后用精致的粉色纸片紧紧地包起来。她让我留着花瓣当护身符，不管去哪儿都须随身带着。有什么禁忌？我必须素食，但如果我想，我可以时不时地吃点鱼肉。

第二天一早，我在（荷兰殖民时代遗留下来的）达尔玛德里酒店吃早餐时，一位穿着出众的印尼绅士坐到我旁边。他是林业部门的一个小官员，从雅加达来这儿公干。"你结婚了吗？"他问我。一改以往的回答，我否认自己已婚。他觉得我该庆幸自己没结婚。他说，他的二老婆整天只知道跟大老婆吵架，为此，他不得不把她连同两个孩子一起赶了出去。现在，他和他的大老婆及三个孩子住在一起，但他又开始想念被赶出去的老婆和孩子。是谁派他来跟我讲这些的？难道是上天特意派来，目的是让我小心下个月即将遇到的"小老婆"？

在棉兰，一些国家的代表不光有专职的外交官，还包括一些荣誉领事，这些荣誉领事多是很早就来这里且久居当地。我确信，在他们那里我能获取不少信息，于是我去拜访了德国的荣誉领事。不过他不在，他的秘书倒是给我推荐了好几位可以访谈的人，并帮我预约好时间。最后我们才聊到正题。

"你是说明师吗？我的爷爷曾经是多巴湖地区有名的明师，"秘书说，"他是一个王侯——王子。当反对伊斯兰教君主的革命波及这里时，很多王侯都被屠杀，寓所也被烧毁。我的爷爷逃过了一劫，因为他用法力造福了很多人。村民将他藏在地下保护起来，直至最后。他在一百十八岁高龄才离世。他是邪术上的专家，但首要的是，他对草药的药性有深刻的认识。我的奶奶从旁帮了很多忙，她为病人调制药物，还养了许多鸭子，并且只养红色的。"

"鸭子？"

"是的，因为我爷爷的法力来自红鸭子。他每周至少得吃一只这样的鸭子，并且煮的过程中不能有人尝。他接收病人时，手里总会拿着一根刻有很多人物形象的木棍子。现在房里还留着那根棍子，那是他能力的象征。"

秘书的爷爷有过七个妻子、十八个孩子。她的父亲是嫡长子，按理来说是继承明师一职的人选。"爷爷在弥留之际曾把父亲叫到跟前，悄悄耳语，但父亲说他很抱歉，他没法答应。因为他受过教育，信仰基督教并且是新教牧师，他不能与任何巫术有牵连。"她说，"爷爷失望而终，秘术就这样失传了。"

这个年轻的女孩仍然记得祖父的居所宁静祥和。这好像老人一贯的风格，似乎和谐宁静与神秘力量之间确实存在着不可言说的关系。如果仅仅因为这个，不为别的，我认为，她父亲没有将家族传统传承下来，真是一大遗憾。人类知识之书的一页就这样消失了？

我从棉兰乘渡船穿过马六甲海峡，到了北海，一座位于槟城对面的马来西亚的海岸城市。在那儿，我如愿搭上最爱的火车前往曼谷。火车上满是背包客和老练的外国人：美国的退伍军人、德国恶棍、一群靠开酒吧为生的辍学青年，还有酒吧里的陪酒女孩，她们每隔三个月就要去槟榔屿的泰国领事馆更新签证。

我乘坐的是二等卧车包房，因为一等的有空调，特别冷。我发现，在我乘坐的车厢尽头有一名僧侣。他个子挺高，身穿普通的橙色僧衣，光头，肩上挎着黄色的帆布包。一开始我误以为他是印度人，走近才发现他其实是一个被晒黑的荷兰人。他三十五岁，出生于苏里南，父亲是那里的法官。十六岁那年，他被送到荷兰上学，一场危机让他没去成。"我来自一个贫穷的世界，那里没有任何现代设施，人们相对更加快乐。那时我虽然身处富裕舒适的世界，却发现周围的人并不快乐。"这让他踏上了"探索之路"，他花了六年时间在印度跟着一位瑜伽大师冥想，其间不剪发、不刮胡子，只在腰间围着一片破布；然后他在斯里兰卡跟着不同老师修习佛法。

"佛学非常适合我们西方人的心智。"比库说——他自己要求别人这样称呼他，在泰国这是人们对僧侣的普遍称呼。"它完全能满足我们对理性的追求。佛学的一个要义是'非亲身所经历勿信，非亲身所证实勿信'。老师是必要的，各种各样的老师。不过区别在于，泰国的修佛之人只会指引道路，你必须自己找到出路；而印度的老师则会告诉你：'相信我，信任我，我会引领你去极乐世界。'最后，你可以在他们的基础上继续修佛。"

只有在漫长的火车旅途中，你才能如此放松，侃侃而谈，不用考虑时间或言语间的荒谬，看着如画般美丽的乡村在眼前划过；突然一阵风暴裹挟着瓢泼大雨而来，你伸手捧住雨水，洗洗汗湿的脸。

"比库，你相信法力吗？"我问他。

"当然。人可以通过冥想获得法力。"他对此坚信不疑。他说，他通过冥想，成功治愈了自己喉咙里的肿瘤。他从帆布包里拿出一本紫色的小书，里面有几页讲的是一个缅甸护士的故事。在医生放弃治疗之后，她开始冥想，最后她的癌症真的痊愈了。你只须相信，剩下的就交给信仰的力量。

比库说，不是所有的疾病都可以被治愈，每个治疗师一般只能医治特定的几种疾病。法力也一样。有些大师可以将人们的思想具象化（你渴了，他能凭空让一杯水出现在你手里），有一些还可以与植物交流或推迟自己的死亡时间。在斯里兰卡，他老师的老师就活了好几百年，而他的老师阿难弥勒已九十七岁高龄，通过冥想，他可以按自己的意愿再活很多年。

谈到法力，比库说，人们在修炼时须特别小心。老师的一个重要作用就是指引，因为法力可以用来行善亦可用来作恶：它们可以治愈疾病，亦可杀人于无形。巫医和明师将法力用于邪术，僧侣用同样的法力来开化众人。

尽管比库刚说过需要西方的理性，他自己却成为东方神秘学忠实的信徒。在我看来，他需要去信这个东西。他像常畅一样，感觉自己需要一个老师指引自己，于是便长途跋涉去寻找。我记得，他差点迷失在路上，但已回不了头了。

比库这次是回华欣①附近的一个小庙宇，他住在那里。他来马来西亚是为了治肾病。自出家以来，他经常生病。我冒昧地说，这可能是修行的食物和生活节奏造成的。他不认可我的说法。他说，疾病是涤罪的一种形式，能净化他在前半生累积的不好的业。冥想同样能助他把恶业祛除。

跟常畅一样，虽然经过数年的努力、自我否认以及艰难的精神洗礼，比库仍处于深深的痛苦之中。我被他在尼泊尔山林里的一次经历震惊了。他说，他感觉自己的身体逐渐溶解，与周围的山川花草融为一体。突然，一个声音传来："不，还不是时候，你的大去

---

① 泰国西海岸著名避暑胜地。

之期还未到。"那种感觉他记忆犹新，每每想到自己的身体在某天会以那种形式消逝，心里便充满安宁之感。"身体之于灵魂，如不合脚的鞋。穿着它你无法好好前行，你有一种想扔掉它的冲动。"

当这位为疾病所扰的瘦弱的比库正诗意般地向我述说他对死亡的渴望时，两位身材魁梧的美国人在走廊的另一端讨论他们在芭堤雅的酒吧，商量怎么让陪酒姑娘每晚都来工作，并且上交合适比例的小费。我凑过去，经过两个小时的交谈，我感觉自己都可以开酒吧了。我了解到，开酒吧得雇用八个女孩（不是所有人每天都要来工作，并且有些顾客会一次性租用几个姑娘陪酒一周）；我还知道要避免犯错，最不能做的就是工钱比其他酒吧高；我每个月至少能挣两千美元！还是纯利润！甚至是向当地警察上交"税费"之后的收入。要不是在火车上，我都没法获悉这些生存之道。

晚餐时，比库只喝了点果汁便去休息了。我留在餐车消磨夜晚的时光。警察、乘务员和那两个酒吧老板在餐车逗留，继续聊泰国女人的各种话题。我们都喝了据说可能会致盲的烈性饮品，由当地的威士忌、苏打水及柠檬调制而成，如果酒里混合了甲醇就更危险了。但是，要怎么区分呢？这得靠运气。我回到卧铺车厢，拉开窗帘，享受和风拂面。火车在温和的夜色中继续行驶，大大的圆月看起来像是挂在窗户上。

我早早地起床，与比库告别。他在华欣下车，离曼谷还有一百三十英里。透过暗淡的晨光，我隐约能看到寺庙的小尖顶，好似剪裁过的棕榈树叶镶了金边。在一个高高的山顶上，我认出了比库所在的小庙的侧影。

几个小时后，火车渐渐慢下来，发出欢快的换轨道的咔嗒声，交叉直行预示着我们到达一个大站，终于到了曼谷。至此，两个月时间已逝去。两个月的出行没有一次乘坐飞机，就因为占卜师的一句话。很多人可能已经认为这种行为不可理喻。但是，我倒是越来越乐意人家把我当疯子看。

第十六章
那加玫瑰

老实说，我从萨默赛特·毛姆的作品中从未感受到其他读者所体验到的情感。在我的印象中，他是一个虚假的英语作家，自己对亚洲一点也不感兴趣，书写亚洲的内容仅仅是为了给白人的故事增添些许异国背景。

一次偶然的机会，我重读了毛姆的《客厅里的绅士》。是偶然吗？当时，车在海龟酒店门口等着我，我抓住最后一点时间扫视周围能带到海上的读物。我的目光一下子落在中式圆桌上的这本书上。这本书是第一版，二十年前我曾在新加坡买过这个版本。它被曼谷的白蚁侵蚀过，这才重新装订好送回来。我把它塞进帆布包的最后一点角落便离开了。

我坐在船尾（是从曼谷开往柬埔寨的小货船）的一堆绳子上，打开书，心里生出无限感怀：有快乐，也夹杂着面对未解之谜的不安。我突然意识到，毛姆描述的航海与我当下的情形相差无几，也许1929年，他也曾在这样的一艘船上。

书的开头是这样的："我从查尔斯·兰姆的作品中从未感受到其他读者所体验到的情感。"他写他是怎样在临出发前找书，最后碰巧看到一本绿色封皮的书，随后他便在船上开始阅读……

今年对我来说真是荒诞的一年！生活重新变得如此辉煌，如此非同一般，惊喜连连。仅仅是因为巧合吗？

毛姆从仰光开始他的旅程，目的地是河内。我呢？我是从哪里开始的？又将去往何方？是谁拽着那条决定我命运的线呢？我总感觉有那么一个人存在。

人世的因果循环无穷无尽，无法解释清楚。一连串的"因"导致我上这艘船的"果"。抽丝剥茧也无法找出最初的"因"，这正是命运让人抓狂的一面，也是其精彩所在。

世间，总有一座圣路易斯雷大桥，来自不同地方、有着不同故事的人们恰巧都在吊桥断掉时聚到桥上，一起坠入深渊而亡。但每个人旅途的起点已不可追溯。

在我看来，凡是能想到的时刻都不能算作真正的起点——中国香港的占卜师、柬埔寨的死里逃生、老挝的决定，甚至是我的出生都不是。大概因为，当你顺着找下去，你会发现，并不存在真正的起点。

我把利奥波德叫了出来。他是我的老朋友，曾说过想一起来冒险。我们仨（毛姆现在已经成为强大的存在）一起庆祝眼前的一切，享受"那加玫瑰"号的静谧之景。

我去柬埔寨是为了参加联合国组织的选举，再一次，幸运之神站在了我这边。去柬埔寨的陆路难走且危险重重，与泰国的边境通道被政府关闭，而红色高棉决定抵制此次选举，也威胁着波贝与马德望之间的道路。外国人只能通过金边机场进入柬埔寨。

然而，一天，我注意到，在泰国报纸的一角写着有艘船会去柬埔寨的西哈努克港，会停靠在曼谷装货。我打电话咨询得知，这艘船的所有者是一位年轻的美国人，没有什么经验。我邀请他来海龟酒店共进晚餐，并说服他捎上我。利奥波德兴奋地入伙了。

利奥波德是一个很有风度的人。他出生在一个爱国的家庭，许多家人都为国（法国）捐躯，1968年，他去巴黎读法学，并参与了"变革"。"变革"的结果让他备受打击，之后，他便一直在路上：印度、尼泊尔、泰国，然后是中南半岛。1975年，我们在西贡城大陆酒店的花园相遇、相识，当时西贡已经被共产主义者占领。他总是穿着熨得平平整整的丝质衬衫，优雅得体。基于跟我们新闻工作者、商人和探险者一样的原因，他也没去越南。他醉心于观察生活，而在1975年，西贡是能满足此欲求的绝佳之地。之后，经过多年的晃荡徘徊，他想证明自己能做成一些事。于是，他去了曼谷。经过一系列机缘巧合，他开了一家珠宝工厂。他给珠宝店取了一个夸张的法语名字，那是他从巴黎电话黄页上随机找的。不过，他从中挣了一笔钱。

"但是，你不能一辈子做珠宝这类无用的东西。"他在我们相隔十五年后再次见面时说。他已经决定将工厂以合股的方式转给工人们，自己投身于其他事情。"赠予比售卖要好得多。"他说，"未来，要是我有需要，他们一定会提供帮助。在亚洲，人情远比合同更有用。"

我们出发的时间一再推后，连续的雨天让白砂糖没法装船。最后，我们接到通知，让我们去曼谷昭披耶河对面的五号码头。

预约一艘船，就像跟一个只通过电话的女人约会。你满怀期待，心里勾勒出完美的形象，最后却总是大失所望。这艘"那加玫瑰"号跟我的想象出入甚大：它又小又旧，随意地用蓝白油漆重新粉刷；甲板肮脏不堪，满是烟头；马耳他旗帜被烟囱的烟熏黑；主桅杆与起吊机连接处已弯曲。

在一位与众不同的高个子青年水手的陪同下，我来到安排好的船舱内放下包。这是个极小的房间，闷热不通风。在门上，我惊奇地发现了一张昂山素季的肖像，她是反抗军事独裁的女英雄。"我曾是她的保镖，"他用一口流利的英语说道，"当时我在物理学院上三年级，但是，当她被捕之后，我不得不逃亡。"船上所有的船员都是缅甸人，其中大部分是为了躲避镇压、逃到泰国的大学生。

傍晚六点，我们的船起锚。"那加玫瑰"号还没开出一百码，一位穿着紧身纱笼的优雅女孩出现在甲板上。她带着一个茉莉花花环、一些彩色丝带、几炷香和一把兰花，走向船尾。"这样做能带来好运，保障安全。"船长说。他也是缅甸人，从外貌判断，他有四五十岁。

船挨着昭披耶河左岸缓慢滑行，经过海军学院、几座佛塔以及一座中式寺庙，庙顶上立着一个银币般的圆形雕塑。到处都是一排排老旧木头堆砌的房子，每个房子前都有一个梯子，孩子从那里跳进水里嬉戏。过去，这条河是通往暹罗的主要通道，这是首先映入游客眼帘的一景，之后才会看到远处王宫绚烂夺目的屋顶。

晚上九点，船到了入海口，我们即将离开泰国，驶入茫茫大海。在我们前面，暗暗的水面上飘荡着成百上千的渔船，桅杆上挂着灯，一眼望去，真像一座灯火通明的城市。

就餐的地方有一张粗糙的桌子，被人用螺栓固定在地板上，还有两把长凳。地方虽然简陋，但菜肴美味可口，可以和餐馆相媲美。看起来像是出自我们之前看到的女孩之手。她二十岁左右，皮肤黝黑，照泰国的标准，算得上丰乳肥臀了。她手腕上戴着几个镯子，其中一个上面镶有一个金铃铛，她的一举一动都伴随着清脆悦耳的铃铛声。

船长是在曼谷的一家店里发现她的，当时她是售卖衣服的营业员，刚从乡间来到曼谷。那是她的第一份工作。船长问她每个月的工资，并愿意每个月多给一千泰铢，雇她来当妻子。他成功了。后来，他又雇她做"那加玫瑰"号的厨师。"雇妻"是泰国一个古老的习俗。利奥波德和我都一致认为，这是泰国最开化的一点。

我们的船一整晚都穿梭于星星点点的渔船之中，在甲板底下睡觉也不太能睡着，因为船是挪威制造的，适合高纬度的航行，不适合热带地区的海洋航行。大大的管子将发动机房的热气带到船舱，整个船舱似火炉一般。你根本无法赤脚在钢板制成的地面上行走。只有蟑螂还欢快地在上面来回爬动。船员在下层有铺位，但船长睡在舒适的吊床上，搂着美女厨师，享受船上唯一的风扇吹出来的凉风。

利奥波德和我走出船舱，来到最上层的甲板，在烟囱脚下躺下来。但我们俩谁也睡不着。夜色、船上的氛围以及远离尘嚣的感觉让我身心自由，兴奋不已。利奥波德则特别想聊天和大笑。

"想想那个说'这是我的船'的美国人。他可能从没踏上这艘船，整天只待在有空调的办公室里，处理保险和装运白砂糖的事情。看看你我，我们正在他的船上享受人生呢。"利奥波德说。一想到美国人只有一张纸来说明他是这艘船的主人，而我们甚至没有船票，就能享受这艘船带来的乐趣，我也跟着大笑起来。

"人生也一样，得保持乘客的心态。我们没有必要非得拥有什么不可。"他继续说道，好像是要替他甩掉工厂的决定辩白。

我想，那是我第一次听他提到约翰·科尔曼。"他是一个超世之才。你一定要见见。他是一位大师，能教你冥想。"

我们直接在甲板上睡过去了。虽然由于风向变化，我时不时感到有烟从我脸上飘过，但我实在累得动不了了。这样一直持续到天亮，直到阳光唤醒我。

我一天的大部分时间都在甲板上度过。船尾有一团绕成圈的绳子，就像一个巨大的鸟巢，足以让史前巨鸟在里面下蛋。我待在那儿，一边享受日光浴，一边读毛姆的书。我有时会大声读出来，让利奥波德能参与进来，聊一聊他的看法。我跟他讲，毛姆到达曼谷后住在东方大酒店，可是不幸染上了疟疾。酒店的德国女经理不愿他死在酒店，极力说服医生来带走他。可怜的毛姆！要是他知道现在的东方大酒店拿他作噱头吸引客人，估计他会气得从坟墓里坐起来。酒店吹嘘毛姆是他们这儿最出名的客人，还有一个用毛姆命名的套房；他的所有著作被精致地包装起来，陈列在竹制游廊边上；菜单上印着他的照片，旁边配着早晚餐毛姆可能会点的菜品推荐。

下午时分，热气已经难以承受。不过，现在是雨季，到下午三点，每日风暴准时袭来，温度也就降下来了。风暴之后，天空变成一幅巨大的蓝黑灰壁画，少量的白云点缀其上，一动不动，如宏伟的纪念碑。

船缓慢前行，实际上，有时候看起来像根本没动似的。警铃突然拉响之时，没人表现出兴奋的神色。电池过热，船长下令再减速：不得超过每小时三海里。看来，我们要一天后才能到达西哈努克港了。

海上太荒凉，隔几个小时才看到一艘货船，上面全是缅甸船员。我们的水手认识他们，本想通过无线电联系，不过对方没有应答。

"旅行结束后，你的行囊里会有所答案、有所收获，这才是旅行的意义。"利奥波德说，"你经常旅行。那你找到答案了吗？"

在他看来，乘船出行也算是休假，逃离常规生活轨道的一种方式。他长时间地反思一些触动心灵的问题，我则扮演被灵魂反问的对象，好似等着挨揍的沙袋。这次，他的问题似一记重拳打在我心上，因为我知道我并没有找到答案。相反，一路走来，我之前笃定的一些想法慢慢也变得模糊不清。或许，那就是答案。不过我忍住没告诉他。为了让谈话氛围更轻松一些，我说，我旅行是因为自己"逃避"的本能反应：每过一段时间，我都需要逃离我所在的生活。利奥波德不满意这个答案。

"我们都差不多在亚洲生活了半辈子，也都有一些非同寻常的经历，"他说，"我们肯定从中得到了些许线索，不能像旧时的水手一样，回到家只能胡诌故事。"

我从未想过"行囊"的问题，更不用说要带些什么回去。另外，我想不想回去都还是个问题。

船吃力地发出呼哧呼哧的声音，感觉它随时会寿终正寝。突然一阵刺耳的金属撞击声传来，掌舵的长发青年挠挠头，走进炙热的船舱。这次是一个抽水泵出故障了。泵修好后，船继续行驶。

晚饭时刻，美女厨师准备了炖猪蹄、炸鱼及蔬菜，再配上姜和米饭。除了留守在甲板上的两个小伙子，我们其他人聚在一起就餐。海面一片漆黑，没有一点光亮，他们俩需要时刻留意海面情况。可能菜还不够辣，缅甸船员一直去玻璃罐子里捞辣椒吃。晚饭后，最年轻的水手给每个人发了一小袋槟榔。

船长意识到，槟榔不是我们的最爱，于是让人给我们准备了一瓶杜松子酒和一瓶柠檬汁。我们一起消遣时光。在他看来，我们是来度假的，他也想让自己轻松一些。他四十四岁，已经航海二十年，去过无数的地方，尝试过各种事情，走私过香烟，卖过电子产品。他的家人住在仰光，但他不能去那里，因为他反对独裁，一旦回去就会被捕。船上所有的船员都是他一一亲自挑选的，对他绝对忠诚。其中，负责船上电机事宜的是一位工程师，有两个船员是建筑学学生。军事独裁致使缅甸不进反退，被别人蔑视。他又补了句，特别是泰国人。

"泰国人，"他说，"只看重钱。甚至他们的佛教都表现得唯利是图。而在缅甸……"他从衬衣里拿出脖子上挂的佛像给我看，然后他发现我脖子上也戴着一个。于是，我也取下佛像，跟他交换并互相欣赏起来。

他的佛像曾保佑他渡过很多难关，我说我的也是如此。可能确实如此，只是我之前一直没想过这回事。我在波贝的时候就戴着了，当时红色高棉正打算朝我开枪。但是，那时候以及之后，我从没想过两者的联系。于我，佛像不是护身符，而是一种习惯，就像你每天早上都会自然地戴上手表一样。从1972年开始，我就戴着它，当我第一次来柬埔寨，我发现，士兵打仗时会将经常佩戴的佛像放进嘴里。他们说，这样做可以帮助你挡子弹，那时我就决定我也需要一个。

我买了一个小小的象牙佛像，并请了一个华人金匠镶嵌了一下。佛像必须请一位僧人开光。我的翻译普兰建议我去金边最神圣的宝塔，它坐落在城市中心那座神秘的小山上。当时是他主持的开光仪式并定的功德：我需要出钱请人画一幅世尊开悟的壁画，镶在正在修缮的寺顶上。顺便提一句，我的翻译后来出名了，他在波尔布特政权控制下的故事及逃亡泰国的经历后来被改编成电影《战火屠城》。

所以之后的一天，我坐在地上，前面十多位和尚在那儿念着保佑我的祷文。

"你要祈求什么？"寺里的住持在祷文间问普兰。

"他们应当知道啊！"我小声地对普兰说。普兰在我和住持间来回翻译，可他始终不明白我祈求保佑什么。

"那你这位外国客人做什么工作？"

"他是一个记者。"

"噢，非常好。"和尚大声说道，好像这就说明了一切，"那他得祈佑免受火、水及梅毒的侵袭。"说完，他又活力满满地跟着其他和尚念起祷文来。小佛像被交还于我，我给出承诺过的香油钱。自那时起，那三样东西真的没侵扰过我。

我的佛像也有需要遵守的禁忌：鱼水之欢时必须摘掉佛像。普兰解释说，在一些"紧急场合"，我可以不用摘下它，不过要把它挪到背后，不要看到就行。

美女厨师躺在吊船上看漫画书，当她意识到船长可能不会过来时便睡了。我和船长继续聊着。一瓶杜松子酒下肚，船长开始狂言要将缅甸从独裁者手中解放出来；利奥波德想通过冥想解放整个世界；而我呢，则想带着大家回溯过去，看清我们到底是在哪个点走错的。

最后，我回到烟囱底下睡觉。船继续在波光粼粼的海上乘风破浪，窸窣作响。夜，漆黑一片；满天星斗，呈现出一种从未有过的深邃之感。我睡得很香，直到一股香气及煎蛋的味道将我唤醒。美女厨师是起得最早的，她已经将所有东西收拾妥当，在小小的祭坛上放置了供品。她现在正忙着准备早餐呢。

"总有一天，她也将逃离船长的'奴役'，可能会在泰国国际航空的飞机上售卖煎蛋卷。"利奥波德说。她可能也如此想过，但我觉得她实现不了。

一天后，我们抵达西哈努克港口。半个世纪前，毛姆也曾花时间航行了同样的距离。沙滩白得发亮，棕榈树树冠后没有出现任何建筑物。从这里远远望去，柬埔寨就像一个荒岛。水手也已准备好登岸，他们洗了澡，换上了干净的衣裤。船逐步靠近港口，我发现这个海港在港湾里面，但是应该来领航的摩托艇一动不动。"'那加玫瑰'号到了……'那加玫瑰'号，你能听到我说话吗？"船长用无线电不停地呼喊，可没人应答。一个小时过去了。两个小时过去了。依旧没有任何回应。船员换回工作服，回到各自的岗位忙活起来。

　　我躺在餐厅的一条长椅上读毛姆的书。他登岸后也去了金边和吴哥窟。跟其他人一样，他也被塔布隆寺给震撼了。塔布隆寺几乎被丛林吞噬，在那里，人类用石头造的建筑被大自然重新征服。这让他感受到了"神祇的巨大能量"。

　　就个人而言，寺庙本身给我留下的印象更深刻，那是人们努力靠近神祇的体现。世界上总存在一些地方，让你觉得生而为人是一件多么自豪的事。吴哥窟绝对是其中之一。精致、文艺之美的背后存在着一切极其简单和自然的东西，无需思考就能感受到。每块石头都蕴藏着自身的伟大性。

　　我们没有必要弄明白，对于建造者，每个细节都有些什么样的意义。要想弄明白其意义，你不必成为佛教徒或印度教徒。你只须到那儿，就会觉得这个地方你曾来过。"在我小时候的幻象中，我曾见过吴哥窟遗址，它已经是我收藏的一部分。"皮埃尔·洛蒂在

1901 年写道。他回忆，小时候他曾透过家里的窗户看到了这些神秘的宝塔群。

1972 年，我也曾透过暹粒大饭店的窗户看到了这些宝塔——吴哥窟的宝塔。但我没法触碰它们。当时红色高棉已占领整个寺庙群，那些高出森林的塔尖似遥不可及的海市蜃楼。从酒店到寺庙的路被挖断了，用作战壕，成了前线。靠近它意味着随时可能被隐匿在树丛中的狙击兵射杀。

八年后，当我终于可以走近吴哥，我发现它比想象中更迷人、更神秘、更具悲壮感。越南介入，推翻了波尔布特的政权以及红色高棉组织。我见到的柬埔寨人个个为饥饿疾病所困。他们仿佛一个迷失的民族的幸存者，早已与纪念碑上铭刻的伟大失去了任何联系。

在过去的几个世纪，高棉人忘却了吴哥——这个建于 9 世纪到 11 世纪的伟大首都，在 1931 年被暹罗人摧毁的城市。要不是亨利·穆奥重新发现它并公诸于世，让柬埔寨自己注意到，高棉人根本没有历史可言。

然而，那庞大的建筑群就是一切。那是生命的过去和未来。对，因为在所有的东西中，吴哥是前人用石头遗留给后代的一种预言。至少当我第一次置身其中时是这样认为的，即使当时周围满是抓耳挠腮的猴子及不断的蝉鸣声。

那时，我是唯一的游客，导游皮耶希·可欧陪着我，他是最早的导游之一，经历过波尔布特的大屠杀。柬埔寨是一个巨大的死亡地带，奇怪的是，吴哥的伟大正好折射出其悲壮性。在最伟大的浅浮雕群里，我看到了类似的场景：人们争吵，有人被碎尸，有人被钉在柱子上，有人被活活打死，或者被拖去喂鳄鱼——跟我在这个国家游历途中听到的一模一样。那些死里逃生的人讲述的事就在眼前的浮雕上。是预言？还是警示？或者只是反映生命的一惯性，喜乐之外总有磨难。浮雕所示如此。在骇人的苦难浮雕旁边是宁静祥和的画面，施暴者的周围是翩翩起舞的舞女。极喜极悲，都体现在丛林中这些眼睛微睁、似笑非笑的石佛下面。我确信：吴哥传达的信息亘古不变。在一道门的过梁上，有人刻了一段话，皮耶希翻译道："智慧之人知道，生命只不过是狂风中摇曳的火苗。"

　　几个小时过去了，夜幕降临。无线电室里有个船员不懈地说着："'那加玫瑰'号到了……'那加玫瑰'，你听到了吗？"仍旧没有回应。直到第二天早上十点，船上才接到回复，引航员会过来，不过不是马上。我们需要再等等。引航员到达时已是下午。四点，我和利奥波德与所有人告别，上了岸。我们到了柬埔寨的土地，可以想去哪儿就去哪儿。但是，我们没有入境签证。我想，我们离开的时候将成问题。不过眼前最迫切的问题是如何去金边。

　　西哈努克市离首都金边有一百八十五英里，那条柏油路是这个国家最好的路，不过由于大部分物资运送都通过这里，它也是一条极度危险的路。政府士兵装扮成红色高棉的成员，还有一些普通的强盗，把树干横在马路中间，拦停路过的车辆，进行抢劫。有一段时间，为了保证自己的威慑力，他们甚至杀害了一些人。

　　我们住进西哈努克市的一家酒店。这家酒店刚开业没多久，主要为联合国官员及其他致力于解决柬埔寨民主问题的国际组织提供住宿。我们的第一印象是，由于美元的大量投入，其民主程度确实有所提升。一年前，晚上八点之后，西哈努克仅有几盏昏暗的灯亮着，现在它灯火通明，有很多二十四小时营业的餐馆和酒吧，还有一个巨大的迪斯科舞厅，那里聚集了一大群从村里拥来的姑娘：她们穿得像洋娃娃，化的妆像日本的歌舞伎。我才明白，卖淫原来是自由和经济复苏的一大体现。

我的房间正好在舞厅下面，直到凌晨一点，喧嚣的舞厅才安静下来。兴奋的人们疲惫不堪、大汗淋漓，开始三三两两地离开：有等待应召或已被应召的女孩，有人道主义救援的专家，有士兵和国际警察，有商人和选举观察员。他们从两排穿着老式军衣的乞丐中间走过，乞丐拿着空帽子，露出断腿断臂，乞求他们的施舍。那些打着为柬埔寨民主而来的国际团体终于回家睡觉了。

在西哈努克，最重要的联合国组织是法国外籍军团。一个陆军上校接待了我们。他高大优雅，有一双蓝色的眸子，脸上有两道伤疤，自信且有涵养。他一听到利奥波德那不寻常的姓氏，便紧紧地注视着他："奠边府的陆军中尉那个姓吗？"

"是的。他是我堂兄。"利奥波德回答。上校突然立正，朝他行了个军礼，好像我的朋友也是烈士之一，是军团的一名英雄。

他邀请我们一起吃早餐，并问了我们一个显而易见的问题：我们为什么坐船来这里？我讲了我的经历。上校注意到了一个问题："在暹粒市，你没上那架直升机真是一大遗憾啊。既然你的占卜师说过：'如果你在 1993 年从一场事故中死里逃生……'那么，你应该经历那场事故并且能够活下来。这样的话，你就完全可以放心地活到八十四岁啦!"我之前没有想到这些，让他觉得有趣。

他建议我们早点前往金边，伏击主要出现在下午早些时候。同时，他让我们带上一位越南裔翻译，我们在商店见过他，他会汉语、高棉语、英语及法语。他是幸存者，曾靠给所有政权提供情报为生（可能波尔布特除外）。军团每月付给他五十英镑，让他每日汇报小城里的流言蜚语、小道消息。不过很多时候，报告内容只有三个字母：R.A.S.，Rien a signaler(无事发生)。

这个曾经的间谍真是帮了大忙，他找到一个愿意载我们去金边的司机。一路上荒凉不堪，对面方向没有任何车辆。我们加速通过被伏击的车的"尸体"。高温导致视野出现幻影，让你不时觉得在几百码之外的马路上横着树干，武装分子在那儿走动。静默说明我们心里都害怕。

直到到达金边的城市外围，我们才松了一口气。"使命完成，无事发生。"越南裔的间谍说。我们一齐哈哈大笑起来。

当我们驶过机场时，我看到泰国航空往返曼谷和金边的飞机开始降落。突然，我心生一计。我让司机停车，然后拿着我和利奥波德的护照走进机场。我面带郑重的神色，挥舞着早已过期的联合国通行证，混进领取入境签证的队伍。在这个柜台，你只需要付二十美元，就能获得签证。我填好两份申请表，签好字，交了费，最后站在移民局的柜台前。

"这个又是谁的呢?"警察问。

"这是我朋友的护照，他在那边，看着行李。"我边说边指向人群。咚……咚……两个章印。很快，我出了机场。

　　这就是我怎么在 1993 年 5 月 20 日从曼谷到达金边的秘密。就官方的记录来看，我是坐飞机来的。

第十七章
佛的睫毛

在柬埔寨的日子，我辗转反侧，难以入眠。寂静的夜里，似乎总有什么萦绕在旁，在我四周徘徊。这让我时刻处于紧张防备的状态，根本不敢放心沉睡。就算我真的睡着，也只是短时的浅睡眠。我会不时地惊醒，感觉四周有什么东西存在。战争期间，我从未这样过。这次，在波尔布特倒台后不久，我再次回到柬埔寨，症状才开始。

利奥波德和我住在金边市中心的莫诺罗姆酒店。由于大量外国人（士兵、官员、各领域的专家以及记者）入驻柬埔寨，酒店住宿非常紧张。在长时间对柬埔寨的悲剧不管不顾之后，国际社会终于大规模地行动起来。当然，他们并不能惩处屠杀者，也没法恢复生活的秩序或生命的基本尊严。这在政治上是"天方夜谭"。1991年《巴黎协定》签订之后，大屠杀被人们遗忘，施暴者和受害者被一视同仁，对立两方的战士被要求放下武器，其领导人参与民主选举。希望最好的人能当选！ 1993年的柬埔寨像极了伯里克利时期的雅典。

在金边待了一段时间后，我有一种看耍猴的感觉。20世纪30年代，在前法国官员的寓所设立了柬埔寨的联合国临时权力机构。每天都有一个年轻的法国人站在漂亮的阳台上，向来自全球的五百位新闻记者发布消息。这些记者都是来这里见证"柬埔寨历史上首次民主选举"的。一个美国人解释说，选民在投票箱前投票时不允许拍照，在他们离开投票站之后也不许问他们选的是谁。

上面一层有一些小办公室，是把过去的大厅分隔而成，主要供其他国际官员、律师、法官以及联合国聘用的大学教师使用。他们坐在电脑前，为这个国家的发展和现代化构建蓝图。他们起草宪法，为海关制定法律，准备重组教育系统及医疗系统需要的规章制度。听他们谈话，你一定会觉得，这是柬埔寨重返轨道、成为一个正常国家的绝佳机会。整个世界都在帮助这个国家。

据记载，这些都是事实。联合国在柬埔寨驻守了一年，总计投入两万两千名军人和工作人员，以及二十五亿美元。问题在于，耗费如此多的人力和财力之后，联合国连《巴黎和约》里面规定的和平进程的第一步都没有完成，即解除武装。

但国际组织不接受失败。所有努力都是为了选举。即使所有的先决条件都没有，选举照常进行！一个外交官说，最重要的是让经济复苏，开始和平进程。总有一天，红色高棉会加入进来的。

这个"国际组织"里什么人都有：他们有着不同肤色、不同身材，说着不同的语言。他们似乎只关心每天一百五十美元的补贴，这相当于一个普通的柬埔寨人一年的收入。在我的印象中，他们都愿意待在柬埔寨。柬埔寨人民的命运不是重点。联合国的主要任务是介入柬埔寨局势，顺利地完成这一过程。然后，他们再去其他地方做同样的事情。

可是联合国是谁？根据我随身携带的收音机来判断，整个世界都被这个无所不在的组织掌控着，它公正睿智。联合国在柬埔寨，联合国就伊拉克的问题发表声明，联合国将介入前南斯拉夫和非洲问题。每天报纸的头条都是它。

我走出房间，来到金边的大街上。这里的联合国是印尼士兵（他们参与了东帝汶帝力的大屠杀）、泰国士兵（他们曾在曼谷市中心朝没有武器的民众开枪）以及非洲独裁政府的警察。他们头戴蓝色的贝雷帽，是民主的体现，是尊重人权的象征。

联合国的出现重振了商业信心。金边的房价堪比纽约，崭新的酒店、餐馆、夜总会和妓院如雨后春笋般出现。所谓的和平进程再次突显了市场经济的发展准则：无他，利润至上。短短几个月，柬埔寨已成为投机者聚集的中心，大多数是从曼谷、吉隆坡和新加坡过来的华人。由于当地行政机构普遍腐败，这些投机分子开始倒卖自然资源，进行不正当的交易，如过期药品、走私车辆以及贵重宝石。其中一个商人（这次是美国人）正试图将核废料运来柬埔寨填埋，这在其他国家是明令禁止的。

到处都是大型广告牌，如"吴哥窟：民族的骄傲"。你认为这是邀请你去参观古寺吗？不！这是一种新型啤酒。生产它的啤酒厂是工业领域唯一的外商独资企业。啤酒可能不是柬埔寨人民当下最迫切的需求，但经济总是有自己的一套逻辑。与大自然无异。经过长年的战争和屠杀，生命终于有了色彩，但这是通过最粗鲁、最原始的方式实现的，即"丛林法则"。

金边脏乱的马路上，饥饿的妇女儿童沿街乞讨。街上崭新、锃亮的奔驰轿车越来越多。这些可怜人用他们瘦削的手指轻敲车窗的烟色玻璃乞讨。和平很快将柬埔寨"一分为二"：少数富人和多数穷人；城市和乡村。过去的情形、波尔布特时期的情形重新上演。

看看现在的金边！从废墟中拔地而起，活着却腐败。农民的棚居依旧充斥着蚊蝇，疟疾肆虐，城市似乎再一次成为需要被清理、被净化的对象。

但是，联合国想通过选举就解决柬埔寨的一切问题，岂不也是异想天开？那些自认为在电脑前想出一些法律法规、新项目及许下宏愿，就能重塑柬埔寨的官员，不同样也是异想天开吗？

如果国际组织真的想为柬埔寨人民做点什么，它应该将他们彻底保护起来，不再受敌对的邻国（泰国和越南）欺负，不再让贪婪的商人如蝗虫般拥入。它应该首先让人们和平地生活，重新发现自我，再去询问他们喜欢专政还是民主，支持"牛党"还是"蛇党"。与其派出法律、经济专家，联合国更应该派一些心理分析专家以及心理学家来柬埔寨，帮助他们，抚平严重的心理创伤。

确实有一个心理治疗师兼人类学家在金边，不过他是由所在大学授权，以私人身份前往的，随身带着一台录影机。他叫莫里斯·艾森布伦奇，澳大利亚人，今年三十四岁。他坚定地认为，高棉文化本就所剩无几；而联合国大量外员的拥入及其所谓的逻辑，正一步步地让仅存的文化消失殆尽。

莫里斯给自己定的任务是搜集那个世界正在消逝的最后踪迹。

传承高棉文化的一种方式是通过克鲁（kru），即巫师、村子的医治者。他在柬埔寨游历了好几个月，寻找幸存者，整理并记录他们的智慧。

"据他们说，"莫里斯说，"大部分疾病是鬼魂所致。初生婴儿在摇篮里打滚？那是因为他前世的母想进入他的身体并带走他。在柬埔寨人看来，灵魂是真实存在的，似病毒之于我们。我们看到过艾滋病毒吗？然而，我们相信它是存在的。无论是我们还是他们，都不能决定自己的生死。他们称其为命，我们叫它遗传。但那有什么区别呢？"

身为精神病医生，莫里斯可能会说，柬埔寨人遭受了极大的精神创伤。他们仍然惶恐，却不知道惶恐的是什么。"时间对他们来说已不存在，看到那么多人消失，他们害怕被死亡笼罩的过去；他们也害怕如今生不如死的生活。"在莫里斯看来，联合国没有一个官员曾自问，那些政策被采纳实施后的实际效果。选举宣传对高棉人民有什么意义？"高棉人病了，"他说，"但是，哪有医生会开出民主的药方，来医治灵魂上的疾病呢？"

莫里斯认为，联合国介入造成的悲剧是，高棉人永远都不会成为现代的民主资本家。在纯粹的柬埔寨人聚居的乡村，发展只会以更残酷的剥削来体现。"随着一家家崭新的酒店和超市开张，高棉人被迫离他们自己的文化越来越远。"

听他说完，我感觉，比起维和部队和发展专家，联合国倒不如派一些专治鬼魂的术士来柬埔寨，驱逐那些让空气凝重、让人夜不能寐的孤魂野鬼。

要想见到浩克，得早早地起床，去他的住所。他在奥林匹克市场附近有座房子，他的妻子在那儿开了一间小米坊。

浩克是记者，有一辆摩托车。我每次去金边，都会找他当我的司机兼翻译，他不只翻译语言，还会讲述政治。我非常钦佩他，为了生存，他不得不参与柬埔寨历史上所有颠倒黑白的事件，可他本心清白。

他远离越来越大的腐败圈子，靠着微薄的工资运营一家政治周报。

我在他那临街的宽敞屋子里找到他，请他跟我讲讲关于选举的事情以及帮我介绍镇子里最好的占卜师。这次，我不是想给自己占卜（关于自己的命运，我已有多种版本），而是去问一个年初便萦绕于脑海的问题：如果真的能预测未来，如果人的命运是既定的，那么柬埔寨便是证明它的地方。短短四年间，三分之一的人悲惨地死去，占卜师预测到了吗？有人站出来警告柬埔寨这即将到来的血光之灾吗？如果一个人的掌纹预示他在十八岁时有疾病缠身，或是五十二岁时可能会心脏病发作，那么填充柬埔寨万人冢的上百万民众的手上一定也有。如果无人知晓如何预知未来，那意味着只要有人宣称自己能做到，他就会被当作江湖骗子；意味着人的未来并非写在手上，也并非体现在星象上；意味着命运根本不存在。

浩克认识一位住在登可市场后面的占卜师。他的妻子经常去那儿咨询。我们在傍晚时分到达那里，他家的房子建在木桩上，坐落于一条坑坑洼洼的泥泞街道上。我们爬了几级台阶，脱下鞋子，坐在门廊的一张宽桌前等着。

占卜师在一间昏暗的屋子里，其间只有一盏油灯散发出微光。门上用粉笔写着几行字：肉欲、嫉妒、暴力、酗酒、顽固、自负，如果你连其中一个都克服不了，你永远不会真正安宁。我再一次强烈地感受到，这类人周围有强大的宁静气息。

这个男人正在接待来咨询的一家人。在他家，浩克的举止特别礼貌，这激起了我强烈的兴趣。跟所有的高棉人一样，浩克也相信护身符的力量。他自己拥有一个法力超强的护身符：那是他母亲在1979年给他的佛像。这个佛像在他清剿波尔布特武装的几年中一直保佑着他，其禁忌是浩克不能吃狗肉。有一次，在越南军事顾问的要求下，他出于礼貌尝了一点狗肉汤，就在那时，红色高棉袭击了他们的村庄。他能生还简直是奇迹。

我把自己的佛像给他看，他问我，这尊佛上次"重赋法力"是什么时候。"重赋法力"？对，护身符佩戴一段时间后法力会消失，需要重新施法。我的佛像已经二十多年没有重新施法了。浩克说，那它一定"过期失效"了。浩克认识一位住在机场附近寺庙的和尚，他擅长重赋护身符法力。他是个奇怪的和尚，有时是老者形象，有时又是一副年轻人的模样。

占卜的一家人走出来，接着是一个领着小女孩的女人。我们坐在他们后面等候。这个女人打算出售自己的一小块地，想来咨询如何才能收益更多。占卜师告诉她，在未来五天内，会有两个女人过来询价，但要敲定具体的价钱比较困难，因为地产这个东西难以估量，价格增长会有出入。确实如此，女人说。我想，大多数地产都存在收益难定的问题。

这个女人还想知道，跪在旁边的女儿以后会是什么样的。占卜师告诉她，她们得下周再来，要想预知如此年幼的孩子的命运并非易事。我觉得挺合理的：一个人经历越少，就越难预知其未来。他们身上没有一点痕迹，脸上毫无沧桑之感。占卜师一般凭直觉分析别人的心理，如此便无迹可寻。

浩克小声翻译着，用美妙的声音说着中南半岛口音的法语，言语中经常使用不及物动词，用"先生"和"女士"来替代"他"和"她"。我发现，浩克特别享受这个过程，他也是第一次来这儿，并且他妻子经常来咨询，这也让他想一探究竟。

占卜师六十岁左右，之前曾伪装成黄包车夫成功躲过红色高棉的迫害。他坐在莲花座上，问我出生日期和星期几。他在纸上写了一些数字，把它们按金字塔形排列，然后一直看着这些数字，最后说："在过去的人生中，你经历过几次生死。二十一岁时，你的健康和经济状况都遇到麻烦……"大约就是这类，我已经耳熟能详，对错皆有。除了今年我可能有一个非常宝贵的东西会失窃之外，没有任何新鲜有趣的事。为了避免冒犯他，我让他继续说下去。

然后，我打断他的话，问了我一直想问的问题：他是否曾预言过波尔布特会掌权。

占卜师吃了一惊，以为自己误解了我的意思。浩克不得不再翻译一次。

"没有。不过那时候也从未有人问过我类似的问题。"我觉得这种说法很可笑。"不过这在佛经里面都有记载。高棉人都知道，所有的都成了现实。"他补充道。

临别之际，占卜师问候浩克妻子的情况。浩克怔了一下，自始至终，他只零星地说过一些自己的信息，仅凭这些，他都能判断出浩克的身份。我心里想，在小社群里，一个观察细致且拥有心理专家潜质的人是很容判断出各类人的。棘手的是我这种，来自异国他乡，有不同的文化背景和表达方式，问题也不尽相同。

"佛的预言是什么？"我边穿鞋边问浩克。

"所有人都知道的一件事，是以诗句方式存在的。我记得不太全。"他说。我坚持让他说一些，他便艰难地回想，好像要从记忆深处挖掘一般：

> 房子空空如也。
> 道上杳无人烟。
> 阶梯无人攀爬。
> 黑鸦看似友好，
> 果虫已然停驻。
> 吴哥仍旧飨宴，
> 人性不知所终。
> 雨林树下，
> 众生翘盼救赎。

精妙绝伦！这说的就是金边的大清洗，房子和道路被废弃，吴哥是唯一远离革命之地；最后，极少数的幸存者能站在树荫下祈求庇佑。

这些诗句可追溯到多少年前呢？浩克不清楚。在波尔布特之前？他也不记得，我有些怀疑这些诗句是近期才出现的，人们创作出来是为了解释过去。

天已完全暗下来。隔壁房子的人们已经生火准备晚餐。我们看到一些慢跑者，他们大汗淋漓，迈步越过水坑。联合国柬埔寨过渡管理局的官员已出门进行夜跑，正经过占卜师的房子。我想，这是完全不挨边的两个世界，好在他们可以选择离开。

只有一个人能就佛陀的预言给出权威解答，那便是奥利弗·弗侬。他是法国远东研究中心的学者，是高棉语及佛教方面的专家，在柬埔寨生活多年。他致力于完成重建高棉宗教记忆的使命。他在柬埔寨到处游历，主要拜访寺庙，搜集写着文字的香蕉叶及红色高棉时期遗留下来的手稿，把他们拍照并转录到电脑上。经过多方搜集，奥利弗还原了一些传统文化的经典著作。他将这些著作的副本捐给重新开张的图书馆、寺庙以及佛学院。

奥利弗的小办公室坐落在王宫外墙与银殿之间。我在那儿与他会面。佛陀的预言？他当然知道。他说，预言有几种版本，他在柬埔寨不同地区都发现类似的说法。最早的手稿记录可追溯到两百年前，但这并不意味着预言本身只有两百多年历史，很可能更早。香蕉叶不能长久保存，年轻和尚的一个传统任务便是誊写已经看不清的老旧文稿。他没听说过浩克背的那段诗句，不过他认为那可能是古老预言经过现代加工后的流行版本。

选举当天下起了瓢泼大雨。那是星期天，柬埔寨人穿上最好的服装，兴致勃勃地出现在投票站，连空气里都飘满节日的气息。到处都是联合国维和士兵，他们头戴蓝色贝雷帽，身穿各自国家的军服；到处都有外国人，或指导投票，或观察，或拍照。记者、录像机、话筒到处都是。投票这一行为对柬埔寨人民来说新奇、有趣。为了避免重复投票，他们在完成投票后，须用食指蘸一种隐形墨水，它在特殊的光照下才看得见。柬埔寨人民目瞪口呆，感觉像变戏法一样。

他们选谁呢？政党众多，每个党派都有一个符号代表：蛇、牛、西哈努克亲王的肖像、吴哥的宝塔。

当时的执政党是共产党，在选票单上排第一。他们已经命令民众在第一个方框画个叉。但到底谁是第一呢？你只需要将选票上下颠倒，第一个便成了最后一个。很多人站在投票箱前，满脸疑惑，把选票翻来覆去地看，难以决断。

最后皆大欢喜。

西哈努克亲王从北京回到柬埔寨重新掌权时，王宫被重新装潢。王宫是西哈努克家族传给王位继承人的，不过事实上，它与金边其他精致的建筑一样，是法国殖民时期建造的，目的是给当地统治者一种王的排场。

世界闻名的银殿也是近代才建造的。在这个所谓的"王权象征"里，珍藏着一些19世纪末来访者敬献的贡品。全钢铁结构的拿破仑三世阁也是法国人为庆祝苏伊士运河开通而修建的。当它在埃及完成"使命"后，被当作礼物送给柬埔寨国王。国王把它立在正殿前面。

据说，只有象征至高无上的王权的三圣物才是古物。但在红色高棉到来之前，随着朗诺将军（共和党的最后一任领袖）的离开，它们都神秘失踪了。其中一件是宝剑，用于预言。当国王需要做重大决定时，御用占卜师会通过观察刀刃上的锈迹来解读上天的答案。

因此，当西哈努克重回王宫时，他发现自己手上没有传统的象征王权的东西。但他不需要这些。他已在政界摸爬滚打半个世纪，大部分柬埔寨民众都视他为民族的国父。这就足够了。他以君王的姿态统治王宫：王室风格的扶椅、廉价的地毯、几幅从地下室搜寻来的他和妻子莫妮克的肖像。西哈努克不需要什么王权的象征。他认为自己就是柬埔寨伟大的继承者。

"你正坐在当年吴哥国王的餐桌边。"选举后的第二天，我正坐在王宫用午餐，有人如此对我说道。桌子长长的，木头被抛光打磨过，购自泰国。但是，在我之前，弗朗索瓦·密特朗和戴高乐将军（"我的英雄"，西哈努克这样称呼他）这些大人物也坐过。这是事实。我们一直在朝鲜安保人员的眼皮底下用餐，他们是我们"伟大的朋友"金日成外借出来的。我们起初聊着政治，不过一会儿之后，我成功把话题转到鬼魂上。我告诉西哈努克，我去了之前的马诺利斯大酒店寻找安德烈·马尔罗的痕迹。在邮政广场的那栋建筑里，这位法国作家和他妻子待在一起，正进行他们的吴哥之行。他在吴哥的班赛寺偷了由七块巨石组成的佛像浮雕，被当场抓获，并被判处有期徒刑三年，不过没有服刑。

"马尔罗不是小偷，他是艺术爱好者。"西哈努克打断我的话，"他的做法不算偷窃，而是一种爱的拐带。"西哈努克说，他的姑姑曾因此拒绝与马尔罗握手，但在他看来，马尔罗是个杰出人物。

我问西哈努克，他姑姑和妈妈曾咨询的王室占卜师中有没有仍在世的。我解释说，我对这个传统颇感兴趣。西哈努克把我的问题转述给在场的一位女士。她将双手交叉在胸前，点头鞠躬，小声地念着敬语"庞查……庞查"；我的问题便不了了之。

午餐结束后，西哈努克带我参观王宫，带我认识他的狗米奇；一位侍女问我是否想见曾给王太后占卜的女人。下午五点，她会来王宫。我和西哈努克及莫妮克道别，走了很长一段路才走到专供秘书使用的建筑里。

占卜师是个瘦削的女人，短发，身穿黑色的长裙和白色的上衣。我们在她摆牌的桌边坐下。

"你家有钱有势。"她开始分析，让我感觉不如离开算了。她继续说了一个小时：在我十岁零十个月的时候，我病得很严重；一些非常有影响力的人盗取了我的一个想法；十月，我须当心两个人，他们会试图玷污我的名声，他们俩一个比我小八岁，一个与我同岁。她说，我一生与钱财无缘，如果有人主动找我做生意，我要离得远远的，否则，我会失去一切。

我想谢过后离开，但是不能。透过窗户，我看到西哈努克正在遛狗。要是他见我这么快就出去，一定非常尴尬。最后我问她我未来是否会遭遇危险，她说会，在 7 月 20 日至 8 月 1 日之间。"那段时间你最好不要跨国旅行，但是如果你必须这样做，一定要看好自己的旅行文件。"她一再强调。那正好是我计划离开柬埔寨、前往欧洲的时间。

她说的话我没有记住多少，不过我记得这段经历非常有趣：坐在曾影响王室命运的占卜师脚边，与她闲谈；和在花园遛狗的国王"躲猫猫"。当我终于从王宫的一个侧门悄悄离开时，我感觉自己刚从幻境中走出来。

联合国代表经常出没的地方是一间叫作"别介意"的小店，集俱乐部、咖啡室和餐厅于一身。它开在一栋殖民时期的别墅里。一天晚上，我去了那里，旁桌都是联合国的官员。我听到有个人正在讲一个德国记者的故事。一个柬埔寨的占卜师告诉德国记者不要乘坐飞机出行，他在最后关头决定不上俄罗斯的直升机，保住了性命，因为直升机在暹粒市坠毁了。到现在，这个故事好似有了生命力一般，被人们一遍又一遍地讲述，每次都有更多的细节和情节描述，如此一段时间之后，这个故事变得越来越真实。

我在金边的最后一晚是在王宫度过的。西哈努克向我展示他的外交"武器"——他最新制作的电影，这也是他由来已久的兴趣。这部电影讲的是一个身患癌症的垂死青年与护士之间的爱情故事。电影名为《看吴哥……和死亡》。这个名字感觉像是特地为了驱除他在意的某个预言而取的。

宫殿赭石色的墙上只有一些火炬照明，微弱的暖光让整个宫殿愈发漂亮，愈发虚幻。西哈努克紧握着麦克风，用高昂的语调把高棉语翻译成英语和法语。我们待在正殿前面一座开放式的亭子里。满天星斗下，一阵清风拂过，甚是静谧。

拂晓时分，浩克和我打车前往马德望。我们打算在天黑前到达泰国边境。红色高棉还没有活动，交通畅通无阻，跟波贝有得一比。理论上，边境哨所并不开放。但我们听说，联合国柬埔寨过渡管理局的官员可以去泰国亚兰购物、就餐。

到达波贝后，出租车司机把我们送到购物广场。我本能地想去看一眼 1975 年 4 月红色高棉让我靠立的那堵墙。我一言不发地在那儿站了几分钟，感觉像站在某人的墓前一样严肃。一时间，我满脑子都是过去发生的事、去过的地方、认识的人、写下的文字。我想着，如果生命就此终结，我还有好多未完成之事，到最后，便什么也不想了。

我看到一辆白色的车向边境驶去，车上印有联合国的标志。驾驶座上是一个年轻的日本女孩，她去亚兰见未婚夫。她和戍边的士兵都以为我也是联合国柬埔寨过渡管理局的一员，很快放行。在去曼谷的最后几百英里路上，我睡着了，睡得很香，没有噩梦，甚至没有做梦。

第十八章
狗的命运

七月一晃而过，棉兰尼姑的预言没有成真，我没遇到所谓的"小老婆"（她承诺的"第二个老婆"）——或者说，我已经遇到了，只是没有发觉而已。那个月我一直在准备一年一度的欧洲之行。最重要的是，我一直在为各国签证忙活，因为我可能会乘火车跨境。这不是件易事，因为有些国家，包括越南，更希望所有的游客都从机场入境。要经过长时间的解释和理论，当局才同意发放签证，并且只能从签证上规定的关口出入。

在我得知即将去的地方没有推车、电梯和行李搬运工时，我花了最后一晚上的时间决定该带什么。我跟所有人道别，心里已经有了即将旅行的兴奋感及远离尘嚣的轻松感。我不用赴约，可以自在地旅行，前路充满未知和偶然；能混在普通游客中旅行，从自己的角色中解脱出来，真是美妙至极。因为，自我形象有时会跟身体一样禁锢自己。你完全不用担心遇到熟人，必须上前打招呼；也可以拒绝任何想前来搭讪的人。

一天，我怀着这样的心情，背着背包，提着手提包，离开海龟大酒店，开始我的旅程：从曼谷到佛罗伦萨，一次漫长的旅行。虽然我的目的地在西边，但我须先往东走。跨境去缅甸已不可行，我只能进入柬埔寨，取道越南、中国、蒙古、西伯利亚……然后才能回到家。

中国有句古话："不积跬步无以至千里。"我的旅途共计一万二千五百英里，但迈出第一步是最困难的：我要怎样才能准时到达车站呢？素坤逸路已经堵死了，汽车半小时才行驶了几码；看起来短时间内无法通行。我谢过司机，跳上一辆摩托车。摩托车在车辆间曲折行驶，穿过狭窄的小巷子，在单行道上逆行，开上人行道，如此才将我准时送到了车站。

火车在已逝的"微笑国度"疾驰，行驶了五小时才到马德望。柬埔寨边境人头攒动，人们聚在那儿进行高利润的勾当——走私。在两国边境士兵的眼皮底下，成百上千的泰国人和柬埔寨人挎着袋子和一捆捆的物品，在两国边境自由地来回奔走。我试着夹杂在人群中混出国境，但我的白衣服引起了士兵的注意，他们立马叫住我："不行！不行！外国人不可以从这里入境。这是不允许的。"士兵说，"外国人必须坐飞机入境。"我知道这个规定，但仍旧不甘心。在亚洲，没有一个禁令是绝对的，规则都是灵活的。很快，我花了一笔钱，坐上一辆授权的轿车，通过"走私"，我进入了柬埔寨。

战前，柬埔寨的铁路可直通泰国。但随着整个国家变成一片废墟，所有的资源都被拍卖，边境附近的铁轨被拆下来当废铁卖掉。现在，到金边的铁路始于诗梳风。火车？那就不一定了。每两三周，一串破旧的车厢会装满走私品和乘客（很多乘客挤在车厢顶上），行驶二百三十英里，到达金边。开车时间是不定的，并且从不提前宣布，目的是让经常攻击并洗劫火车的强盗摸不着头脑。他们只须在铁轨上安装一个地雷，或放置一个树干，强盗（或正规军？）开枪杀掉一两个不幸的乘客，杀鸡儆猴，抢走一切，然后离开。当地报纸三言两语地提一下，有时甚至不报道。

我在盆罐、包袱和乘客间坐下来。他们都是高棉人，高棉乡间或山野里的百姓，他们皮肤黝黑，仍旧处在旧时代。

窗外的稻田有一种简单有序的美，让我一时忘了强盗的事。火车到了金边，我长舒一口气，即便火车站呈现出令人心碎的场面：遍地都是乞丐、无家可归的流浪汉、各种绝望的人——有过去的战争造成的，也有当下自由的市场经济所致的。

在金边，我记起浩克曾告诉我的那个时而年轻、时而年老的大师。就我之前的经历来看，给我脖子上的佛像重新施法的想法也不赖。不过浩克不确定他是否还在世。浩克的妻子听说，大师的寺庙被洗劫一空，他也被杀害了。不管怎样，我们还是决定第二天一大早去看看。早去才能给自己预留足够的时间去西贡。

晨曦徐徐，让人心中升起绵长的乡愁。暗色的糖椰子树顶，映衬着柔白的天空，金色的寺庙倒映在稻田澄静的水上。我们骑上浩克的摩托车。最后几公里的马路坑坑洼洼，我们笑称，可能在佛像重新施法前，我们没了庇佑，就会陷进坑里，动弹不得。

大师没有被杀害，或至少他年轻的一面没有。在我看来，比起巫师和寺庙住持，他更像一个伞兵指挥官。他强壮、肌肉发达，以铁拳方式管理着手下的一百二十个和尚。

浩克向他说明了我的情况：飞机旅行的危险性以及佛像自1972年起都未重新施法。为了获得更好的效果，我最好去七座寺庙，找七位和尚分别施法。但由于我时间不够，他建议我至少在佛陀画像面前供奉七盏莲花灯。我照做了，并想到，"七"在不同文化和时代都是个神奇的数字：一周有七天，七个小矮人，七年丰裕七年饥荒，七里格靴，以及七盏莲花灯。在柬埔寨也有！

大师不仅让我把佛像摆出来，还让我拿出经常随身携带的物品——特别是旅行时携带的。那些东西也需要重新施法才能保护我。其间，他还忙着处理其他病人的问题。

一群患有精神病或癫痫的年轻人正等着他。他们来自不同的地方。现在，他们站在花园里的一棵大树下，全身上下只有腰间的一片格罗麻，旁边是一个装满水的羊皮囊。有几个人因为站着一动不动而焦虑不安，其余的人瑟瑟发抖。他们跪在地上，大师用双手提起一个桶，扔进水里，用尽力气大声地吟诵祷词或咒语，然后将水倒在那群可怜人身上。水一桶接一桶地往上倒，直至羊皮囊空空如也。不知道是因为法术还是因为这不断的冷水淋浴，那些病人也安静下来。

浩克告诉我，这位大师还精通战后创伤的治疗，所有来看病的都是退伍军人。幸好，我的问题不太一样，所以只须"沐浴一半"就可以了……但如果我也想试试他们那种，也可以像他们那样脱光。我选择了前者。大师取走佛像以及我选出来的东西；老旧的劳力士手表、莱卡相机以及固定钱的夹子。他把它们放进银碗里，撒上一些茉莉花瓣，用手盖住，念了几句祷词，然后撒上几滴水——不出意料。轮到我时，我拿着花环双手合十，坐在一把椅子上。他直接将一盆水慢慢地倒在我头上。水灌进衣领，流过后背。水一盆接着一盆，祷词不断。他念的词我一个字也没听进去，脑子里一直想着那些病人选择脱掉衣服"沐浴"是多么明智啊。最后，我全身湿透。

仪式结束，大师给了我画在一小片镀膜纸上的佛像。他说，一旦我感觉自己有危险，就用手掌把它使劲拍在脑门上。他在我脑门上拍了几下做示范，弄得我头晕目眩。

我们付钱后便离开。出门的时候，浩克为我翻译了寺庙墙上的一段文字："生命非你所属，并且它随时可能离你而去。请深思。"

即使在殖民时期，柬埔寨的铁路都没直通越南铁路。从金边到胡志明市（即以前的西贡）最快的方式是乘坐小汽车。几十辆破车搭载着成千上万的木工、建筑工人、画家以及寻求财路的越南妓女，往来于两座城市之间，车门只用铁丝拴着。

在越南人眼里，柬埔寨是一个富庶之地：地广人稀，土地肥沃，水美鱼肥，城市里全是暴富的人群，或发战争财，或受益于和平，或因联合国的介入。

到了之后，所有的轿车、卡车和马车都必须上渡轮过湄公河。历史悠久的湄公河那浑浊不清的滚滚河水将柬埔寨分割为南北两段，没有一座桥连接两岸。几个世纪以来，这个国家面临的最大威胁便是被这个自然屏障分裂成两个国家。河西是泰国的势力范围，河东是越南的势力范围。如今，两个邻国面临巨大的人口压力（泰国人口约六千万，越南人口七千一百万），仍旧威胁着"地广人稀"的柬埔寨（约八百万人口）。

柬埔寨边境伫立着一座粉红色石头搭建的凯旋门，四周是吴哥佛塔的复制品。我需要走上几百码才能到灰色的水泥大门，从那儿进入越南。外国人在那儿很少见，我的到来让人倍感稀奇。他们仔细搜查了我的包，并盘问一个老问题："为什么不坐飞机？"

越南与柬埔寨有着显著的区别。在看过高棉那半荒废的平原后，越南看起来人满为患。视野之内皆是人。他们锯着、锤着、焊着、缝着、煮着……忙着生存，忙着生活。

边境到西贡有四十六英里——这是我回欧洲前最后一次坐车，又是一辆快散架、震颤的"老爷车"。

一到西贡，我才意识到，自己还没准备好面对眼前的震撼。我曾设想过所有的场景，但从没想过再次回来对我意味着什么。我面前的西贡混乱不堪，人性扭曲。我一时迷失了，或者说被吓到了。在这个城市里，我曾度过人生最充实的时光。但现在我觉得，过去对我来说是必须敬而远之的东西。我开始刻意避免去我曾住过的酒店：大陆酒店，可俯视广场的漂亮阳台已被丑陋的玻璃围起来；吴哥大华酒店，临江的一面已被几个巨大的广告牌遮住。我在一个背包客聚集的小旅馆住下，我之前的一些朋友已离世：曹洁（我之前的翻译兼老师）因癌症去世。我不确定有没有必要去寻寻其他人。

我连续几小时在曾经熟悉的街道上漫无目的地游荡，可满眼陌生。那像是在地狱中行走，到处都是试图吸引我注意力的人：卖帽子的、拉黄包车的、卖汤的、卖身的……虽然它已经更名，可它仍是旧时的西贡——一个彻彻底底的东方城市，堕落，腐败，充满活力，极度物质主义，比战时更肮脏、更混乱、更粗鄙、更猥琐。

记忆是极好的庇护所，如果我真能像占卜师说的那样长命百岁，我肯定会乐于回忆，如同在古老家族忘却的阁楼翻找一样。但记忆有时也是沉重的负担，特别是对于他人。走着走着，过去的记忆不断闪现，我意识到自己相当反感我的记忆：我反感与我同岁的人，因为他们不信守诺言，在我的记忆面前无所遁形；我反感年轻人，因为他们只活在当下，拒绝过去。我也是可憎的，但至少无害。战争时期，对我而言只是一些幻象破灭——看不见的损失。但那些革命人士呢？那些在失败的革命中断手断脚、眼睛失明、没了青春的人呢？他们正拖着残缺的身体在大街上乞讨。他们才是真正令人不愉快的，他们的记忆是如此实在、可见，让人心情沉重。

1975年4月30日早上，当看到解放军的坦克驶进西贡，我喜极而泣。战争结束了，越南人民终于可以成为自己国家的主人。

战争时期，那些革命者让我印象深刻。他们贫穷但坚韧，对其信仰有强烈的奉献精神。其中一些更是让我不禁把他们看作当代圣人。不过，二十年过去了，他们也失去了光环，变成陈腐平庸之辈。其中一个下海经商，从事进出口贸易。另一个（还保留着一些嘲讽的性子），用他自己的话说，做的是"黄奴"生意：为韩国建筑公司招聘越南劳工。还有一个神秘人物告诉我，可悲的是，他们是战争的赢家：败者被迫适应改变，于是，他们能自我提升；胜者认为自己没什么好学的。

开往河内的 S-10 火车被称作"团结快车",但就其装甲外表来看,它看起来仍属于内战时期——亲美南越和亲苏北越之间的战争时期。所有的窗户都安装了铁格子,以防万一。

"防什么?"我问。

"强盗。"与我同行的一位游客说,他是退伍军人。他塞了点小费给乘务员,成功让他妻子和他同睡一个卧席。所以我们车厢里有七个人而不是六个,卧铺上只铺着一层油腻的草垫子。我上面的两个铺位上是另一个士兵及一位女士。他们一直在讲个不停。对面是两名奇怪的青年,满脸胡茬,没有行李。

火车低劣肮脏、简单粗糙,感觉是铁匠匆忙间拼凑而成的。我们离开西贡时,车上的厕所已停水。我尝试入睡,但没那么容易。火车只要一停,就会被妇女儿童和乞丐团团围住,他们吵吵嚷嚷着要上车兜售或行乞。许多乘客下车挤到卖汤的女人旁边。那女人肩上挎着汤锅,在站台上售卖。车站昏暗,油灯的火苗在飞虫的扑打下摇曳,呈现出一种中世纪的画面。可怜的越南!整个国家只有在战争方面才能与现代性沾边:武器、战机和导弹,它们都是现代的产物;可其他的一切都还属于旧时代。

夜空无月色,但繁星满天。在山丘的黑色轮廓下坐落着村庄,人们准备晚餐的火光依稀可见。每一次到站都夹杂着摊贩叫卖和讨价还价的嘈杂声。半夜,乘务员来到我们车厢叫醒我们,并在草垫子下摸索。一位乘客说他的行李不见了,他们试图找到那个贼,但最后也没有结果。

黎明渐渐来临，纯洁清新，好似世界才开始。天空一碧如洗，棕榈树和山丘倒映在静静的水稻田里。长长的火车呼哧呼哧地朝北海岸驶去，历时两天两夜。但对于铁道旁的村子来说，火车是财富和丰裕的象征，每个站都有瘦削的手臂伸进窗户。有些是兜售东西的：衣衫褴褛的幼童提着草盖子铝壶售卖热水，小女孩售卖甘蔗节。大多数是伸着空手乞讨的。残肢断臂者登上火车，外露不幸博取同情，盲人吟诵着悲歌。警察需不断地赶走他们。毋庸置疑，他们都是战争的受害者。但如今的越南，只有牺牲的人才被尊为英雄，每座村镇都有纪念碑纪念他们。而这些缺胳膊少腿的人得到的只有蔑视：他们成了国家的负担。

乘务员小姐和监察员都是退伍军人，他们的工资少得可怜（每月一万五千盾，约合十五美元），不过多亏有火车，他们可以做些生意营生。他们在西贡购买从泰国进口的电视机，然后在河内卖掉，每台能获利十美元。不过他们面临的最大问题是如何凑够买第一台电视机的七百美元。

健谈的女人和退伍军人的妻子也做着大生意，两个人的裙底都有好些资金。慢慢地，我们的车厢堆满了从沿途车站购买的一篮篮葡萄、一串串鱼干及草本植物。这个老妇人一直讨价还价，直至火车开动；摊贩疯狂地在站台上跟着跑，由于货已在手，她想给多少就扔下去多少。爱要不要！然后，她把这些东西在河内卖掉，利润丰厚。两个胡子拉碴的青年身无分文，没钱投资，也挣不了钱。

窗外景色飞驰而过，呈现出一种动态美。同样动态的还有一群群的人。就餐时间，当乘务员推着一口大锅，往油腻的铝碗盛汤时，一些瘦骨嶙峋的小孩爬进过道，拿些残汤，鬼鬼祟祟地倒进自己的塑料袋里。他们从窗户爬进来，待火车开始减速，他们又跳出去，常常赌上自己的性命。

第二晚一整晚，火车一直沿着海边行驶。我往窗外看，蜿蜒的铁轨好似一条闪亮的银蛇。黎明时分，我们到达金鲁。一大群人早已等在那儿，他们端着一大碗水，上面漂着半截啤酒罐，当杯子使。水是供我们洗手洗脸的。几十个妇女儿童及老人顶着水盆在那儿苦苦等候，企盼着火车经过。同时还有训练有素的狗在我们的行李里刨着，试图夺走一些值钱的物什。

退伍军人及其妻子看我惊恐不已，便解释说，这个省曾遭受美国的严重轰炸。他们用手模仿 B-52 战机空投致命炸弹的样子。这已经是二十多年前的事了，不过似乎仍是当下贫穷的罪魁祸首。

当我们的车经过荣城时，广播里说了什么，我没听明白。同行的人急忙将铁格子窗拉下来。为什么要这样呢？这是胡志明出生之地，我还打算拍几张人们在田里劳作的照片呢。我有些恼怒，又把窗户打开，突然，一团稀泥夹杂着粪肥直接打在我脸上，接着，一阵石头雨打在火车铁皮上和铁格子窗上，发出咚咚的声音。

对于"胡大叔"的子民来说，火车是革命承诺未兑现的标志。火车装载的是政党官僚、城市居民和刻薄的生意人，在他们眼中，它是奢侈、安逸的象征。火车就这样穿行，全然不顾农民的感受，农民感到自己被背叛，被晾在一边。于是，他们把怒气往火车上撒，只要有火车经过，他们就会就地取材，扔向火车。

我意识到，过去两天，我透过火车窗户看出去，满眼皆是棚屋：餐厅、牙科诊所、自行车修理铺、裁缝铺子、理发店等都是草棚子，下面用四根竹竿支撑；老老少少都衣衫褴褛，赤脚行走。

火车一路呼啸，经过苦难中的人们。铁轨与公路主干道并行，时不时跨越主干道。很多时候，火车与马路都在同一平面，没有交错，鸣笛声是唯一的警告。一个骑着自行车的男人没来得及躲闪，被火车撞倒。他们告诉我，每次出行都会发生类似的事故。终于，广播里响起一些爱国歌曲，甜美的女声宣布，我们马上到达河内。火车慢慢减速，在菜园、房屋、自行车、孩子、拥挤的商店和街边摊中挤出一条道，驶进市区。

车站是法国殖民时期建造的，看起来像是一座缩小版的凡尔赛宫，与铁道和过道两边骨瘦如柴、满脸尘垢的流浪者呈鲜明对比。

"你知道哪里有鸦片屋吗？"我问一个黄包车夫。身后是专为游客准备的精致酒店。车夫一改没精打采的样子，来了精神，冲我笑笑，示意我上车，蹬着车穿梭在夜色中的河内。

路面坑洼不平，两边房屋的黄色外墙已开始剥落，美丽的法国树木被电线和标识牌缠绕，街道上全是穿着单衣短裤的穷人，面容病态憔悴，看起来吃力、疲惫、满是火气。每个门面都开着小商店，所有小摊都卖香烟、报纸或汽油。两把高脚凳、一张桌子便是一个咖啡馆，一个充气泵、一桶水便是轮胎修理铺。谈话感觉都像在吵架，当然大部分确实如此。一切都腐败不堪：屋顶、门、墙及人的身体。整座城市散发出霉味。我向来喜欢在墓地边溜达，然而河内这个大墓场让我提不起任何兴趣。战时那个庄重、宁静、英雄般的河内，如今已贫苦不堪，开始卖一切可卖之物。从这里可以窥视我们这个时代的政治幻象，而夜色又掩盖住了好多秘密。

黄包车夫也有自己的秘密。他把我带到市中心，在两栋大楼间的巷道尽头让我下车。一个年轻人向我招手示意，并领着我走进亚洲古老的"腹地"。那是革命之火想彻底毁掉的地方，但"野火烧不尽"，它们死灰复燃。我们经过一个院子，走进一座殖民时期的房子，沿着高雅的木质楼梯往上走。原来的阳台上搭满了棚。我们继续绕过阳台，经过画廊，再次走上一个小小的木楼。终于，我们走进一个小门，来到一间漂亮的屋子，屋子的墙壁上有一排排的竹子，空气中弥漫着熟悉的甜味。鸦片被放在小炉子上，用铁腕煮至沸腾提纯。地板上铺着草垫子，上面躺着几个年轻人，头靠着木枕。一个皮肤白皙、身材苗条的漂亮女人拿着一盏小油灯来回走动，供他们把烟斗靠在上面吸。借着油灯的小火苗，我看到走廊上躺着的人影，烟斗带着余烟被不断传递着，躺在我旁边的女孩露着肩，上面有文身。

我在那儿待了一个小时，享受轻轻的麻木感，忘却一切烦劳与忧愁，身体轻飘飘的。离开时，我感到自己与世界重归于好。

车夫在下面等着我。我请他带我好好转一转这座城市后再回酒店。只有这样的交通方式才能让乘客体验极度的放松和自由，以及拂面而来的习习凉风。我们的车沿着大街滑行，去了还剑湖、歌剧院及旧时法国官员的宅邸，然后回到河边，回到城市老旧的巷子里。我感觉自己好似在一架宇宙飞船里，在过去和现在间来回穿梭，但完全不用作出比较或评判。政治历史与我无关。吸引我的是这朽败的城市里，仍旧生生不息、顽强、贪婪、好色的生命群体。黄包车经过充满罪恶和诱惑的街道，我只记下一些零零散散的画面：路灯底下的赤身裸体、交谈的女人、门边女孩的笑声和淫荡的手势、沿着年久失修的墙壁匆匆爬走的老鼠。

那晚（我不清楚是梦到的，还是清醒时幻想的）我看到自己把用了很久的字典扔了，重新买了一本只有积极词汇的字典。后来，在半睡半醒之际，我不知为何记起一句话："注意你的旅行证件。"金边的占卜师说的话！我起床查看签证，一瞧，越南的签证根本没有标注"陆地旅行"，曼谷大使馆的职员也忘了写上"友谊关"，即中国边境口岸。如果我去那里，毫无疑问，我会被遣送回来。

虽然我还在河内，但要想获取签证也不容易。我需要一些证明信和推荐信，再等上两天才能拿到。

我试图打听河内占卜师的地址，但并不容易。人们告诉我，没有人再相信占卜师，他们也就慢慢不存在了。不过，经过一系列偶遇和巧合，我认识了一个女人，她刚好知道一位占卜师。她几周前去咨询过。她的儿子是个瘾君子，他把家里的电视机弄到海防卖掉，然后去买海洛因。她不知道该怎么办。占卜师告诉她："等三天，孩子就回来了。"那孩子三天后真的回来了。

我的信息提供者是越南所有问题的集中体现，这让我充满绝望。她来自伟大的革命者家庭，自己曾是游击队员，后来嫁给一个战士。但是，战争结束后，她的丈夫跟一个年轻女人跑了，留下她和孩子，以及他的各种遗留问题。

占卜师的家在文庙附近，我们乘坐黄包车去了那儿。她的房子朴实无华，一小间正正方方的水泥房。她瘦瘦的，五十岁左右，有一头不寻常的鬈发，举止温和友好。一场重病后，她才能"预见"，开始占卜。当时一束光打到身上，她就痊愈了。

我们坐在一张矮桌旁的凳子上，她不想知道我的任何信息。她拿着我的双手，轻轻抚摸，并看着我的脸，用悦耳且关爱的声音问我和我妻子的出生年份。

"不好，"她说，"像你这种属虎的不适合娶一位属兔的，甚至可以说这样做会有危险。"（这与新加坡占卜师说的恰恰相反。）"你的妻子就是你成就事业的克星。你应该离开她，或者至少长时间和她保持距离，否则你的健康也会受到严重影响。"

这种说法甚是有趣。利用不同的解读方法，我可以从关于我和安吉拉关系的描述中看清一些事实：如果我们能在一起超过三十年，那绝对是因为其间不断有长时间的离别与重逢。当孩子们还小的时候，我要是在家超过两三个星期，安吉拉就会说："难道世界上没事发生吗？难道越南没出现骚动吗？"然后便会发生点什么，而我不得不离家。我会在外待几个星期，每次回家都让他们欣喜不已。很多婚姻都因厌倦彼此而走到尽头。当然，这并不是占卜师的意思，这只是我突然想到的。

"从现在起直至你生命尽头，你不会遇到任何麻烦。只有一个跟你居住地相关的问题。在你家房子底下，有一个已逝的年轻人，他阻碍着你变富有。"（这才是原因！）"每次你挣到钱，他就会毁掉一切。你需要搭建祭坛安抚其灵魂，或者在西南角新开一个门，朝向印度。"

一个约五十岁的漂亮女人走进来，她听了我的"命运"，并准备陈述她的问题。她说，她经常来找占卜师，多次以后她们便成了好朋友。她是一名铁路工程师，曾在中国求学，后来入党，嫁给一名高官。她的丈夫有一个情人，占卜师正帮忙给建议。什么建议？耐心一些，和丈夫谈一谈，试着去理解他，和他一起面对这个问题。这些建议任何一个朋友都能给，然而，她的同事或党内的同伴都从未对她讲过这些。这难道不是占卜师的另一个功能？

我再次发现自己坐在一群五十岁的妇女中间，听她们在"骗子"面前咨询婚姻问题。然而，我发现，她们比那些从革命者转型的商人更有趣、更讨人喜欢。

我问占卜师，我坐飞机出行是否存在危险。她说没有，完全没有，但我须更加小心火车。这对我来说更具危险性。

"太遗憾了，我明天就得乘火车去蓝山，然后去中国边境。"我说。

"不要坐那列火车！火车上满是强盗和小偷。很多时候，警察也会扮成强盗，抢乘客的东西。改一下出行计划，坐飞机吧！那列火车对你来说非常危险！"

那时，我不清楚她是以占卜师的身份还是以越南铁路乘客的身份警告我的。不管怎样，我不会接受她的建议。

第十九章
沙漠之舟

晚上，暴风雨呼啸。即便如此，火车站厕所那令人窒息的恶臭也没有减少。上百个乘客露宿在楼梯上和走廊上，如溃败的军队一般沿着站台候车。天色依旧暗暗的，每次我问警察或铁路工作人员我那趟火车的位置，他们都指向不同的方向。最终一位女士带我穿过一长列停着的车厢，到达一列即将开往蓝山的火车前面，把我交给列车长。

这趟开往中国边防的火车比西贡的那辆还要"朴素"，木椅上的草垫子更脏、更破。我的出现给列车管理人员带来了麻烦：他们怎么保护我和我的行李的安全？于是他们决定赶走警察专座旁边的两排乘客，这样，我就在他们的时刻监控下，谁想来我椅子旁坐着都会被遣送下车。也许预言师是对的，整列火车都被土匪控制，又或者说，危险正来自这些警察？金边的预言师也说过七月底的旅行可能会遭遇不幸。

火车在五点半驶出车站。此时天刚刚拂晓，我透过窗户往外看，河内正在苏醒，一副荒凉破败的场景，破屋子、猪场、阁楼小屋——一大片野兔繁殖区。每个棚屋周围都有带刺的围栏和顶上装着碎玻璃的高墙，把自家的一小块地和穷邻居家区分开来。

我们跨过红河——因红砂变得浑浊不堪。老人们在桥上和停自行车的胡同里锻炼，那儿正是 1954 年游击队打退法国军队的地方，那座桥则是越南军队给法国军官一个狠狠的下马威的地方。

火车缓缓前行，在稻田里穿梭了几个小时。离开河内的阴霾后，这安静有序、古老葱绿的美景安抚了我。有一站，上来一个带着水烟竹筒的男人，提着一个篮子，篮子里装着一盏油灯、一个茶壶和两个小玻璃杯。你可以放些烟草在管子里，吸一口，就能听到烟在里面穿过时水咕噜咕噜的声音，深深的呼吸，继而感受到一阵茫然。这感觉像要晕厥似的，但一小杯又苦又浓的茶能让你恢复过来。

两个逃票的小男孩被抓了起来，带到我旁边的座位上。他们被铐在椅子上，还被警察扇耳光。其中一个男孩哭了起来，另一个则无声地抗议着，似乎是想改天再报复。

在东莫站，火车停靠半小时，让乘客在站台小摊上吃饭休息。当它再次出发时，轨道向一座山延伸过去。火车开得非常慢，一些年轻人都能下去喝些泉水再跳上车。这座山植被茂密而空气潮湿。早些时候，铁轨越过边境直接跟中国铁路系统相连。但在越南侵略柬埔寨期间，中国人截断了最后几英里铁路，所以当火车到达东丹以后就没法继续往前了，只能花足足八小时从河内过来。

我坐着电动车越过边境的最后几英里。越南官员对我进行了一次彻底的检查。边检坚持要搜查我的背包，警察傲慢粗鲁地用放大镜检查我的过境护照。

中国和越南的边检站相距只有半英里。铁轨沿着山路走，穿过茂密的丛林。我汗流浃背地独自走向中国，感觉像是要去见许久不见的爱人一般惴惴不安。那种从心底涌起的跨越边境的兴奋，那种抵达不同国家的喜悦再一次出现，那是我凭借努力慢慢走向要塞的喜悦。我绕过一道拱门，抬起头，这就是中国——历史悠久、文化深厚、宏伟壮阔，友谊关高大的饰钉木门都展现出这三种优雅的特征。四周一片沉寂，古老肃穆。我感受到一股强烈的归乡情。这对比再明白不过了，我之前留在一个贫穷、坚强不屈又有点固执的小国家，直到现在才充满自信地走进一个雄伟的国家。

　　南宁是中国南方一座极力扩张的城市。它模仿香港建起高楼大厦。

　　从南宁到西安有一千五百英里，坐火车需要两天两夜。那位售票员自诩外币收藏家，所以我为他的收藏多添了几美元就得到了卧铺。

　　火车已经挤满了人，但是每一站都有更多带着行李的乘客挤在门边要上车。曾经即使最艰苦的隔间也有不间断的开水注入茶壶，走廊定期清扫，扎着辫子的女雇员在每次停靠时都跳下去擦门把，但如今火车上再也没人在意这些。随着日子一天天过去，厨房的气味变得越来越像厕所的味道，外面总有一群不耐烦而嘈杂的人捶门。

　　当我们经过桂林时，我看到了有名的山峰，但是最打动我的还是越南的稻田以及田里成群的劳动者。我每到一个地方，农业都能给予我力量，留给我的印象是这些国家之所以能崛起都是因为农民的坚持。

西安黄尘飞扬，雾霾严重。原本，铁路两边的墙上写满了时新的政治标语；现在，上面全是烟酒、摩托车和美容面霜的广告。城市充满生机。

为了从西安去兰州，我乘坐了四十四号火车。我用五十五元获得了一个软座。同时他也掌控厨房，所以我多花几美元就享受了一顿美味佳肴，餐桌上铺的是干净的白色桌布，而不是散落着食物残渣的普通塑料布。然而，过了不久，我的一架相机不见了。

这就是我曾经被告诫要小心的盗窃？"今年你将遭遇偷盗，会丢失某样对你来说很珍贵的东西。"金边的占卜师曾说过。他没有预言到发生在自己国家的大屠杀，却预言到了我的一架相机在中国的火车上被偷走。如果我要记录预言到的事实，这肯定在名单中，毕竟我记得我一生中没被偷过第二次。

渐渐地，火车朝北开去，新生城市的粗鄙、嘈杂已然忘却，我重新发现古老且治愈心灵的自然之美，它已影响了人类几千年。我们穿过甘肃，那是这个国家最落后的地区之一。那里的地面黄黄的，耕地很少，驴子也是瘦弱不堪，农民总是弯腰劳作。这是中国仍旧苍老贫苦、默默无名的一部分，没有令人惊叹的发展速度，也没人愿意来投资。在房子的泥巴墙上你仍可以看到改革的标语，红旗在屋顶上飘扬。从火车窗口看过去，这是一个毛泽东时期的中国：男男女女都穿着蓝裤子和夹克，街上的人都骑着自行车。

整个下午火车都在穿越戈壁滩，然后用了一天时间沿着黄河驰骋。这儿的自然环境荒芜贫瘠，但是人们将这里变成了一个富饶之地。电线杆向着远方延伸，一眼看不到尽头；为了防止风沙埋住轨道而种下的坚韧的草形成了宽广的边界，保护着几百公里的铁路。壕沟、桥、灌溉渠，以及为了防止可怕的沙尘暴袭击北京而种下的长栏似的绿杨树随处可见。所有这些工作都通过过去四十年的集体劳动完成了。谁会在未来继续这些工程呢？

在呼和浩特，我的那趟火车将往东开向北京。我下了车，准备乘北行的直达列车去蒙古。

我在呼和浩特待了一天一夜：洗掉满是尘土的衣服，躺在一张真正的床上休息。是时候在街上散散步了，而不是在狭窄的走道上活动筋骨。这里有熙熙攘攘的人群、自行车、小车、用驴子或人力拉的平板车。我聚精会神地听着这些声音，与过去我记忆中的声音进行比较。一个男性摊贩在叫卖女式内裤，我不明白原因，就走过去看了看：这是一条特别的内裤，前面有秘密口袋可以放钱。

当火车站窗口在早上六点开始售票时，票已经卖完了。我给了两倍的价钱在黑市上买了一张票，然后登上了去乌兰巴托的直达列车。

终于可以在火车的人行道上走动，在用洗手间时没人捶门了。这些人中大部分是蒙古人，我就在旁边看着他们的动作。一个人从裤兜里掏出一把螺丝刀，打开车厢的顶，然后一个硬纸盒被扔进来；另一个人带着一个长铁棍，开始在火车中间穿过走廊上的小通风口"钓鱼"。我听说过蒙古的一条贩毒路线，从云南到中国南部和乌兰巴托，再穿过西伯利亚和波兰到德国。难道我看到的正是他们贩毒的一幕吗？

火车上的中国人很少。他们也没理由前往仍旧充满恐惧和敌意的蒙古。蒙古很广阔，但是只有两千五百万居民。

直到几十年前，蒙古人仍是一个游牧民族，他们现在所有的现代物件都是从苏联照搬过来的。甚至铁道的宽度也跟苏联一样是一米半。正因为这样，在中国的最后一站——二连站，这个车厢被带去一个棚子底下，把中国的车轮换成更宽的苏维埃类型。整个操作过程花了五个小时，足够中国人卖点山货到蒙古了。在二连的中心，他们已经成立了一个大市场，主要的中国边贸商品都被陈列出来。蒙古人买了一大袋子的衣服和食物，啤酒瓶用塑料绳捆着，十个一捆地售卖。火车再次开动，它更像一列货运车而不是客运车。

壮观的凯旋拱门和大红星炮塔过去之后，象征离开了中国的疆域。用来标记边境的低矮的带刺铁丝网消失在了绿绿的荒草丛中。我们一通过边境，蒙古乘客就开始玩乐。他们到了自己的国土，一瓶接一瓶地喝啤酒来庆祝。当一瓶喝完以后，他们就把空瓶扔到车窗外，因此整夜都是玻璃破碎的声音。在银色的月光下，无垠的草原像是一片宁静的海面，火车就像是海上的航船。有时我们停在只有几栋房子的地方，人迹难觅，但是晚上我们又能经过成群的马、公牛和上百头的骆驼。

太阳在浩渺的草原尽头升起。它开始跟火车玩耍，把影子投射得或长或短，就像在一面哈哈镜里，随着我们蜿蜒前行。那杳无人迹的广阔草原，对于远离人流如潮的中国的我来说是巨大的慰藉。地平线在远处成了一条金线。除了宽广的绿色，什么也看不见。这不是稻田的翠绿，也不是丛林的墨绿，而是一种淡淡的了无生机的绿色。没有山河，甚至连山的轮廓或是可标记的点都没有，除了小径和沿着这条路无尽的电线杆，所有的东西都一样。这单调乏味会对人们的头脑有什么影响？人们在这一成不变的空间里生活、生产、死亡，除了恶魔，他们还能梦见什么？

一进入蒙古，火车就失去了它作为现代机械的标志，变得像沙漠里的车队，没有时间表，也不需要准时。有时它毫无理由地停下，只是为了让乘客拜访附近蒙古包的亲戚。第二天傍晚，我们停了两小时等一列相向驶来的火车。当太阳沉入地平线时，所有的乘客都下去看那燃烧的球体，附近"站点"的四幢房子的人和狗都出来一探究竟。

我一直很渴望抵达乌兰巴托的草原，但是当我们到达时，我看见远方不是藏传佛教寺庙的金色屋顶，而是从世俗的烟囱里升起的炊烟。晚点八小时后，火车到站。亲朋好友像聚会似的帮乘客拿下装着中国商品的大包和所剩无几的啤酒。

终于，我们到啦！是的，"我们"，因为我不是一个人来乌兰巴托的。

第二十章
和我的幽灵朋友一起

他悄无声息地和我一起过了好多年。有一天，出于一次偶然（偶然似乎操控着一切），我注意到了他。我开始为他的故事着迷，答应他我们一起去乌兰巴托。对我来说，这还是第一次，但对他来说在这座城市还叫库伦时他就去过了；他将是我的向导。他在躲避敌人时穿过这座城市，挣扎着寻求自由，危机四伏，在库伦他有了人生中最奇妙的经历。在那之后他继续他的旅程，终于到达理想中的地方，然后过了数年有名而又平庸的生活，等待死亡。但是生活是否总是如此呢？你满怀希望追逐某样东西，一旦得到却又发现它不如你为之努力和期望时那样美好。即使在咨询占卜师时，我也认为过程比结果更重要。

费迪南德·奥特曼19世纪出生在波兰。他曾是俄日战争时期的军官和圣彼得堡大学的工业地质教授，最后却在西伯利亚腹地克拉斯诺亚尔斯克成为一名采矿工程师。1920年的冬天，他朝南行进，打算从藏区进入印度；然后他向东蜿蜒穿过蒙古，逃往北京。整个亚洲动荡不安，军队混战，贼寇横行。奥特曼逃亡近两年，不断卷进各种争斗和埋伏之中，生命时刻受到威胁。有一次，他被宣告死亡，身份证件在一个被狼啃食的半具尸体上找到。但实际上是奥特曼杀了这个人，交换了证件，获得新身份，骗过了尾随的敌人。

这场史诗般的逃亡过程，穿越全世界最神秘的区域，翻山越岭；在俄国内战的大背景下，他穿过"恶魔领域"（当时的蒙古被人这样称呼），以至于有人称他是"二十世纪的鲁滨逊"。这段历程被写成一本书，书名叫《野兽·人·神》，1922年在纽约出版，成为畅销书。

在一次去伦敦的暑期访问中，我花两英镑买了一本旧书，好几年来它一直尘封在书架上。在没有外出工作的一年年初，有一天，我被书名一下子吸引并立马阅读起来。我看到1921年5月奥特曼遇见恩琴·冯·斯坦伯格男爵，和他一起去库伦。恩琴在同一晚被两位占卜师占卜时，他就在场。这两位占卜师中，一个是喇嘛，用骰子预言；另一个是一个女人，在火里燃烧骨头，预言说他只能活一百三十天了。事实上，九月底，恩琴被杀害。他何时死去、如何死去确实不够清楚，但他的死一定如预言的那般可怖：他是在预言后的一百三十天左右死去的。

恩琴是一个奇怪复杂的人物。他是前俄国海军军官，出生于波罗的海的一个旧贵族家族。这个家族的祖先既有骑士和十字军士兵，也有海盗、强盗，他皈依佛教，继而成为最凶猛的战士对抗挺进东方的红军。

奥特曼把恩琴描绘成一个悲剧人物，是一个勇于接受命运安排、长久存在于蒙古人的传说中的人物。对奥特曼来说，这也有无尽的吸引力。他在书中描述，一个喇嘛让他留在欧洲的妻子出现在他的面前；另一个喇嘛让一个被打死的男人恢复了知觉。作为一个科学家和法国科学院成员，奥特曼将这些现象解释为在他和旅伴身上催眠的结果，因为他们看到了同样的东西。但要怎么解释他随便留宿的蒙古酒馆的老板能从一根在火中燃烧的羊骨头中看到奥特曼的未来，并且警告他埋伏的事？多亏了这一预言，他才成功逃脱。

正因为这样我才答应跟他一起去乌兰巴托。我想追寻故事的踪迹，找找与先前的占卜师之间的联系。一如往常，我轻装上阵，但是我带了本发黄的旧书——《野兽·人·神》。在火车上我看了又看，下车时把它夹在了胳膊下。我在那儿待了一周，一直没有与它分开。奥特曼向我形容了这些很久以前就知道的地方，然后我们一起重新走了走。他提到一个预言家的仪式，于是我们一起去找人来重现。

这并不容易。七十年过去了，早已物是人非。1921年，当奥特曼待在库伦的时候，河谷就像一大片空旷的营地，葱郁的群山环绕四周。那是藏传佛教的第三位重要转世者——活佛呼图克图可汗的所在之处。过去的库伦已消逝，山光秃秃的，一百多座寺庙中只有三座被官方定为"博物馆"的还留存着。库伦的三万尊黄金和青铜佛祖像只剩下几十尊，这些佛像也不在祭坛上，而是被锁在了玻璃盒子里。在高原古老的甘丹寺中心，坐在莲花上的巨大的镀金青铜佛祖像也不见了。奥特曼告诉我们，恩琴一直不喜欢那座佛像：佛像是近代才有的，一点也没有时光才能赋予的痛苦与快乐的神情。他是对的，那嗜杀成性却儒雅的男爵！缺乏历史积淀的新事物总会增添一些悲情的色彩。

奥特曼那个时代的六千个喇嘛减少到仅一百个。其中一些是老人，多亏了新的解放政策，最近才回来；另一些是年轻的初学者。要想找到旧地方也成了问题。城市已经彻底重新规划，名字完全不同，而新一代的年轻人没有过去的记忆。关于过去，他们知道的只有蒙古落后的原因。现代化的标志就是城市，所以甚至这么一个游牧民族，一个惯于住在蒙古包里的蒙古民族也得有一座这样的城市。苏联人规划了这座城市：宽阔的道路旁是巨大的黄白建筑，为民族英雄建立的陵墓都是一样的大理石材质，如莫斯科的列宁墓。博物馆是一座除了柱子之外没有任何东西的公共建筑，就像在罗马斗兽场顶上的帕特农神庙之子的文化。公寓街区一个挨着一个，超市只有空空荡荡的窗户与货架，与苏联如出一辙。

到达乌兰巴托的第一个早晨，我在晨曦中跑步。在矗立着社会主义建筑的巨大红场上，一个孤零零的没穿制服的清洁工在一片空虚中清扫。突然，在这荒凉的广场上，一个人从大柱子后面走出来。他走到我面前，说着流利的英语："请别笑，你要买头狼吗？"我还没来得及想他是不是疯子，他已经从柱子后拿出一件非常精致的皮外套。我抓住机会问他去活佛呼图克图旧址的路。这令他觉得我才是一个疯子。

回到酒店后，我开始打电话。我有好几个人的联系方式，但当我一问到关于预言之庙或者"观火"（一种在火中看到未来的技巧）时，电话那头就陷入奇怪的沉默。最后我放弃了，决定依靠我最好的方式：运气。就这样，我跟奥特曼总是像游客似的在城里闲逛。

第一件令我震惊的事情就是占卜术还未消失，或者它早就随着近期的解放运动重新流行起来。在中央大巴站，我看到一群躺在地上的醉汉中间有个蒙古老人在预言一个士兵的未来。他穿着有几何图样的红衣服，扔下几个白色鹅卵石，将它们按两个、三个或四个分组，念着像诗一样的咒语，把它们移动又聚拢。这是一种古老的方法：占卜师从石头分布的方式猜测未来，跟牌相比，石头随处可见，也能在地上画出圆圈和正方形。在一家崭新的商店前，我看到另一个老人向路人吆喝，主动要求通过焚烧一种有强烈香味、被晒干磨成细粉的蒙古药草来解读他们的未来。

在甘丹寺，旧时的复合寺院只剩下几个空架子。一个老妇人坐在一根柱子底下祈祷，柱子周围的人顺时针转圈。她把佛珠在手腕上绕三圈，按两颗和三颗一组的方式预知未来。我请她为我占卜，一个喝醉了的蒙古人走过来为我把她的话翻译成法语。

"你是一个善良慷慨的人，"她说，"未来是美好的，你的生活会一帆风顺。在这趟旅行的最后会有一个巨大的成功在等待你。"

"就是这样吗？"我问我的翻译。

"他们都是占旅行者便宜的生手！现在我们自由了，这种人到处都能找到。"他回答。我问他是否知道谁能表演"观火"。他也不知道。但在奥特曼描述的文字的帮助下，他带我们来到一个朴素的小塔，塔前有两排转经筒。塔里空空如也，在岁月及早已不在的陈设物的影响下，墙面黑黑的。这也证明这里是一个有历史的地方。和尚坐在长椅上喂鸽子，他们中没人知道这里曾发生过什么。这又是一个有预言的庙，这里的喇嘛扔下几个骰子到矮桌上，计算出恩琴剩下的日子：一百三十天。当我站在这儿重读奥特曼的话时，我

第二十章　和我的幽灵朋友一起　　283

的脚就站在同样的石头上，我好像看见了庙宇的重生，所有的东西都在里面。我似乎在慢镜头中看到男爵拿着从印度带来的觉悟者小石像走向祭台，在祭台前跪下祈祷。

离开寺庙后，恩琴在奥特曼的陪同下，去活佛那儿寻求最后的祝福。我沿着他们所走的路前行。但当我抵达时"博物馆"已经闭馆了。一个守卫从门缝里瞥见我就让我进去了。他想卖一些从一本旧手稿里弄出来的小小的佛画像，而我则想独自参观这个地方。我们用非常简单的手势和钱达成了一致。

一片广袤的死一般的静寂笼罩了我。草长得又高又狂野，当我的脚穿过时，空气中弥漫着一阵甜甜的香味。我摘下一束花梗，把它们夹在书里让奥特曼高兴高兴：这草与他知道的草一样，香味也一样。我从一个亭子走到另一个亭子，进入奥特曼和男爵被允许与呼图克图会面的房间。这里保存得很完整，布置得近乎博物馆，毫无生机。一束光从高窗上射进来，穿过旗帜和挂在天花板上的唐卡，映射出画中的神和动物奇怪的身形，金色的佛像、魔鬼的微笑和扭曲的脸都一一呈现在墙上。远处，有一个像祭台的凸起的台子，御座空空地伫立在那儿。这里没有香烛焚烧，但是用了几个世纪的牦牛油的味道渗进了每一寸木头和布料，空气中也弥漫着这样的气味，让我忆起过去。

我一阵冲动，把奥特曼的书放在地上，然后在御座前盘腿而坐，跟他说："我遵守我的诺言，现在我们到了。"空气静止，继而进来一丝风，吹动一个唐卡旁的彩色丝绸，让我感觉来到了另一个时代。我感受到御座上呼图克图的存在，还有之后的恩琴和奥特曼的存在。当然，在见到和听到这些东西时我是在玩一个游戏，但这证明了一颗虚心纳谏的头脑多么容易接受建议；很多地方和物件背后都隐藏了许多故事，这些故事会展现在知道历史的人面前。

我很高兴能一直在过去游玩，在一个我经常觉得比我所在的时代更适合我的时代生活一段时间。但我还记得那个守卫，他不久就会来看我在做什么；突然我听到属于现代的声音，巴士鸣着喇叭驶向远处，过去的幻象消失不见。

只有奥特曼还和我在一起。我怀着强烈的兴趣，让他的书免于永远沉睡，让其意义超越一个物什，这不正是马来西亚的波形刀获得灵魂的途径吗？不正是亚历山大·大卫·尼尔讲的西藏故事所传达的信息吗？一个商人去了印度，他的母亲让他带回一块圣骨。他忘记了，第二次去印度他又忘了。第三次，当他要回家时发现又没有他母亲想要的圣骨，于是他掰下一只躺在路边的狗骷髅上的牙齿，带回去给母亲，说它属于一个伟大的圣人。母亲很高兴，将那颗牙齿供奉起来，其他女人也来跟前祈祷，最后她们都看见光线从"圣骨"中发出。因此，有句西藏名言："若对狗牙齿保有崇敬之心，也得到光明。"

我感到很疲惫，因此决定打破常规，在旅馆里享用晚餐。但是这偌大的社会主义餐厅已经没有空桌子了。

"你抽烟吗？"我询问一个独自坐着的西方绅士。

"不。"

我坐下来。这是一位美国气象学家。

"啊，"我说，"你的工作是预测天气，我的工作是预测未来。"

男人很吃惊，他不知道这有什么共同点。他告诉我，预测天气几乎达到了发展可能性的极限。"现在我们能有百分之九十九的准确性预测未来三天的天气，最后一步将是掌握混沌理论。有了它，我们将能对未来两到三年进行预测。"他说。

"但是如果可以那样预测天气，为什么不能预测一个人的未来呢？它们的区别是什么？我们也由空气、固体颗粒物、云、梦……和失落组成。"我说。

气象学家看起来很确定我是一个精神失常的人，也许从他的角度来看，这不完全是错的。

接下来几天，运气帮了我好几回。

我在街上停下来让一个拿报纸垫着坐在地上的光脚男人给我擦鞋，结果他是一个专门给牛做人工授精的兽医。他曾在东德学习，跟班上最聪明的人成了朋友——那人后来当了和尚，他也许可以帮我找到"观火"者。

一天早上我坐出租车，得知司机是学校地理学的负责人，他开朋友的车赚些钱来弥补工资的不足。他对自己国家的历史很有兴趣，听说一个老寺庙刚刚重开，初学者可以重新学习预言的秘密。

通过一个酒店的女经理，我遇到一位女士。她是一名政府官员。现在她对宗教产生了兴趣，能带我去找城里最有名的占卜师。

最先再次出现的是兽医，一天早上他在我出门跑步前打电话给我，问我愿不愿意买一只被宰掉的羊，它的肩胛骨被除去并烧了。

当然！

几小时后，我们就到了市郊一所两层木质房屋。那是个女修道院，离甘丹寺不远。兽医说，这里就是曾经政府为所有从农村回来的喇嘛提供住处的地方。一阵强烈的羊膻味从开着的门后飘过来，一群女人和孩子仔细地看着我这个外国人爬上满是灰尘、摇摇晃晃的楼梯。喇嘛在一个干净整洁的房间里等着我，房间里有所有中亚财富的象征：一个中国暖瓶、一个闹钟、一个小录音机。唯一的家具是一张铺着毯子的大床，用来接待客人。他高高瘦瘦，有一张英俊坦率的脸庞，披着深红色短上衣，手很脏，指甲是黑的。他说他从父亲那里学到"观火"。他父亲是个牧羊人，曾跟着一个喇嘛学习，那喇嘛是呼图克图的师父。这话的真实成分有多少我也不想知道——关键是这个美好的故事是能联系我和男爵的一系列巧合中的最后一环，这些巧合把我带到了那个房间。

我的喇嘛很了解过去，他知道是呼图克图第一个预言了恩琴的死亡。他们俩是好朋友，他说，但是连呼图克图也没法改变贵族的命运。"呼图克图是个异数，"老喇嘛补充道，"他可以布雨。他拿着一件衬衫，挂到一条绳子上，衬衫的阴影会很快变成一片巨大的充满水的云。"国内战争结束后，呼图克图去了美国，高寿而亡。他现在转世到俄罗斯了。

谈到过去让喇嘛变得放松起来。"呼图克图出生的时候，有一个猎人看到山谷里有一团大火——他朋友的蒙古包被烧着了，"他说，"猎人赶过去给他朋友怀孕的妻子报警和帮忙。他到了之后发现火消失了，蒙古包完好无损。里面是一位母亲和一个刚出生的婴孩。但火是怎么回事？那之后，大家明白了：那是一个特殊人物降生的信号。不久，孩子被公认为活佛。"

喇嘛说他现在八十岁了，1912年鼠年诞生。"我没有多少时间可活了。"他说，就像赴约迟到了一样。我问他是否害怕死亡。"我厌倦了活着，很渴望进入下一个阶段。我知道那比现在好多了，没有折磨。"他说，继而大笑。他在我们所有的对话中从未使用过"死亡"这个词。

附近一所房子的庭院中已经准备好了"观火"的东西。我们走了半小时，通过木栅栏间迷宫一样的小路。栅栏后面是一片灰蒙蒙的蒙古包，看起来都一样：一扇有白色装饰的绿色或棕色的门，通往一片踏出来的路面，路面的一边是泥砖砌的棚屋，另一边是一个日渐变黑的蒙古包，提醒着这里游牧民族的过去。

绵羊在一群围观的孩子中间咩咩地叫着。老喇嘛进入蒙古包，把其他人都送出去，然后开始祈祷。我看见一把庆典用的刀，像弯月一般，经他的手递给年轻的学徒。屋外一阵骚动，很快，学徒们回来了，拿着手掌大小的扇形骨。"这是肩胛骨。"喇嘛说，用另一把刀剔除剩下的肉。然后他用一块布严肃地摩擦骨头，直至没有任何斑点，就像玉一般泛着黄白的光。

"物质的纯粹通过精神的纯粹来反映，"喇嘛停下祷告说，"这纯粹决定了预言的质量。"他为了这块骨头花了将近一个小时来准备。时间缓缓流逝，不时被祷告者的声音和屋外刀和脸盆的撞击声打断，我赠送给那家的羊就这样被剥皮并分成了四份。

喇嘛把骨头捧到眼前，像牧师举着圣器一样，站起来，走进蒙古包。只有我和我的兽医翻译跟着进去了。对他来说集中注意力至关重要，所以任何可能说话或不自觉地用他能给到答案的方式思考的人都不可以在他旁边。

我们坐在地上，旁边是一个旧汽油罐制成的火盆。火缓缓地燃烧，有些小小的圆形东西被扔了进去。"牛粪。"兽医说。喇嘛把一小把"阿兹"（干草）扔进火盆，蒙古包里充满了灰烟和强烈而好闻的气味。他为自己占卜术不够精湛而道歉：他说，他能做的就是看着骨头回答我的问题。

"我还能活几天?"男爵问喇嘛，我也问了同样的问题。他严肃地看着我的眼睛，把骨头拿到嘴边，轻声重复了问题。一串祷文之后，他拿着蒙古人平时吃饭用的金属筷子夹着骨头扔进火里。骨头慢慢变黑，他拿出来，吹掉上面的灰，研究了表面很长时间。最终，他用圣洁的声音和兽医所说的有文学性的神谕的语言说道：

"根据一个人出生地的不同，他信仰的神也不同。但是你，虽然出生在别的地方，这里却有你的生活。佛祖比其他的宗教更能帮你。你的关键信号是非常强烈的，如果你沿着佛祖给你铺的路走，信号会更为强烈。通向未来的路已经向你敞开。"他把另一小把"阿兹"扔进了火里。

"未来我有没有阻碍?"我问。

喇嘛再次举起骨头，轻声祈祷，再次仔细地看火造成的纹理，说："无山需跨越，无峭壁要征服，只有一条平坦的大路"（多无聊!）"只是你须小心乘船，尤其是持续好几天的行程。"

我想了想我走海路从欧洲返回亚洲的计划，于是问他我如何保护自己。

"我将给你极好的咒语，无论何时只要你感到危险就可以背诵。咒语如下：

奥姆达迪阿达
奥姆达迪阿达
奥姆姆尼姆尼
马哈姆尼耶梭哈

因为其他一些问题和不重要的答案，这一部分又持续了一段时间。整个庆典让我觉得寒冷和失望。曾打动过奥特曼和阅读时的我的神秘感一刻都没有出现。也许是因为他生在伟大的时代，人们的生存和死亡都非常戏剧化；但是无论是什么原因，那个在乌兰巴托的蒙古包里为我举行的仪式丧失了它曾在旧库伦城的所有意义，即使程序、手势、公式和祷告都一样。我所怀念的是这些：一个群体共同的意识，恐惧，对于玄妙事物的信仰，对于某种能得救的希望。我的"观火"缺乏时代的精神。

1921 年的蒙古与 1993 年的蒙古大为不同。之前的政府是以呼图克图为首的寡头政治集团，他一度是神，是国王，是牧师和封建领主。喇嘛拥有所有的权力：他们是行政人员、医生、占卜师、将军、巫师和裁判。对蒙古人来说，传说就如同太阳的升起一样真实。一个喇嘛只要简单地挥着手掌，在他们眼前变个戏法，就可以把几百个装备糟糕的士兵送上战场，一片光明的前景在眼前展开：

富丽堂皇的蒙古包，成群的牲畜和大片土地，穿着丝绸、戴着珠宝的女人。士兵相信那一切，为了那个世界走向死亡。

自然生机勃勃。每座山都是神的避难所，每个水湾都是恶魔的巢穴。整片广袤的土地都是一个神秘的王国，布满了牧羊人祖先和征服者的骸骨，以及像哈尔和林这样被黄沙吞没的老城遗迹。那片土地终将得救。1921年的蒙古人确信，若整个世界注定毁灭，他们脚底下的世界依旧存在。这里曾住着一个古老的部落，由世界之王统治，他们洞悉所有自然的秘密，这个部落在六万年前消失。那个地下王国里没有邪恶，科学的发展没有破坏，只有创造，男人和女人一样博学，所有人的命运都已注定。奥特曼到达蒙古时被告知，三十年前，世界之王对库伦附近的寺院进行了简单的拜访。当他抵达时，所有祭台的蜡烛都自发地熄灭，所有火盆开始熊熊燃烧。而他，这位传说中的阿加提地下王国的国王，在当时最重要的喇嘛面前端坐在王座上预言世界的未来。他说："所有人的灵魂都将逐渐被遗忘，只有身体得到关怀。"

1921年的蒙古人对此深信不疑且以此为生。在奥特曼的库伦（一个荣耀而神秘，但也充满奇幻的地方）发生了些不可思议的事情。现在，它已不存在。现代化抹去了信仰的宇宙。它将蒙古人从传说和喇嘛的奴役下"解放"出来，但同时清空了他们的寺庙，摧毁了所有仪式的意义，因而使他们的人生贫瘠。阿提加国王的预言完全被证实了：人们不再思考除了填饱肚子以外的事情，他们的世界再无诗意。

离开前，我问喇嘛如何解读骨头上的答案。他说，这取决于从火中取出的骨头的纹理。骨头有两端，一端朝向实施"观火"的人，另一端朝向询问未来的人。如果纹理显示在外面，答案是积极的；纹理显示在里面，就是消极的。另一个标准是纹理的方向：最好的是从中心向边缘辐射。纹理向上是有好转，向下则是变坏。

"答案早就存在。"喇嘛说，"问题是你要从骨头中看出答案，这正是困难之处。"如果有所怀疑，也可以将骨头藏在胳膊下，然后找其他正在说话的人，他听到的第一个词就是问题的答案。听起来就像是依据早上你离开房子时见到的第一个人是男是女来决定做不做一件事。

我为羊付了钱，分发了兽医建议我带来的一些礼物，并带走了一小袋喇嘛给我用来抵御疾病的"阿兹"。兽医很开心：他觉得自己看到了极为美妙的事情。回家的路上我们看到了许多乞丐：满是污垢的小孩站在人行道中间的塑料纸上，女人用卡片诉说她们是怎么成为寡妇，或者火灾与其他不幸的受害者的。"退化。"兽医嘲讽地说：我们总是在谈"发展"，但是蒙古人获得的"发展"远不及他们为此作出的牺牲。

奥特曼形容恩琴男爵第二次听到他时日不多的景象非常具有戏剧色彩。那个瘦小、憔悴的占卜师进入催眠状态。她扯掉自己的头巾，做出恐惧和痛苦的鬼脸，扭曲着身体，最后开始说话，极不自然却很准确："我看见他了……我看见了战神……他的生命以一种恐怖的方式结束……然后有阴影……像夜一样黑……阴影……还有一百三十步……再往上是黑暗……什么也没有……我什么也看不见了……战神消失了！"

恩琴垂下头。"我将死亡，但这不重要。战争已经开始，而且不会结束。没有人可以浇灭蒙古人心中的战火。"他说。

那个曾在1921年预言恩琴命运的女人是一位知名的先知，其法力来自母亲——她母亲是吉卜赛人。根据蒙古人的传说，只有极少数人类曾造访过地下王国，而吉卜赛人便是其中之一；他们回来时便被赋予了从纸牌、草叶以及掌纹预知未来的能力。

于我而言，去见乌兰巴托最著名的先知（有人把她形容为"一位起源奇特的巫师"）是我追寻奥特曼足迹的旅途中的一步。她自我介绍道，她是一位转世喇嘛，左肩上有三个黑色标记，那是"前任喇嘛"搭放斗篷的印记。只要她出现在宗教场所，别人都会立马把她当作修行很久的人。

"你是哪一年出生的？"在开车赴约的路上，她问道。

"1938年，虎年。"我答道。

"虎年？我也是，不过要晚一轮。1938年出生的虎有八个白点，五行属水。属虎的人非常慷慨，他掌控着一片领土。你一直忙于为家人寻找食物，并时刻警惕保护他们。"

新加坡的手相大师曾说过类似的话。

"在佛教里，"女人继续说道，"老虎是恶魔的克星。因此在喇嘛仪式中总是有一只老虎存在，老虎的尾巴经常被描绘在唐卡中。老虎是最强大的动物，它可以杀死所有人，但它有一个强大的敌人：人类，因为人类更聪明。老虎与人之间存在着爱与恨、相互吸引和恐惧的关系。我的婚姻比较艰难，因为我嫁给了一个在猴年出生的男人，猴子是最接近人类的动物。像许多属虎的女人一样，我很难怀上孩子。属虎的女人非常令人惧怕。因此，在亚洲，属虎的女子从不提自己的属相，否则很难嫁出去。老虎总是追求品质，她总想要最好的，当老虎坚持要最好的食物、最佳的衣服、最优的生活方式时，这就成为一个很大的缺陷。所以，她必须控制自己。"

我饶有兴致地听她讲述，直到我意识到老虎也是濒临灭绝的物种。当动物消失，自然不再存在，没有了这些对比观察，未来的人们又将如何定位自身及周遭人群的性格和人格？

现在，我们已经驶离乌兰巴托，一直朝北边前行。车子经过山边的一处巨大墓地，白色的木柱子就像一个巨大的栅栏围在那里。"过去，逝者的遗体暴露在自然界里喂鸟，革命以后，我们才开始土葬，"我的同伴说，"如果尸体在三天内消失，这意味着死者是一个好人。如果持续时间更长，则意味着连动物都唾弃他，这将不利于他转世再生。"即使现在，蒙古人仍然把大乌鸦和秃鹫当作圣鸟，从不会杀害或吃它们。

我们驶过一座最近重新开放的寺庙，屋顶上有一对漂亮的镀金野兽。最后，我们在一大群蒙古包中间停下。每个蒙古包都用普通的木栅栏围起来。绿色的门上装饰着奇怪的白点和圆圈，歪歪扭扭的。女巫的蒙古包在一个杂乱的庭院里，后面有座白色的小房子。我们穿过厨房，有个女人坐在厨房的地上，在一口大锅里煎炸甜甜圈。

女巫的房间非常整洁：一张铺着马匹挂毯的床、一些手提箱、一个柜子。柜子上摆放着一张家人合照以及一套男性军装。墙上挂着证明她是传统医学协会和蒙古特别权力人士协会会员的证书，还有她与著名人物的照片和各种其他荣誉。

但我看到这个"女巫"时，我发现没有更好的词来形容她了：身材瘦小，满面皱纹，头发油腻，有一双小眼睛和一颗金牙。她身穿一件绿色的花裙子，外面套着一件淡绿色的工作服。她告诉我，她曾经在乌兰巴托当过巴士司机，但她的神力让她无法继续那份工作。沿着街道行驶时，她会不断感受到不同地方和不同人的善或恶的特质，这让她非常紧张。如果一个小偷或凶手上了车，她能立即察觉到，因而无心再开车。她说她现年五十八岁，出生在靠近戈壁沙漠的北部地区。父母是吉卜赛人吗？她不知道。她只知道，父母很穷，但她的出生给他们带来了好运。

她第一次意识到自己拥有神力是在九岁时。她的父亲让她去看守一些羊，她看到狼和狗都害怕她，不敢接近羊群。那时她便感到，自己的使命是帮助人们。如果她看到有人快死了，她有能力延长其三到四年的寿命。但并不多，她谦虚地补充道。

她坐在床上，示意我坐在她脚边的一个矮凳上。她有一种奇怪的呼吸方式，像脸上有一根头发，要把它吹走一样吐着气。她拿起佛教念珠，开始非常专注地审视我，特别是我耳后，好像她要在那里寻找某种东西。然后她看着我身后的一面镜子，镜子上映着另一面镜子。她凝视着我的眼睛，开始说话。我的伙伴开始帮我翻译。

"你家里有四口人，有两个孩子，大的是男孩，小的是女孩。八九年前，你生命中发生了一件重要的事。我没法断定那是好是坏，但它改变了你的命运。"（棒哉：那件事的确改变了我的生活，好一段时间我自己也不确定它是好是坏。直到今天我才可以说，那是好事）"直到你生命结束，再也没有那种事会发生在你身上，没什么不好的，没有意外。你的寿命很长，尤其是如果你让自己冷静下来并开始练习打坐的话。"（她也这么说！）"给我三个十以内的数字。"

"三、六、九。"我脱口而出。她拿起念珠挂到脖子上，再绕在手上，拨算了几下，把几颗珠子分开，然后说道："你的数字是一万八千。你必须对这个数字怀抱崇敬之心，永远不要忘记它。这个数字是你的幸运数字，会助你一生。如果你遭遇困难，或感到自己处于危险之中，那么就深思这个数字，一切都会好的。记住：一万八千。"

她站起来，拿起几根孔雀羽毛，在我四周扇风。风强劲有力，似乎要把我身上不好的东西给驱赶走。

"你从事什么职业？"她问道。

"我靠语言文字生活，跟你一样。"我答道。然后我怕她误把我当作竞争对手，对我施加邪恶之眼什么的，我又解释说："我写文章，写书。"

"好。在猪年，"（我不知道她说的是 1995 年还是 2007 年）"你的书将声名大噪，"（我选择相信她，心里美滋滋的）"你和你妻子一直有矛盾。她反对你的职业，反对你写作，她希望你停下来。但你一定不要听她的。你必须继续写作。你的妻子非常嫉妒你，因为你总是旅行。"

开始的时候精彩万分，现在看来这个女人读错了书，我对她没了兴趣。她针对我和安吉拉的关系提出了更多不准确的评论，就我的孩子应该如何结婚提出了建议，还提醒我注意弗尔科的酗酒情况（可怜的孩子，他甚至连酒都不碰！但在蒙古，年轻人酗酒是最糟糕的问题之一），最后继续背诵我已耳熟能详的老生常谈。

但是，这不是人们最在乎的事情吗？他们的妻子或丈夫是否不忠，他们的女儿是否会结婚，他们的儿子是否会找到一份好工作。谁会去问占卜师，世界人口是否会不受限制地增长？谁会去问臭氧层中的洞是否可以修复？它一直如此。即使是过去的伟大预言也面临同样的问题："我会打败我的敌人吗？"永远是生存、爱、死亡。我们焦虑的是直系亲属，自己、我们深爱的人、我们的家人。对世界事务和集体事件的好奇心总是有限的。

女巫捡起她的念珠，吹了一口气，把它戴在我的脖子上，往我的头上吹了一口气，好像要驱走灰尘或邪灵，并说她会想我，为我祈祷，我会快乐地生活，会长命百岁。

我感到非常恼火，大老远跑来只见到一位普普通通的占卜者。厨房里，锅里的油嘶嘶作响，偶尔还有一些焦糖的香气袭来。我顿时想吃点甜甜圈了……这个念头很强烈！过了一会儿，女巫给了我们一些。我想，这应是此次来访的最大收获了。但或许不是。要不是这次机会，我还有什么理由来到乌兰巴托的郊区，进入这许多相同房屋中的一个呢？这样一想，我顿觉宽慰。

我问那女人是否相信轮回。当然！当她在墓地里转悠时，她能感觉到谁能转世，谁不能。对我来说，这是一个新想法——那些不能转世的不幸者，就只能在那儿慢慢腐烂。"所以我们必须尊重父母，"巫婆说，"他们让那些转世的人得以重生。"这也是我从没想过的一件事。

在我离开之前，她跟喇嘛一样给了我一包"阿兹"，让我随身携带以保平安。她还送了我两个中国碗来用餐；如果碗碎了，我也必须保存碎片。然后，她给了我一张她的照片，好似一个更神圣的东西，有护照大小，是那种带边的老照片，以帮助我在远处也能想起她。

我有一种感觉，要是书页间夹杂着香草枝的香气，奥特曼一定很高兴。它会勾起他在乌兰巴托度过的日子。我本想和他再约一次晨间散步，重访呼图克图的王座室，但我和那位地质学家兼出租车司机兼校长有约了。他带着一位讲法语的时尚年轻人作为口译员。年轻人在外交部工作，但他的梦想是去波尔多的商学院，然后成为一名商人。

我们前往吉西修道院，它坐落在甘丹寺所在的高原上。很久以前，吉西一直是修道院占星家和占卜师的学校，最近重新开放，重拾旧业，培养在预言术方面的年轻新手。"住持是能预见未来的人。"司机说。我那年轻的口译员不信这些，这次考察让他略觉尴尬。他穿着一件做工精细的蓝色西装外套，上面缀着黄铜纽扣，灰色长裤，白色衬衫搭配着条纹领带和闪亮的皮鞋：这一切都说明他是一位值得尊敬的人，酒店门口保安不会将他阻拦在外。他是一个崭露头角的年轻人，关注着国际的未来，在这里我带他回到了蒙古的中世纪。

旧修道院建筑群有两座保留完好的建筑物，不过里面几乎没有任何东西。一座雕像、一幅画、一件旧家具都没有。屋顶上长满了草，甚至通往住持所住露台的石阶也被移走了。很难想象这个地方旧时的样子。或许，只有某些声音与旧时一样。在一个大房间里，有十多位学徒；他们正应着钹声的节奏念经，一位老喇嘛坐在高凳上监督。

我的年轻翻译发现，学徒们用藏语念经，可是他们根本不懂藏语，这太荒谬了。那位地质学家兼出租车司机向他解释说，经文的原件是用这种语言编写的，蒙古文本已被摧毁。"但这太不可思议了。"年轻人说。然而，这种不可思议的现象变得越发重要：大量的年轻人要求成为学徒，司机说，寺庙如雨后春笋般大量出现。

也许在这里，现代化的失败已经引发了一场回归起源的运动。最近从蒙古北部返回的人告诉我，该地区的少数工厂因缺乏原材料而关门，许多蒙古人更乐于回去照顾羊群。这并不奇怪。现代化为他们提供了什么来弥补它摧毁的一切？又有什么能取代它扫除的美丽神话和传说？波尔多商学院的神话？

我们不得不等候一段时间，因为住持门外有一大群人排队想见他。只能等到他们都结束之后才轮到我们。没有优先权的事实让年轻口译员感到恼火。

房间又小又脏。住持是一个高大强壮的男人，大约四十岁，脸上有麻子，眼睛狭长。他皮肤黝黑，手臂肌肉像摔跤手一样发达，双手大而奇怪，手掌比手指长得多，拇指也超大。他坐在一张桌子上，桌子上有一个大约两英尺长、一英尺宽的木箱，里面装着一些香灰。

我是第一个来找他占卜的外国人。他首先询问我的出生年份，然后让我说一个一百零九以下的数字。他用银筷在灰烬中画出一些复杂的标志，然后覆盖，之后画出更多。他画了我的生命图，短暂停留后又抹掉。他轻轻摇了摇木盒，香灰表面光滑如初。我喜欢他的动作，因为它们比写在纸上的占星学语更为短暂、真实。

这正是秘密所在，方丈说，因为每一个计算都被抹掉了，他必须记住；他需要集中注意力，才能更好地去"看"。最后，他在灰烬中画了一个完美的圆，在其中刻上了一些标志，并去查阅了一大堆手写的纸张。他占卜的基本凭据来源于一百零八卷蒙古族圣书《甘吉尔》；其中最重要的是有关过去事件的注解评注，但那些已经消失了。喇嘛从1940年开始重新编写，但也只能追溯到那时。因此，我的占星结果让他很难做出解答。

"你有心脏病吗？"他问我。

"目前没有。"我回答。

他确信我在不久的将来会得心脏病，不是很严重，但绝对是心脏出问题。他说，如果我想保持健康，我就不能再伐木砍树了。

对于年轻的口译员来说，这些话语都是疯言疯语。不过，好在他之前也听一位叫万加的盲女先知占卜过。"在哪里？"我问，已做好准备再次出发。

"在保加利亚，希腊边境的一个小镇上。"他说。

我回到酒店吃午饭。跟往常一样，餐厅没有空的桌子了。起初我坐在一个美国人旁边，他正向他的蒙古导游说一些关于中国的事情。点餐前，我站起来挪到另一张桌子旁，这是一位黎巴嫩人，他在蒙古卖法国电话。我告诉他我上午的经历，并提到了刚才听到的那位了不起的先知。

"万加？"一名坐在黎巴嫩对面的年轻人说，"是的，她非常强大。我是保加利亚人，我可以帮你预约——否则你要等上几个月！"他说，万加居住的地区与西藏一样，是世界上最有能量的地方之一。她的大部分力量都源于此。我听菲律宾的信仰治疗师说过类似的话。

保加利亚人给了我一些他在索非亚的朋友的电话，他们会帮助我找到万加。其中一个是国家元首的新闻专员。是偶然还是命运？是什么力量让我坐在一个知道万加的男人旁边？

那天晚上我研究了铁路地图。一到华沙，我可以很容易地向南转到索非亚，而不是继续向西到柏林。这次旅行只需几天时间。

第二十一章
跨西伯利亚铁路小贩

在乌兰巴托，夏日的日落缓慢且壮丽。山脉焕发着美丽柔和的色彩，从绿色变为蓝色，再到紫罗兰色，就像蒙古族男女围在腰间的丝绸腰带一样。我最后一次看着它，感受高远明净的天空和山丘的芬芳。太阳似乎永远不会消失，不断拉长人们的影子，他们正站在那儿，举起双臂向火车挥手；当然也照在扒手身上——他在我上车最后一刻试图偷走我的美乐时小相机。

一群互不相识的人来为我送行，每人都带着吉祥物件要送给我：地质学家兼出租车司机兼教师拿着成吉思汗的铜牌；兽医翻译带了一套粘在木板上的小石膏佛；转世喇嘛给了我一些药丸，让我遇到危险时就用水服下。她的高级政府官员丈夫给我的最实用：满满一袋啤酒和鱼子酱。在这样的时刻，人们希望火车能够立即离开，但是这班车晚点半小时，窗户上的尴尬谈话也不得不延长。

从乌兰巴托到莫斯科需要五天时间。对我来说，"跨西伯利亚"一词总意味着一些装饰和浪漫的东西。在阿奇博尔德·柯奎翁的《由陆路到中国》一书中，他描述了 1898 年乘火车出访的样子：带浴室的豪华车厢、图书馆、健身房和带钢琴的音乐室。我知道它不再是那样了，但是我仍有这样的愿景，所以当售票员问"豪华车厢"时，我下意识地回答"是"。

然而，我登上火车，发现我的豪华车厢里几乎没有能坐的地方，里面堆满了巨大的麻袋和成捆的行李，最上面坐着一个肥胖的红脸颊蒙古人，大约三十岁，是我的新旅伴。

"你是商人？"我用英语问他。这个词现在基本代表着"声望"和"有前途"。

他点了点头。谢天谢地，我们发现可以用中文来沟通。整列火车载满了这些商人。每个独立的隔间都挤满了袋子和盒子，装满了货物。座位下面的空间被更多的捆绑袋子和盒子占据，走廊和厕所亦如此。在这一整列长长的火车上，显然没有一个只带着行李箱的普通旅行者。

这是一列俄罗斯火车。有人曾告诉我，在俄罗斯，与食物有关的一切都掌握在格鲁吉亚黑手党手中。为了验证这种说法，我们一上车就去看了看餐车。确实，总长弗拉基米尔来自第比利斯。我进行自我介绍，并递给他一张十美元的钞票，让他照顾我。这种做法奏效了：整个旅程我的餐桌都干干净净，有新鲜的鱼子酱和冰镇伏特加。

火车一越过边境进入俄罗斯，我就看到了新的跨西伯利亚铁路的样子。在第一站，蒙古人开始打开他们的麻袋，从窗户向外倾身，挥舞着商品吸引俄罗斯人。我想象中浪漫的跨西伯利亚旅程已经化为平淡无奇的旅行集市，每个车站都挤满了一群渴望讨价还价的人。他们中大多数都是女性：她们仿佛被附身，挂在火车的两侧，伸手抓塑料工作服、雨衣、人字拖和儿童衣服。蒙古人拿着货物悬在他们的头顶，直到价格满意，才递到她们手中。

铁路沿着贝加尔湖的岸边一路延伸。贝加尔湖像大海一样宽阔，平坦而又平静。夜空被如闪亮水银的月亮照亮。我们经过伊尔库茨克。窗外的针叶林继续闪过，就像前一天一样——瘦高的白桦树，同样的鲜花绿草甸，以及带蓝色和白色窗框的小木屋。每次火车放慢速度，开始在站前变道，蒙古人便开始行动，打开他们的麻袋，从座位下面拉出储备库存。

"克拉斯诺亚尔斯克！"负责豪华车厢的女士喊道，我们在另一场西伯利亚日落的光芒中停了下来。奥特曼的城市！他就是从这里出发的！在站台上，一群人争先恐后地挤到火车边上，像猛兽看到猎物一般；穿着短裙的漂亮女孩，戴着头巾的粗壮老妇——所有人都争先恐后地拿毛衣、雨衣、塑料鞋。唯一没有加入战斗的是一些胡子拉碴的肮脏醉汉，他们蹲在两个电塔的脚下哲学式地微笑着。

穿过克拉斯诺亚尔斯克（奥特曼的史诗开始的地方），我觉得我和他的旅程已经回到原点。也许他本希望在那里下车，去看看这个城市的人们自他离开之日起几乎停滞不前——男爵憎恶的革命思想已经深深扎根了。我想，那里应是我们分开的地方。我拿起这本书，感谢它美好的陪伴；我随意地打开它，告诉自己我读到的将是最后的内容。我的目光落在第一行："……可怕的血腥男爵。没人能决定他的命运。"我把书放进一个信封，准备在下一站把它寄回家。

托木斯克、新西伯利亚、鄂木斯克：日复一日，在每个小站或大站都重复着同样的景象。一旦人们听到那串充满希望的哨声，他们便从房子里拥出来，兴奋地冲向车站。有时看起来全部人口都在轨道旁边跑。交易在几秒钟内完成：抓拿货物，交钱，然后火车驶离站台。幸运的购买者欣赏到手的丑陋风衣或凉鞋，没买到任何东西人则失望而归。他们将不得不等两天才有机会再次购买。

两站之间，蒙古人就喝酒睡觉。火车外面，银色的桦树单调地滑过。

这就是跨西伯利亚铁路的奇怪命运。一百年前，在俄罗斯帝国雄心壮志的高峰期，它作为对抗中国的一道防线被修建起来。而现在，它已成为商品供应线，让被历史打败的贫穷俄罗斯人能穿上中国服装。现今，跨西伯利亚铁路的人也不再是欧洲的公爵、间谍、将军和冒险家，而是成吉思汗的后裔。他们不是作为征服者而是作为小贩在祖先曾经征服的土地上旅行。

每天早上醒来，窗外都是无边的针叶林，桌上的报纸上散发着与整个车厢一样的羊肉饺子味。"这种食物方便保存，至少一周不会变质。"我的商人伙伴说。他告诉我，在乌兰巴托，到10月底，每个家庭都会购买一整头牛，剥皮后晾晒在门廊。天气变冷，肉就会冻结。到了冬天，他们一次切一点地吃。他们也会这样处理羊肉。

附近车厢的乘客中有一位美丽的女士，她曾是一名采矿工程师，现在被迫以买卖皮夹克为生；另一个是学法国文学的学生，他带着一堆人字拖、运动服和夹克。通常都是女士的哥哥来干这活儿，但他们的祖父用石头占卜，看到这次旅行不利于他，所以家里人让她来顶替。每个蒙古人只须在商品上投入差不多一千美元，就能带约三千美元回到乌兰巴托。他们能轻易地从中国进货，并且进入俄罗斯不需要签证，所以能从中获利。

在马林斯克，负责人弗拉基米尔告诉我要锁上包间门和车厢门，因为这是黑手党和歹徒控制的车站。

"斯科尔卡？斯科尔卡？"当火车驶入叶卡捷琳堡的车站，夜色中模糊的人群大声喊叫着。这是沙皇和他的家人被布尔什维克屠杀的地方。"多少钱？多少钱？"有人大声回应，连自己要买的东西都没看到。一些钱和塑料袋在黑暗中易手。我的蒙古伙伴借此机会摆脱了一些不匹配的鞋子和一件带有大油渍的雨衣。

旅程过半，我才意识到我不是火车上唯一的欧洲人。最后一个包间有一个年轻的法国人和他的新娘，一位来自中非共和国的漂亮姑娘。在另一个豪华车厢中，有一位保加利亚外交官和一位七十四岁的优雅巴黎绅士，后来我知道他是一名建筑师。他在蒙古度过了两个星期。"对佛教感兴趣吗？"我问道。是，也不是，他告诉我。他的妻子是一位著名的"先知"。她最近瘫痪了，所以让他来重新获取神力；她说，这种力量在蒙古。她正是利用这种力量让人恢复健康。

"她并没有声称可以治愈癌症，虽然她在某些病例中取得了成功，但对精神疾病治疗效果特别好。"建筑师说。关于他的妻子的讨论持续了至少两个小时。她采取的方法是让患者先画一棵树（因为树是生命的象征，他说），再画一个男人和一个女人。他说，我们每个人都受到七层皮肤的保护，其中一些是发光的。他兴高采烈地描述他与妻子最后一次去的地方，所谓的法国"高地"，那里发生了特别灵异的事情。她也是去吸收能量的。那么这一次，我遇到他也是偶然？

这个男人热情友好，当我告诉他我在火车上的原因时，我感到更加放松。他说我一定要去巴黎见他的妻子，然后递给我他的名片。我在口袋中放了两天。一天下午，当我看着窗外不间断的单调白桦树，我突然意识到，我的余生可能会在从一个地方转到另一个地方寻找占卜师和先知中度过。总有一个可能是最好的，当然总是下一个。我让风吹走了手上的名片。看着它随风而逝，我觉得我已经重申了我的自由选择权。我还决定不去保加利亚寻找万加，也不去莫斯科拜访任何占卜师。

到了另一站，更大规模的人群包围了火车。这是普通工作日的早晨，但是整个城镇，包括应该在学校的孩子和应该在工厂的工人似乎都在站台上。喧闹声震耳欲聋，交易风生水起。当火车再次开始移动时，一位绝望的老太太哭了，徒劳地敲打刚刚关闭的门。她尖叫道她已付钱，但没有拿到她的运动服。蒙古人说他们已经给了她，但是一个小偷从她的手中抢走了。他们无能为力。

人群在离开的火车后面追赶，扬起一团灰尘遮蔽了车站。"非洲！非洲！"弗拉基米尔说，"俄罗斯历史悠久，但制度，制度不好。"他笑了。随着火车加速，我看到那位老太太沮丧地重新调整了头上的头巾，消失在尘土飞扬的人群中。

在巴拉宾斯克，我自己也被买卖潮影响。我向那个蒙古人要了一件雨衣。我应该卖多少钱呢？二万卢布。我站了几分钟，向群众大喊那个价格，他们来了，考虑一会儿后又跑开了。然后一个年轻人把两张一万卢布的钞票塞进我的手里，我把雨衣给他。

回到火车上，我自豪地把蒙古人的钱交给他。他大笑起来。我被骗了！这些是一千卢布的钞票，有人巧妙地在后面添加了零。用一点唾液就能擦掉。

在漫长的时间里，我们相互探访。年轻的法国人带着他美丽的中非妻子来看我。他也有一个占卜的故事。他在非洲的一位朋友找巫医治疗腹泻，巫医在沙地上画了一些抽象的男人形象，告诉他十五天内会收到跟他关系亲密的女人怀孕的消息。他拒绝相信，但一个半星期后，他收到了他妹妹的一封信，告诉他她怀孕了。

有什么可说的？每个人都有一个坚信的故事。"我的妻子认为，在非洲，有些人会变成鳄鱼，"法国人说，"对她来说，河里吃孩子的东西不仅仅是鳄鱼。她怀疑他们是成为鳄鱼的邪恶男人。"

车厢里的人慢慢地减少。在彼尔姆市之后，我的蒙古伙伴的脸颊因喝啤酒和伏特加变得越来越红。他卖完了所有的东西。在接下来的站点，俄罗斯人开始登上火车，向蒙古人出售物品，蒙古人的钱袋子现在鼓鼓囊囊的。一名男子带着装满药品的箱子，两名女孩带来了德国手枪。我的蒙古人以一百五十美元的价格购买了其中一把，以保护自己不受"莫斯科匪徒"的骚扰。另一个年轻的俄罗斯人只有一副牌，但随后他组织了一个小赌场。在丹尼洛夫车站，两个漂亮妖媚的俄罗斯女人继续拉皮条，我的五号豪华车厢一下子成了妓院。

整整一夜，火车沿着乌拉尔山脉慢慢爬升。最终，西伯利亚及桦树在视野中消失。黎明时分，视野变得开阔。广阔的平原上满是成熟的谷物，星星点点地坐落着不再是用原木建造的房屋。

餐车越来越多地被年轻的"商人"占据。他们大胆地与弗拉基米尔搭讪，点了啤酒和伏特加，喝上一口，脸色绯红，然后瘫倒在餐桌上。

弗拉基米尔了解生活，对世界如何发展持有特定的看法。对他来说，一切美好、有序、美丽和干净的东西都是"正常的"。交易自由？"正常。"爱女人？"正常。"不再"正常"的是俄罗斯，因为没有秩序。黑手党、歹徒和警察之间没有任何区别（他摆了摆手），"一切都一样"，没有区别，混杂在一起。"黑手党？不正常。民主？不正常。

一些看上去凶神恶煞的士兵穿着迷彩服，手持大警棍，登上了火车。他们是民兵，走来走去收蒙古人的钱。在走廊里吸烟罚款一千卢布——或者只是为了避免麻烦而上交的保护费。

渐渐地，喧闹消退。弗拉基米尔和他的一名助手将醉酒的蒙古人拖出餐车，扔到经济舱的走廊里。有一些人仍旧进出五号车厢。

然后一种期待已久的新声音——车轮的咔嗒声变得更紧凑，像是各种声音之间的对话。火车慢慢减速，鸣笛，切换轨道，转弯，然后我们驶入了一个大城市。乘务长敲着醉鬼和睡觉的人的包间门，并用欢快的声音喊道："莫斯科！莫斯科！"

凌晨三点，站台上下了一场雨。我兴奋极了，终于又踏上了地面。火车晚点六个小时。蒙古同伴与我握手言别，随即消失在人群中。他穿着优雅的深色夹克和蓝色牛仔裤，手里拿着一个"商人"的公文包，我知道里面有一堆卢布和一把手枪。

从莫斯科起，余下的旅程很简单。一天用来穿越白俄罗斯，然后是布列斯特——它曾是苏联帝国的最后一站。车厢再次驶入一个棚屋并被抬起，换上较窄的轮盘。当我们驶入波兰时，最后一名边防警卫用双筒望远镜看了看我们。远处，透过树木，我看到了教堂的轮廓。欧洲！现在车站变得更加整洁，铁路工人的制服更加清洁。

很快我就到家了。我打开包装袋，拿出在途中累积的各种油、粉、信封、魔法牌和其他幸运符。我无法摆脱那些庞大的群体——那些绝望的、迷失方向的、愤怒的和贪婪的人群——以及令人不安的记忆。从越南到中国，从蒙古到俄罗斯，我清醒地记住了我的经历。如果我乘飞机旅行，就不会看到这些人、这些情景。

第二十二章
总比在银行工作强

　　根据曼谷占卜师的说法，我的书《晚安，列宁先生》逢时出版并取得了成功。就像她预言的那样，此书内容不长不短，封面设计成柔和的颜色，标题中有一个男人的名字。但是当我到达伦敦时，我发现书店外并没有人排队购买，虽然这本书被展示在橱窗里。如果还需要证据证明不应该对占卜师过于信任的话，这毫无疑问又是一个。如果不纠结于此，我对伦敦的访问还是取得了不少收获。我乘火车到达，然后乘渡轮穿越海峡，在甲板上看多佛海峡的白色悬崖，真是一种享受。这可能也该归功于占卜师。

　　几个世纪以来，英国人和我们其余的"大陆人"被海峡隔断，但即使是如此明显的断离，现在也已经消失了，因为海底建起了一条幽闭的隧道。在某个地方，有些人正打着"全球化"的名义，推动世界运转得越来越快，人们正在趋同。很少有人真正理解"全球化"，更少的人表示他们希望如此。

　　在伦敦，我的时间被出版商占据。在会面的间隙，我问我的"看护人"是否可以帮我找到占卜师。她替我预约了蒙茅斯街的一个地址。我要拜访的人是诺曼先生。

当我走下出租车时，顿时感到有些不好意思。作为探索者以及追求真理的记者去乌兰巴托拜访得道喇嘛是一回事，但去伦敦市中心拜访占卜师又是另外一回事。来这儿，就算为了自己，感觉也需要不在场证明。但我没有。

我循着地址找去，发现那是一家小商铺，玻璃窗上喷印着"神秘"。这让我越发尴尬了。那是一个充满神秘气息的超市、学校或寺庙。令人惊讶的是，这里挤满了年轻的"另类"：朋克、巫师学徒和活跃的年轻巫师。书架上都是关于魔法、奇迹、神秘、佛教、东方哲学、占星学和占卜术的书籍，你能想到的，这里基本都有。毫无疑问，我自己能想出的一切都可以在那些小书或书架上排列的唱片和视频中找到。

收银台有个女孩，一头长长的火红鬈发。我付了十五美元，上了铺着草席的楼梯，来到一个分成许多小隔间的房间，每个隔间里都有占卜师，墙上贴着印度教或佛教神灵的海报。我甚至在一个房间看到了玻璃球。

"我是诺曼。你有预约吗？"说话的人大约六十岁，面色蜡黄，下巴突出，两鬓发黑。他穿着黑色皮夹克和深色裤子，手里拿着一支点燃的香烟。他把我带到他的小隔间里，让我坐在他对面的一张廉价的小桌子边。墙上有一些迷幻海报。他说，我有半个小时的咨询时间，为了让我的钱花得值，我们最好马上开始。

他递给我一副色彩鲜艳的牌，让我洗三次。他每隔七张取一次牌，按一定模式摆开，然后开始他的分析："你正开始生命的一个新循环，要在黑暗中走几步。由于你是一个喜欢挑战的人，成功终会到来的。毫无疑问，那将是巨大的成功。看，在这个包里有四张功能强大的牌，你这里有三张，全部堆在一起。所以我告诉你：只要你愿意，就会成功。只是你必须保持健康，因为你是一个精力充沛的人。有时消耗精力太多。试着时刻让自己身体健康，精力充沛。"

我打断他，让他把看到的一切都告诉我，即使他看到了可怕的东西。

"我在牌上没有看到什么负面的东西。当然你有一天也会死去，像我一样，像每个人一样，但牌上没有告诉我什么时候。我在这里看不到你的死亡。也许占星家能做到。你是一个喜欢承受压力、不怕危险、喜欢冒险的人；但是如果一颗子弹袭来，它会出现偏差，击不中你。也许只是一英寸的偏差，你就能活下来。这是牌上显示的。你的整个人生都一直有很明确的迹象：'幸运而不是富有'。就是这些牌，看到了吗？"（我只看到一些对我来说毫无意义的图画）"这些是财富牌，但是你的里面没有这种牌，一张也没有。在牌上我还看到了一个女人，一个性格坚强的女人，她在你的生活中扮演着重要的角色。"

诺曼又继续了二十分钟，边抽烟边重新洗牌，让我选一张，又开始摆阵，谈我现在很熟悉的各种主题。在曼谷、乌兰巴托和伦敦，情况都一样：最近几个月或未来几个月，我身边的一个人会去世；我会在10月遇到一个比我小的人，并相处愉快；一个朋友可能会背叛我；从10月10日到11月20日的长途旅行，等等。

我看了看表，决定用最后十分钟谈谈诺曼而不是我自己。我又打断了他，问他是否相信他说的那些话。

"不是百分之百相信，否则我们将不再对自己的行为负责，"他说，"纸牌预示着事物的阴影。我能做的就是帮助人们改变光的位置，然后，他们可以用自由意志改变阴影。我真的相信，你可以改变阴影。"

这似乎是我听过的关于占卜师工作的最佳描述之一：改变阴影。正如皮兰德娄和《罗生门》告诉我们的那样，如果世界上没有一个真理，而是有很多个真理，那就要看谁在观察事物以及他是如何观察事物的了。

我告诉诺曼我为什么在那里，作为回报，他又点燃一支烟，告诉我他为什么会做这行。多年来他一直在银行当出纳员，直到他再也受不了，就离开了。他从一份工作换到另一份工作，没有一份工作的薪水足够让他继续生活下去，也没有一份工作能给他带来像读牌那样的满足感。十五美元的费用，一半给他，另一半给商店。最后，他觉得自己确实帮助了至少几个人。我喜欢诺曼。他没有特别的力量——如果他有的话，他早就戒烟了！但他很有常识。我觉得他是真诚的，偶尔他真的会帮助别人驱散一些阴影，给自己的生活带来更多的光明。就像勿洞的占卜师，当一个女孩得了艾滋病，他能通过"感觉"来判断，就像河内的女人、乌兰巴托的女巫那样。

我本打算从伦敦登船，像康拉德笔下的航海家一样沿着泰晤士河航行到海边，但开往汉堡的船已经离开哈维奇，所以我不得不坐火车去海边。即便如此，我还是很享受，因为它让我有时间去欣赏美丽、有序的英国乡村，没有被任何东西破坏其自然之美，甚至连常见的高压铁塔都没有。似乎这种自然景观是有意小心地保存下来的。这令人振奋。从我到达欧洲的那一刻起，我就被这个大陆的悠久历史所震撼。它没有试图变成另外一种样子；它为它所拥有的东西感到骄傲，并努力保护它。在亚洲狂热的自我毁灭之后，这是一个巨大的安慰。

船在下午早些时候离开哈维奇，第二天黎明时分，我们到了易北河的河口。又过了六个小时，我们才在阿尔托纳靠岸，但那六个小时过得很愉快，船慢慢地在这条历史悠久、给汉堡带来了全部财富的河流优雅的两岸间航行。

汉堡是一个港口，这我一直知道，但我从未真正理解，直到像汉萨同盟的水手经过数月的海上航行后再次回港才真切感受到。地平线上首先映入眼帘的是库克斯港的屋顶，然后是布兰克内瑟的树丛中若隐若现的船长的小房子以及富商的白色大厦，最后才是城市教堂那绿铜铸造的尖顶。我去过汉堡几十次了，但香港占卜师让我感受到它真实的灵魂。

这不是唯一的惊喜。当我去见《明镜周刊》的主编时，他们说："我们知道你想去印度生活。好。记者的工作将在今年年底结束。从1月1日起，我们希望你去德里。"

啧啧。曼谷的那个盲老头说对了，所有说我1994年要搬到另一个国家的占卜师也都说准了。我什么也没说，但这事看起来确实很奇怪。然而，这么快就离开曼谷对我来说是个问题。我该怎么去呢？坐飞机？我记得我的一个占卜师说过，搬家的好时机是4月8

日以后。经过一番讨论，大家一致同意我将于 1994 年 5 月 1 日移居印度，这将满足所有人的需求——甚至关乎我的命运。

经过这么多年，香港的占卜师仍旧继续为我祈福。接下来是十八个漫长而宁静的日子，我只能在一艘从欧洲开往亚洲的船上安静地休息。这艘船将穿越闻名的大海：地中海、红海、波斯湾、印度洋。

出于某种奇怪的原因，我们倾向于认为人类的大事件发生在陆地上。我们从历史遗迹的实体、已建造的东西、已被破坏的遗迹或坟墓中了解过去。但历史的大部分（通常是最具戏剧性的部分）都发生海洋上。在那里，人们没有留下任何关于自己的记录，所有的东西都沉得无影无踪，水经过一千年或十万年还是一样，根本无迹可寻。大海激发了人类征服的梦想。在海洋上，文明和帝国的命运陆续上演。正是海洋之外的未知之地，促使伟大的航海家把他们的生命托付给海浪。

通过海路环游世界是最古老，也是最有趣的旅行方式之一。但不幸的是，正如我已认识到的，它正在迅速消失，这是我们人类追求现代文明而逐渐抹杀的一种乐趣。船只还在，客舱还在，但官僚机构和保险公司的规定让人无法碰触。

我是幸运的。在新加坡，我曾与罗伯托·普雷加兹共进晚餐。在老莱佛士酒店辉煌的最后几年里，他经营着这家酒店。我问过他，在一条开往东方的意大利航线上，他是否认识什么人，他给了我一个朋友的地址，他是意大利邮船公司的一名船长。我给他写了信，收到了令人鼓舞的答复。如果我能签署一些文件，让公司免于承担任何可能发生在我身上的责任，我就可以乘坐一艘名为"的里雅斯特"的集装箱船，9月底从拉斯佩齐亚开往新加坡。一份真正的礼物。

这份礼物始于拉斯佩齐亚本身。之前，我听说过这个城市，如果不是那艘船，我可能永远也不会踏足此地，那么我就会错过如此可爱的19世纪的城市。当新统一的意大利急需一个军火库和海军基地时，一位海军上将依照加富尔的命令建造了这座城市，这个人有很强的审美感。原定于周六出海的"的里雅斯特"号先是推迟到周一，后又推迟到周三，所以我们有足够的时间去波尔图维奈尔进行一次短途旅行，并在莱里奇待了一整天，享受着假日海边的悠闲时光。

我们乘巴士沿着海岸返回拉斯佩齐亚，看到了壮观、笨拙的"的里雅斯特"号，它驶进了港口。这艘船有二百码长，整个甲板上堆满了集装箱，看上去就像公寓楼一般，中间有几条狭窄的走廊，整个看起来就像一座被废弃的城市。

随着集装箱的出现，轮船失去了往日的优雅姿态，港口也失去了生机勃勃的人潮。拉斯佩齐亚的"新"港看起来就像科幻电影中的场景。巨大的起重机来回移动，装卸各种颜色的巨大铁盒，把它们放在卡车上、船上、成堆的其他箱子上——所有这些都是自动的，连续的警报声也没有让任何人感到惊慌。在四四方方的港口，我们看不到一个活着的灵魂，仿佛一切都被一台遥远的计算机操纵着，人类已不复存在。

船起航了。在烟雾缭绕的黑夜里，看着那幽灵港口的灯光和海湾上其他闪烁的灯光汇合在一起，感觉真好。

　　我们有将近三个星期没有靠岸。日子一天天过去，总有一些目标值得期待：欣赏锡拉岩礁和卡律布狄斯大旋涡、墨西拿海峡、苏伊士运河、苦湖，或是红海的入口。我们有一个宽敞舒适的小木屋，墙上有一个大舷窗。由于经济原因，船员被减少到十八人，他们都在甲板下轮班工作，我们几乎不怎么见过他们。

　　日子过得很快，客厅里偶尔有一些午餐和晚餐聚会。我们与军官共进晚餐，他们穿着优雅的白色制服——老派绅士，有得是水手的智慧和航海故事来取悦客人。那不勒斯的厨师烹制的食物非常美味，从未出现重复菜品。

　　我每天日出起床，绕着船跑上十多圈。之后，我一连几个小时坐在船尾，读着书，或者迷迷糊糊地望着大海，或者看着一个孤独的船员在甲板上刮绞盘上的锈斑。在一片寂静之中，摇摇欲坠的集装箱随着船身轻轻地摇晃，发出叮叮当当的声音。我想我终于理解水手：他们也是逃亡者，逃离陆地上的世界，从社会义务以及关系的沉重束缚中抽身，在不断变化的水和天空的世界住上几周、几个月，欣赏迷雾中小岛的幻影，或是在黑暗中闪烁的灯塔。

　　但水手也快消失了。他们不再像过去那样被称作能干的海员、伙伴和船夫，这些名字已被废除，由于工会的关系，取而代之的是"普通工"——意大利的官僚化术语，适用于所有工人。

　　几个世纪积累起来的海洋知识也遭遇了同样的命运：现代世界已经不再需要它了。现在一切都由仪器完成。从前，一个水手必须训练自己的眼睛，学会通过水面的起伏来辨别鱼群的存在，评估港口的航行能力或探测暗礁。现在所有这些专业技术都被声纳和雷达取代，它们日渐精确。但是，知识的力量正在消失！有多少天然的"直觉的天线"从人们的头上消失，取而代之的是电子天线！

"一切都是自动化的。没有必要再看海了。"船长悲伤地说。当你看到大海的时候，你会发现它是如此与众不同！时时刻刻变幻无常，颜色密度多种多样，声音、波浪呈现不同的景：一会儿海豚在船边跟着游泳，一会儿鲸鱼好似被我们这艘巨轮吓得潜入深海，还有浅滩上玩龙骨的飞鱼，或是前往吉布提海湾交配繁殖的鲨鱼。

客厅里的每一次谈话都以哀叹船中发生的一切变化，以及科技所剥夺的海上的诗意而告终。据总工程师说，这都是美国人的错：花这么多钱去月球，却发现那儿没有什么可开采利用的，所以现在他们试图通过大肆推广，让这些技术民用化，来弥补其技术之旅所挥霍的资金。他相信，不久以后，所有大型国际航运将完全由电脑控制的潜艇完成，根本不需要船员，也不需要考虑影响海面航行的不利因素。

我们的厨师特别反感电话，因为它让人们丧失了写信回家的习惯。你每周花很多钱，只进行三分钟的聊天，并且全是毫无意义的："你好，你能听到我说话吗？""是的，我听得很清楚。""我也是。"

在船上的每一刻，我们都模糊地感觉到自己仿佛在目睹一件即将消亡的事情。然后有一天，这种感觉变得准确起来：我们的航行是一场葬礼。在我们经过"瓜达富伊角"（"看什么看，赶快逃命"）

后不久，无线电操作员就收到了来自工会的信息，敦促船员罢工：拥有"的里雅斯特"号的国有企业正在谈判将它出售。当这艘船返回意大利时，它会被一些跨国公司接管，这些公司会给它重新命名并轻松注册，然后用亚洲海员（可能是中国人）取代意大利的普通工，他们的月薪不到五十美元。所以，这是为数不多的几艘还悬挂着意大利国旗的船只之一的最后一次航行。

坐在船尾，我想知道这完全建立在不人道、不道德和庸俗的经济学标准之上的世界还能持续多久。当我睁大眼睛去辨认远处岛屿的轮廓时，我想象着有一个诗人部落居住在那里，在这个物质主义的黑暗时代之后，人类将再次开始以其他的价值观来维持它的存在。

船上最大的乐趣之一就是我有大把的时间让我的思想天马行空，纵情于幻想，玩味最荒唐的念头。有时，我有一种在我一生积累的记忆中搜索筛选的感觉。

花时间在自己身上是一种简单的治疗灵魂疾病的方法，但人们显然发现自己很难做到这一点。多年来，在抑郁的时候，我一直梦想着在门上贴一张纸条，上面写着"出去吃午饭"，让这种失联的状态持续几天或几周。现在，我终于成功了。我在这里有足够的时间去观察一群燕子，它们在我们横渡地中海的时候上船，不时地在海上飞来飞去，然后回到集装箱里躲起来。我有空去思考时间，思考我如何本能地发现过去比未来更迷人，以及当下如何经常让我厌烦，所以只有通过思考以后如何记住它，我才能享受这一刻。

我带了马里奥·阿佩利乌斯的两本书到船上阅读。他是一名战前的意大利记者，现在已经完全被遗忘了。他因曾是墨索里尼的支持者而被列入黑名单：这是另一个例子，说明在这个崇尚思想自由的时代，沉重的偏见仍然存在于我们身边。

阿佩利乌斯是一位伟大的旅行家，对历史有着敏锐的直觉，对人类事件有着深刻的理解。他描述了在金边的鸦片馆里与一个海外华人的会面，或者在越南的顺化古城为一位年幼的皇帝加冕，描写手法高超。阿佩利乌斯非常了解殖民主义的性质、亚洲人民的渴求以及现代性的后果，在他的时代，现代性已经威胁到旧文化和文明的生存。他对老挝山区神秘的野蛮人卡斯的失踪所产生的悲痛是真切的。但是，由于他是一个坚定的法西斯主义者（电台里重复着那个著名的战时口号"愿上帝诅咒英国人"的人就是他），他成了被排挤的人，名字也受人诟病。所以，我觉得我阅读他的书能让他保持平衡。

有时，在那些百无聊赖的时光里，我回想着我遇到的那些占卜师，试图从他们所说的话中找到一个共同的线索。在我看来，旅行的意义在于旅行本身，而不是到达目的地；同样的，在神秘主义中重要的是探索，问问题，而不是从骨头的裂缝或手掌的线条中找到答案。最后，总是我们自己给出了答案。

"我会死在战场上吗?"那个士兵问卡明女巫（希腊神话中的女先知），她从洞穴里吐出几句不连贯的话，需要仔细理解。如果女巫的回答"不会"是针对士兵会不会死这个问题，那么预言的意思是"你会去打仗，你会回来，不会死在战争中"，如果她的答案是回答士兵会不会回来这个问题，那么预言的意思就变成了"你会去打仗，你不会回来，你会死在战争中"，士兵要自行判断。

随着时间的流逝，我们观察着船长航海图上用铅笔标出的点，看看我们到哪儿了。我们在公海上航行了三天，向米尼科伊岛驶去，但当我们经过它时，我们能看到的只是灯塔微弱的闪光。船员告诉我们，即使用望远镜也看不清海滩上的麻风病室。

我们进入马六甲海峡的时候，经过了一个满是棕榈树的岛屿，透过棕榈树可以看到一座白色的天主教教堂。这是我们的岛屿，尼诺·比西奥就葬在这里。比西奥是意大利英雄加里波第的同伴，他的幻想破灭，便来到亚洲寻求财富和发泄"千人军"战役之后的沮丧。很久以前，路过的意大利水手会站在甲板上行礼，但这一习俗现在也被抛弃了。

我们在半夜进入新加坡湾。一场暴风雨来袭。刚上船的一个中国飞行员对着对讲机低声下达命令。尽管遭遇了暴风雨，但当"的里雅斯特"号停泊在四号码头的那一刻，起重机就开始卸载集装箱，把它们换成其他集装箱，运往日本。这艘船将在日本停靠，然后返回意大利。船员被禁止上岸。补给工作将在几个小时内完成，这艘船将立即启程离开，试图弥补耽误的时间，逃脱国际规定的罚款。

当船员允许安吉拉和我上岸时，其他每个人都忙碌着，所以告别和赠送礼物的时间很短。船长以全体船员的名义，递给我们一个分量很轻的纸袋。到达旅馆后，我打开了它。那是一面旗帜："的里雅斯特"号的旗帜，我们是它的最后一批乘客。

第二十三章
无韵的占星家

　　一个人会习惯一切。我习惯于慢慢旅行。安吉拉则从新加坡坐飞机去曼谷，两小时后她就到了曼谷，但我乘火车还需两天的时间。我在吉隆坡停留，我的朋友 M.G.G. 皮莱帮我预约了一位著名的印度占卜师，他是印度人，4 月份我没能拜访他。

　　我们在他的"工作室"里会面。这个工作室位于一家大旅馆的购物商场里，周围是纪念品商店、航空公司的办公室、二十四小时就能做出成品的西装店、理发店和报摊。正是因为他的名声（他是如此抢手，以至于人们不得不提前几个月预约），我才渴望见到他。

　　我一看到那个人就不喜欢他。他个子矮小，大约五十岁，头发稀疏鬈曲，眼睛近视，前额油腻。我立刻注意到他会痉挛——他的右肩不停地往前抖动。他给我的印象是一个软弱的人，自己不自在，肯定也不能"看透"别人的生活。他右手戴着三个戒指。最倒胃口的是他拇指上那个大戒指，上面镶着珊瑚。我不知道为什么，但我讨厌戒指，当我看到戒指的时候，即使是在一个女人的手上，我本能地想撤退。

　　当我打电话确认预约时间时，占卜师的秘书告诉我，在见到他之前，我不能喝酒、喝茶或喝咖啡。我立马意识到，这是一个小技巧，不仅能给客户留下深刻印象，还能强调他的重要性，就好像在酒店里给人占卜需要一些宗教仪式。此外，他的收费取决于你想预测未来三或六年，还是余生。

印度尼西亚的荷兰传教士威廉神父说得对：人与人之间无形的交流中有一种从未被解释过的东西。你遇到一个人，立刻就不喜欢他了。为什么？为什么我觉得那个我从未见过的人令我无法忍受？他并没有伤害我——相反，也许他觉察到我的厌恶，就特意地对我和和气气。他极力讨好我，这使我更恼火。在他说出第一句话之前，我已经觉得他是一个没有个性、内心不平静、没有智慧的人。也许我在看到很多这种人一生都在干涉别人的生活后，发展出自己的本能的"看人"方式，并学会辨别哪些是真正试图理解和帮助他人的人，哪些是庸医——具有特殊能力的人和骗子。

那位著名的占卜师告诉我，他在他的工作室里已经有二十年了。在那之前，他是一名教师。我问他，是什么特殊事件，什么创伤，让他改变了职业。他说没有。

在整理书桌时，他把笔排好，像个小官僚一样把文件整理得一丝不苟。他解释说，他的占卜系统是印度占星学和手相学的结合。他说，这让他甚至可以看到一个人的父母的生活，从而获得客户性格和命运的更精确的画面。他说的每一句话都让我心烦，他的手势和红地毯上的污迹也让我心烦。当我告诉他我的生辰时，他的话更让我恼火。他和我是同年同月出生的，只相隔一个星期——仿佛这是个好消息！

所以我们和同一种动物有联系。他也属虎？

他像往常一样大声地占卜（我想是为了给我留下深刻的印象）。他说，对于外国人来说，计算就比较困难了，因为人们必须考虑出生地点的经纬度。然后他开始了我从未听到过的前言。听起来也相当愚蠢："我将以古印度的体系为基础，把你的过去和未来联系起来。你的事情我会保密。判断是非常重要的。我将告诉你全部真相，好的和坏的。我不能完全准确地说出日期，因为只有上帝知道这些事情的来龙去脉。占星家只能说出相近的。你这辈子还见过别的占星家吗？"

我点了点头。他问我是什么星座的。

"处女座。"我说。

"什么？难道其他的占星家没有告诉你，你不是处女座吗？你是双鱼座。你是百分之八十的双鱼座和百分之二十的狮子座。那些占星家不是什么大师。"

他简直让人不可思议。他拿了一个大号放大镜和一个手电筒开始看我的手相。经过长时间的仔细研究，他开始说："蒂齐亚诺先生，你家里有糖尿病的问题，你自己也有。"（我没有，你这个傻瓜！我原本想说出来，但我想看看他还会说什么，就忍住了）"你的一生被性主宰。"（我要忍住！）"你被女人吸引，女人也会被你吸引。在性方面，你有很多经验——当然没有卡萨诺瓦那么多，他是人类历史上最伟大的情人，但至少有他的一半。""人类历史上最伟大的情人"这句可怜的台词告诉我，这一定是他自己最深切的愿望：做一个好色之徒，而不是占星家！我对这位瘦长、驼背、头发油腻的绅士有一种稍纵即逝的怜悯之情。"这是绝对肯定的：在你的星盘中，性是非常强大的，在你的手中，金星的峰值是最突出的。说实话，你甚至都不能和女人说话——你感兴趣的是让她们尽快跟你上床。这对你来说是生活的调味品，蒂齐亚诺先生。不是这样吗？"

我微笑着，希望表现得充满好奇，鼓励他继续说下去。

"在这方面，你很像你的父亲。"（我可怜的父亲一看到我母亲便娶了她，我想在他七十七岁去世之前，他从未认识别的女人）"你的父亲还活着吧？"（我保持沉默）"如果我告诉你这些，你不要生气，但你父亲一直都是一个很讨女人喜欢的男人。这一点在你的星盘上表现突出。我看到了你父母的状况。你妈妈很伤心，他们两个在吵架。当你还是个孩子的时候，家里总是有关于你父亲的情人的争吵。它给你带来了很多痛苦。在你早年的生活中，你在学校里也遇到过问题：你在班里垫底，但你的兄弟姐妹很优秀。"

"我没有兄弟姐妹。我是独生子。"我说，好像为了证明他愚蠢，但他很快就调整过来。

"那就是说你母亲一定流产过多次。这就是为什么你现在对神秘学感兴趣，为什么你来找我了解你的生活。你背负着所有这些灵魂的重负。"

这个人无药可救了，但现在我发现他很滑稽——就像在歌剧院有人走调一样。第一个错误的音符会伤害你的耳朵，第二个更糟糕，但接着，你开始等待下一个错误来嘲笑。我开始有些同情他，因为他的文字、他的计算和他的话都如此笨拙。我几乎想建议他说点什么，但显然他也有自己的命运，那就是出洋相。

"年轻时，你想进入军界。"（我从没想过，连玩笑都没有开过！）"你想当军官，但没成功。不过，从你的手相上看，我发现你现在经常要和大人物、政界要人和军队打交道。最近你在工作中遇到了困难，因为你的老板对你不够赏识。你还有一个恋爱上的大麻烦。1991 年，你的生活中出现了一个女人——肤色白皙，非常白皙，可能是中国人或韩国人，她让你痛苦不堪。她已经离开你了，但现在我看到另一个女人，一个即将进入你生活的女人，她会给你带来很多麻烦。"

"什么女人，预言家吗？"我问。

"我很清楚地看到她：她是穆斯林。"（希望不要戴面纱！）"你过去一定有过其他穆斯林女人，"（没有，太遗憾了！）"但这次的很特别。你结过两次婚，是吗？"

"没有。"

"那么你的婚姻是不幸福的，因此你的生活中有很多、很多其他的女人。你妻子是什么时候出生的？"

"1939 年 4 月 9 日。"

"啊，是的，是的！你的妻子让你不快乐：她是一个小资产阶级的女人，一个任性的、令人无法忍受的女人，从不让你清静。她总是担心她的朋友和邻居告诉她的话。"（可怜的安吉拉，这个白痴把你完全看反了）"你得了糖尿病，是吗？"

"没有。"

"那你的膀胱、肝脏一定有毛病了……啊，是的，你得了肝炎！"

"没有。从来没有。"

"你有几个孩子?"

"你告诉我。"

"关于孩子很难讲,但在我看来,第一个是……"(现在要看你的运气了)"女孩。"(他又错了!)

"不,是男孩。"

"很好,那么你有两个孩子,第二个也是男孩……请原谅我告诉你这件事,但你妻子流产过好多次。这里,在你的星盘和你的掌纹上,我看得很清楚。好几次流产。在你生命的最后几年里,你会取得很大的进步,因为你的手中有两条生命线。"(这似乎是真的,他们都看到了)"如果你想,你能成为一名治疗者。你二十岁那年很糟糕。"(不!)"但真正糟糕的是1971年,当时一切都出了问题。你很困惑,不知道该做什么。"(相反,那一年我决定来亚洲)

那一刻,我沉默了,让他继续说下去。我不再想反驳他,但事实替我反驳了。

"我从你的星盘和你的手上看到你的脚底有一个胎记,这颗痣很重要。"

我唯一的痣长在我的额头上,但我保持沉默。他让我脱掉鞋子和袜子,然后用手电筒看了又看。他什么也没找到。我双脚朝天坐在椅子上,他拿着手电筒和放大镜在寻找一个不存在的痣——任何人看到我们两个人,都会忍不住大笑起来。

他又回到了一个更严肃的话题,即我以前的生活。他开始诵读一个古怪的推理和计算,念叨行星的名字、数字,以及更多的名字和数字，直到他终于得到一个伟大的结论："八十八、五、十六……很清楚了，在你前世死后的第五年五个月零十六天，你出生在佛罗伦萨。"

"我在哪里去世的？"

"不知道，我说不准。我看不出来，但如果你愿意，我可以给你推荐一个能够看出来的人。你看，大家术业有专攻。我的大多数客户都是中国人，如果我开始谈论他们的前世，我就会破产。中国人不在乎前世，只在乎今生。对他们来说，只有今生才有意义，而不是前世或来世。"

可怜的占卜师！又一个时代造就的平庸的受害者！也许一百年前他会是一个更好的占星家。现在他说了这么多，但他说的话没有一句与事实一致。我一定给了他一个无声的同情的信号，因为他终于开始说一些更明智的话了。

"我在这一行做得很好，我可以肯定地告诉你一件事：不要经商，你会失去一切。永远不要借钱出去，你无法把钱要回来。不要为任何人的贷款提供担保，也不要在股市投机。钱不是为你而造的。"他看了看我的左手，说我这辈子坐过几次牢，原因是我惹恼了政府和军队。他是对的。

根据他的价目表，我买了一份未来三年的预测，他给了我很多日期和细节。他说，从本质上说，我最大的问题是健康。"1979年你得了皮肤病，"（不）"而且还会复发。从现在到你五十八岁，你会突然患上一种非常严重的疾病，也许是心脏病。但我认为你会活下来。然而，你必须非常小心。"他说，在接下来的三年里，我会经常出差，除了那个穆斯林女人，我还会有很多情人。我极有可能染上性病，甚至艾滋病。

他说我会再买一栋房子，同时要注意危险性较高的运动。我很可能会失去左眼。至于死亡，如果我克服了未来三年的重病，我可能活到七十六岁，但他不确定。他确信我会死在离佛罗伦萨很远的地方，可能在越南或中国，但无论如何，我会死在东方，而不是西方。

我想起了一个关于占卜师的笑话。那位占卜师说："在接下来的十年里，你的生活将会很糟糕，你会遇到大麻烦，万事不利。""然后呢？"客户焦急地问。"然后，你就会习惯的！"

这时我已经习惯了这个人的愚蠢。我不想冒犯他，所以我问他从这二十年的工作中学到了什么，以及在他看来，人是否有选择的自由。

"这是一个折磨了印度哲学家六千年的问题。"他以傲慢的口吻说道，"自由意志是一种幻觉。生命的大部分是注定的。我们出生在自己无法选择的家庭、国家和时代，就像我们无法选择自己的身体一样。（他厌恶地瞟了一眼自己的身体）事先知道一些事情可以帮助我们减少业力的影响：轻的业力，也就是说，不是重大的那种。沉重的业力就像台风袭击小岛：你无法改变它，只能等待它过去。但是你可以影响小业力，比如，你可以借助石头的力量。"他特意让我看他的戒指，好像我还没有注意到似的。"身体，"他说，"有自己的光环，并且可以加强。这在很大程度上取决于选到对的石头。"

这就是吉隆坡最著名的占卜师，连他在槟城的同事卡卡都说他很有名。(尽管他告诉卡卡他将在五十二岁时死于心脏病，而他已经六十五岁了！)他也是我在旅行中遇到的所有古怪人物中最乏味、最平庸、最缺乏灵感的一个。

　　时间到了。我觉得遇到他以后，我就可以停止接触这类人了。

第二十四章
猎头族的电视机

　　猎头族放弃令人毛骨悚然的做法，选择无害但同样不人道的做法，即坐在一个叫做"电视机"的盒子面前，看一些幻象。这样做就是对的吗？油灯那温暖而亲切的光线就应当被荧光灯的浅蓝色光晕取代吗？夕阳的晚风吹拂着宝塔屋檐上的铃铛，发出悦耳的叮当声，这声音应该淹没在湖边迪斯科舞厅的喧闹声中吗？那儿，塑料袋和空的进口啤酒罐在灿烂的荷花丛中可耻地飘荡。

　　"发展"已经延伸到地球的每一个角落——即使在还没有道路或机场的地方，一根简单的杆子装上天线就能接收到现代化的诱惑信息和有毒梦想。已经少有地方能让你问出上面那些问题了。我知道一个地方，它地处缅甸东部一个偏远的角落，位于景栋和中国边境之间。半个多世纪以来，由于缅甸的内部事件和其统治者的排外情绪，该地区一直与世隔绝，因此也保留了永恒事物的神奇之美。

　　但现在，禁令解除了。通往景栋的道路对外开放——这条路是由缅甸囚犯修建的。在曼谷的压力下，仅过了一年，缅甸人已经把这条路修到了云南省。整个地区变成了泰国和中国之间的走廊。去年12月初，一个由四十六辆汽车组成的车队（我乘坐其中一辆）

正式开启泰国北部清莱和中国南部的昆明之间的通车。

中国和泰国希望加强经济联系，需要一条直接的陆路作纽带。我参与的"友谊之行"被宣传为为期十天的"探险之旅"，目的是表明缅甸山区不再是发展的障碍，开放公路符合每个人的利益。对于组织者来说，此次行程非常成功。

年初，我从梅赛到景栋走的那条崎岖不平的路，现在已经拓宽了一倍，并且马上就要铺上柏油了。囚犯被派去采石场工作，以免破坏游客的视野。取而代之的是来自泰国的推土机、起重机和卡车。在村子里，我看到了新盖的砖房，那是边境线另一边妓院的姑娘们挣钱建的。短短几个月，景栋就已显露出现代化战胜传统、艳丽战胜自然的种种迹象。迷幻的光环（由五颜六色的闪光球组成的同心圆）开始出现在佛塔的佛像后面；荧光灯可以在许多房子里看到；一间震耳欲聋的迪斯科舞厅建在了新亭湖畔。

早上的市场仍然是奇遇的好地方，有各式各样的人：苗族猎人、巴东族妇女、傈僳族、卡伦族、鲍山人，每个人都有用于出售或交换的东西。一名阿卡族妇女额头上系着一根皮带，背上背着一个木鞍，向一些泰国游客展示一条漂亮的毯子，毯子上面绣着古老的刺绣。其中一人给了她一张五百泰铢的钞票。女人示意不卖。另一个人拿着两张一百泰铢的钞票。妇女收了钱，把毯子递给了那个人。大家都笑了，就连那个可怜的女人也高兴地离开了，她认为两张钞票肯定比一张钞票更值钱。

意大利教堂里十个月内唯一的变化就是少了一个修女。她于去年11月去世，她们将她安葬在教堂里。

最"冒险"的部分始于景栋之后。树木逐渐浓密起来，推土机还没开道，路也很陡。我们经过一些村庄，一簇簇木屋绕着洁白的宝塔而建。1938年，英国作家莫里斯·科利斯是最后一个在该地区旅行的西方人，他曾写过这里的农民见到汽车便会跪下来，以为里面坐着的肯定是王子！

几个小时后，我们来到小河上的一座古老铁桥前。车队停了下来。

"这是边境吗？"我问一位缅甸官员，他似乎是这里的负责人。

"不，还有三十英里，但这里有边境管制。"

"为什么？"

那位官员没有回答，只是把护照递回来，好像从这里开始，我和其他所有的人都不再受他管制。事实上确实是。

我们一过桥就又被叫停，汽车被重新检查了一遍。这次是一些奇怪的小士兵，他们身材瘦小，高颧骨，穿着红色高棉那样的制服，拿着AK-47步枪。他们的碉堡用尖尖的竹竿围住，上面飘扬着条纹旗，但与仰光的不同。从地图上看，该地区仍然是缅甸的一部分，但实际上我们刚刚进入了"佤族领地"。我们被命令禁止下车，还要把窗户关得紧紧的。绝对不能拍照。没有人对我们微笑，也没有人打招呼。"探险旅行"似乎没有引起佤联军的兴趣，每辆车只需要向他们缴纳十五美元的税，就能安全通过。

我们被禁止在芒格拉停留。在路边的一家咖啡馆里，我看到大约五十个年轻人坐在木凳上，专注地看电视。我们的车队快速通过，尘土飞扬，他们只不过转头看了一眼，目光又回到电视屏幕上。

中国人为了"友谊之行"的到来，举行了几次彩排。第一辆车一出现，一道新漆的红白相间的栅栏就竖起来了，穿着崭新制服的警察大声说："欢迎来到中国。你们是先行者。我们希望更多的人参与进来。"自从第二次世界大战结束以来，没有一个西方人经过那里，从云南来的电视台记者也被带进来拍摄这一事件。在大落镇（音译）中心，当局举行了一次标准的招待会来庆祝"人民之间的友谊"。对我来说，这是一个步行游历的好机会。大多数房子都是新建的或仍在建造中。银行很醒目。电话亭可以往世界任何地方打电话。

大落之后，"探险之旅"完全由中国政府操持。六辆警车在我们的车队前后跟着。我们开车经过村庄和城市，所有人都围在路边。

中国依靠这条路将其产品通过缅甸出口到东南亚和印度。泰国人同样对与中国的直接联系感兴趣，这样能助其发展萧条的北部地区，并将影响力扩大到与泰国人有血缘关系的缅甸部分地区，比如掸邦。

在马可·波罗时代，昆明就已经闻名在外。现在，当我们的车队接近这个城市时，给人感觉像是到了香港，崭新的钢铁和玻璃建筑在天空的映衬下轮廓分明。

中国人发明了自己的书写方式、饮食习惯、恋爱以及梳妆打扮的方式；几个世纪以来，他们以不同的方式治疗病人，以不同的方式看待天空、山脉和河流；他们对如何建造房子和寺庙有不同的想法，对解剖学有不同的看法，对灵魂、力量、风和水有不同的概念。现今，这个文明开始追求现代化，想变得像新加坡那样繁荣。

中国人并非偶然发现万物的本质都在对立、阴阳、日月、光影、男女、水火之间的平衡中。通过协调差异，世界才得以运转、自我复制、维持张力、生活。

黎明时分，我们离开昆明。我们一整天都驰骋在美丽的自然风光和荒凉的人文景观之中。山脉、河流、梯田和茶园宏伟壮丽。

我听说，唯物主义在中国兴起的同时，人们除了对神秘学重新产生兴趣外，隐士的数量也显著增加。越来越多的人抛弃社会，到山里寻求庇护。云南是经典的旅游胜地之一。我看到几个隐士和修行的人走在路边，穿着旧式服装，脚缠着布条，头顶上扎着发髻。我本想和他们谈谈，但让整个车队停下来是不可能的。在很长一段时间里，那些人影像幽灵一样一直在我的脑海里出现。

返回的途中，车队在景栋又作停留。我请一位缅甸妇女帮我联系城里最好的占卜师，于是她为我预约了一位据说有非凡才能的年轻人。

他住在一条鹅卵石铺成的漂亮街道上，两旁有许多木房子，他家就是其中一栋。我们到的时候，他正站在门口等候。他是一个大约三十岁的瘦弱青年，长着一头浓密而叛逆的头发，一副得意洋洋的样子。他带我们上了一段摇摇晃晃的楼梯，来到一楼。我们坐在木质地板上，地板上覆盖着一块绿色和棕色的塑料板。在提出了一些常规问题和掐指计算之后，他开始谈论我的生活。他说，在我五十五岁的时候会面临一个重大转折，我要做一些决定；最近我收到了一笔钱，与我的薪水无关。我想到了刚刚获得的奖项，便回答是的。这似乎鼓励了他。

"在接下来的两个月里，你会遇到一个比你高得多的人，不是在权力或金钱方面，而是在灵性方面，那个人会改善你的生活。这将发生在1月底到2月初之间。"（我想起了我当时决定参加的冥想课程。是我把这件事告诉他的，还是他"预见"了这件事呢？）"你的手掌上有两条生命线，你有可能活得很久，并在灵性上取得进步。这取决于你，但你可能还是会失败。在接下来的六个月里，你的生活将会有很多变化。"（确实，我想，到五月我就必须去印度生活了。）"从明年开始，你的生活将会一天比一天好，一年比一年好，并持续很长一段时间，直到你死去。"

他拉着我的手，在离我一两英寸的地方握着自己的手。他闭上眼睛，好像要集中精神似的。过了一会儿，他的手开始颤抖起来。"我感觉到了热量，"他说，"你有伟大的力量。你有成为预言家的潜质。我能感觉到它；我们在沟通。你和印度有联系。你去过那儿吗？"

这是惊人的。我确实和印度有点联系，但他是怎么发现的？我只是在心里想了想"印度"这个词。他是怎么听到的呢？

"是的，我去过那儿，你问这个做什么？"

"因为她在你后面。我看见她了。"他说，仍然闭着眼睛。

"谁？"

"一位印度女神，一位保护你的女神，永远与你同在。你的信仰是什么？"

"没有，真的。"

"在上一世，你是个佛教徒，现在你正趋向于回归佛法，即佛教。当你到达印度时，请立即捐款。不是对穷人的慈善捐赠，而是对佛教机构的捐赠。你冥想吗？"

这也是我刚刚想到的一个词。是我向他说明的吗？

"还没有。"

"去做吧，因为在今生，或者至多在来生，你将到达香巴拉，你将有能力帮助别人……然后你的生命将延长，你将能够控制你的死亡。你得小心，接下来的六个月将起决定性的作用。这完全取决于你。你一直都有第六感，一种总是对你有帮助的本能。你曾身处战区，幸存下来，因为你能预见到未来的危险，并能避免危险，但现在你只需要稍微努力一下，很快你就能预见其他人的未来。"

在我交谈过的众多占卜师中，这无疑是最奇怪的一个，但也是最真实的一个。我自己也觉得我们在"交流"。可是谁在跟谁说话呢？又是以何种方式进行的呢？

"我的孩子呢？"我问，把谈话带回到具体的话题上来，以检验他的能力。他似乎明白我的意图。

"你有两个孩子。第一个是男孩，另一个是女孩。"他在集中意识之后答道——又或者在我脑子里读过这个答案之后？

"你认为他们的未来会遭遇什么问题吗？"我问。

"不，没有。连你女儿的事我也不担心。"

"什么问题？"我问，心里很清楚我在想曼谷女巫说的话。

"她不能结婚的事。她会结婚的，不要担心。"

他似乎能读懂我内心的想法，真是了不起。

他仍然用手捂着我的手，在某一刻，我也有一种触到热量的感觉，有某种东西从一只手传到另一只手。那个地方、傍晚的声音和气味、袅袅炊烟以及几天的旅途奔波之后的宁静——这些都使我和那个人保持一致。我当然觉得自己与他的共同点要比与我共度过去一周的"探险游客"多得多。

"你有没有听人说起过乌巴钦？"他问道，"他是缅甸人，创办了一所冥想学校，现在学生遍及世界各地。按照他的方法进行冥想。对于像你这样想继续生活在这个世界上的人来说，最好的办法就是不要去修道院，而是去学习。"他告诉我，他冥想了三年，但直到最近才意识到自己的力量。这是偶然发生的：在缅甸北部的一个城镇里，市政的保险柜不翼而飞。有一天，他集中精力，设法弄清楚谁拿走了保险柜，以及保险柜藏在哪里。从那以后，他能听到人们的声音，能预见人们的未来。他发现，继续在他受雇的城镇经济规划办公室工作不再是易事。

他陪我走到门口，告别时，他说我们还会见面。我无法想象是怎么回事。在不到一年的时间里，我两次来到景栋，我觉得这对我来说是一次永别。不仅是对古老的掸邦首都的告别，也是对我热爱的亚洲的告别，景栋已成为我心中亚洲的一种象征。车队将在拂晓出发。我一直等到大家都上床睡觉，湖上的迪斯科舞厅也关门了，才独自在城市里散步。它是荒凉的，但影影绰绰，充满古老的声音。我一直走到城门：在那条拓宽的道路中间，有一堵旧墙孤零零地立在那里。我又一次听到山顶宝塔上的钟声叮当作响，在寺院的白色墙壁上树木剪影中，我看到月光下有一个人的影子。他慢慢地走着，低着头，就像一个人跟着送葬的队伍，沉浸在对生命意义的无意义的思考中。那是我自己。

剩下的旅程单调乏味。第二天晚上，我们回到泰国。在清迈，在一家专为"探险旅行者"开设的豪华酒店里，他们为"友谊之行"的完美结束举行了宴会，分发奖章和证书——这种情况我总是唯恐避之不及。我径直去了汽车站，出发去曼谷。

我是幸运的。如果那天晚上我没有到清迈，就会错过一个绝好的机会：我收到了和魔鬼一起过除夕的邀请。

第二十五章
与恶魔共度除夕

我收到消息，让我第二天出发去泰国西北部湄宏顺府的一家客栈，然后在那里等着别人联系我。这意味着我需要立即动身，在群山中乘坐九小时的巴士，但我没多想就照办了。这是我自己通过曼谷的一些中间人提出的请求。我和我的瑞典同事伯蒂尔·林德纳（他对缅甸事务了如指掌）一起，要求见见世界上最大的通缉犯之一："黑暗王子"坤沙。数十年来，坤沙一直是金三角地区的军阀，是继被抓的诺列加将军以及死掉的巴勃罗·埃斯科巴以来的最后一个大毒枭。他的故事我早有耳闻。

我在长途汽车上休息了一下。到了湄宏顺府，我找到那家客栈，订了个房间。我与伯蒂尔碰头，他直接从曼谷过来的。他是瑞典人，大学毕业后直接来到亚洲，和我一样，他在那儿感到舒适自在。如果斯文·赫丁（一个世纪前伟大的探险家）转世的话，他很可能就是伯蒂尔。1985 年，伯蒂尔在缅甸北部山区徒步几个月，娶了游击队的一个电报员，并首次撰写了一系列关于该地区的书。

第二天早上，我们正吃着早饭，一个看上去大约三十岁、很像中国人的男人来到我们桌旁坐下。他看起来像二战前的上海黑帮：皮夹克，头发向后梳得很顺，细胡子。他说，一切都安排好了。我们预计将徒步八到十个小时。我们准备好了吗？我们应该跟着他走。

我们开着伯蒂尔的吉普车，沿着一条柏油路行驶了大约二十英里。我随身携带的小指南针显示我们正往北走。我们来到一个被高高的木栅栏包围的农场，在那里，我们被交给了一些更奇怪的人，显然都是中国人，他们一句话没说，只示意我们藏车的地方，还给我们倒了茶。不一会儿，一个孩儿牵着三头骡子出来，我们便出发了。一头骡子驮着我们的袋子和水，另外两头骡子是闲的，以防我们需要骑坐。在最初的几个小时里，路很好走。我们经过一座美丽的石灰岩山，然后爬上爬下，穿过几条齐膝深的溪流。下午早些时候，我们爬上一个陡峭的斜坡。森林越来越茂密，树也越来越高。我们沿着一条骡道前进，这使得走路变得特别困难。这些动物（有时在多达一百头驴的商队中）都倾向于把蹄子放在同一个地方，踩出连续的孔洞。一路上，我们还遇到了一条金环蛇，这种蛇有黄黑相间的条纹，毒性强，但没有攻击性，还有一些巨大的、颜色鲜艳的千足虫。

日落时，我们站在最高的山脊上，向西眺望，景色壮丽而惊心动魄。连绵不断的山脉呈现出不同的颜色，有绿色、蓝色、紫色和黑色，太阳在一片火红的金色中落到山脉后面。近处的山丘被森林覆盖，看上去柔软而模糊，而远处的山则露出清晰硬朗的轮廓。

美是如此具有欺骗性。全景美不胜收，广阔、静谧，充满活力。然而，在庄严如大教堂的大树底下，在繁盛如烟花的竹林下面，隐藏着一种无尽的哀伤，它跨越了海洋，穿越了每一个国家，入侵我们的家园，杀死我们的孩子。在我面前的就是金三角的腹地（一个多么虚伪的名字！），我如此努力要去见的人，就是那个死亡帝国的统治者。

很快夜幕降临。黑暗中回荡着鸟鸣声、猴子的尖叫声，还有我看不见的其他动物发出的神秘沙沙声和擦碰声。

最后三个小时，一路下坡，特别难熬。我的小腿抽筋，头痛得厉害，然后胸部也剧烈地痛起来。心脏病不就是这样开始的？我想起乌兰巴托修道院的住持，他在香的灰烬中发现我心脏有问题；我想起了吉隆坡那位无知的占星家，他预见我五十八岁之前将面临一场严重的疾病。现在告诉自己那些占卜师说错了多少是没有用的。我本能地把手伸向我额头上的痣——据新加坡的女巫说，这是我将死在异国他乡的征兆。还有什么地方比这片森林更偏僻呢！我将不得不"口述我的遗愿"给伯蒂尔。当这种想法突然出现在我的脑海里时，我忍不住笑了。然后一种恐惧感袭来，想到人们会把占卜的话当真，把预言变成现实。所以我打消了这个念头，深深地吸了一口气，继续前行。

天空布满星星，但地上漆黑一片。这是12月新月的夜晚，掸邦人正庆祝他们的新年。他们的2088年就要开始了：这是从他们皈依佛教的那一年算起的，当时他们在云南的死湖岸边建造了第一座佛塔。庆祝活动会持续一个星期，因此，坤沙才邀请我们来这里的。再过两周，1993年就结束了。不能乘坐飞机的一年？不完全是。这位占卜师是中国人，对他来说，新年不是在12月31日结束，而是在春天的第一个新月到来时结束。1994年将从2月8日开始。如果我真的想听从他的预言，必须坚持到那个时候。

走了九个小时之后，我们来到一个山谷。溪水哗哗地流着，自己不知不觉就蹚过溪水。对岸立着一座孤零零的大木屋。我们走进去，在一盏油灯的昏暗灯光下，我看到几个身影站在一旁。我听到一个女人用中文发号施令，一个年轻人给我们端来了热茶。

"你从哪里来？"我问他。

"云南。"

"来做什么？"

"工作。"他说。我觉得我不能再问他什么了。那女人通过对讲机和别人说话，很快一辆小卡车来接我们。我们沿着一条土路开了半个小时，最后，在群山环绕的一片平原中间，一座城镇拔地而起，出现在我们面前。一片大空地上有一个集市，成群的人在货摊边上散步、吃东西、玩各种游戏。几十名穿着干净制服的年轻士兵拿着步枪，小心翼翼地在黑暗中站岗放哨。我们到达贺猛，即报纸上称为"罪恶之都"的地方。它位于缅甸境内，但距离泰国边境只有六英里。

离开之前，我们得到的唯一警告是绝对不要让控制边境的泰国军队看到我们。他们不愿给人留下任何与"反叛者"或与毒品贩子勾结的印象，尤其是外国观察家。曼谷与仰光政权保持着友好的外交和贸易关系，官方否认与坤沙和他的掸邦土地有任何关系。

天气很冷，掸邦的"外交部长"来欢迎我们，带我们去"政府招待所"。他头上戴着一顶毛料便帽，睡衣外面穿着一件厚夹克。

我们在贺猛住了五天，每天都有新发现，充满惊喜。第一个新发现发生在第二天早上，我们一起床就发现从泰国到贺猛至少有两条直道；坤沙的其他客人都是坐着汽车舒适地到这儿的，其中便有穿着便服的泰国军官。令人惊讶的是，自1990年以来，坤沙一直在美国作为毒品贩子接受调查；美泰两国悬赏两万美元要他的人头。我们笑着拍照。坤沙的其他客人是来自仰光政府控制地区的掸邦人（我遇到了两个来自景栋的人），或者住在国外。其中一个是"千棵香蕉树王国"永贵的老国王的女儿，如今她已移居美国。

　　他们都尊称将军的坤沙没有让我们久等。早餐时，一辆皮卡停在宾馆前，六个全副武装的士兵下了车。身着优雅茶褐色制服的坤沙慢慢地从副驾驶座上下来，他的袖子上简单地绣着掸邦的国旗。

　　第一眼看到他会觉得他平易近人。他的外貌和举止都很中式，一张光滑、闪亮的脸，一双小而活泼的眼睛，牙齿因尼古丁而变成棕色；他泰然自若。出于职业习惯，我本能地寻找一些记忆深处的细节，试图从他的表情或手势看出一些破绽。什么都没有。他的面孔并不比其他亚洲人更神秘莫测，他的眼睛也不再神秘、冷漠、残忍、无情、坚决或残忍。如果我在市场上遇到没穿制服、没人陪同的坤沙，我完全会把他当成去购物的普通市民。但伟大的间谍不就是这样的吗？

　　他握着伯蒂尔的手说："我听说过很多关于你的事。你的文字和我的行动都是刺向仰光独裁者心脏的箭。"伯蒂尔尴尬地点燃了烟斗。对记者来说，没有什么比被当成盟友更糟糕的了。被任何人当作盟友都不行，更不用说坤沙了。

他亲自来邀请我们去他家吃年夜饭。在他慢慢爬上卡车离开之前，坤沙戏剧性地命令他的"部长们"向我们展示一切，向我们解释一切，让我们去任何我们想去的地方。

贺猛的房子完全由木墙和瓦楞铁屋顶建造，大约有两万居民。中心的大广场是一个运动场，也是阅兵场和市场。所有的新年庆祝活动都在那里举行。他们建了两个剧院、一个迪斯科舞厅、一些射击靶场，还有一个选美比赛的T台，其中的安慰奖颁给了一个当地的异装癖者。

沿街有理发店、裁缝店、珠宝商、照相馆和几家碟片租赁店。《侏罗纪公园》的需求量很大。这里所有的货物都来自泰国，使用的货币是泰铢，甚至汽车也像泰国那样靠左行驶，而不是像缅甸其他地方那样靠右行驶。贺猛有一座佛寺，里面有四百名僧人，有三家"商务"旅馆，还有一家妓院，里面大约有十五个女孩。

富人家里有卫星，可以接收所有国际节目。在一家不起眼的商店门口，一张牌子上写着"电话"。多亏了与泰国的特殊关系，你可以在世界毒品之都贺猛直接向其他任何地方打电话。在电话亭里，我无意中听到一个女孩让台湾的某个人买一张从曼谷到香港的机票。

坤沙的住所是整个山谷中唯一的砖砌建筑：一座白色的房子，顶上分成两半，周围是一个巨大的花园，有两个网球场和一个美丽的兰花温室。从远处看，它就像建错地方的加州别墅。只有从近距离观察，你才会发现它也是一个掩体，由机关枪炮台、防空炮台和一整个兵营的警卫保护着。

在除夕的宴会上，坤沙邀请军队和政府的几百名官员来他家。除了堆积如山的食物，客人们还可以唱卡拉 OK。歌厅也坐落在缅甸丛林的中央，一台非常现代的机器赚足了眼球，它配有强大的扬声器和一个巨型显示屏，上面播放着中国著名歌曲的影像和歌词。作为一名彬彬有礼的客人，我最终拿着麦克风和毒枭合唱了一曲，尽管我五音不全。

对观众来说，没有什么比这更有趣的了。由于我逗乐了大家，我被领着去参观这所房子。在坤沙的住所，客厅安装着壁炉，卧室铺着粉色地毯，仿皮椅上铺着塑料毯子，大书架上一本书也没有，取而代之的是各式各样的录影带。这些都昭示着一个暴发户的心态，象征着匪徒的身份，饱含得到尊重的渴望。墙上挂着外国人的纪念照片：一位英国贵族和他的妻子。他是一位纽约警察局长的儿子，一位前美国特种部队上校。

"他们为什么会来这里？"

"朋友。"他回答。

"毒品呢？将军，我们谈谈这个好吗？"我冒险一问。

"改天吧，改天再说。今天我们只庆祝新年。"坤沙笑着说。

第二天早上，伯蒂尔和我被带到"政府"办公室——一个可以俯瞰广场、地面坚硬的木制大军营，去会见各种"部长"。"新闻部长"以前是兽医，他的任务是向我们介绍掸邦的官方地位：我们掸族是缅甸人压迫的少数民族。在过去的几次游击战之后，坤沙联合并领导所有人，现在正在进行解放战争。鸦片是我们在这场战争中的武器。我们可以很容易地种植其他作物，比如芒果，而不是罂粟。这样工作量会更少，也没人能指责我们；我们清楚地知道毒品让我们的斗争蒙上丑陋的阴影。可问题是，种植芒果，你就需要和平，你需要道路把它们运到市场。至于鸦片，我们什么都不需要。我们当场就把它卖了，因为买家甚至是从很远的地方来买的。因此，种植鸦片是我们生存的唯一途径。如果我们命令我们的人民一夜之间停止种植罂粟，那就意味着让他们挨饿。停止生产毒品的唯一办法是实现和平并发展一种替代经济。帮帮我们。我们没有更好的解决办法了。

据坤沙的"部长们"说，坤沙的权力在于掸邦人民支持他，而且坤沙的军队有四万人，他们对坤沙绝对忠诚。这支军队很有效率，纪律严明。一旦抓获逃兵，便会被枭首示众。如果他在三个月内没有被抓获，他父母就会人头落地，以警示其他士兵。因吸食鸦片或注射海洛因被捕的士兵会被送往教养中心。"治疗"过程是在十英尺深的地洞里待十天，接着是数月的强迫劳动。第二次犯罪则意味着死刑。

黎明时分，这个寒冷的小镇从夜间笼罩的雾霾中醒来，妇女们蹲在露天被烟熏黑的罐子旁点燃小木柴，准备早餐。很难相信这个隐藏在丛林中的地方真的是美国人口中"邪恶帝国"的首都。

我和坤沙的会面安排在我们离开的前一天，在他家花园的兰花丛中进行。窃以为，他喜欢接受"国际新闻代表"的采访。他带了一群随从来观摩，听到我那些更具挑衅性的问题时，他脸上会突然露出笑容。毫无疑问，这一定程度上是为了他的观众。

"将军，你一辈子都和毒品打交道。你年轻的时候就在缅甸开了第一家吗啡工厂。但现在，你以掸邦人民自由斗士的姿态出现了。难道这不是你想继续通过交易毒品获利的借口吗？"

坤沙点燃了"555"牌香烟。他用掸邦语慢慢地说着，"外交部长"在一旁翻译。他回答："首先，这些交易并不像你认为的那样有利可图。一批价值一百万美元的海洛因运到你们国家时价值一亿美元。那么谁能赚大钱呢？当然不是坤沙，也不是我们的掸族百姓。"他抽了一大口烟，接着说："三十多年来，关于我和我的人民的真相一直被敌人散布的毒品谎言所掩盖。现在是真相大白的时候了。我们没有秘密。你可以自由自在地活动，你跟每个人都说过话，你想去哪儿就去哪儿，是不是？那么，你看我像魔鬼吗？"

"不是魔鬼，将军；我没有看到角和尾巴。但你不能否认，我们国家泛滥的海洛因大部分来自你们人民种植的鸦片，来自你们控制的炼制厂，并且都是在你们军队的保护下出口的。"

坤沙的助手们似乎被我与他谈话的方式吓到了，但他自己似乎觉得很有意思。"不是我强迫我的人民种植罂粟。是缅甸人强迫他们，因为他们攻击我们，因为他们夺走了我们最好的土地，强迫我们住在山里。我没有控制任何炼制厂。炼制厂掌握在外国商人手中。至于交通，我的军队只负责保证所有使用道路的人的安全。我为解放掸邦人民而战。为了资助这场斗争，我让那些从毒品中获利的人纳税。就这些。"

我提醒他，一位前美国驻曼谷大使最近称他为"人类最大的敌人"。我说："诺列加被俘，埃斯科巴被害；你不怕你的日子不多了吗，将军？"

　　"那个大使满嘴屁话。"坤沙大吼道，随从大笑起来，"至于杀死我——这是可能的。我已经四十三次死里逃生。当然有人会再次袭击。但你真的相信毒品问题会在我死后得到解决吗？如果是那样的话，我真该一死了之。但毒品问题远比坤沙严重。上个世纪，是你们这些外国人把毒品带到亚洲，强迫我们种植。现在是亚洲向西方输送毒品。也许这就是因果报应吧。西方正在为其过去的行为付出代价。"我无法说他是错的。

　　晚饭时，坤沙邀请我与他的人一起用餐。他让我坐在他旁边，在没有翻译的情况下，我们聊起了他的童年。他的父亲在他三岁时就去世了。母亲再婚，但两年后也去世了。坤沙没有上过学，直到成年他才学会读写。他特意强调他的军队新兵从小就学习。十六岁时，他偷了一些步枪，成为一名强盗。他开了一家吗啡工厂来资助他的帮派。他和不同的妻子生了很多孩子，最后一个妻子不久前去世了。我问他什么时候出生的。

　　"1934 年 2 月 22 日。"他说。

　　"什么时间？"

　　"当时他们没有记录具体时间，但我想是在早上。"

　　我们在一张塑料圆桌旁吃饭，桌旁坐着一些年纪很小的士兵。食物是掸族特色，很美味，有很多煮熟的蔬菜，水是唯一的饮品。坤沙用古老农民的礼节，不时地用嘴唇擦着他的筷子，并把一些精心挑选的食物放进我的碗里。

我们分别时，他邀请我有时间再来。我见到他第一天所产生的印象仍然萦绕心头。

到目前为止，我在掸邦唯一没做的事就是拜访占卜师。我听说宝塔的方丈是个不错的占星家，在最后一晚我要求拜访他。当时他已经躺在床上休息了，但伯蒂尔和我是不寻常的访客，他被叫了起来。我们的翻译是一个在二战期间在美国医院工作的僧侣。

一切准备就绪后，方丈在一张矮桌子前的莲花座上坐下，手里拿着笔，准备计算。"我出生于1934年2月22日，"我回答，"我不知道时间，那时候没有记录，但我想是在早上。"

没人注意到什么，经过长时间的盘算，和尚开始念叨："你的童年过得很艰难，没有人指引你。也许你很小的时候就失去了父母。你的生活充满了冒险和危险。你对别人很慷慨，别人也很爱你。你心中有许多女人，你有许多孩子。你自己也不知道到底有多少。"（太精彩了）

"今年对你来说不是个好年头。这是一个非常紧张的时期。一个关键时期。你必须非常注意你的健康；你有可能发生意外，需要动手术。危险源自你喜欢在黑暗中行动，例如晚上；现在你这样做的话就必须小心了。最大的危险发生在9月24日到11月22日之间。你说话也必须非常小心。即使是言语也可能使你处于危险之中。你有很多敌人，你总是不断树敌。你的生命一直处于危险之中。"

我由衷地佩服。和尚说的那个人不是我，是将军。我给的是坤沙的生日，而不是自己的生日，一方面是想开玩笑，另一方面是我厌倦了一遍又一遍地听到同样的事情。我为欺骗了和尚而感到内疚，但为时已晚。

"我会死吗？"我问。

"你过不了六十七岁生日，"和尚说，"你会在此之前死去。"

"怎样死的？谋杀吗？"

"不是。一场手术。照顾好你的肾脏和心脏。1996 年，你将面临巨大的危险。如果你活过了 1996 年，你的生活就会变得更好。"①

"钱呢？"我问。

"你是一个有很多开销的人。你经常因为别人欺骗而赔钱，为了得到钱你不得不欺骗别人。"他看了看自己的计算表，然后看着我，好像有什么不对劲似的。我担心他识破了我的诡计。然后他说："你的星盘很奇怪，充满神秘。很少有人真正了解你是谁，不管你是好人还是坏人。"

一阵寒颤顺着我的脊背传来，我几乎不能再记笔记了。我所见过的占卜师中，没有一个能像方丈准确描述坤沙那样准确地描述我。是生日的问题吗？还是我在心里把我对坤沙的三四件事告诉了他？但是，既然我们没有共同语言，那用的是什么语言呢？

现在轮到伯蒂尔了。他确切地知道他是什么时候出生的。做完计算后，和尚开始说："你妈妈还活着，但我没看见你爸爸。也许

---

① 1996 年，因健康问题，坤沙与当局达成协议。他离开了贺猛，现在在仰光过着平静的生活。将军们已经接管了他的王国和海洛因贸易。——原注

你出生的时候他已经死了。"伯蒂尔目瞪口呆。这是真的。

直觉吗？巧合吗？也许这个和尚是一个真正的、伟大的占星家，是我见过的最好的占卜师。我们离开时，我困惑地想，我为了一个玩笑错过了让他给我占卜的机会。

当我们返回旅店时，一小片月光照耀着山谷。寒冷刺骨，但周围是一种奇妙的宁静。繁星点点的天空衬托着漆黑的树影。大广场上，坤沙的一些年轻新兵还在用蜡纸挡风的小蜡烛的光线下射击锡罐。真是一幅精美的画面，这也是我将从"邪恶之都"带走的最后一个画面。

等待我们的是又一次九小时的翻山越岭。我去睡了，我不能停留在这儿亲身体验种种，心里略感遗憾。

第二十六章
冥想的间谍

所以，最后，我改变了主意。我盘腿坐在地上，静若磐石，两手叠在肚脐的高度，手掌向上，背部伸直，肩膀放松，闭着眼睛，想着我的鼻尖，试图抓住我呼吸的时刻，慢慢轻轻地吸气吐气，感受我的呼吸触及皮肤上的某一点。一个又一个钟头，一天又一天，我不说一句话，吃素食（过午不食），九点睡觉，甚至不读一页书，以避免分心，不断努力去了解每一个动作、每一个想法、每一种感觉。

冥想：我在亚洲度过了一半的生命，从未考虑过这个问题。我听说过一些练习冥想的人，他们一直继续这些课程，但我一直认为这与我无关。我认为这是内心不安的人才会去做的事情，是对世俗问题的一种逃避手段。虽然难以置信，但事实如此。在中国、日本、韩国、泰国以及中南半岛，我曾参观过数百座寺庙，在佛教寺院整日整日地度过，但我从未考虑过冥想。它的目的是什么？怎么做？有什么意义？

我收集了数十尊佛像，被它们的美丽所吸引。我跟它们一起生活——一尊缅甸青铜佛像曾在我的书房里默默地待了二十多年，但我从来没有问过自己它们在做什么，它们保持莲花坐，半闭着眼，慈祥地微笑，一只手放在膝盖上，另一只手支撑地面。我真的从未想过这件事，就像人们可能永远不会思考从童年起就悬挂在床上的十字架的含义。

但生活也是一种持续的浪费。想想我们在无意识中遇到了多少美妙的人，我们每天在回家的路上经过了多少美好的事情而没有注意到它们。我们总是需要适当的场合、特定的事件，需要有人提醒，引起我们的关注。将我带到蓬阳隐居的路途似迷宫一般，但最后，部分跟随占卜师的线索（"冥想！"他们中的许多人对我说），部分追随常畅留下的白色石头的踪迹，我投降了。11月，利奥波德告诉我，他的老师约翰·科尔曼正准备在泰国开设一门课程，并催促我前往学习。"你必须了解冥想，"他说，"否则这多年来你在亚洲做什么？"向一个美国人，一个前中央情报局特工，学习冥想的想法似乎很奇怪。不过，你总是需要一个西方人来帮助你理解东方的某些特质。

灵修所位于泰国北部的蓬阳。在一个狭窄的绿色山谷的一侧，一些稻草屋顶的木制平房散布在巨大的竹林中，周围鲜花遍地。古老丛林中的大树横跨山谷，枝叶繁茂。冥想亭是一个大型的木制露台，附近有一条水沫四飞的瀑布，流入一个小小的湖泊，湖边尽是红色和橙色的花朵。

每一天在日出之前开始，高高的露台上敲响锣声，肃穆的声音响彻山谷，久久回荡。很快，出现了大约三十个火把，像萤火虫一样闪烁，修习者从黑暗中走上山坡。每个人都在一个方形的垫子上坐下，面对老师静坐的平台冥想一个小时，老师的身边供奉着一个小祭坛，放着一尊佛像和一束鲜花。接着是早餐，之后又是两个小时的指导冥想，休息一刻钟后，十一点开始午餐——素食，再休息两个小时后，进行更长时间的冥想。日落时分，有一堂关于佛法的训诫课。平台上的锣每小时敲响一次。它的最后一次轰鸣缓慢而温暖，晚上九点准时响起，提醒人们就寝。

我需要乘火车十二个小时，再乘汽车一小时才能到达蓬阳，到达的那一刻我为自己的决定感到欣慰。其他修习者都已到达。大多是中年妇女，容颜老去，缺少关怀，但是仍然智慧、好奇，不愿接受社会强加于她们的平庸角色，因此与别人格格不入；她们就像我经常看到的那些咨询占卜的人。在场的男人没有一个露出他们的真面目。有个瑞士人说他来这里是因为"健康是我的爱好"；另一位加拿大人希望通过冥想来提高他的绘画水平。那我又来这里做什么？我觉得自己像一个被带到精神病房的病人，试图说服自己是被错带到这里的，或者我的病情不如别人那么严重。但我驯服了我的傲慢，并留了下来。

约翰·科尔曼是一个大个子，又高又壮，快活，简单，毫无我所期待的禅修者的苦行禁欲感。他的助手大约六十岁，精瘦挺拔，行动优雅，白发剪得像海军一样短，看起来就跟他原来的身份一致：一名警官。

20世纪50年代初，约翰在曼谷与警官相遇，当时后者还是一名船长，而约翰本人是一名年轻的美国秘密特工。是他将约翰带上了冥想之路。多年来，船长的职业生涯异常成功，并成为国王的侍从警官；他不久前退休，是泰国人心中最忠诚的警官。他是一位虔诚的佛教徒，练习冥想已有四十多年，现在他开始向别人教授冥想。

刚开始的几天非常艰难。第一次尝试莲花坐的时候，我感到相当舒适，但是一刻钟后，这个姿势变得无法忍受，半小时后就是绝对的折磨。我的膝盖酸麻不止，背部不断痉挛，想移动身体的冲动势不可挡。没有一秒钟能令我安静冥想。我的思绪无暇专注于呼吸所触及的皮肤，而像"一只猴子在树枝上纵来跃去"，即使是最短暂的一瞬，我都无法做到像约翰所说的那样，变成"强壮结实的水牛，将绳子系在脖子上，拴到一根柱子上"。

"只想那一点，只感受呼吸触动你皮肤的感觉，"约翰非常缓慢地重复着，像一尊伟大的蜡佛像坐在平台上，"当你的呼吸接触到鼻子的表皮时，皮肤中的神经组织会有一种感觉，一种触觉的体验。要意识到这种感觉。感受吸气和呼气，那么脑海中就不会产生贪婪、仇恨和无知。渴望和厌恶的火焰将被消除，你的思想将变得平静、平和，没有恐惧和焦虑。"

我把脚放在膝盖下方，闭上眼睛，双手静止，当我的思绪不再关注双腿的疼痛或者渴望起身尖叫时，它又向四面八方涌去；它逃跑了，我无法追回。我对它没有支配权；它不是我的。无用。痛苦变得难以忍受，甚至在约翰宣布一小时过去，用他的"阿门"打破沉默（"愿我们的福德与众生共享分享"）前，我就放弃了。我改变了姿势，睁开眼睛。看到其他一些人安详地坚持着，我很沮丧。

很多时候，我几乎选择离开。当你闭着眼睛被美丽的大自然包围，还有什么意义？为了消除每一个想法而不断思考，并且人为地给自己制造一些生活迟早会给每个人带来的痛苦，这又有什么意义？第一次聆听"日落布道"，我便被激怒了。"生活中的一切都是苦难。我们的出生是受苦，死亡是受苦，我们因欲望而痛苦，我们因害怕失去而痛苦……"约翰说道，听起来像《圣经》推销员。我对他所说的"更高级的能量""精炼专注力"感到恼火。他的意思是，通过前三天的训练，只关注呼吸接触皮肤的那一点，心灵就会变得平静——这是一种叫做观息法的练习。这种做法和理念都让我觉得受到了智力上的侮辱。

但是不可否认，我还是感受到了一些乐趣。其中之一来自沉默。在开幕式上，我们正式承诺在整个课程期间遵守五戒：不杀生（包括任何生物，甚至是蚊子——因此我们在蓬阳没有使用过杀虫剂）；不妄言；不偷盗；不邪淫（"不论是自己还是与他人"）；不饮酒（意思是不喝咖啡或吸烟）。我们还承诺过午不食，不戴首饰，不喷香水，不睡舒适的床。我们也承诺"止语"，不要发言或发出声音，以免分散他人的注意力——真了不起。我们在冥想时遇到其他修习者，没有必要进行交谈；无声的点头就足够了。一起坐在桌子前，我们没有必要用更加空洞的平庸来填补有时不舒服的真空。我们每个人都是独立的。

这种沉默是一个伟大的发明。没有他人的言语干扰，我意识到自然的光辉美丽在于它的沉默。我遥望星星，听到了它们的沉默；月亮静寂无声；太阳安静地升起和落下。最后，就连瀑布的噪声、鸟叫声、起风时树木的沙沙声似乎都成了我所喜爱的惊人而生机勃勃的宇宙沉默的一部分，我在其中找到了和平。似乎这种沉默是每个人的自然权利，但是这种权利已经从我们身上夺走。我惊恐地想到，我们的生活已被我们自己发明的嘈杂声惊扰，以为这样的嘈杂声能令我们愉悦，带给我们陪伴。每个人都应该不时地重申沉默的权利，允许自己按下暂停键，保持几天沉默，再次感受自己，反思并重获健康。

另一种乐趣来自努力。随着时间的推移，对各种禁令的承诺获得了越来越多的价值，并给人带来了力量。约翰说，这种力量有助于为下一阶段的冥想"创立道德基础"。正是通过努力，人们开始觉得自己值得奖励。"在最后的日子里，你会明白的。一切都会有意义。一切都会找到它的位置，"约翰重复说道，给予我们希望，通过专注于呼吸触及皮肤的那一点，我们将控制我们的心灵，打开新世界的大门。

这才是我去那里的真正原因。在我探求众多占卜师的那一年里，我已经被心灵的可能性和力量所吸引。我开始相信，在西方，由于各种原因，心灵的使用正慢慢被局限，其中很大一部分能力已经丧失。如果它曾经存在过，我想重新发现那条被遗忘的道路。难道心灵像肌肉一样，如果不充分使用，就会萎缩吗？我想到了自己。多年来，我每天跑步数公里，通过锻炼保持健康。但是我锻炼过心灵吗？我曾做过练习来强化心灵，令它发挥最大的能力吗？也许心灵是我们拥有的最复杂的工具，但是我们给予心灵的关注甚至都不及我们对腿部肌肉的照顾。

20世纪30年代，喜马拉雅山地区的杰出法国探险家亚历山德拉·大卫-尼尔曾讲述过，有些喇嘛可以通过精神力量消融自己的物质形态，使自己遁形，还有一些人可以通过精神力远距离交流。都是编出来的故事吗？也许不是。也许一路而来，人类真的丢失了心灵中的某些东西。有些欧洲人认为，在世界的某个地方，仍然有人能够以这种方式使用他们的心灵，他们已经去亚洲寻找这些人。1924 年，英国青年保罗·布伦顿前往印度会见瑜伽士、隐士和苦行僧。他试图研究这些人是怎样通过心灵的练习来获得他所认为的已被现代化摧毁的知识。获得那些知识有不同的途径，但第一步皆是冥想。因此，尝试了解冥想是必要的。

我看着约翰坐在平台上冥想，他裹着一条白色的大毯子，像雕像一样一动不动。他很放松，很专心；额头光滑，嘴唇上摆出一个非常轻盈、几乎像是嘲弄的笑容，似乎（也许只是在我看来）在那双闭着的眼睛里，他看到了我看不到的东西，似乎在那双又大又长的耳朵里，他听到了自然沉默以外的声响。约翰已经迈出了一步。我不知道他迈向了什么，但肯定是向着宁静，那种安详像光环一样围绕在他身边。

他的故事可谓奇特。他于 1930 年出生在宾夕法尼亚州一个贫穷的采矿家庭。一开始他是一名机械师，后来成了摄影师。第二次世界大战结束时，他加入军队并被派往日本，在那里，他负责拍摄被指控并判了死刑的战犯。退伍后，他回到美国，进入大学，又被中央情报局录用。他接受过训练，可以毫无痕迹地打开和关闭任何锁——房屋、办公室、大使馆、保险箱，无所不能。他将被送到一个外国城市，在那里研究一个建筑物，研究如何进入，复印文件，然后不留痕迹地离开。1954年，他被派往泰国培训边防警察。他对佛教产生了兴趣，开始冥想。几年后，中央情报局显然觉得他们的特工失去了理智，于是让他提前退休，发放了退休金。有一段时间，约翰负责在曼谷经营东方酒店；然后他结婚并生了两个孩子。他坚持冥想，最终完成了人生的使命。

第三次日落布道中，约翰提到"真理的道路，净化的道路，解毒的道路"（我对这样的用词感到反胃），他说佛陀的伟大贡献是认识到世界的本质在于它的不稳定性，在于它的无常——这是所有苦难的起源。认识无常是摆脱痛苦的唯一方法。

所以，经过三天的观息法练习，我们继续进行内心冥想，内观法。这意味着将"通过专注力变得更加敏锐的心灵"指向对自己身体的沉思。我们首先要将思想固定在鼻孔下面的点上，然后将思想带到头顶——我终于明白为什么这么多佛像的头顶有火焰。然后，从身体的最高点开始，非常缓慢且不失控制地将思想移动到皮肤、皮肤下方、头骨、大脑、眼睛、鼻子，慢慢地进入胸部、肺部、心脏、血管、骨骼、内脏，下降，下降到腿部、脚趾、脚底，不要思考任何其他事物。就像洞穴里的探照灯，我们的心灵不断地意识到每一种感觉，并意识到所有的感觉都是转瞬即逝的——痛苦、快乐、声音、风的触动，难以捕捉。"认识无常……继续认识无常……一切都是无常。"约翰用缓慢而深沉的声音重复道。认识无常。一小时又一小时，一日又一日。不说一句话；甚至在冥想之外，都要感受每一个动作，走路时的每一步，吃饭时的每一口，感受每一口水滑落到腹中，然后归于安宁。

约翰开始了他一边祈祷一边冥想的时间，我们都愉快地期盼着
这一刻：

愿众生平安幸福。
愿众生摆脱一切无知、
一切渴望和一切厌恶。
愿众生摆脱一切苦难、
一切悲伤和一切冲突。
愿众生都充满无限慈爱、
同情和平静。
愿众生都能彻底觉悟。

就我而言，我在等待他的"阿门"结束这一段折磨。我没有
进展。经过一番努力和痛苦，我能比起初更好地坐着，但我的目标
是学会冥想，看起来毫无希望。可以用一位著名僧侣兼禅修者告诉
约翰的一句话来形容我："我看到过可以为了孵蛋三天不动的母鸡，
但我从未见过一只开悟的母鸡。"

渐渐地，我发现约翰越来越具有说服力。他身上没有任何虚
伪，没有故作姿态。他是一个简单的人，相信自己理解了一个伟大
的真理。他是进行练习的普通人，这种练习不一定是宗教性的，而
是精神上的练习。走上和离开冥想露台的时候，他会转向佛陀，双
手交叉在胸前向佛陀致敬：感谢他展示了佛法。在约翰身上看不到
任何其他皈依者庸俗的道德观念。

难道他就是景栋的年轻占卜师所说的，我注定会见到的"非凡人物"吗？事实似乎完全符合那个预言；当约翰在他的"日落布道"中描述起初在泰国没有人想教他冥想，以及他如何最终在仰光找到他伟大的导师时，我的脊椎发出一阵刺痛。"我师从乌巴钦。"他说。是的，就是这个名字！"跟随他的方法，"景栋的年轻人说，"最适合像你这样的人。"我正在这里学习他的方法！

乌巴钦于 1899 年出生于缅甸。他曾为英国殖民地政府工作，1948 年缅甸联盟独立后，他被任命为财政部总会计师。作为一名虔诚的佛教徒，他从青年时期就开始对冥想产生了兴趣，并且决心将这些僧侣私藏了几个世纪的精神实践推广给一般的信徒，打破只有成为僧侣才能冥想的垄断。

他开始在单位为他的下属提供课程。然后在 1952 年，他在仰光成立了国际冥想中心。至 1971 年乌巴钦去世那年，冥想已经成为每个人都可以进行的精神练习——就像两千五百年前的佛陀寺庙。乌巴钦的方法是将所有教学集中在为期十天的课程中，之后学生便可以恢复正常生活并自己进行冥想。

根据约翰在他的日落布道中所讲，乌巴钦的第一个学生是一名火车站站长。乌巴钦在缅甸的一个偏远地区旅行时，曾和当地唯一的车站站长一起向一位著名的隐士僧人致敬——他是一位生活在森林深处的阿罗汉或开悟者。他们看到了一根高杆，顶端有一个由竹叶制成的巢状小屋，僧人已经在那里冥想了好几天。一扇小门打开，一团苍蝇出来了，然后阿罗汉伸出了脑袋。

"你在寻找什么？"他问道。

"涅槃。"乌巴钦回答道。

"你打算怎样获得它?"

"通过认识无常。"

"很棒。然后将其教授于人。"阿罗汉说。然后他关上门,继续冥想。

乌巴钦立即命令站长采取莲花坐并呼吸,将注意力集中在呼吸接触皮肤的位置。一种新的传统诞生了。

随着冥想的普及,这种做法传播到了西方。约翰是乌巴钦的第一批学生之一,他授权约翰去教授,特别是在欧洲。

"那么,大师,你了解西方人,希望您不要觉得被冒犯。"我告诉约翰,当我被叫到他的平房报告我在冥想方面的进展时,我唯一一次被允许打破止语的戒律,"我告诉你,这些日子里,我没有冥想过一分钟。我的思绪并没有专注于我的鼻子,而是发散到了四面八方,从重新粉刷我在国内的房子,到扩建我的书房。我没有思考呼吸,而是在考虑写作的内容,以及我在这里多么愚蠢。当你告诉我们想到喉咙时,我想到了掐住你的喉咙,因为你迫使我忍受这种折磨。当你说'腿'时,我会想到这里所有泰国女人裙子下面的腿,甚至是后排那个丑陋女人的腿。"

约翰笑得很开心。"不要失去希望,"他说,"这些事情是暂时的。它们会结束的。也许几个世纪以来,你的思想从未被控制过。难道现在,您希望一下子在几天之内掌控它吗?等待,再等一下,继续认识无常。"

我真的不得不嘲笑这个想法,在"我的前几世"我的思想从未被运用过。但谁知道呢？这可能是真的。我一直喜欢佛教的宽容——没有原罪，没有西方人背负的压力，即将我们的文明融合在一起的黏合剂：负罪感。在佛教国家里，没有任何东西是特别应该受到谴责的，没有人会指责你做任何事情，没有人向你布道或试图给你一个教训。因此，在这些国家生活非常愉快，许多寻求自由的年轻西方旅行者在那里感到放松。

佛教让你平静，它永远不会要求什么——也不要求你成为一名佛教徒。在各种戒律中（有趣的是，它禁止人们吹嘘在冥想方面取得的进步），有一条是禁止僧侣向没有自发提出要求的人传授宗教信仰。佛教总是让你成为你喜欢的样子。它说不要杀生，但每个人都会杀生。那杀人犯呢？那是他们自己的事。他们的来世将遭受磨难。没有人到处强加正义。这不取决于我们。因此，慈善不是道德义务——恰恰相反，通过帮助穷人可以帮助自己摆脱恶业；照顾麻风病人可以为自己救赎，为来生积福。你邻居的房子烧毁了吗？肯定是他前世做了坏事。

佛教不仅仅是一种宗教，更是一种生活方式。它是农业社会对世界的一种解释，这种社会接近自然，需要解释它的绝对残酷。自然界中没有正义，没有计算。那为什么要从人的自身寻找正义，毕竟人也是自然的一部分？

于是，佛教没有征服的愿望，没有使命感；它不寻找灵魂。你想成为佛教徒吗？去吧。随便。这就是他们从未教过冥想的原因。今天的佛教传播主要是西方皈依者在践行，他们在世界各地设立了佛教中心来传播这种宗教，这绝非偶然。

如果佛教理念的核心被认真对待，并实现其终极目的，就是对公民社会的否定，显然，也是对进步的否定。如果一切事物都是转瞬即逝的，如果人类无法逃脱因果法则，那么唯一的救赎就是对生活漠不关心（通过冥想逃离生与死的可怕循环），一切都无关紧要，一切都是无用的，一切都应该停止。这是一种极端悲观主义的幻想，导致虚无主义的后果。

　　如果所有人都将这些想法发挥到极致，这将会是一个什么样的社会？一个真正的佛教社会只会停滞不前。事实上从来没有这样的社会存在过。那些存在的东西因极度宽容的制度而幸存下来：他们把冥想留给了僧侣（通常是留给他们中间不那么具有天赋的人，更聪明的人则专注于教义），他们让人们通过捐款支持寺庙来"积累福报"。凡人仍旧遵循自然生活，而僧侣树立了榜样，提醒他们记住所有他们无法追求的美德。这样就创造了一种平衡，使社会向前发展，忘记教义的悲观主义。

　　在艰难的冥想时刻，我想到了一年中遇到的所有曾在佛法中"避难"（如佛教徒所说）的西方人：常畅、荷兰比库，以及所有坐在我周围的冥想者。我跟他们是同类人吗？二十年前，我来到亚洲，试图了解中国和印度；现在，我正试着跟随一名前中情局特工和退休的泰国警察冥想，甚至没有成功……

　　太阳升起前一个小时的冥想是最优质的。凉爽芬芳的微风从山谷中吹来，在露台上飘荡，轻轻地抚摸裹着毯子、静止、呈金字塔形的冥想者，然后消失于山上黑黢黢的森林中。约翰的存在鼓舞人心，此时他的白色毯子覆盖了他的半张脸。警官在他脚下一动不动地静坐，证明冥想是可能的：他坐在那里，但从某种意义上说，他正在远方。闭上眼睛之前，我会花很长时间观望这个和平的场景。在我看来，这个团体仿佛散发出巨大的能量，共同的努力增加了每个人的力量。

第八天早晨，我的能量也增加了。我的腿异常疼痛，到了令我放弃的边缘，但突然之间，痛苦开始消退，然后消失了。我做到了。我的思绪不再像猴子般在枝头纵来跃去。它就在那里。这是我的。我无比喜悦。然后我听到约翰说："放手吧……放手吧。了无牵挂。无所欲求。"甚至连征服痛苦、驯服心灵的快乐也是转瞬即逝（无常）的，我放手了。我回到了呼吸触碰皮肤的状态，似乎从外面看到了自己：我的心灵飞了出去，看着我的身体，我感到全身麻木，通过它，我看到黎明的微风吹过——以前从未体验过的感觉。我听到约翰发出"阿门"的声音，我听到早餐的锣声，但仍岿然不动，感觉我好像已经失去了一部分重量。

接下来的几个小时并不是一样精彩，但随着时间的推移，我不再迫不及待地渴望结束。冥想不再是对耐力的考验，就像屏息潜在水下直到肺部爆裂。它已经成为冥想应有的样子：集中精力进行练习。我似乎"学会"了什么东西，就像游泳或阅读。现在我有了掌控权。我驯服了心灵的野兽；现在的问题只关乎我要骑往哪里。

我用中午休息时间在瀑布顶端冥想。观息法练习之后，我进入了皮肤，迷失在了细胞中，虚空向我打开。迎接我的是金色的画面，先是我认识的人的面孔：我的母亲、我的父亲。接着是陌生人。然后是美丽的颜色。我做到了！

我仍然面临可怕的痉挛和困难的时刻，但现在我知道它们都会过去，我知道我可以回到那扇门并走过去。最重要的是，我理解了约翰的伟大智慧和他的方法：通过长时间不动所引起的痛苦来到达无常的意识。和其他事情一样，只要接受疼痛是暂时的事实，伟大的一步就已完成。

这一经历强化了我的观点，即西方人对科学的独特信仰使我们脱离了另一个意识领域，我们走上了科学知识的高速公路，却忘记了我们曾经知道的所有其他道路。这就是证据：疼痛不仅仅是可以用药丸控制的生理现象。通过训练心灵，我们也可以获得相同的结果。我想到了利奥波德对"那加玫瑰"号的评论，只有当你得到了答案，你的旅行才有意义。重新学习应用心灵是否也是一种答案，或许有一天我可以将它带回欧洲？

课程的最后一天，最后一小时的冥想用来练习"慈爱"。随着心灵的平静和净化，人们转向所有其他生物，与它们分享通过练习获得的福报。这是对爱的赞美诗，约翰朗诵了圣保罗宏伟的《哥林多前书》来结束这场冥想："如果我有人类和天使的口才，却没有爱意，我就像一面震耳的锣或吵闹的铜钹。如果我有预言的天赋，能够理解所有的奥秘，了解所有的事物，如果我有移山的信念，却没有爱意，那我什么都不是……爱总是那么有耐心和善良；它从不嫉妒，从不自夸或自负；它从不粗鲁或自私；它从不冒犯，从不怨恨……爱永远不会结束。但预言的天赋会结束，口才不能永恒。知识也会枯竭。因为我们的知识不是完整的，我们的预言不是完美的……当我还是个孩子，我像孩子一样说话，像孩子一样思考，但现在我是一个男人，我已经褪去了孩子的方式……简而言之，有三件事能够持久：信仰、希望和爱。其中最伟大的就是爱。"

哪怕过去二十个世纪，这番话依然富有智慧。

然后，约翰背诵了一长串人名，我们向他们致谢，并向他们分享了"福报"。我们的致谢对象包含一位女士，她经营着曼谷几家最著名的按摩院，我们所有的素食餐都是她捐赠的。这也是泰国！

我们从承诺和止语中解脱出来。晚上会有正餐（不是素食，有葡萄酒），庆祝灵修的结束，让参与者互相交谈和认识。那根本不是我想要的！我背起包离开了。

丹·里德的住所距离蓬阳有一个半小时车程，我在日落时分到达那里。太棒了。这个房子完全按照传统泰式风格用木头建造，位于河岸，设有俯瞰水面的宽敞露台。丹在伯克利大学学习中文，在台湾生活了十五年，学会了太极拳和功夫，还实践了道教和藏传佛教。丹也是一个沉迷于研究的人。他深信，中国的历史中掩藏着已经遗失的智慧，他将自己对语言的深刻认识作为打开被遗忘的宝箱的钥匙。他写过一些书，介绍通过道教的方法保持健康，提高性能力，实现长寿。他的妻子由希也练习中国的神秘术数。和丹一样，她也是一位伟大的冥想者。

晚餐包括三种不同的米饭和一些水煮小乌贼。这是这段时间以来我在盘子上看到的第一批"众生"，它们让我微微抽搐。我们谈到了宝石，如果随身携带，它可以吸收能量并转移危险。由希说她相信某些物品可以遁形。她告诉我们，小时候，有个女人弯曲她的手骨，强行在她的手臂上戴了两个金手镯。一天，她醒来后发现其中一个手镯消失了。它不可能滑落。她到处寻找，一无所获。唯一的解释是它已经遁形。它已变成能量。由希说，中国的古老传说中充满了这样的故事。

我睡在露台上。五点钟醒来，我在主人的佛室里点了三根香，然后面对河流冥想了一个多小时。我感受到了健康、强壮、纯净。那十天的沉默、禁欲和努力使我变得敏锐，熨平了我的纠结。

这天是 1 月 23 日，根据中国历法，离 1993 年真正结束、我的禁飞解除还有两个星期。但是我强烈渴望释放我的佛罗伦萨天性，将自己的命运再次掌握在自己的手中，并挑战过去十三个月里一直统治我命运的禁令。早餐时我宣布自己将搭乘飞机返回曼谷。

"你是对的，"由希说，"今天对你来说是一个非常有利的日子。"她起床后去了佛室冥想，看到了我的三根香。她已经从掉落的香灰预读过我的未来。"你没什么问题。真的，没问题。"她一直说。这让我很高兴。那么，我相信灰烬传递的信息吗？为什么不呢！

那是个星期天，我没有提前预订，很难买到从清迈到曼谷的航班。我在机场等了好几个小时。最后我去乘坐 TG119 航班。这是个吉利的数字吗？我习惯性地想道。

突然间，一切都恢复正常：广播里的音乐，安全带，起飞，匿名乘客。我闭上眼睛，感受我的呼吸触及皮肤的地方，并继续理解无常，直到我感觉到车轮接触曼谷机场的跑道。

我想起（那位警官曾在一次日落布道中说过），如果一个人在冥想中死去，并且在最后一刻心灵保持静止，那么他将在一个和平与安宁的地方重生。

　　那一次，我错过了这样的机会。

尾声
那现在呢？

我回到"乌龟之家"，却发现我们的狗宝利快要去世。它好像一直在等我，等待最后一次跟我一起奔跑。它颤抖着，呜咽着。我把手放在它身上，它就会平静下来。整个晚上我都在抚摸它，第二个晚上，我又不停驱赶围在它失明的眼睛周围的蚊子。看着宝利痛苦不堪，我也悲痛难忍，突然我想起了百忧解。如果一粒药丸可以振奋我的精神，那一整盒药肯定也能帮到宝利！我就着牛奶喂了它很多药片。过去一年的旅行中，我都随身携带这盒法宝，以期跟其他的护身符一般，在关键时刻能够保护我。最终，这盒药在宝利身上发挥了作用。

我们将宝利埋葬在花园里象头神伽内什雕像的脚下，几颗竹子为它带来荫凉。"乌龟之家"的工作人员和街上的保安来坟墓里扔了几个小花圈，又在泥土里插了几根香。宝利的去世令我们这个家庭的游牧生活失去了一个常量：十三年来，它一直跟着我们从中国的香港到大陆，然后到日本，再到泰国。

没人知道它会在谁的身上转世。也许是一个更高级的生物；也许如那个冥想的警官所说，是一个经过多世修行抵达涅槃的人，却在进入涅槃之际，又决定回来再过一世。最后，一路顺风，宝利！

那我呢？接下来该做什么？既然禁飞已经解除，我应该做什么打算？无疑，会有另一个机会进入我的生活。生活到处都是机遇。

我听说，在印度，距离马德拉斯不远的地方有一座寺庙。三千年前，一位伟大的圣人在该寺庙的棕榈树叶上写下了过去、现在和将来，所有时代、所有人的生死。每当游客到来，一位和尚就会出来迎接，并说："我们一直在等你。"他将拿出一片泛黄的叶子，上面写着游客过去和将来的所有故事。

现在，我将去印度生活，我将寻找那座寺庙。毕竟，我们总是对自己的命运充满了好奇。

世界是一本书，不旅行的人只读了一页。

极北直驱
走入荒野
英国环岛之旅　别列津纳河　　在西伯利亚森林中
小猎犬号航海记　多瑙河之旅
威尼斯是一条鱼
横越美国　山旅书札　走到世界尽头　前往阿姆河之乡
美国深南之旅　赫拉克勒斯之柱　日升之处　那里的印度河正年轻
一个人环游世界　说吧，叙利亚　珠峰史诗　我的探险生涯
智慧七柱　占卜师的预言
阿拉伯南方之门
没有地图的旅行　第一道曙光下的真实
云雾森林　察沃的食人魔　曼波鱼大夫航海记
走出非洲　夜航西飞　马来群岛自然考察记
巴塔哥尼亚之路　中非湖区探险记
失落的南方
老巴塔哥尼亚快车

大块
在水边

世界最险恶之旅

在南极，独自一人